ACTION

BAND 105

Wenn Lesen zur Mutprobe wird …

www.Festa-Verlag.de

MATTHEW REILLY

DIE FÜNF GROSSEN KRIEGER

Aus dem australischen Englisch von Michael Krug

FESTA

1. Auflage Juli 2022
Copyright © dieser Ausgabe 2022 by Festa Verlag GmbH, Leipzig
Published by arrangement with Rachel Mills Literary Ltd.
Titelbild: Arndt Drechsler-Zakrzewski
Alle Rechte vorbehalten
ISBN 978-3-86552-980-0
eBook 978-3-86552-981-7

*Dieses Buch ist allen
Männern und Frauen gewidmet,
die bei der Australian
Defence Force dienen.*

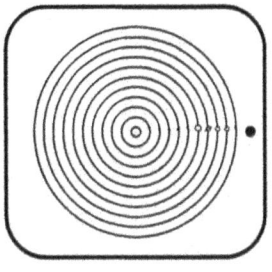

Das Mysterium der Kreise

DER ERSTE
wird der Edelste sein, Gelehrter und Soldat zugleich.

DER ZWEITE
ein geborener Anführer der Menschen,
und niemand wird mehr Ruhm erlangen als er.

DER DRITTE
wird der größte Kriegsherr der Geschichte sein.

DER VIERTE
ist der große Besessene, der nur Ruhm sucht,
aber Ruhm ist eine Lüge.

DER FÜNFTE
wird sich der größten Prüfung stellen
und über aller Leben oder Tod entscheiden.

5000 Jahre alte Inschrift auf der Stele der Sphinx in Giseh,
Ägypten, bekannt als »Das Lied der Krieger«.

EIN TÖDLICHER KAMPF
ZWISCHEN VATER UND SOHN.
EINER KÄMPFT FÜR ALLE,
UND DER ANDERE FÜR EINEN.

3000 Jahre alte Inschrift, gefunden an einem chinesischen
Schrein in der Wu-Schlucht, Zentralchina.

ALLES IST MIT ALLEM ANDEREN VERBUNDEN.

Lenin

WAS BISHER GESCHAH ...

Die fünf großen Krieger ist der dritte Teil der Geschichte, die mit *Die sieben tödlichen Wunder* begonnen hat und in *Die sechs heiligen Steine* fortgesetzt wurde.

In *Die sieben tödlichen Wunder* fand ein unerschrockenes internationales Team unter der Leitung von **CAPTAIN JACK WEST JR.** den sagenumwobenen Schlussstein der Großen Pyramide von Giseh unter den – weit verstreuten – Überresten der sieben Weltwunder der Antike.

Dafür rettete Jack zuerst ein Mädchen namens **LILY** und zog es groß. Die Kleine verkörperte zusammen mit ihrem Bruder **ALEXANDER** das jüngste einer langen Reihe von Orakeln aus Siwa in Ägypten. Danach gelang es Jack, den Schlussstein auf der Spitze der Großen Pyramide zu platzieren, bevor ein seltenes, als Tartarus-Rotation bekanntes Sonnenereignis eintrat.

Jacks multinationales Team umfasste Soldaten aus mehreren kleineren Nationen der Welt. Dazu gehörten: **ZOE KISSANE** aus Irland; Zahir al Anzar al Abbas aus den Vereinigten Arabischen Emiraten, von Lily in **POOH BEAR** umgetauft; Benjamin Cohen aus Israel, mittlerweile bekannt als **STRETCH**; ein verrückter Pilot aus Neuseeland namens **SKY MONSTER** und ein abtrünniger amerikanischer U-Boot-Fahrer namens J. J. Wickham, auch bekannt als **SEA RANGER**.

11

Forschungserkenntnisse und akademisches Wissen wurden von Jacks langjährigem Mentor und Freund, Professor Max T. Epper, Rufname **WIZARD**, sowie von zwei jungen schottischen Doktoranden beigesteuert, den rothaarigen Zwillingen **LACHLAN** und **JULIUS ADAMSON** – Rufname: die Cowboys.

Wie sich herausstellte, war die Tartarus-Rotation lediglich der Vorläufer eines weitaus bedeutenderen Himmelsereignisses, nämlich der Rückkehr eines »dunklen Sterns«, des Gegenstücks unserer Sonne, ihres dunklen Zwillings. Bei diesem auch als Nullpunktfeld bezeichneten dunklen Stern handelt es sich um eine bewegliche Masse negativer Energie, die alles Leben auf der Erde vernichten wird, wenn sie im März 2008 an den Rand unseres Sonnensystems zurückkehrt.

In *Die sechs heiligen Steine* wurde festgestellt, dass dieser dunkle Stern genau das tat. Außerdem wurde entdeckt, dass es auf unserem Planeten eine von einer geheimnisvollen alten Zivilisation gebaute Vorrichtung gibt, bekannt als **DIE MASCHINE**. Wird sie wiederaufgebaut, ist sie in der Lage, die negative Energie des dunklen Sterns abzuwehren und die Welt zu retten.

Dafür müssen jedoch erst sechs prachtvolle, über die Erde verstreute unterirdische »Tempelschreine« gefunden werden, die jeweils die Form einer auf dem Kopf hängenden Bronzepyramide aufweisen und als **ECKPUNKT** bezeichnet werden. An jedem solchen Eckpunkt muss eine lange verschollene, sogenannte **SÄULE** platziert werden – ein schillernder rechteckiger Diamant der Größe eines Ziegelsteins: die erste Säule am ersten Eckpunkt, die zweite am zweiten und so weiter. Auch der Verbleib der sechs verlorenen Säulen muss erst geklärt werden.

Diese Mission, das Unterfangen, die Maschine wiederherzustellen, wurde in *Die sechs heiligen Steine* begonnen.

Dabei stellte sich heraus, dass auch andere Parteien dasselbe Ziel verfolgten, nämlich eine mächtige Dreierallianz, bestehend aus der amerikanischen Caldwell Group, China und Saudi-Arabien.

Die amerikanische Seite dieser Allianz wurde von Jacks Vater angeführt, **JACK WEST SR.** (bekannt als **WOLF**), die Chinesen von **OBERST MAO GONGLI** und die Saudis von einem saudischen Spion namens **VULTURE**, der eine Zeit lang in Jacks Team mitgearbeitet hatte, bevor er es verriet. Unterstützt wurde Vulture von **SCIMITAR**, dem älteren Bruder von Pooh Bear, der sich Vulture bei seinem Verrat am Team anschloss.

Durch den Einfluss der zwielichtigen Caldwell Group – einer militärisch-industriellen Organisation, die früher den amerikanischen Präsidenten in der Hand gehabt hatte – befehligte Wolf immer noch eine Spezialeinheit des US-Militärs, die sogenannte *Commander-in-Chief's In Extremis Force*, kurz **CIEF**, die er als Privatarmee benutzte.

Jack und sein Vater hatten sich schon vor langer Zeit einander entfremdet, und im Verlauf des Abenteuers versuchte Wolf in einer geheimnisvollen Mine in Äthiopien skrupellos, Jack zu töten, was jedoch misslang.

Außerdem wurde Wolf von einer Koalition aus drei europäischen Königshäusern unterstützt: Großbritannien, Dänemark und Russland. Vertreten wurde diese Gruppe von der wunderschönen **IOLANTHE COMPTON-JONES**, die der britischen Königsfamilie angehört.

Schließlich griff auch noch eine teuflische Bruderschaft der im Zweiten Weltkrieg schwer gedemütigten Japaner in das Geschehen ein, wenngleich mit einer völlig anderen Absicht: Diese Leute wollten nicht, dass die Maschine wieder zusammengesetzt wurde. Die Bruderschaft wurde von Wizards ehemaligem Kollegen **TANK TANAKA** angeführt und wollte die Vernichtung der Welt durch den dunklen Stern als Vergeltung für Japans Niederlage im Zweiten Weltkrieg. Um ihr Ziel zu erreichen, schleusten sie in Wolfs Team einen der ihren ein, einen japanisch-amerikanischen Marine mit dem Rufnamen **SWITCHBLADE**.

Nach zahlreichen Abenteuern gelang es Jack schließlich, die erste und die zweite Säule am ersten und zweiten Eckpunkt (in Abu Simbel beziehungsweise nahe Kapstadt) zu platzieren. Allerdings nicht ohne Verluste, denn am Ende von *Die sechs heiligen Steine* befindet sich das Team in einer verzweifelten Lage.

Eines der Mitglieder – Stretch – wurde von Wolf gefangen genommen und zurück nach Israel zu Stretchs wutentbrannten ehemaligen Arbeitgebern beim Mossad gebracht. Pooh Bear wurde zuletzt gesehen, als er loszog, um seinen Freund von dort zu retten.

Zoe, Wizard und Lily – die eine schreckliche Tortur beim Stamm der Neetha im Dschungel des Kongo überlebt hatten – rasten mit Jacks Flugzeug, der *Halicarnassus,* in den Süden Afrikas, um Jack beim zweiten Eckpunkt zu helfen.

Sie hatten **DIANE CASSIDY** dabei, eine amerikanische Archäologin, die sie aus den Händen der Neetha gerettet hatten. Bevor sie dazu kamen, Jack zu helfen, mussten sie mit der *Halicarnassus* die Flucht ergreifen, verfolgt von feindlichen Abfangjägern.

Ein unerwarteter Zeuge von Jacks erstaunlichem Erfolg am zweiten Eckpunkt war Lilys bester Freund, der zwölfjährige

ALBY CALVIN, den Wolf als Gefangenen dorthin mitgenommen hatte. Nachdem Jack die Säule platziert hatte, ließ Wolf den jungen Alby zum Sterben in der dunklen Höhle mit dem zweiten Eckpunkt zurück.

Jack selbst wurde nach dem Platzieren der zweiten Säule – womit er Switchblades Plan vereitelt hatte – zuletzt gesehen, als er mit dem wutentbrannten Switchblade in den unergründlichen Abgrund unter dem zweiten Eckpunkt stürzte.

Um das Schicksal von Jack, Stretch, Pooh Bear, Lily und ihrem Team, die Suche nach den restlichen vier Eckpunkten und das Platzieren der weiteren vier Säulen geht es in *Die fünf großen Krieger …*

ERSTES GEFECHT

DER FALL EINES HELDEN

SÜDAFRIKA
17. DEZEMBER 2007
TAG DER ZWEITEN FRIST

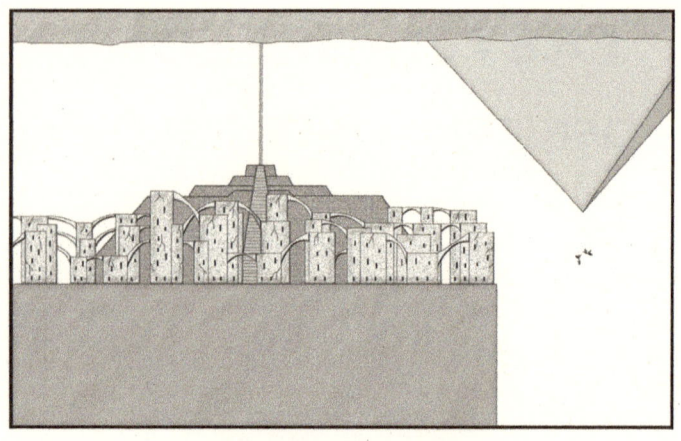

DER ZWEITE ECKPUNKT

**DIE STADT
UND DIE PYRAMIDE**

DER EINGANGSTUNNEL

DER ZWEITE ECKPUNKT
UNTER DEM KAP DER GUTEN HOFFNUNG
SÜDAFRIKA
17. DEZEMBER 2007, 3:25 UHR

Jack West fiel.

Rasant.

Hinab in den schwarzen Abgrund unter der auf dem Kopf hängenden Pyramide des zweiten Eckpunkts.

Im Fallen schaute Jack nach oben und beobachtete, wie die gigantische Pyramide kleiner und kleiner wurde, umrahmt von den zerklüfteten Wänden des Abgrunds.

Neben ihm fiel Switchblade, der japanisch-amerikanische US-Marine, der Wolf kurz zuvor verraten und beinahe seinen Plan vereitelt hätte, die zweite Säule an ihrem vorgesehenen Platz an der Spitze der Pyramide einzusetzen. Wie sich gezeigt hatte, stellte Switchblade sein japanisches Blut über seine amerikanische Erziehung.

Aber nach einem Akt der Verzweiflung und einem erbitterten Kampf über dem Abgrund war es Jack gerade noch gelungen, die Säule an ihren Platz zu rammen, bevor sie beide von der Spitze der umgedrehten Pyramide in die bodenlose Dunkelheit gestürzt waren.

Die felsigen Wände rasten verschwommen vor Geschwindigkeit an Jack vorbei. Da er und Switchblade immer noch ineinander verheddert waren, überschlugen sie sich unbeholfen.

Gleichzeitig hieb und griff Switchblade nach Jack, bevor er ihn am Hemd zu fassen bekam, ihn vernichtend anstarrte und über den Wind hinweg schrie: »*Du!* Du hast es versaut! Wenigstens weiß ich, dass du mit mir stirbst!«

Jack parierte im Fallen die Schläge des verrückten Marines.

»Nein, hab ich nicht vor …«, entgegnete er entschlossen, versetzte Switchblade einen unverhofften Tritt in die Brust und stieß den selbstmörderischen Verräter von sich. Gleichzeitig schnappte er sich vom Holster am Rücken des Mannes etwas, das jeder Marine der Force Recon bei sich trug.

Seinen Maghook.

Als Switchblade die Vorrichtung in Jacks Händen erblickte, weiteten sich seine Augen vor Entsetzen. Er wollte danach greifen, doch mittlerweile befand sich Jack außer Reichweite.

»Nein! *Nein!*«

Jack drehte sich in der Luft, kehrte Switchblade den Rücken und der Felswand des Abgrunds das Gesicht zu.

Er feuerte den Maghook ab.

Fupp!

Der Hightech-Enterhaken schnellte aus seiner pistolenähnlichen Abschussvorrichtung. Die Metallklauen klappten im Flug schlagartig aus, während der Haken sein 45 Meter langes, verstärktes Nylonseil wie einen peitschenden Schwanz hinter sich herzog.

Die Krallen trafen auf die Wand, schrammten daran entlang, suchten nach Halt, bevor sie sich mit einem Klirren an einer unebenen Stelle verfingen. Abrupt straffte sich Jacks Seil, und sein Fall wurde brutal gebremst. Er musste alle Kraft aufbieten, um sich an der Abschussvorrichtung festzuklammern.

Aber es gelang ihm.

Und als er zur senkrechten Felswand des Abgrunds schwang, sah er als Letztes hinter sich den verdutzten, wutentbrannten, machtlosen und niedergeschlagenen Gesichtsausdruck von Switchblade, der weiter ins schwarze Nichts stürzte. Seine düstere Mission war gescheitert. Und die Erkenntnis, dass Jack West ihn mit einer seiner eigenen Waffen besiegt hatte und er allein sterben würde, verschlimmerte sein Versagen hundertfach.

Jack prallte mit einer Wucht gegen die Wand des Abgrunds, die ihm beinahe die linke Schulter auskugelte.

Stille.

Einen Moment lang baumelte Jack am Seil von Switchblades Maghook hoch über dem Mittelpunkt der Erde und mindestens 300 Meter unter der auf dem Kopf hängenden Bronzepyramide des Eckpunkts. Trotz ihrer gewaltigen Größe wirkte sie im Augenblick geradezu winzig.

Jack schloss die Augen und stieß den längsten Seufzer der Erleichterung seines Lebens aus.

»Was zum Teufel hast du dir dabei gedacht, Jack?«, flüsterte er bei sich, schnappte nach Luft und ließ den Adrenalinrausch abklingen.

Beim Geräusch flatternder Federn wirbelte er herum, und plötzlich landete ein kleiner brauner Vogel auf seiner Schulter.

Horus.

Seine treue Wanderfalkendame pickte liebevoll an seinem Ohr, bevor sie den Schnabel an ihn schmiegte.

Jack lächelte erschöpft. »Danke, Vogel. Bin auch froh, dass ich überlebt hab.«

Entfernte Rufe aus der gigantischen Höhle des Eckpunkts ließen ihn nach oben spähen – Wolfs Leute mussten bemerkt haben, dass die Säule platziert worden war. Vermutlich schickten sie gerade Männer los, um den Diamantziegel zu holen.

Jack seufzte. Es bestand keinerlei Hoffnung, rechtzeitig nach oben zu klettern, um ihnen zuvorzukommen, geschweige denn sie aufzuhalten. Er mochte die Welt und ihr Leben gerettet und den Verräter in ihrer Mitte getötet haben, trotzdem würden sie die Beute bekommen: die Belohnung der zweiten Säule, das geheimnisvolle, nur als Wärme bekannte Konzept.

Jack konnte nichts daran ändern.

Er wandte sich an Horus. »Kommst du?«

Damit schaute er zur Pyramide hoch über sich hinauf. Nach einem tiefen Atemzug holte er den Maghook ein, suchte einen Halt an der rauen Oberfläche der Felswand und begann mit dem langen Aufstieg.

Jack brauchte fast eine Stunde nach oben, indem er immer wieder den Maghook abfeuerte und dann die nächsten 45 Meter an dessen Seil hochkletterte.

Es ging langsam voran, weil die Felswand überwiegend lotrecht und glatt war. Manchmal fand der Haken keinen Halt und fiel einfach zu Jack zurück.

Aber nach etwa 50 Minuten hievte sich Jack oben über die Kante einer Brüstung aus Stein, ließ sich am Rand des Abgrunds auf den Rücken plumpsen und blieb ausgestreckt liegen. Seine Brust hob und senkte sich heftig, während er gierig Luft einsaugte. Horus landete anmutig neben ihm.

Als sich Jack schließlich aufsetzte, erblickte er die prächtige unterirdische Stadt mit ihren hohlen Türmen, die sich wie ein Bittsteller vor der auf den Kopf gedrehten Pyramide erstreckte. Die mit pechschwarzer Flüssigkeit gefüllten Straßen verliefen kreuz und quer durch einen regelrechten Wald von Brücken und Türmen. In der Mitte ragte die große Stufenpyramide auf. Und alles wurde vom gelblichen Schein der allmählich erlöschenden Leuchtfackeln erhellt, die Wolf zurückgelassen hatte.

Natürlich lag die gesamte riesige Höhle mittlerweile verlassen da. Wolfs Truppe war längst abgerückt.

Wie Jack bedrückt feststellte, galt dasselbe für seine eigenen Gefährten – die Adamson-Zwillinge und Sea Ranger. Vermutlich hatten sie ihn mit Fug und Recht für tot gehalten und waren mit Sea Rangers Unterseeboot durch den langen unterirdischen Tunnel zurück zum offenen Meer geeilt ...

Eine Bewegung. Jack wirbelte herum. Sein Blick heftete sich auf die Spitze der Zikkurat, die sich zwischen all den Türmen abzeichnete.

»O mein Gott …«, stieß er hervor, als er erkannte, um wen es sich handelte.

Dort oben auf der mächtigen Stufenpyramide hockte mit hängendem Kopf und einem Arm in einer Schlinge mutterseelenallein ein kleiner Junge: der beste Freund seiner Tochter, Alby Calvin.

Allein in dieser riesigen Höhle zurückgelassen saß Alby mit seiner schmerzenden, verwundeten Schulter und Jack Wests ramponiertem Feuerwehrhelm auf dem Schoß da. Er hatte bereits jede Hoffnung aufgegeben und wartete darauf, dass die letzten Leuchtfackeln erloschen, als er plötzlich eine Stimme rufen hörte.

»Alby! Aaaal-byyyyyy!«

Abrupt schaute er auf. Frische Tränen liefen ihm über die Wangen, als er drüben am Rand des Abgrunds eine winzige, die Arme schwenkende Gestalt erblickte.

Jack West.

Alby fielen fast die Augen aus dem Kopf.

Jack trat den Weg durch die unterirdische Miniaturmetropole zur Zikkurat in der Mitte an. Wo er konnte, benutzte er dafür Wolfs Bretterbrücken, wo er musste, schwang er sich mit dem Maghook über die breiteren Straßen.

Der schwarze Glibber, der den Boden überall in der Stadt bedeckte, schien eine breiige, schlammartige Substanz zu sein – zähflüssig und klebrig. Wenn man hineinfiele, würde man es nicht wieder heraus schaffen.

Während Jack die Straßen überquerte, versuchte er es am Funkgerät. »Sea Ranger, kommen. Hörst du mich?«

Keine Antwort.

Das kleine Handfunkgerät hatte nicht die nötige Signalstärke, um Sea Ranger in seinem U-Boot zu erreichen.

Auf seine unorthodoxe Weise eilte Jack durch die Stadt in der Höhle.

Schließlich erreichte er den Fuß der Zikkurat und sprang die Stufen förmlich hinauf. Als er oben ankam, rannte er zu Alby, bremste schlitternd ab und umarmte ihn, als wäre er sein eigener Sohn.

Auch Alby legte den heilen Arm um Jack und schloss die Augen, während ihm Tränen über die Wangen kullerten.

»Ich dachte, ich würde hier mutterseelenallein in der Dunkelheit sterben«, wimmerte er.

»Das würde ich nicht zulassen, Alby.« Jack entließ den Jungen aus seiner innigen Umarmung. »Dafür bist du ein zu guter Freund für Lily … und für mich. Außerdem würde mich deine Mutter glatt umbringen.«

Alby starrte ihn an. »Sie sind gerade mit einem Kerl in einen Abgrund gestürzt, der sämtliche Menschen auf der Welt umbringen könnte, und Sie fürchten sich vor meiner Mutter?«

»Und ob. Wenn's um dein Wohl geht, ist deine Mutter echt Furcht einflößend.«

Darüber lächelte Alby. Dann hob er Jacks Feuerwehrhelm von seinem Schoß und hielt ihn Jack hin. »Ich glaube, das gehört Ihnen.«

Jack nahm den Helm entgegen, setzte ihn auf und zog den Kinnriemen fest. Mit ihm auf dem Kopf fühlte er sich wieder vollständig. »Danke. Der hat mir gefehlt.«

Er deutete mit dem Kopf auf Albys Schlinge. »Und was ist mit dir passiert?«

»Bin angeschossen worden.«

»O mein Gott, deine Mutter wird mich wirklich umbringen. Von wem?«

»Von dem Kerl, der mit Ihnen in den Abgrund gefallen ist. In Afrika, im Reich der Neetha.«

»Vielleicht gibt's ja doch Gerechtigkeit auf der Welt«, meinte Jack. »Komm, kleiner Freund. Es ist noch nicht vorbei. Wir müssen los. Wir müssen Sea Ranger und die Zwillinge einholen.«

Er zog Alby auf die Beine.

»Wie wollen wir das anstellen?«, fragte Alby.

»Auf die altmodische Art«, erwiderte Jack.

Zusammen eilten sie durch die Stadt in Richtung des Hafens im Nordosten. Dabei rannten sie entweder über Brücken oder sie schwangen sich hinüber – mit Alby huckepack auf Jacks Rücken.

Nachdem sie sich 20 Minuten lang so vorangekämpft hatten, erreichten sie den Hügel mit den Stufen aus Stein, die zum umschlossenen Hafen hinabführten.

»Ich hoffe nur, sie haben den Tunnel noch nicht verlassen und sind im offenen Meer«, sagte Jack, nahm den Helm ab und watete knietief ins Wasser.

Dann begann er, unter der Wasserlinie mit dem Metallhelm gegen die erste Steinstufe zu klopfen.

Ein dumpfes Pochen ertönte. Dreimal kurz, dreimal lang, dann wieder dreimal kurz.

Morsecode, erkannte Alby.

Jack hämmerte weiter mit dem Helm gegen den Stein, diesmal eine andere Botschaft.

»Hoffen wir, dass der Mann am Sonar das Morse-alphabet beherrscht«, meinte er.

»Woher sollen die wissen, dass Sie es sind?«, fragte Alby.
»Sie könnten es für eine Falle halten – von Wolf, der sie zurücklocken will.«

»Was ich durchgebe, lautet: ›SOS. COWBOYS, KOMMT ZURÜCK.‹ Die Zwillinge haben ihre Spitznamen gerade erst bekommen. Wolf kann sie unmöglich kennen.«

»Und woher wissen Sie, ob man Sie gehört hat?«

Mit dem Helm schlaff in der Hand setzte sich Jack auf die oberste Stufe. »Gar nicht. Wir können nur abwarten und hoffen, dass sie noch nicht außer Reichweite sind.«

Jack und Alby saßen im schwindenden gelben Licht von Wolfs Leuchtfackeln auf der obersten Stufe der Treppe, die sich aus dem uralten ummauerten Hafen erhob.

Die Schatten wurden länger, als die Fackeln nach und nach niederbrannten und ausgingen. Die majestätische unterirdische Stadt und die darüber thronende Pyramide, die so viele Jahrhunderte in Dunkelheit verbracht hatten, würden demnächst wieder in Schwärze getaucht werden.

Und als die letzte Fackel zu flackern begann, legte Jack den Arm um Alby. »Tut mir leid, Junge.«

Die Fackel erlosch.

Dunkelheit umhüllte sie.

Gleich darauf drang ein gewaltiges Rauschen durch die Luft, gefolgt von einem Plätschern und dem Geräusch von rinnendem Wasser.

Zack!

Ein Scheinwerfer strahlte aus der Dunkelheit und erfasste Jack und Alby mit einem grellweißen Lichtkegel, so gleißend, dass sie die Augen abschirmen mussten.

Ein russisches U-Boot der Kilo-Klasse tauchte dunkel und riesig vor ihnen im Wasser auf.

Neben dem Außenscheinwerfer öffnete sich eine Luke, aus der Sea Ranger hervorkam – J. J. Wickham, Jacks langjähriger Freund und Kapitän des Unterseeboots namens *Indian Raider*. Bei ihm befanden sich die Adamson-Zwillinge Lachlan und Julius, Jacks Experten für Mathematik und Geschichte.

»Jack!«, rief Sea Ranger. »Und du musst Alby sein – Jack hat mir alles über dich erzählt. Tja, dann kommt mal! Steigt ein! Wir waren gerade mitten in einer gelungenen Flucht, als ihr uns zurückgerufen habt. Jack, du kannst uns in allen Einzelheiten schildern, wie du dem sicheren Tod entronnen bist, sobald wir hier raus sind. Los, Bewegung!«

Jack konnte nur lächeln. Er ergriff Albys Hand. Zusammen stiegen sie hinunter ins Wasser und kletterten an Bord des U-Boots.

Eine Stunde später tauchte das Unterseeboot aus dem alten Tunnel auf und pflügte in den Indischen Ozean. Es entging nur knapp einer Fregatte der südafrikanischen Marine, die man zum Patrouillieren der Gewässer vor dem Kap der Guten Hoffnung losgeschickt hatte.

Sobald sie sich in Sicherheit befanden, kam Sea Ranger in Jacks Unterkunft. Jack wechselte gerade den Verband an Albys Schussverletzung.

»Du hast Glück gehabt, es war ein glatter Durchschuss«, erklärte Jack dem Jungen. »Das Projektil hat nur ein bisschen Gewebe herausgerissen. In ungefähr sechs Wochen kannst du den Arm wieder uneingeschränkt bewegen.«

»Was soll ich meiner Mutter sagen?«, fragte Alby.

Jack flüsterte verschwörerisch: »Ich hab gehofft, du lässt mich dir einen Gips anlegen und wir erzählen ihr, du hättest dir den Arm gebrochen, als du von einem Baum gefallen bist.«

»Geht klar.«

»Äh, Jack«, unterbrach Wickham die beiden. »Was machen wir jetzt?«

Jack schaute auf.

»Wir formieren uns neu. Sobald wir in sicherem Funkraum sind, rufst du die anderen an Bord der *Halicarnassus* an und sagst ihnen, sie sollen sich mit uns auf World's End treffen.«

»World's End? Ich dachte, man hat die Insel längst verlassen.«

»Hat man auch. Deshalb ist sie jetzt perfekt für uns. Zoe und Wizard kennen die Koordinaten.«

»Ich kümmere mich darum.« Damit ging Wickham.

Jack schaute ihm grüblerisch nach.

Alby musterte Jack aufmerksam. »Mr. West?«

»Ja?« Jack schüttelte die Gedankenverlorenheit ab.

»Dieser Wolf hat nicht nur die beiden ersten vollständig aufgeladenen Säulen, sondern auch den Feuerstein und den Stein der Weisen. Diese Frau aus England, Iolanthe, sie hat die vierte Säule. Wir haben keine heiligen Steine, keine Säulen, gar nichts. Haben wir den Kampf verloren?«

Jack senkte den Blick auf seine Füße. Schließlich antwortete er: »Alby, wir haben ein völlig anderes Ziel als die. Sie wollen Macht, Stärke und Reichtum. Wir wollen nur, dass sich die Welt weiterdreht. Und solange wir atmen, sind wir noch im Spiel. Kein Kampf ist vorbei, bevor der letzte Schlag ausgeteilt ist.«

KAPSTADT, SÜDAFRIKA
17. DEZEMBER 2007, 6 UHR

Das Patrouillenboot der südafrikanischen Marine steuerte längsseits ein Militärdock im Schatten des Tafelbergs an.

Sobald die Gangway angelegt war, verließ Jack West sr. – Jacks Vater und erbitterter Rivale bei dieser Mission – das Schiff und stieg direkt in eine wartende Limousine. Man kannte ihn als Wolf. Er war Ende 50, stämmig, kraftvoll und Jack West jr. mit dem zerfurchten Gesicht und den eisblauen Augen wie aus dem Gesicht geschnitten, nur 20 Jahre älter.

Wolf wurde von einer fünfköpfigen gemischten Gruppe begleitet. Sie bestand aus Vertretern der Koalition von Nationen und Organisationen, die Wolfs Beteiligung an dem Vorhaben unterstützten, die sechs Säulen an den sechs Eckpunkten zu platzieren. Zu der Koalition gehörten China, Saudi-Arabien, die europäischen Königshäuser und Wolfs eigene amerikanische militärisch-industrielle Truppe, die Caldwell Group.

Für China war Oberst Mao Gongli anwesend. Der als »Schlächter von Tiananmen« bekannte Offizier hatte für das Unterfangen chinesische Waffen und Truppen bereitgestellt. Seine leblosen Augen ließen kaum je Emotionen erkennen, nicht mal wenn er jemandem in den Hinterkopf schoss.

Zusammen mit Wolf vertrat auch sein zweiter Sohn die Caldwell Group, ein kaltblütiger CIEF-Soldat, früher bei der Delta Force. Sein Rufname lautete Rapier.

Der Vertreter Saudi-Arabiens hatte zu Beginn der Mission das Team von Jack West jr. verraten. Der dünne, kantige Mann mit der langen, rattenähnlichen Nase, bekannt als Vulture, war Agent des berüchtigten saudischen Geheimdiensts.

Zu Vulture gehörte ein gut aussehender junger Hauptmann aus den Vereinigten Arabischen Emiraten namens Scimitar.

Der erste Sohn des obersten Scheichs – und somit der ältere Bruder von Pooh Bear – hatte sich Vulture beim Verrat an Jack und Pooh Bear angeschlossen. Er war sogar so weit gegangen, seinen jüngeren Bruder in einer äthiopischen Mine zum Sterben zurückzulassen.

Das letzte Mitglied von Wolfs Gruppe war eine Frau, eine schöne, selbstbewusste Mittdreißigerin: Miss Iolanthe Compton-Jones, die Archivarin der königlichen persönlichen Aufzeichnungen für das Haus Windsor.

Als sie zu sechst in der Limousine auf dem Weg zum Militärflugplatz von Kapstadt saßen, zog Wolf eine glitzernde Säule aus seinem Rucksack und reichte sie Vulture.

»Wie vereinbart, Saudi«, sagte Wolf. »Ich habe die zweite, vollständig aufgeladene Säule, also haben Sie Anspruch auf die erste Säule, ebenfalls aufgeladen.«

Vulture nahm die erste, im Eckpunkt von Abu Simbel aufgeladene Säule entgegen und betrachtete sie voll kaum verhohlener Freude.

Als er antwortete, sah er Wolf eindringlich in die Augen. »Das war unsere Abmachung, Colonel West. Ich danke Ihnen, dass Sie sich daran halten. Viel Glück für den weiteren Verlauf Ihrer Mission. Sollten Sie zusätzliche Unterstützung vom Königreich Saudi-Arabien brauchen, rufen Sie einfach an.«

Die Limousine traf am Militärstützpunkt ein. Sie passierte das Wachhaus ohne Kontrolle und fuhr weiter zu zwei nebeneinander geparkten Privatjets des Typs Gulfstream IV.

Vulture und Scimitar stiegen in einen davon und flogen unverzüglich ab.

Wolf, Rapier, Mao und Iolanthe schauten ihnen nach.

Mao sagte: »Ich traue den Saudis nicht weiter, als ich sie werfen kann. Sie haben vielleicht Geld, aber nicht mehr Ehrgefühl als eine Bande von Wüstenräubern.«

»Sie hatten ihre Verwendung«, meinte Iolanthe schulterzuckend. »Wir haben sie benutzt.«

»Und sie haben geliefert«, fügte Wolf hinzu.

»Und was jetzt?«, fragte Mao.

»Jetzt«, erwiderte Wolf, »haben wir eine Verschnaufpause von etwa drei Monaten, bis nächsten März. Die Zeit werden wir auch brauchen, um den Verbleib der restlichen vier Säulen und die Lage der anderen Eckpunkte zu klären.«

»Die vierte Säule habe ich bereits«, sagte Iolanthe. »Die dritte vermutet man im Besitz der japanischen Kaiserfamilie. Soweit ich weiß, wurde nach dem Zweiten Weltkrieg ein Team amerikanischer Agenten losgeschickt, um sie zu finden, hat aber versagt. Stimmt das?«

Wolf nickte. »Hirohito hat sie während des Kriegs versteckt. Wir haben sie nie gefunden. Aber wir gehen davon aus, dass sie noch irgendwo in Japan ist.

»Wir haben also die zweite und die vierte Säule in unserem Besitz«, fuhr er fort. »Die dritte, fünfte und sechste müssen wir noch finden. Außerdem müssen alle vier verbleibenden Eckpunkte aufgespürt werden, bevor die dunkle Sonne nächsten März zurückkehrt. Während wir uns in

Afrika herumgetrieben haben, hat mein wissenschaftliches Personal an den Daten aus Stonehenge gearbeitet. Und ich könnte mir vorstellen, dass unser neuer afrikanischer Freund, der Hohepriester der Neetha, auch einzigartige Kenntnisse besitzt.«

»Was ist mit dieser Koalition minderer Nationen?« Mao knurrte. »Diese Gruppe wird von Ihrem ersten Sohn angeführt, dem Australier.«

»Er führt sie nicht mehr an.« Wolf dachte daran zurück, wie Jack in den Abgrund gestürzt war. »Ohne ihn ist die Gruppe zwar geschwächt, aber nicht ausgeschaltet. Die irische Frau ist beeindruckend, wie wir in Afrika festgestellt haben, und Professor Epper ist unverwüstlich. Kurzfristig muss Druck auf die Nationen dahinter ausgeübt werden.«

»Und längerfristig? Was, wenn sie uns wieder über den Weg laufen?«

»Dann vernichten wir sie mit überwältigender Gewalt«, antwortete Wolf.

»Gut«, erwiderte Mao. »Endlich.«

LUFTRAUM ÜBER NAMIBIA
17. DEZEMBER 2007, 6:45 UHR

Die *Halicarnassus* donnerte durch den Himmel und schwenkte dramatisch, um der Salve von Leuchtspurgeschossen auszuweichen, die um sie herum durch die Luft zischten. Abgefeuert wurden sie von einer F-15 der südafrikanischen Luftwaffe, dem ersten von vier Kampfjets, die der *Halicarnassus* auf den Fersen klebten.

Die große schwarze 747 raste nach Westen, überquerte die Grenze zwischen der tristen braunen Wüste Namib und dem Atlantik und flog über die blauen Weiten.

Seit fast einer Stunde befand sie sich auf der Flucht. Seit Südafrika – bezahlt von den Saudis – eine Luftpatrouille losgeschickt hatte, um sie abzuschießen. Und in den letzten zehn Minuten, als die Kampfjets die viel größere Maschine eingeholt hatten, war daraus ein regelrechtes Luftgefecht entbrannt.

Die *Halicarnassus* erwiderte im Flug das Feuer der vordersten F-15 aus einem der an den Innenbereichen der Tragflächen montierten 50-Millimeter-Geschütztürme.

Das nach hinten geschwenkte Steuerbordgeschütz wurde von Zoe Kissane bedient. Sie richtete das Fadenkreuz auf die sie verfolgende F-15 aus und nahm den Kampfjet mit einer vernichtenden Salve von 50-Millimeter-Projektilen unter Beschuss.

Aber der südafrikanische Pilot erwies sich als geschickt und wich dem Kugelhagel mit einer Seitwärtsrolle aus.

»Sky Monster!«, rief Zoe in ihr Funkgerät. »Das ist, als

wollte man verdammte Hummeln abschießen! Wie sieht unser Plan aus?«

Sky Monsters Stimme kam aus dem Cockpit: »Sie sind vielleicht kleiner und schneller als wir, aber wir können weiter fliegen. Denen muss allmählich der Treibstoff ausgehen. Der Plan ist also, dass du sie uns vom Leib hältst, während ich uns so weit wie möglich übers offene Meer bringe, bis sie feststellen, dass sie zu wenig Sprudel haben, und umkehren müssen. Wir schlagen sie mit unserer Reichweite.«

Sky Monsters Einschätzung erwies sich als richtig.

Wenige Minuten später feuerte der vorderste südafrikanische Kampfjet eine AIM-9 Sidewinder Luft-Luft-Rakete ab, drehte ein und trat mit seinen Kameraden den Weg zurück zum Festland an.

Zoe erledigte die Sidewinder mit einem gezielten Mikrowellenstoß, der das kuppelförmige Infrarot-Zielsystem der Rakete buchstäblich grillte, und das Geschoss stürzte harmlos ins Meer.

Nach geschlagener Luftschlacht schleppte sie sich müde zum Cockpit der 747, wo sie Wizard und Lily bei Sky Monster antraf.

Merkwürdigerweise grinsten sie, ja strahlten geradezu.

»Zoe«, sagte Wizard. »Sea Ranger hat uns gerade angefunkt. Jack ist am Leben und hat Alby bei sich. Sie sind beide bei Sea Ranger. Wir sollen uns auf World's End mit ihnen treffen.«

Zoe seufzte vor Erleichterung. »Gott sei Dank. Sky Monster, bring uns dorthin.«

Im Süden des Indischen Ozeans in einer der entlegensten Regionen der Welt befindet sich eine Ansammlung karger Felsinseln.

Die Kerguelen unterstehen Frankreich, während Südafrika Anspruch auf die Prinz-Edward-Inseln erhebt. Noch weiter südlich jedoch – jahrein jahraus von eisigen antarktischen Winden und den stampfenden Wellen der südlichen Meere bestürmt – liegen Heard und die McDonaldinseln. Sie werden Australien zugerechnet.

Eine der Inseln der Gruppe heißt Kleine McDonaldinsel. Auf ihr gibt es keinerlei Fauna und so gut wie keine Flora. Es gibt buchstäblich keinen Grund, sich dort aufzuhalten. Wahrscheinlich wurde die Insel deshalb während des Zweiten Weltkriegs als Nachschubbasis für die australische Marine genutzt, mit Treibstoffdepots, Lagerhallen und sogar einer kurzen Landebahn.

Ende der 1980er-Jahre wurde der Stützpunkt längst nicht mehr wirklich verwendet und Ende 1991 endgültig geschlossen. Ganze Container voll Lebensmittelkonserven und Dieselkraftstoff wurden zurückgelassen, und in 16 Jahren wurde rein gar nichts davon gestohlen. Die Mühe der Anreise lohnte sich schlichtweg nicht.

Daher bemerkte keine Menschenseele das U-Boot der Kilo-Klasse und die schwarze Boeing 747, die zwei Tage nach den dramatischen Ereignissen beim zweiten Eck-punkt auf der Kleinen McDonaldinsel eintrafen.

Natürlich kannten sie das Eiland unter einem anderen Namen: World's End.

Für Jack und sein Team wurde es ein freudiges Wieder-sehen.

Lily stürzte sich in seine Arme und drückte ihn innig, dann rannte sie zu Alby und herzte ihn noch fester.

Auch Zoe und Jack umarmten sich herzlich und hielten sich gegenseitig eine geschlagene Minute lang fest.

»Alby hat mir alles darüber erzählt, was bei den Neetha passiert ist«, sagte Jack leise. »Du musst unglaublich gewesen sein.«

Zoe erwiderte nichts.

Stattdessen schluchzte sie an Jacks Schulter, vergrub den Kopf an seinem Hals und ließ den Emotionen freien Lauf, die sich seit der blutigen Begegnung mit dem geheimnis-vollen Stamm afrikanischer Kannibalen in ihr aufgestaut hatten.

Als sie schließlich das Wort ergriff, klang sie heiser. »Lassen wir nächstes Mal jemand anderen die Welt retten.«

Jack lachte und streichelte sanft ihr Haar.

Während er Zoe festhielt, sah er Wizard an. Bei ihm befanden sich die Archäologin und Neetha-Expertin Diane Cassidy sowie der junge Neetha namens Ono, der ihnen bei ihrer Flucht vor dem abgeschieden lebenden Stamm geholfen hatte.

Wizard lächelte. »Mit einem schlichten Sturz bist du offensichtlich nicht umzubringen, Jack.«

»Ganz recht«, bestätigte Jack.

»He.« Lily wirkte plötzlich besorgt und sah sich um. »Wo ist Pooh Bear? Und wo ist Stretch?«

Nach der Wiedervereinigung und der Vorstellungsrunde für die neuen Gesichter in der Gruppe begab sich das Team in eine alte, baufällige Lagerhalle neben dem Rollfeld der Insel. Wasser zum Duschen wurde erhitzt, Konserven wurden geöffnet und gegessen. Jack schilderte den anderen, was ihm vor seiner Ankunft in Kapstadt widerfahren war.

Er erzählte ihnen, was sich in der Mine in Äthiopien ereignet hatte: Vultures und Scimitars Verrat, seine eigene grausame Kreuzigung, die blutige Flucht zusammen mit Pooh Bear und das Abschiedsgeschenk, das sie von den äthiopischen Sklaven erhalten hatten – die sagenumwobenen Zwillingstafeln des Thutmosis.

Jack holte sie aus seinem Rucksack, den er während des Geschehens am zweiten Eckpunkt an Bord des U-Boots gelassen hatte.

Wizard schnappte beim Anblick der Artefakte hörbar nach Luft.

»Wenn Thutmosis tatsächlich Moses war«, sagte er, »dann wären das die Zehn Ge…«

»Ja«, fiel Jack ihm ins Wort.

»Heilige Muttergottes …«

»Und was Stretch angeht«, fuhr Jack fort, »den hat Wolf nicht in die Mine mitgenommen. Er hat ihn zurück zum Mossad nach Israel schicken lassen, um sich das Kopfgeld von 16 Millionen Dollar zu sichern.«

»O nein …«, hauchte Lily.

Jack fuhr fort: »Nach der Flucht aus der Mine in Äthiopien sind wir nach Süden zur alten Farm in Kenia. Aber als ich nach Sansibar zu Sea Ranger aufgebrochen bin, hat Pooh Bear mich nicht begleitet. Er wollte los, um Stretch aus den Verliesen des Mossad zu befreien. Das war vor neun Tagen. Seitdem hab ich nichts mehr von ihm gehört.«

Betretenes Schweigen senkte sich über die Gruppe.

Lily brach es.

»Bei den hängenden Gärten«, erklärte sie für jene, die es nicht wussten, »hat sich Stretch einem Trupp der israelischen Armee widersetzt und mir das Leben gerettet. Er hat uns den Vorzug gegeben, und jetzt lassen sie ihn dafür bezahlen.«

Sie erinnerte sich noch lebhaft daran: Gefangen in rasch ansteigendem Treibsand hatte sie sich auf Stretchs Schultern gestellt, um Nase und Mund über die Oberfläche zu strecken. Er selbst hatte durch den Lauf seines Scharfschützengewehrs geatmet, den er wie einen Schnorchel benutzt hatte.

Alby streute eine Frage ein: »Was macht der Mossad mit israelischen Soldaten, wenn sie die Seiten wechseln und sich gegen ihn stellen?«

Jack warf einen Blick zu Zoe und Wizard. Zoe nickte stumm. Wizard senkte nur den Kopf.

Als Jack schließlich antwortete, sprach er mit leiser Stimme und ernster Miene. »Der Mossad ist nicht gerade für Gnade gegenüber seinen Feinden bekannt. Verrätern wie Stretch blüht die härteste Strafe von allen. Es gibt Geschichten über Hochsicherheitsgefängnisse in der Wüste. Ihre Lage ist streng geheim. Dort werden besondere Gefangene rund um die Uhr bewacht und … misshandelt. Jahrelang.«

»Misshandelt?«, hakte Lily nach.

»Jahrelang?« kam von Alby.

»Selbst wenn es Pooh Bear gelingt herauszufinden, wo man Stretch festhält, wird es nahezu unmöglich, dort einzudringen und mit ihm zu fliehen. Das wäre so, als würde man in Guantanamo einbrechen und mit einem Terroristen flüchten.«

»Das hast du schon mal gemacht, Daddy«, merkte Lily an. »Können wir nicht los und Pooh Bear helfen?«

Jack sah sie traurig an. »Lily. Schatz. Es gibt Operationen, die würde selbst ich nicht versuchen wollen, und das ist eine davon. Es tut mir leid, ehrlich. Aber das müssen wir Pooh Bear überlassen und uns auf die größere Mission konzentrieren. Die Entscheidung fällt mir schwer, das kannst du mir glauben. Aber wenn ich die Möglichkeiten und Erfolgsaussichten abwäge, bleibt mir keine andere Wahl. Es tut mir leid.«

Jack ließ den Kopf sinken. Davor jedoch bemerkte er den Blick, mit dem Lily ihn bedachte – einen Blick, den er noch nie in ihrem Gesicht gesehen hatte. Es war ein Ausdruck tiefster Enttäuschung, und in dem Moment hasste er sich.

»Und was machen wir dann?«, fragte Lily mürrisch.

»Zunächst mal«, erwiderte Jack, »bringen wir Alby zurück zu seiner Mutter nach Perth. Sie wird ausflippen, wenn sie seinen Arm sieht. Und nach Weihnachten schicke ich dich zu ihm. So seid ihr beide eine Zeit lang außer Gefahr.«

»Was?«, protestierte Lily. »Und was ist mit dem Rest von euch?«

»Wir versuchen, die anderen Säulen und Eckpunkte aufzuspüren, bevor die Welt nächsten März untergeht.«

EINE PRIVATE MISSION

DAS VERLIES
IN DER WÜSTE

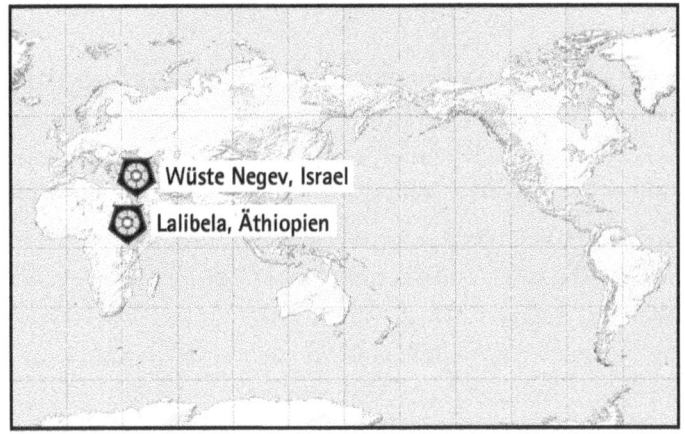

ÄTHIOPIEN – ISRAEL
DEZEMBER 2007
VOR UND NACH DER ZWEITEN FRIST

WOLFS MINE
LALIBELA, ÄTHIOPIEN
11. DEZEMBER 2007
EINE WOCHE ZUVOR

Wolf und Mao Gongli verließen die Mine und traten in den strahlenden Sonnenschein.

Es war sechs Tage vor den Ereignissen beim zweiten Eckpunkt.

Wolf hatte gerade mitangesehen, wie sein Sohn Jack West jr. von einer massiven Steinplatte zerquetscht und scheinbar getötet worden war. Auch Pooh Bear hatte er in der Mine zurückgelassen. Er sollte von den fanatisch religiösen Wächtern dort unten geopfert werden.

Oben wartete ruhig und gelassen die Britin Iolanthe. Weniger gelassen wirkte Stretch. Er lag an Händen und Füßen gefesselt mit dem Gesicht nach unten auf der Ladefläche eines Pick-ups, blutend von einer Tracht Prügel, die Augen mit einem schmutzigen Lappen verbunden.

Als Wolf den Pick-up erreichte, stand er eine lange Weile über Stretch und begutachtete ihn.

»Leutnant Benjamin Cohen«, sagte Wolf nachdenklich. »Früher bei Sajaret Matkal, der berühmten israelischen Scharfschützentruppe. Dort haben Sie den Rufnamen *Archer* erhalten. 2003 zum Mossad versetzt. Wenig später damit beauftragt, das von Jack West jr. geleitete multinationale Team zu infiltrieren und dessen Versuche zu überwachen, die Teile des goldenen Schlusssteins der großen Pyramide zu finden. Aber Sie haben sich einwickeln lassen und sich

in Wests Team integriert. Was in einer entsetzlichen Zwick-
mühle gegipfelt hat, als Sie sich zwischen Ihren neuen Freunden und Ihren alten Herren entscheiden mussten.«

Wolf verstummte kurz. »Und Ihre Wahl ist auf Ihre
neuen Freunde gefallen.«

Neben ihm brummte Mao angewidert.

»Deshalb haben Ihre früheren Vorgesetzten beim Mossad
Sie zum Staatsfeind Israels der Kategorie 5 ernannt – was
normalerweise Ex-Nazis und Terroristenanführern vorbehalten ist. Das Kopfgeld für Sie beträgt 16 Millionen
Dollar, und ich werde es mir mit Freuden holen. Sie haben
sich falsch entschieden, Leutnant Cohen.«

Mit dem Kopf auf der harten Stahlpritsche des Pick-ups
schloss Stretch unter der Augenbinde gequält die Lider.

Eine Träne kam unter der Binde zum Vorschein und lief
ihm über die Wange.

Interessanterweise brachte Wolf höchstpersönlich Stretch
nach Israel.

Natürlich blieben Stretch für die Dauer der kurzen Reise
die Augen verbunden. Unterwegs sprach Wolf vereinzelt
über ein Satellitentelefon mit seinem Team in Afrika, das
Wizard, Zoe, Lily und Alby durch Ruanda und den Kongo
verfolgte.

Für die letzte Etappe der Reise zu seinen früheren Vorgesetzten wurde Stretch mit Drogen betäubt, und seine
Welt wurde schwarz.

Als er erwachte, stellte er entsetzt fest, dass er aufrecht
in einem telefonzellengroßen Behälter aus dickem Glas
hing, die Arme und Beine sternförmig gespreizt an die
vier Ecken gekettet.

Er war nackt.

Stretch bemerkte eine Infusionsleitung in seinem rechten Arm. Der dünne, durchsichtige Schlauch verlief durch die offene Oberseite seines quaderförmigen Glassargs hinaus. Seine Ausscheidungen wurden von einer katheterähnlichen Vorrichtung in seiner Leistengegend aufgefangen.

Draußen vor dem Glaskasten unterhielt sich Wolf mit einem älteren Mann, dem Stretch in seiner Zeit beim Mossad nur einmal begegnet war: Mordechai Muniz, der skrupellose frühere Leiter des Geheimdiensts, mittlerweile »offizieller Berater«.

Der kahle, fette, blasse Mann mit den erbarmungslosen schwarzen Augen hatte zu dem Team gehört, das Adolf Eichmann 1960 aus Argentinien entführt hatte. Auch den Drahtzieher der für das Massaker bei den Olympischen Spielen in München verantwortlichen Terrorgruppe Schwarzer September hatte er gefasst – lebend. Seither hatte man den Terroristen nie wieder gesehen. In der Welt der Geheimdienste galt Muniz als Legende und hatte sich seinen Spitznamen »Altmeister« redlich verdient.

Der Mann drehte sich Stretch zu und begutachtete dessen angeketteten, nackten Körper wie ein Großwildjäger einen gefangenen Löwen.

Muniz setzte ein schmales Lächeln auf und entblößte dabei ungleichmäßige, vergilbte Zähne. »Leutnant Cohen. Willkommen zurück in der Heimat. Wissen Sie, manch einer findet, Verräter wie Sie sollten für ihre Verbrechen einfach hingerichtet werden. Aber in den höheren Rängen des Mossad sind wir der Meinung, dass der Tod als Strafe für jemanden wie Sie zu harmlos ist und zu schnell geht. Schließlich sollen Sie ja die Konsequenzen Ihrer

Handlungen spüren und ausgiebig darüber nachdenken können, was Sie getan haben.«

Während Muniz sprach, erklommen zwei Techniker Trittleitern auf beiden Seiten des knapp drei Meter hohen Glastanks. Einer fasste von oben herein, stülpte Stretch einen Atemregler über Mund und Nase und befestigte ihn so an seinem Kopf, dass er nicht verrutschen konnte. Der Sauerstoffschlauch des Atemreglers schlängelte sich oben aus dem Tank zu einer an der Rückseite befestigten Pressluftflasche.

Was der zweite Techniker tat, fand Stretch deutlich beängstigender.

Er verlegte einen breiten Feuerlöschschlauch in den Tank, zog an einem Hebel und leitete Liter um Liter einer stinkenden grünen Flüssigkeit in den Glaskasten. Die Brühe breitete sich schwappend um Stretchs Füße herum aus und stieg schnell zu seinen Knien an … zur Taille … zur Brust …

Wumm!

Die beiden Techniker knallten einen dicken Glasdeckel oben auf den offenen Tank und begannen, ihn mit Lötlampen zu verschweißen.

Verschweißen …

Stretch traten über dem Atemregler die Augen aus den Höhlen.

Die schweißen mich in dem Tank ein!

Die widerliche grüne Flüssigkeit stieg höher und höher und erreichte seine Kehle.

Mittlerweile klang Muniz' Stimme entfernt und blechern. »Nein, Leutnant Cohen. Für Sie ist der Tod als Strafe viel zu gut. Ihr Verbrechen verdient mehr als das. Es verdient anständiges Leiden. Dabei komme ich ins Spiel.

Glauben Sie mir, nach einigen Jahren hier unten bei mir werden Sie sich wünschen, wir hätten Sie hingerichtet.«

Und damit schwappte die faulige grüne Flüssigkeit über Stretchs Gesicht. Seine Atmung durch das Mundstück des Atemreglers beschleunigte sich und wurde panisch.

Die Welt um ihn herum verschwamm und wurde von fahlem Grün verschleiert. Stretch konnte gerade noch erkennen, wie sich Muniz und Wolf die Hände schüttelten, bevor Muniz einen Koffer an Wolf überreichte.

Dann ging Wolf.

Muniz kehrte allein zurück.

Mit vor der Brust verschränkten Armen stellte er sich vor seinen Gefangenen und starrte zu ihm hoch, während Stretch nackt in der stinkenden grünen Flüssigkeit hing, eingeschlossen in dem verschweißten Tank aus Glas.

Er konnte sich nicht rühren und hörte nur die eigenen Atemgeräusche im Kopf, während er Muniz' verschwommene Gestalt beobachtete.

Dann ging der Altmeister zu seinem Schreibtisch, setzte sich unbekümmert hin und telefonierte. Und in einem Moment reinsten Grauens begriff Stretch, wie er den Rest seines natürlichen Lebens verbringen sollte.

Pooh Bear hatte etwa drei Wochen und zwei Millionen Dollar gebraucht, um ihn aufzuspüren.

Geld konnte Dinge wirklich erheblich beschleunigen, fand er. Die Israelis hatten 60 Jahre lang vergeblich versucht, Wolfgang Linstricht zu fassen. Einmal, in Buenos Aires, hatte ihn zwar ein Attentäter des Mossad aufgespürt. Aber Linstricht hatte den Mann mit einem Brotmesser durch die Rippen getötet, nachdem er den Spieß umgedreht und seinen Verfolger seinerseits durch die schmutzigen Gassen der argentinischen Hauptstadt verfolgt und überrumpelt hatte.

In einem anderen Leben war Linstricht Offizier im berüchtigten Nazi-Konzentrationslager Treblinka gewesen. Dort hatte er als Vollstrecker von Franz Stangl fungiert: Wenn der Lagerkommandant anordnete, jemanden zu erschießen, wurde der Befehl von Linstricht ausgeführt, seinem über 1,90 großen, grobschlächtigen Henker.

Als sich nach dem Ende des Zweiten Weltkriegs die ranghohen Nazis wie Stangl aus dem Staub machten, schlüpfte auch Linstricht durch die Maschen und setzte sich nach Südamerika ab. Seither galt er als unauffindbar.

Wie Pooh Bear herausgefunden hatte, zog Linstricht ständig zwischen südamerikanischen Ländern hin und her, um der Gefangennahme zu entgehen: von Brasilien über Argentinien nach Chile und zurück. Die Entführung Adolf Eichmanns durch die Israelis musste ihm eine Heidenangst eingejagt haben. Aber wie der Vorfall mit dem Mossad-Agenten zeigte, war Linstricht auch mit 86 Jahren und krummer Haltung, um seine Körpergröße zu verschleiern, immer noch tödlich.

Und nun hatte Pooh Bear ihn auf der anderen Straßenseite vor sich, einen alten Mann, der inmitten der Feuerwerke und Feierstimmung der Silvesternacht in Rio mit einer langbeinigen brasilianischen Prostituierten plauderte.

Pooh Bear beobachtete sie aus dem Schatten und blieb ihnen auf den Fersen, als sie zu Linstrichts Hotel zurückkehrten.

Nachdem sich die Wege von Pooh Bear und Jack vor drei Wochen am Flughafen von Nairobi getrennt hatten, war Pooh Bear zunächst in seine Heimat zurückgekehrt, die Vereinigten Arabischen Emirate. Sein vorrangiges Ziel: herauszufinden, wo der Mossad seinen Freund Stretch gefangen hielt.

Außerdem wollte er seinen Vater Anzar al Abbas, den obersten Scheich der Emirate, über den verabscheuungswürdigen Verrat seines Bruders Scimitar informieren.

Doch unterwegs nach Dubai erfuhr Pooh Bear von einem Freund beim Geheimdienst, dass sein Vater erst am Tag zuvor plötzlich verschwunden war. Scimitar hatte den alten Scheich zu sich nach Riad gerufen. Kurz danach war jeglicher Kontakt zu seinem Vater abgebrochen.

Pooh Bears Freund teilte ihm mit, dass sich Dubai derzeit in den Händen der Spießgesellen seines Bruders befand. Somit wäre eine Rückkehr für ihn nicht sicher.

Trotz der Lage in der Heimat hatte es seine Vorteile, der zweitgeborene Sohn des obersten Scheichs der Emirate zu sein. Pooh Bear hatte Kontakte bei internationalen

Geheimdiensten und verfügte über erhebliche finanzielle Mittel aus seinem eigenen Treuhandfonds – mehrere Millionen Dollar.

Eine Woche lang telefonierte Pooh Bear herum, stellte Nachforschungen an, bezahlte Schmiergeld und sprach sowohl mit legitimen als auch weniger legitimen Beobachtern des Mossad. Für eine Viertelmillion Dollar erwarb er mehrere von der CIA abgehörte Telefongespräche zwischen hochrangigen Beamten des Mossad.

Nach alledem lautete seine wichtigste Erkenntnis: Benjamin Cohen – früher bekannt als Archer, bis Lily ihn in Stretch umgetauft hatte – war wegen Hochverrats als Staatsfeind Israels der Kategorie 5 eingestuft worden.

Eine Kategorie, die Israel für seine schlimmsten Feinde reservierte.

Doch trotz aller Kontakte, gekaufter Abhörprotokolle und Schmiergelder gelang es Pooh Bear nicht, herauszufinden, wo Gefangene der Kategorie 5 festgehalten wurden. Niemand wusste es. Staatsfeinde niedrigerer Kategorien wurden in Militärstrafanstalten oder Hochsicherheitsgefängnissen untergebracht. Aber nicht solche der Kategorie 5. Falls man sie einsperrte, wusste niemand, wo. Und falls sie hingerichtet wurden, wusste auch niemand, wo es sich vollzog.

Fest stand für Pooh nur, dass von Israel zum Feind der Kategorie 5 erklärte Menschen spurlos vom Antlitz der Erde verschwanden.

Also fasste er einen Plan.

Er würde einen anderen Staatsfeind Israels der Kategorie 5 ausfindig machen und dem Mossad ausliefern – allerdings erst, nachdem er eine Kleinigkeit erledigt hätte.

Seine Zielperson war Wolfgang Linstricht.

Am Himmel über Rio funkelten immer noch Feuerwerke, als Pooh Bear zehn Minuten nach Anbruch des neuen Jahrs die Tür von Zimmer 6 eines heruntergekommenen Hotels in Küstennähe eintrat.

Wolfgang Linstricht sprang nackt aus dem Bett, stieß die Frau von sich und tastete zwischen seiner Kleidung nach einer Waffe – aber Pooh Bear stürmte bereits quer durchs Zimmer und erwies sich als schneller. Auf den betagten Deutschen musste er furchterregend gewirkt haben: ein stämmiger, dunkeläugiger, bärtiger Araber mit olivfarbener Haut, der durch den schäbigen Raum auf ihn zupflügte. Bevor Linstricht seine Waffe ergreifen konnte, trat Pooh ihn zu Boden und rammte ihm einen Elektroschocker in die Rippen.

Linstricht zuckte krampfhaft, bevor er zusammensackte. Die Prostituierte schrie wie am Spieß.

»Verschwinde«, raunte Pooh Bear ihr zu.

Auf dem schnellen Weg nach draußen sammelte sie ihre Kleidung ein, dann blieb Pooh Bear allein über dem bewusstlosen Linstricht in der feuchten Kammer zurück.

Pooh Bear holte eine Kapsel aus der Hosentasche, etwa so groß wie eine gewöhnliche Kopfschmerztablette. Er steckte sie Linstricht in den Mund und drückte ihm die Nase zu, bis er schlucken musste.

Danach rief Pooh Bear den Mossad an.

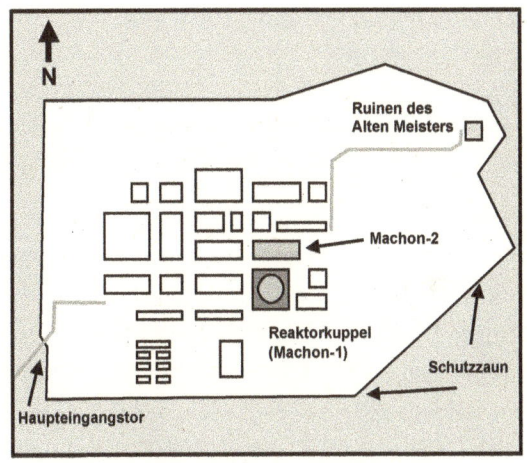

KERNFORSCHUNGSZENTRUM DIMONA
WÜSTE NEGEV, ISRAEL

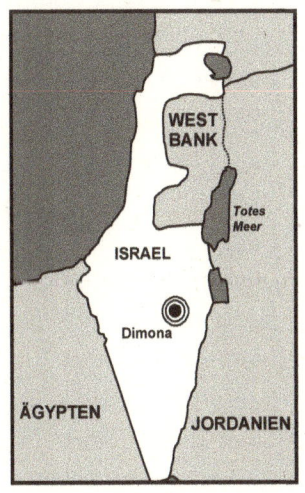

ISRAEL UND UMGEBUNG

KERNFORSCHUNGSZENTRUM DIMONA
WÜSTE NEGEV, ISRAEL
10. JANUAR 2008, 5:30 UHR

Zehn Tage später lag Pooh Bear flach auf dem Bauch in den Hügeln mitten in der kargen Wüste Negev in Israel.

200 Meter vor ihm befand sich eine riesige Militäranlage, deren Herzstück eine 20 Meter hohe, silbrig glänzende Kuppel bildete. Um die Kuppel herum verteilten sich ein Dutzend lagerhallengroße Gebäude, zwei Schlote aus Beton sowie eine Ansammlung von Satellitenschüsseln und Funkantennen. An jeder Ecke des Stützpunkts befanden sich Flugabwehrstellungen, rund um die Uhr bemannt, wie Pooh bereits festgestellt hatte.

Es handelte sich um das Kernforschungszentrum Dimona, das Herzstück des israelischen Atomwaffenprogramms, dessen Existenz Israel seit den 1960er-Jahren weder bestätigte noch leugnete.

Wie Pooh Bear sehr genau wusste, besaß Israel durchaus Atomwaffen – etwa 200. Und gebaut wurden sie in Dimona, der am strengsten bewachten Anlage des Landes.

Pooh fand es eigenartig, dass ihn der kapselgroße GPS-Transponder, den er Wolfgang Linstricht hatte schlucken lassen, ausgerechnet hierher geführt hatte. Nachdem der Mossad den Mann aufgrund von Poohs anonymem Hinweis abgeholt hatte, war er nach einem dreitägigen Umweg um die halbe Welt in Dimona gelandet.

Und laut Poohs GPS-Monitor hielt sich Linstricht in einem kleinen bunkerähnlichen Gebäude auf, das halb vergraben in der abgelegenen nordöstlichen Ecke des Stützpunkts lag.

Die Negev-Wüste gehört zu den trostlosesten Gegenden der Welt.

Zwischen den felsigen Hügeln und in den Tälern findet man noch die Ruinen uralter Wegstationen der einstigen Gewürzroute. Auch Steinbrüche und Bergwerke aus der Zeit der Römer sind keine Seltenheit: König Herodes' riesiges Salzbergwerk Baqaba liegt 40 Kilometer südlich von Dimona, nicht weit von seinem kleineren Schwesterbergwerk Uqaba entfernt. Die Aussicht besteht überwiegend aus bröckelnden Tafelbergen und Kratern. Es ist ein totes Land: groß, leer, uninteressant. In der Wüste Negev wächst nichts.

Pooh Bear hatte vier Tage gebraucht, um in der Nähe der Umzäunung in Stellung zu gehen.

Vier Tage lang war er langsam und vorsichtig gekrochen, um keine Bewegungssensoren auszulösen, hatte unter einer Thermodecke in Tarnfarbe geschlafen, um sich nicht durch seine Wärmesignatur zu verraten, und hatte tagsüber still gelegen, um nicht die Aufmerksamkeit der Wachen zu erregen, die regelmäßig im Umkreis der Anlage patrouillierten.

Einen halben Tag lang hatte er eine Schwachstelle in der Umzäunung gesucht – und sie in Form einer erodierten Spalte bröckligen Gesteins unter dem Zaun an der Ostseite gefunden. In der zweiten Hälfte jenes Tages hatte er den Spalt geduldig so vergrößert, dass er sich unter dem Zaun hindurchschlängeln konnte.

Danach hatte er sich zurückgezogen und auf diesen Morgen gewartet, um loszulegen.

Der Grund: Seinen Informationen zufolge sollte Dimona in der vergangenen Nacht eine große Lieferung angereicherten Urans erhalten. Dabei wurden die Sicherheitsvorkehrungen immer verschärft.

Seine Informationen erwiesen sich als richtig: In jener Nacht erhellten Flutlichter den gesamten Stützpunkt wie ein Fußballstadion, und zusätzliche Wachen patrouillierten an den Zäunen. Gegen Mitternacht fuhr ein Sattelschlepper mit bleiverkleidetem Frachtcontainer, eskortiert von Jeeps mit Maschinengewehren Kaliber 50, durch das Haupttor auf der Westseite der Anlage und steuerte die Lager- und Anreicherungseinrichtung des Stützpunkts an, Machon-2.

An diesem Morgen nach dem reibungslosen Abschluss der Operation wurden die zusätzlichen Wachen abgezogen. Und Pooh hätte zu wetten gewagt, dass sich die Wachleute des Stützpunkts entspannen würden, froh darüber, dass alles ohne Zwischenfall abgelaufen war. Sie würden lockerer sein. Unvorsichtig.

Pooh Bear starrte auf die riesige silberne Kuppel, die vor ihm den Stützpunkt überragte – der Hauptreaktor, bekannt als Machon-1.

Jetzt gilt es, sagte er sich.

In der Morgendämmerung legte Pooh los.

Er schlängelte sich unter dem Zaun hindurch und eilte tief geduckt in Richtung des abgelegenen Bunkers. Ein kleiner Sprengsatz erledigte das Schloss der schweren Stahltür, und Pooh Bear war drin.

Dunkle Betonkorridore und ein noch dunkleres Betontreppenhaus, das tief in die Eingeweide der Erde hinabführte. Plötzlich nahm Pooh einen eigenartigen beißenden

Geruch wahr, der ihn die Nase rümpfen ließ. Einen Geruch, der ihn an Formaldehyd erinnerte.

Mit fest umklammerter MP-7 folgte Pooh Bear der blinkenden Anzeige seines GPS-Empfängers, trat aus dem Treppenhaus in einen größeren Raum …

… und sein Mund klappte auf.

»Allah stehe mir bei …«, entfuhr es ihm entgeistert.

Pooh Bear befand sich in einer uralten unterirdischen Kammer, vor über 2000 Jahren von römischen Ingenieuren errichtet. Mehrere Sandsteinbogen und verzierte Säulen beherrschten jede Seite des quadratischen, drei Stockwerke hohen Raums. An einer Seite entdeckte er ein kleines wasserloses Becken, einst ein römisches Bad.

In einem anderen Winkel standen ein großer Schreibtisch und ein Lederstuhl mit hoher Lehne, beides dem Grund für Poohs Entsetzen zugewandt.

Auf der gegenüberliegenden Seite der Kammer befanden sich in drei Viererreihen innerhalb der römischen Bogen zwölf Wassertanks, jeder ungefähr so groß wie eine Telefonzelle. Jeder Tank enthielt eine hellgrüne Flüssigkeit. Darin trieben, in demütigender, sternförmiger Pose gestreckt, Menschen – nackte Menschen mit Atemreglern, angeschlossen an Infusionen und Ausscheidungsschläuche.

Pooh Bear stellte fest, dass er nicht atmen konnte.

Es handelte sich um eine Art Trophäenwand.

Mit menschlichen, lebenden Trophäen.

Wie ein Dutzend Harry Houdinis, die alle bei dem Trick versagt hatten, sich aus dem Wassertank zu befreien. Aus den Mundstücken stiegen Luftbläschen auf. Einige der Gefangenen blinzelten, trieben hellwach in ihren flüssigen Höllen.

Das also passiert mit Israels verhasstesten Feinden, ging Pooh durch den Kopf.

Dann wurde ihm die Bedeutung des stechenden Geruchs klar: Bei der grünen Flüssigkeit handelte es sich tatsächlich um Formaldehyd oder eine verdünnte Form davon, und Formaldehyd war ein hervorragendes Konservierungsmittel. Diese Männer wurden in ihren Tanks am Leben erhalten und konserviert.

Pooh Bear wurde schlecht.

Schließlich schüttelte er den Gedanken ab und begann, die Tanks nach seinem Freund abzusuchen.

Im ersten Tank entdeckte er Wolfgang Linstricht in der grünen Brühe, die Augen schlafend geschlossen. Im nächsten sah Pooh einen weiteren älteren Weißen, den er nicht kannte. Im dritten trieb ein jüngerer Mann mit dem charakteristisch langen Bart eines islamischen Extremisten. Und im vierten …

… Stretch.

Pooh Bear schnappte nach Luft, als er seinen Freund mit gesenktem Kopf, gespreizten Gliedmaßen und geschlossenen Augen in der grünen Flüssigkeit sah.

Als Pooh gegen die Glaswand des Tanks schlug, öffnete Stretch die Augen. Zuerst kniff er sie in der grünen Brühe zusammen, dann jedoch schien er zu erkennen, dass jemand anders als sonst vor dem Glas stand.

Und als ihm klar wurde, dass es sich um Pooh Bear handelte, riss er die Augen weit auf. Blasen sprudelten explosionsartig aus seinem Atemregler.

»Halt durch«, sagte Pooh Bear, obwohl Stretch ihn unmöglich hören konnte. »Ich hole dich da raus …«

In dem Moment spürte Pooh Bear einen Stich im Nacken.

Als er reflexartig mit der Hand hinfuhr, ertastete er an der Stelle einen kleinen Pfeil.

Dann erschlaffte plötzlich sein Arm, und mit einem Anflug von Grauen stellte er fest, dass er die Gliedmaßen nicht mehr bewegen konnte.

Pooh sackte vor Stretchs Tank zu Boden, als schlagartig alle Kraft aus seinem Körper entwich.

Er hörte eine Stimme.

»Man sollte sich nur in ein Spinnennetz wagen, wenn man wirklich sicher ist, dass die Spinne nicht zurückkehrt, solange man dort ist.«

Eine Gestalt trat in Pooh Bears Blickfeld, ein älterer Mann, kahl, dick, blass und mit einem fiesen Grinsen im Gesicht. Neben ihm befand sich ein israelischer Soldat mit einem Betäubungsgewehr in der Hand.

»Hallo, Zahir al Anzar al Abbas«, grüßte der betagte Mann vergnügt. »Ich bin Mordechai Muniz. Wir beobachten Sie schon seit zwei Tagen mit unseren Wärmebildkameras. Sie haben bei mir und den Wachen des Stützpunkts für immense Unterhaltung gesorgt. Das muss ich Ihnen lassen, Sie sind wirklich ein hartnäckiger Mistkerl. Dass Sie es überhaupt so weit geschafft haben, ist äußerst beeindruckend. Idiotisch, aber beeindruckend.«

Der Altmeister grinste. »Gefällt Ihnen mein lebendes menschliches Dekor? Die verdünnte Formaldehydlösung funktioniert wunderbar – ein fabelhaftes Konservierungsmittel. Obwohl nach etwa zehn Jahren genug durch die Haut eindringt, dass sich die karzinogenen Eigenschaften bemerkbar machen und schmerzhafte Krebserkrankungen bei meinen Gästen verursachen. Diese Technik der ›Lebensgefangenschaft‹ habe ich von einem russischen Freund gelernt, einem ehemaligen sowjetischen General, der eine eigene Sammlung besitzt. Wir haben einen freundschaftlichen Wettbewerb darüber am Laufen, wer mehr Menschen anhäufen kann.«

Pooh Bear konnte sich immer noch nicht rühren.

Muniz zuckte mit den Schultern. »In Anbetracht des langen stillen Lebens, das Ihr Freund noch vor sich hat, haben Sie ihm heute ein seltenes Geschenk gemacht: ein Ereignis. Herzlichen Glückwunsch. Leutnant Cohen darf zusehen, wie Sie vor seinen Augen sterben.«

Pooh Bear konnte nur hilflos auf dem Boden liegen, die Augen weit aufgerissen, die Gliedmaßen nutzlos.

Dann fiel sein Blick in einem Moment einer plötzlichen Erkenntnis auf seine Armbanduhr – die Uhr, die Jack ihm bei ihrem Abschied auf der Rollbahn des Flughafens von Nairobi geschenkt hatte. Laut Jack besaß sie einen GPS-Notsignaltransmitter, den Pooh nur zu aktivieren brauchte, falls er je in Gefangenschaft geriete oder in Gefahr schwebte.

Pooh Bear bot alle Willenskraft auf, um die rechte Hand zum linken Handgelenk mit der Uhr zu bewegen. Doch sosehr er sich auch bemühte, die Hand rührte sich nicht, konnte es nicht.

Die Uhr, seine einzige Möglichkeit, jemandem mitzuteilen, wo er sich aufhielt, blieb unerreichbar.

Niedergeschlagen ließ Pooh den Kopf auf den harten Marmorboden zurücksinken. In dem Moment begriff er, dass sein Rettungsversuch zu Ende war, ein wackerer, aber tollkühner Fehlschlag. Angewidert schloss er die Augen …

… als von irgendwo draußen ein dumpfer Knall ertönte, der sowohl Pooh Bear als auch Mordechai Muniz überraschte.

Überall im Kernforschungszentrum Dimona brach Sirengenheul los, und blinkende Alarmleuchten gingen an.

Von einem Ende von Machon-2, der Uranlagerhalle neben der Hauptreaktorkuppel Machon-1, stieg eine mächtige schwarze Rauchwolke auf. Die verkohlten Überreste des riesigen Sattelschleppers, der in der Nacht zuvor das Uran angeliefert hatte, standen als qualmendes Wrack an einer der Laderampen des Gebäudes.

Menschen in Uniform und Zivil rannten von der aufsteigenden Rauchsäule weg, so schnell sie konnten. Wenige Minuten später rasten zwei Löschfahrzeuge und drei Jeeps mit Soldaten in gelben Bioschutzanzügen zu der Katastrophe.

Trotz des relativ schlichten Äußeren bildete Machon-2 das wichtigste Gebäude der gesamten Anlage. Bei einer Reihe von mittlerweile berüchtigten Überprüfungsbesuchen amerikanischer Atomwaffeninspektoren zwischen 1962 und 1969 hatten die Israelis eine falsche Wand eingezogen und einen getürkten Kontrollraum errichtet. So hatten sie die vier unterirdischen Ebenen versteckt, in denen sie ihre Atomwaffen bauten.

Ein Unfall dort oder in unmittelbarer Nähe konnte verheerende Folgen haben.

Im Bunker griff Altmeister Mordechai Muniz zum Telefon. »Was ist da los?«

»*Wir haben einen Notfall der Stufe 4*«, antwortete eine angespannte Stimme am anderen Ende der Leitung. »*Das gesamte Personal muss sofort vom Stützpunkt evakuiert werden. Bitte melden Sie sich an Ihrem Treffpunkt zum Appell.«*

Muniz legte auf und warf einen Blick zu Pooh Bear auf dem Boden seiner persönlichen Kammer.

Nein, dachte er. *Der Araber ist zwar leidenschaftlich, aber nicht annähernd clever genug, um so etwas abzuziehen.*

Muniz nickte seinem Leibwächter zu. »Gehen wir.«

Die beiden eilten aus Muniz' Trophäenkammer, stiegen die Treppe hoch und schoben die schwere Stahltür zum Versteck des Altmeisters auf – wonach der Leibwächter prompt von zwei Schüssen einer Desert Eagle Pistole in der Hand von Jack West jr. niedergestreckt wurde.

Jack trug einen knallgelben Bioschutzanzug mit über die Schulter hängender Kapuze.

Muniz zog blitzschnell die eigene Pistole, doch Jack schoss ihm in den Unterarm, und die Waffe flog davon. Muniz schrie auf, umklammerte den Arm und biss die Zähne mehr vor Wut als vor Schmerz zusammen.

»Guten Morgen, General. Ich bin Jack West jr. und hier, um meine Freunde zurückzuholen.«

In Handschellen und geknebelt wurde Muniz über den Boden seines unterirdischen Verstecks geschleudert, als Jack es betrat.

»Also, das ist mehr als ein bisschen gruselig …«, meinte Jack beim Anblick der Tanks mit den Feinden Israels darin.

Er ging geradewegs zu Pooh Bear und sank neben seinem arabischen Freund auf ein Knie. Pooh Bear bekam kaum noch Luft.

»Jack?«, stieß er atemlos hervor. »Wie?«

»Erzähl ich dir später«, erwiderte Jack. Er holte aus dem Einsatzgurt unter seinem Schutzanzug eine Spritze hervor, die er schnell und präzise direkt in Poohs Herz stach. Abrupt setzte sich Pooh Bear auf und schnappte tief und rasselnd nach Luft. Die Augen traten ihm aus den Höhlen.

»Das Zeug bringt einen morgens besser in Schwung als eine Kanne Kaffee«, kommentierte Jack.

Während sich Pooh sammelte, steuerte Jack bereits auf Stretchs Tank zu. Er blieb davor stehen, nur für einen Moment, der sich jedoch wie eine Ewigkeit anfühlte, während er seinen in der Stille der grünen Lösung treibenden Freund betrachtete, am Leben erhalten durch den intravenösen Tropf, eine lebende, atmende Trophäe.

Dann hob Jack seine Desert Eagle an und feuerte zwei ein Stück von Stretchs Körper entfernte Schüsse auf das dicke Glas ab. Die vordere Scheibe des Tanks zerbarst und gab rasch unter dem Gewicht der innen gegen sie drückenden Flüssigkeit nach. Ein grüner Wasserfall schoss heraus und schwappte um Jacks Beine, bis nur noch der leere Tank verblieb, in dem Stretch mit dem Atemregler im Gesicht an seinen Ketten baumelte.

Mit müden Augen und schweren Lidern schaute er auf und erblickte Jack vor sich.

Jack nickte knapp. »Willkommen bei deiner Rettung. Die Hälfte haben wir geschafft. Es wird Zeit, mit der zweiten Hälfte zu beginnen.«

Jack streckte die Hand aus und entfernte zuerst den Atemregler – Stretch hustete, röchelte und saugte Luft durch die trockene Kehle ein. Dann entfernte Jack die Infusionsleitung und, was schmerzhaft sein musste, den Katheter aus Stretchs Körper. Anschließend zerschoss er mit der Pistole die Ketten, und Stretch fiel aus dem Tank, noch mit den Schellen der Ketten wie makabrem Schmuck an den Hand- und Fußgelenken.

Rasch beugte sich Jack vor, fing Stretch auf und hievte ihn sich über die Schultern.

Pooh Bear schloss zu ihnen auf, als Jack mit der Waffe in einer Hand zur Treppe eilte.

»Was ist mit den anderen?«, fragte Pooh Bear. »Den Leuten in den Tanks.«

»Heute interessiert mich nur ein Mann«, gab Jack verkniffen zurück. »Im Gegensatz zu Stretch haben die anderen abscheuliche Taten begangen. Ich sage, wir überlassen es ihren Freunden, sie zu retten, falls sie noch welche haben. Komm jetzt. Wir müssen uns beeilen.«

»Wie hast du mich gefunden?«, wollte Pooh Bear wissen, als sie das Treppenhaus hinaufhasteten. »Ich hab den SOS-Knopf an der Uhr von dir nicht gedrückt.«

Jack antwortete im Laufen. »Der Knopf löst einen aktiven Alarm aus, aber die Uhr sendet konstant ein passives GPS-Signal sowie die Herzfrequenz. Hab ich irgendwie vergessen, dir zu sagen.«

»Also hat sie die ganze Zeit übertragen …«

»Du hast letzten Monat beachtlich viele Kilometer zurückgelegt, mein Freund.« Jack warf Pooh Bear einen kurzen Blick zu. »Tel Aviv, Haifa, Buenos Aires. Und Rio zum Jahreswechsel. Obwohl ich mir nicht vorstellen kann, dass du wegen der Feuerwerke dort warst. Du bist zum Nazi-Jäger geworden.

Als ich gesehen hab, dass du danach hier in der Negev vor Israels bedeutendstem Atomwaffenzentrum aufgetaucht und mehrere Tage geblieben bist, da wusste ich, dass du ihn gefunden hast. Wir haben uns zurückgehalten und abgewartet, wie du zurechtkommst. Aber als wir vor Kurzem gesehen haben, dass dein Puls in den Keller gesackt ist, haben wir entschieden, dass du vielleicht Hilfe brauchst.«

»Wir?«, hakte Pooh nach. »Wer ist mit dir hier?«

Bei den Worten stürmten sie hinaus ins Sonnenlicht. Prompt kam ein israelischer Militärkrankenwagen mit Zoe am Steuer schlitternd direkt vor ihnen zum Stehen. Auch sie trug einen gelben Bioschutzanzug mit zurückgeschlagener Kapuze.

»Alle sind hier«, sagte Jack, und Pooh spürte, wie sein Herz anschwoll.

»Wie um alles in der Welt habt ihr es in den Stützpunkt geschafft?«, fragte Pooh Bear.

»Rate mal.« Jack warf Pooh einen vielsagenden Blick zu. »Wir sind mit der Uranlieferung letzte Nacht reingekommen. Was glaubst du wohl, woher Israel sein hochgradiges Uranerz bezieht?«

»Woher?«

»Vom größten Uranproduzenten der Welt: Australien.«

Natürlich war es schon etwas komplizierter.

Was Jack über die Armbanduhr gesagt hatte, entsprach den Tatsachen. Jack hatte Pooh Bears Weg um die Welt zunächst von der Kleinen McDonaldinsel aus verfolgt, später vom SAS-Hauptquartier in Fremantle aus.

Als er sah, dass Pooh in die Wüste Negev reiste und mehrere Tage in dem Gebiet blieb – Dimona, worüber jede militärische Organisation der Welt Bescheid wusste –, da war ihm klar, dass Pooh herausgefunden haben musste, wo Stretch vom Mossad festgehalten wurde.

Von da an lautete die Frage, ob Pooh ihren Freund allein herausholen könnte.

Nach einigen Anrufen erfuhr Jack, dass eine Uranlieferung aus Australien nach Dimona unterwegs war. Sie befand sich bereits auf halber Strecke über den Indischen Ozean und steuerte den israelischen Hafen Eilat am Roten Meer an.

Rasch wurde arrangiert, dass Jack und Zoe zu dem Frachter durften, der das Uran transportierte. Vor drei Nächten flogen sie mit einem Helikopter zu dem Schiff, zusammen mit zwei vertrauenswürdigen Militärtechnikern und einem Lieutenant-General, über dessen Befehle sich niemand hinwegsetzen konnte.

Der mit Blei ausgekleidete Transportcontainer mit dem Uran wurde in aller Eile angepasst. Außen maß der Container 27 Meter, innen jedoch nach einer schnellen Umgestaltung nur noch 26. An einem Ende wurde eine Lücke eingefügt, die genug Platz für Jack und Zoe bot, um sich darin zu verstecken.

Jack entging nicht die Ironie, dass sie sich mit demselben Trick an den israelischen Sicherheitsvorkehrungen in Dimona vorbeischmuggeln wollten, den die Israelis selbst in den 1960er-Jahren gegen die US-Inspektoren angewandt hatten.

Auch weitere Vorsichtsmaßnahmen wurden getroffen: Sea Ranger ging in Position, und Sky Monster wurde losgeschickt, um sich mit australischen SAS-Truppen im westlichen Irak zu treffen, darunter ehemalige Kameraden von Jack. Lily und Alby blieben bei Alby zu Hause in Perth – diese Mission war entschieden zu gefährlich, um die Kinder mitzunehmen.

Und so waren Jack und Zoe im Urancontainer versteckt nach Dimona gelangt, hatten Poohs Herzfrequenz im Auge behalten und abgewartet. Hätte es Pooh aus eigener Kraft in die Anlage und wieder nach draußen geschafft, wären sie einfach im leeren Container geblieben, der einen Tag später wieder abgeholt werden sollte. Sollte sich Poohs Puls hingegen plötzlich ändern …

An diesem Morgen hatte sich Poohs Herzfrequenz erst erhöht und war dann drastisch gefallen, also hatten Jack und Zoe eingegriffen.

»Hast du sie?«, rief Jack nach vorn zu Zoe, während er Stretch hinten im Militärkrankenwagen auf die Transportliege bettete.

Zoe drehte sich auf dem Fahrersitz um und wollte ihm antworten. Allerdings verschlug ihr Stretchs Anblick kurzzeitig die Sprache – der Israeli war abgesehen von Poohs Jacke nackt, totenbleich, am gesamten Körper von grüner Feuchtigkeit überzogen und zitterte heftig.

»Großer Gott …«, stieß sie hervor. Dann riss sie sich zusammen und bestätigte: »Ja. Ich hab zwei davon.« Sie tätschelte zwei klobige silbrige Koffer auf dem Sitz neben sich.

»Dann nichts wie weg hier!« Jack schlug die Hecktüren hinter sich zu.

Der Krankenwagen raste los.

In Dimona herrschte ein heilloses Chaos.

Löschfahrzeuge brausten durch die Straßen des Stützpunkts. Sirenen heulten. Männer in Bioschutzanzügen eilten auf das qualmende Gebäude von Machon-2 zu. Sanitäter verluden hustende Menschen in Krankenwagen und fuhren davon.

Als drei der Fahrzeuge auf das Haupttor von Dimona zuhielten, kam ein vierter Militärkrankenwagen aus einer Seitenstraße und schloss sich dem kleinen Konvoi an.

Alle vier wurden am Tor von den Wachleuten angehalten. Pooh versteckte sich unter Stretchs Transportliege. Jack und Zoe hatten mittlerweile die Kapuzen ihrer gelben Bioschutzanzüge aufgesetzt. Man sah nur ihre Augen durch die Plexiglasvisiere.

Der Wachmann, der Stretch festgeschnallt, nass, bleich und mit einer Sauerstoffmaske im Gesicht auf der Liege

sah, verzog angewidert den Mund und rief: »Los! Los!«
Prompt gab Zoe Gas, und der Krankenwagen verließ das
Kernforschungszentrum Dimona.

»Ich schätze, wir haben etwa 20 Minuten, bis sie merken, wer wir sind und wen wir mitgenommen haben«, sagte Jack zu Zoe, während sie in westlicher Richtung vom Stützpunkt wegfuhren und den drei anderen Militärkrankenwagen folgten.

»Das bedeutet 30 Minuten, bis sie uns mit Verfolgungshubschraubern finden«, gab Zoe zurück.

»Wohin fahren wir?«, fragte Pooh Bear, der mittlerweile hinten neben Stretch kniete. »Ihr habt doch einen Fluchtplan, oder?«

»Ja, nur ist er nicht so einfallsreich wie unser Plan für den Weg hinein«, gestand Jack. »Wie wolltest du denn wieder raus?«

»Auf dieselbe Weise wie hinein. Langsam und mit Geduld.«

»Okay, dann ist unser Plan definitiv anders.«

»Also, wohin fahren wir?«, fragte Pooh erneut.

»Die Krankenwagen sind gemäß dem Strahlungsnotfallevakuierungsplan von Dimona unterwegs nach Westen nach Beerscheba. Wir scheren nach Süden aus und steuern einen Ort namens Aroham in der Nähe von Uqaba an.«

»Wie weit ist das?«

»Ungefähr 40 Kilometer«, erwiderte Jack. »Was bedeutet, dass es sehr knapp wird.«

Nach etwa fünf Kilometern erreichte der Krankenwagenkonvoi eine Gabelung. Die drei vorderen Fahrzeuge schlugen den Weg nach rechts Richtung Beerscheba ein. Jacks Wagen hingegen nahm die Abzweigung nach links und beschleunigte die Wüstenstraße entlang. Zu beiden Seiten rauschten die leeren Weiten der Negev vorbei.

Genau 15 Minuten später tauchten am Horizont dahinter die ersten Verfolger auf: vier Apache Helikopter aus amerikanischer Herstellung.

Kampfhubschrauber.

Jack sah sie im Seitenspiegel, dann schaute er nach vorn. Dort erblickte er eine Anhöhe, auf der die staubigen Ruinen von Aroham standen, die er erreichen wollte, bevor die Helikopter sie einholten.

Als der Krankenwagen auf die Kuppe gelangte, stieg Jacks Mut beim Anblick dahinter: eine wunderschöne schwarze Boeing 747, die neben einer kleinen Ansammlung von Ruinen auf der leeren Wüstenstraße stand, das Heck stolz erhoben. Ein schwarzes Flugzeug, das nur die *Halicarnassus* sein konnte. Doch in dem Moment fegte einer der Apaches von rechts heran und schwenkte im Tiefflug über die Straße; sämtliche Geschütze auf sie gerichtet, schwebte er direkt vor ihrem Krankenwagen und schnitt ihnen den Weg zum Fluchtflugzeug ab.

Zu ihrer Linken verlief eine unbefestigte Seitenstraße. Jack rief Zoe zu: »Nach links!«

Der Krankenwagen schleuderte nach links und raste auf die Schotterpiste, dabei wirbelte er eine Staubwolke auf, die den schwebenden Apache umhüllte.

Bereits nach kurzer Strecke tauchte eine armselige Ansammlung halb verfallener Sandsteinmauern auf: die römischen Ruinen von Aroham.

Als die anderen drei Apaches sahen, wie der Krankenwagen plötzlich abbog, beschleunigten sie, holten ihn ein und bildeten eine große Kreisformation um das Fahrzeug und die uralten Mauerreste.

Zoe bremste schlitternd ab und wirbelte dabei eine weitere mächtige Staubwolke auf.

Das Funkgerät des Krankenwagens knisterte.

Ein Israeli meldete sich auf Englisch. »*An die Personen im Krankenwagen. Wir wissen, wer Sie sind, Captain West! Es gibt für Sie keinen Ausweg. Steigen Sie mit erhobenen Händen aus dem Fahrzeug, sonst eröffnen wir das Feuer.*«

»Jack …«, sagte Zoe.

»Ich mach das schon.« Jack ergriff das Handteil des Funkgeräts. Er drückte die Sprechtaste. »An die israelische Hubschrauberpatrouille. Ich habe Sie gehört, schlage allerdings vor, Sie ziehen sich auf einen Abstand von zwei Kilometern zurück und halten diesen Radius.«

»*Das kann nur ein verfluchter Scherz sein*«, lautete die Antwort.

Jack reagierte, indem er sich einen der beiden silbrigen Aktenkoffer vom Sitz zwischen sich und Zoe schnappte, einen Schritt aus dem Wagen stieg und den Koffer hoch über den Kopf hielt, damit die sie umgebenden Helikopter ihn deutlich sehen konnten.

»Erkennen Sie das?«, fragte Jack ins Funkgerät. »Zwei Kilometer, habe ich gesagt, und keinen Zentimeter näher. Sofort.«

Einen Moment lang herrschte Funkstille, dann folgte: »*Das ist ein … Heilige Scheiße. Verstanden, Captain. Wir fügen uns.*«

Pooh Bear beobachtete den Wortwechsel erst neugierig, dann staunend.

»Was ist in dem Koffer, Huntsman?«, fragte er.

»Zoe und ich haben nicht die ganze Nacht in dem Container verbracht, Pooh. Wenn man sich zwölf Stunden lang in Machon-2 aufhält, findet man das eine oder andere, das bei der Flucht nützlich sein kann. Das hier«, sagte Jack, »ist eine israelische nukleare Kofferbombe.«

»Eine nukleare Kofferbombe!«, entfuhr es Pooh Bear.

Jack fuhr fort: »Angeblich gibt es nukleare Koffer-bomben der Israelis an geheimen Orten in allen großen Hauptstädten der Welt – New York, Washington, London, Moskau, Paris. Und in den wichtigsten Städten von Israels Hauptfeinden: Damaskus, Teheran, Kairo. Sie sind Israels ultimative Versicherungspolice. Kernwaffen im Klein-format. 50 Kilotonnen Sprengkraft, Explosionsradius zwei Kilometer, minimaler Fallout – aber alles in dem Radius wird pulverisiert. Wirkungsvoll, wenn man so was seinen Feinden gegenüber beiläufig erwähnen kann.«

»Und was machen wir jetzt?«, fragte Pooh. »Wir können nicht zur *Halicarnassus*. Das ist eine Pattsituation.«

»Richtig«, bestätigte Jack. »Und genau das wollte ich.«

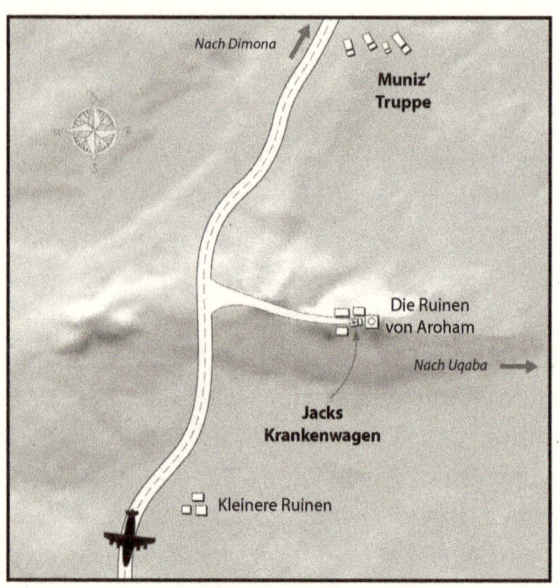

DIE RUINEN VON AROHAM

Es handelte sich tatsächlich um ein Patt – mitten in der Wüste.

Die römischen Ruinen von Aroham hatten einst als Wegstation entlang der alten Gewürzroute gedient. Rühmen konnten sie sich nur eines tiefen Brunnens. Heutzutage machten nicht mal mehr Touristen dort halt.

20 Minuten vergingen. Der Rest der israelischen Verfolgerstreitkraft traf ein.

Sechs weitere Hubschrauber sowie ein Konvoi auf der Straße: Einsatzleitwagen, Truppentransporter, Flugabwehrjeeps.

Im vordersten Einsatzleitwagen saß Mordechai Muniz, die Züge vor Wut gerötet.

Natürlich wusste man mittlerweile, dass die Explosion in Dimona kein Strahlungsleck verursacht hatte. Jacks Detonation hatte nur die Außenwand von Machon-2 gesprengt. Aber in einer Anlage wie Dimona mussten im Fall jeder Explosion sämtliche Notfallmaßnahmen eingehalten werden.

Im Augenblick jedoch waren die Israelis zufrieden – es war ihnen gelungen, Jack den Weg zu seinem Fluchtflugzeug abzuschneiden. Belagerungen wie diese endeten immer zugunsten der Partei mit Zeit und Vorräten auf ihrer Seite. Und die Israelis hatten alle Zeit der Welt.

General Mordechai Muniz hob seinen Feldstecher an.

Er sah in der Ferne die große schwarze 747, die sich etwa 400 Meter hinter den Ruinen auf der niedrigen Hügelkuppe abzeichnete. Die Szene hatte sich seit 30 Minuten nicht verändert. Gelegentlich erkannte man eine Bewegung in den Ruinen, eine Gestalt vor einem Durchgang oder einen sich bewegenden Kopf.

»Was ist mit ihrem Flugzeug?«, fragte ein Leutnant. »Die Hubschrauber warten auf Anweisungen.«

»Noch nicht zerstören«, erwiderte Muniz ruhig. »Sie müssen glauben, dass sie nach wie vor eine Chance zur Flucht haben.«

Er hob sein Funkgerät an die Lippen. »Captain West. Captain Jack West jr. Kommen. Lassen Sie uns reden.«

Stille.

Kurze Zeit später drang Jacks Stimme knackend und knisternd aus dem Lautsprecher. »*Bieten Sie einen Deal an, General?*«

Muniz verdrehte die Augen. »Das ist unerfreulich, Captain. Was wollen Sie hier wirklich erreichen? Ihr Rettungsversuch, so loyal und einfallsreich er gewesen sein mag, ist gescheitert. Sie können aus dieser Lage nicht entkommen.«

»*Denken Sie nicht mal daran, diese Ruinen zu stürmen. Wenn ich irgendjemanden im Umkreis von zwei Kilometern sehe, zünde ich die Bombe.*«

»Was wollen Sie?«, verlangte Muniz in nüchternem Ton zu erfahren.

»*Ich will Zugang zu unserem Flugzeug und sicheres Geleit in syrischen Luftraum. Ich kann mir nicht vorstellen, dass Sie ein Flugzeug mit Atomwaffen an Bord über israelischen Bevölkerungszentren abschießen werden. Ebenso wenig würden Sie wollen, dass eine Ihrer Atombomben über Syrien hochgeht.*«

»Das wird nicht passieren.«

»*Wollen Sie darauf warten, dass wir aufgeben, General?*«

»Captain West, im Ernst, selbst wenn Sie an Bord dieses Flugzeugs gehen, würde ich Sie sofort nach dem Start abschießen lassen. Dann wird Ihr Koffer lediglich zu einer schmutzigen Bombe, und hier draußen in der Wüste bedeuten schmutzige Bomben wenig.«

»*Wie wär's, wenn ich die Kofferbombe gleich hier und jetzt zünde, und wir gehen alle zusammen drauf? Die Schockwelle der Explosion reicht locker aus, um Sie mitzunehmen.*«

»So sind Sie nicht gestrickt, West«, konterte Muniz. »Ich kenne Ihr Profil: Sie würden keine Menschen umbringen, die Sie lieben. Im Gegenteil, Sie ziehen es vor, das eigene Leben für sie zu riskieren.«

»*Und ich weiß auch etwas über Sie, Altmeister. Sie wollen nicht sterben. Mal sehen, wer zuerst blinzelt.*«

»Ich bluffe nicht, Captain.«

»*Ich auch nicht.*«

Und in dem Moment, eine Stunde nach Beginn der Belagerung, geschahen mehrere Dinge gleichzeitig.

»General!«, rief ein israelischer Gefreiter von einer Funkkonsole. »Position 2 hat sich eben gemeldet! Von dort wird das Flugzeug drüben im nächsten Tal beobachtet – jemand ist gerade aus einer zweiten Gruppe von Ruinen zur Maschine gerannt! Das Flugzeug rollt jetzt die Straße entlang …«

»Es macht *was?*« Stirnrunzelnd drehte sich Muniz um.

»General!« Ein anderer israelischer Soldat stürmte mit irgendwelchen Plänen in der Hand in den Einsatzleitwagen. »Die Ruinen, in denen sie sich verschanzt haben – die sind ein uralter Eingang zu Uqaba, dem Salzbergwerk unter der Hochebene hier.«

»Ein Salzbergwerk …« Muniz' Gedanken überschlugen sich.

Unter dem Plateau hier liegt ein Salzbergwerk?

»Wo sind die anderen Eingänge und Ausgänge?«

»Die Anlage ist riesig, General. Es gibt über ein Dutzend Eingänge, manche bis zu 15 Kilometer entfernt. Der nächstgelegene ist im Tal nebenan knapp neben ihrem Flugzeug«, antwortete der Gefreite. »Die Ruinen dort sind ein weiterer Eingang zum Bergwerk.«

Muniz' Augen weiteten sich, als er schlagartig Jack Wests Plan begriff.

West hatte sich nicht zufällig hier in Aroham verschanzt. Er hatte zu genau diesen Ruinen gewollt. Er hatte gewollt, dass die Verfolgungshubschrauber zu ihm aufschlossen. Er hatte bewusst hier eine Pattstellung inszeniert und sich durch die Bergwerkstunnel zu seinem Flugzeug geschlichen, während sie Zeit mit Verhandlungen vergeudet hatten ...

Donnernd befahl Muniz: »Haltet das Flugzeug sofort auf ...«

»General!«, rief ein dritter Soldat eindringlich dazwischen. Der Mann saß an einer Strahlungsmesskonsole. »General! Die Geigerzähler und passiven Strahlungsmessungen sprengen die Skalen! Die Kofferbombe ist ins Primärstadium übergegangen! Er hat die Atombombe gerade aktiviert ...«

»Können wir sie rechtzeitig erreichen?«, fragte Muniz.

»Nein. Die Primärzündphase dauert fünf Minuten. In der Zeit können wir sie nicht erreichen *und* entschärfen. Das Ding wird hochgehen. Unser Freund Captain West hat soeben die Detonation eines nuklearen Sprengsatzes eingeleitet.«

»Alle zurückbeordern!«, brüllte Muniz. »So weit zurück wie möglich. Die Explosion wird uns nicht erreichen, aber die Schockwelle schon. Los! Los! Los! Der Mann ist wahnsinnig.«

Die israelischen Streitkräfte zogen sich rasant so weit in nördliche Richtung zurück, wie sie es mit ihren Fahrzeugen schafften.

Gleichzeitig hob die große schwarze 747, die im Tal nebenan festgesessen hatte, von der Straße ab und schwenkte nach Westen in Richtung der nächstgelegenen Grenze, jener zu Ägypten.

Fünf Minuten danach detonierte die Atombombe im Kofferformat.

Der Lichtblitz war blendend hell.

Gleich darauf folgte ein gewaltiger Knall. Der Boden erbebte, und ein riesiger, hoch aufragender Atompilz stieg in den Himmel über der Negev-Wüste wie eine übernatürliche, aus ihrem Kerker befreite Kraft.

In den fünf verfügbaren Minuten hatten es Muniz und seine Leute geschafft, sich zwölf Kilometer von der Explosion zu entfernen. Für sie zeichnete sich der Atompilz wie ein Wolkenkratzer am südlichen Horizont ab. Durch die kompakte Größe des Sprengsatzes bewirkte der elektromagnetische Impuls der Explosion auf die Entfernung nur eine leichte Störung der Kommunikation.

Eine Weile starrte Mordechai Muniz auf die 80 Stockwerke hohe Wolke, die in den Himmel wuchs.

Sein Leutnant trat neben ihn. »General. Was machen wir jetzt?«

Muniz knirschte mit den Zähnen. »Schicken Sie F-15er los. Sie sollen die 747 einholen und vom Scheißhimmel schießen.«

Zwei F-15 Kampfjets stiegen von einem nahen Stützpunkt auf. Innerhalb von 20 Minuten hatten sie die *Halicarnassus* erfasst, die gerade über die Halbinsel Sinai in ägyptischen Luftraum flüchtete.

Vielleicht hat West geglaubt, er wäre in Sicherheit, sobald er die Grenze überquert, dachte Muniz. *Vielleicht hat er geglaubt, unsere Kampfjets würden sich zurückziehen, sobald er über ägyptischem Hoheitsgebiet ist.*

Was sie nicht taten.

Die israelischen F-15 flogen direkt hinein nach Ägypten, und die vorderste Maschine feuerte zwei Sidewinder Raketen auf den fliehenden Jumbojet ab.

Beide Raketen trafen ihr Ziel.

Die große schwarze 747 explodierte am Himmel, zerbrach in der Mitte, krümmte sich in der Luft. Orangefarbene Flammen züngelten rings um die Maschine auf, und eine lange, dünne Linie schwarzen Rauchs folgte ihr, als sie mit immenser Geschwindigkeit abwärts raste und an der Seite eines felsigen Bergs auf der Halbinsel Sinai zerschellte.

Und damit gab es die *Halicarnassus* nicht mehr.

Mitarbeiter der ägyptischen Luftwaffe, die das Gebiet überwachten, sollten später berichten, dass an diesem Morgen drei nicht autorisierte Flugsignaturen in ägyptischen Luftraum eingedrungen waren: zwei F-15 Kampfjets und ein ziviles Verkehrsflugzeug.

Die beiden Kampfjets verließen das Gebiet kurz danach wieder, während die Signatur der zivilen Maschine einfach von den Bildschirmen verschwand. Eine Überprüfung ergab, dass niemand ein Verkehrsflugzeug als vermisst gemeldet hatte.

Seltsamerweise bemerkten die Ägypter, kurz bevor die beiden Kampfjets das zivile Flugzeug einholten, eine winzige Signatur in der Luft darunter.

Es handelte sich um eine schwache Anzeige, zu schwach für ein weiteres Flugzeug, mehr wie ein Phantomsignal ähnlich dem beim Absprung eines Fallschirmjägers. Das Personal der ägyptischen Luftwaffe tat es als Ungenauigkeit der Software ab.

In der Negev-Wüste, etwa 15 Kilometer östlich des hoch aufragenden schwarzen Atompilzes über den einstigen Ruinen von Aroham, fuhren Zoe, Pooh Bear und Stretch in Richtung der jordanischen Grenze.

Sie benutzten dafür einen alten Jeep aus dem Zweiten Weltkrieg, den Jack und Zoe zuvor dort zurückgelassen hatten. Das Fahrzeug besaß keine Elektronik, die der elektromagnetische Impuls der Kernexplosion beeinträchtigen konnte.

Das labyrinthartige Salzbergwerk unter den Ruinen war in der Tat riesig. Die Tunnel erstreckten sich in alle Richtungen. Einer verlief nach Süden zu dem Tal mit der schwarzen 747, ein anderer nach Osten. Während Jack nach Süden gegangen war, um sich dabei sehen zu lassen, wie er an Bord des Flugzeugs ging – und dabei über Funk mit Muniz sprach –, hatten die anderen das Bergwerk längst betreten und mittlerweile fast eine Stunde Vorsprung nach Osten.

Bei den Ruinen von Aroham hatten sich bei der Detonation der Atombombe nur noch der Krankenwagen und grob angeordnete, menschenförmige Attrappen befunden, die sich alle paar Minuten bewegten, um die Illusion der Anwesenheit von Menschen zu erzeugen. Und natürlich war auch die Kofferbombe dort gewesen.

Nach einigen Stunden überquerte der Jeep die Grenze nach Jordanien, wo ihn ein Meer von Sanddünen erwartete. Kaum hatte der Wagen die erste Düne erklommen, fielen Stretch und Pooh Bear die Kinnladen runter, als sie sahen, was sich vor ihnen befand.

Die *Halicarnassus*.

Jacks große, schwarze 747 stand stolz auf einer asphaltierten Straße, gesäumt von riesigen Dünen aus Sand. Mit ihren gepanzerten Flanken und den an den Tragflächen montierten Geschützen sah die Maschine furchterregend aus. Daneben wartete genauso stolz Sky Monster.

»Hallo, Leute«, grüßte er beschwingt.

»Aber wie …«, begann Pooh Bear. »Ich dachte …«

»Klar, die andere Maschine, die ihr gesehen habt, war eine schwarze 747«, sagte Sky Monster. »Aber hatte sie solche Geschütze? Und Tarnkappentechnologie? Oder war sie einfach nur schwarz?«

»Aber woher habt ihr eine …«, begann Stretch mit heiserer, trockener Stimme.

Sky Monster grinste. »Denk dran, woher Jack die *Halicarnassus* ursprünglich hatte. Sie war eines von mehreren Fluchtflugzeugen, die Saddam Hussein überall im Irak versteckt hatte. Eines von mehreren. Jacks ehemalige Kameraden von SAS haben im westlichen Irak vor einiger Zeit ein anderes gefunden.

Jack hat sie einfach angerufen und ihnen gesagt, dass er die Maschine braucht.«

Sky Monster streckte ihnen ein tragbares Funkgerät hin. »Hier.«

Pooh und Stretch nahmen das Gerät entgegen. »Hallo?«

»*Ihr seid entkommen? Gut*«, sagte Jacks Stimme. »*Wärt ihr dann wohl so freundlich, mich abzuholen? Ich bin mit dem Fallschirm mitten im gottverdammten Nirgendwo abgesprungen! Irgendwo auf der Halbinsel Sinai …*«

»Hör auf zu jammern, West, war immerhin dein dummer Plan.« Sky Monster grinste. »Wir holen dich wie vorgesehen am Treffpunkt ab. Dorthin musst du dich aus eigener Kraft durchschlagen.«

»*Verstanden*«, bestätigte Jack. »*Oh, Pooh und Stretch … Schön, euch zurückzuhaben.*«

Stretch und Pooh Bear lächelten.

»Hey, Jack«, krächzte Stretch.

»*Ja?*«

»Danke.«

SANSIBAR
14. JANUAR 2008
ZWEI MONATE VOR DER DRITTEN FRIST

Vier Tage später stieß Jack wieder zur Gruppe. Sie trafen sich bei Sea Rangers Versteck an der Ostküste Sansibars unter einem schon lange stillgelegten Leuchtturm.

Als Jack dort eintraf, war Stretch längst gewaschen und hatte fast 26 Stunden durchgehend geschlafen. Er saß aufrecht im Bett und hatte einen Laptop auf dem Schoß, als Jack eintrat.

»Ich war mir nicht sicher, ob du kommen würdest, um mich rauszuholen«, sagte Stretch.

»Ich hatte 'ne Lücke im Terminkalender«, erwiderte Jack. »Und eigentlich hat Pooh Bear die Hauptarbeit geleistet.«

»*Ist das Daddy?*«, fragte eine Stimme aus dem Laptop.

Stretch drehte den Computer so herum, dass Jack auf dem Bildschirm Lily sehen konnte. Sie befand sich nach wie vor bei Alby zu Hause in Australien und hatte bisher nichts von der Mission zu Stretchs Rettung gewusst.

»*Du hättest mir ruhig sagen können, was du vorhast*«, meinte sie.

»Nein, konnte ich nicht«, widersprach Jack. »Es war zu gefährlich für dich, davon zu wissen. Tut mir leid.«

»*Aber …*« Sie zögerte. »*Ich war schrecklich zu dir. Entschuldige, Daddy.*«

»Dir muss nichts leidtun, Kleines. Du hattest recht«, erwiderte Jack. »Und deine Instinkte waren auch richtig.

Wir lassen keine Freunde zurück. Wir pauken sie raus oder gehen beim Versuch drauf. Mir tut nur leid, dass ich es dir vorenthalten musste und du so aufgebracht warst.«

Lily lächelte. »*Ich bin stolz auf dich, Daddy.*«

»Und ich freue mich, wenn du stolz auf mich bist. Danke.« Er wandte sich an Stretch. »Ist toll, dich wieder dabeizuhaben, Kumpel. Iss ordentlich und komm wieder zu Kräften. Es wird nämlich bald hektisch.«

»Warum? Was passiert jetzt?«

»Wir finden heraus, wo die anderen Säulen und Eckpunkte sind, dann brechen wir dorthin auf.«

EIN TREFFEN
KLUGER KÖPFE

DIE FÜNF
GROSSEN KRIEGER

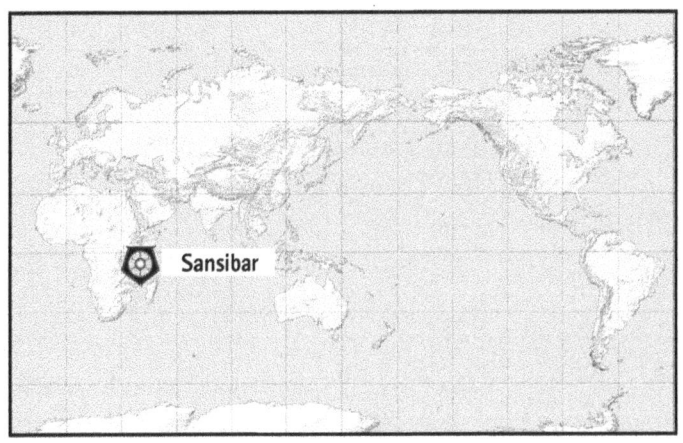

SANSIBAR
JANUAR – FEBRUAR 2008

Jacks Team versammelte sich um einen langen Tisch in einem verglasten Arbeitszimmer an Sea Rangers unterirdischer Anlegestelle. Vor den Fenstern ragte der dunkelgraue Kommandoturm des gestohlenen U-Boots empor.

Jack saß am Kopfende des Tischs, flankiert von Wizard und Zoe. Pooh Bear und Stretch hatten bei den Zwillingen Lachlan und Julius Adamson Platz genommen. Sky Monster lümmelte auf einer Couch unter dem Fenster und döste, während J. J. Wickham das Geschehen von der Tür aus beobachtete.

Mit dabei war das neueste Mitglied der Gruppe, die Archäologin Diane Cassidy. Während Jacks Team in Israel war, hatte sie den afrikanischen Jungen namens Ono in ein Waisenhaus in Mombasa gebracht, das entwurzelten afrikanischen Stammesangehörigen half, sich an die moderne Welt anzupassen. Außerdem hatte Cassidy die Zeit für eine Reise in die USA genutzt, um Angehörigen und Freunden mitzuteilen, dass sie noch lebte. Da sie sich bei ihren Rettern mit jeglichen Informationen erkenntlich zeigen wollte, die sie beisteuern konnte, war sie am Vortag zurückgekehrt.

Lily und Alby nahmen per Videoschaltung aus Perth an dem Treffen teil.

Auf dem Tisch lagen zahlreiche Zettel verstreut – willkürliche Notizen von Wizard, Jack und den Zwillingen, Fotos aus Stonehenge, Karten mit gekritzelten Anmerkungen und Wizards Zusammenfassung:

Belohnungen

(nach Ramses II. in Abydos)

1. WISSEN
2. WÄRME
3. SICHT
4. LEBEN
5. TOD
6. MACHT

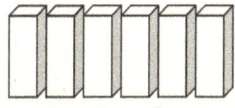

DIE SECHS SÄULEN

- längliche Rohdiamanten
- müssen durch den Stein des Pharao gereinigt werden, bevor sie in die Maschine eingesetzt werden können
- Wo stecken sie? Die Großen Häuser Europas. Vielleicht die »Fünf Krieger«?

Der Sa-Benben (alias Feuerstein)

Interagiert jeweils auf eigene Weise mit jedem der sechs Ramses-Steine

1. St. des Philosophen: reinigt Säulen
2. Stonehenge: verrät die Eckpunkte der Großen Maschine
3. Delphi: macht die dunkle Sonne sichtbar
4. Tafeln: enthalten die letzte Beschwörungsformel
5. Opfer: enthält Daten, wann die Säulen eingefügt werden müssen
6. Schale: unbekannt

DIE GROSSE MASCHINE

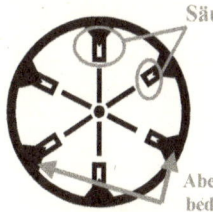

Säulen?

Aber was bedeuten dann die DREIECKE?

BRAUCHEN SOWOHL DEN SA-BENBEN ALS AUCH DEN STEIN DES PHILOSOPHEN! ENTSCHEIDEND FÜR ALLES!!!

Grad der Annäherung muss berechnet werden. Zwillinge anrufen!

16467 x 365,25
Mittl. Geschw. = 125445 km/s
Max. Output 1962 war 10.57
Aber 1991 10.72. Ansteigend.

TITAN AB (DEZ 2007) UND AUF VERBINDUNG? GELEGENHEIT FÜR MÖGL. SICHTUNG?

FALSCH

Fabergé-Ei – Newtons alchemistische Forschungen
Die Quelle des Ness
Äquinoktiums Ostern 2008

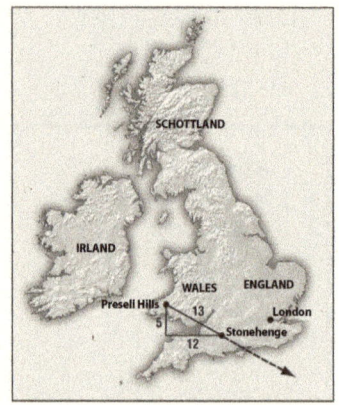

»Also gut«, begann Jack. »Während wir in einen Hoch-sicherheitsstützpunkt eingebrochen sind, hat Wizard an der nächsten Phase unserer Mission gearbeitet. Max, die Daten.«

Wizard stand auf und schrieb auf ein Whiteboard:

3. SÄULE – 11. MÄRZ
4. SÄULE – 18. MÄRZ
5. SÄULE – 18. MÄRZ
6. SÄULE – 20. MÄRZ   (DOPPELTE
TAGUNDNACHTGLEICHE)

»Für Sie, Diane«, sagte Wizard, während er schrieb, »fasse ich noch einmal alles zusammen. Ende letzten Jahres haben wir in einem geheimen Stützpunkt vor der Küste Englands den Feuerstein auf dem Opferstein der Maya – einem der sechs heiligen Steine – platziert und so diese entscheidenden Daten entdeckt. An ihnen müssen die vier restlichen Säulen an den letzten vier Eckpunkten angebracht werden. Wie Sie sehen, scharen sie sich im dies-jährigen März.«

»Die vierte und die fünfte Säule haben das gleiche Datum«, merkte Pooh Bear an. »Kann das stimmen?«

»Es stimmt«, betonte Wizard. »Ich habe es dreimal überprüft.«

»Und das bedeutet?«, fragte Stretch.

»Es bedeutet, dass die vierte und die fünfte Säule gleichzeitig platziert werden müssen.«

»Aber die Eckpunkte könnten in unterschiedlichen Regionen der Erde liegen …«

»Ist uns bewusst«, sagte Jack. »Darauf kommen wir später zurück. Wizard hat mir erklärt, dass sowohl am 11. als auch am 18. März das Himmelsereignis auftritt, das wir als Aufstieg des Titan kennen – ein Ereignis, das mit dem Platzieren der ersten beiden Säulen in Abu Simbel und am Tafelberg zusammengefallen ist. Am letzten Datum, dem 20. März, findet kein Aufstieg des Titan statt.«

»Was dann?«, fragte Sea Ranger.

»Der große Hammer. Bei allen anderen Gelegenheiten krümmen Jupiter, Saturn und der größte Mond des Saturns, der Titan, das Licht des dunklen Sterns. Dadurch wird es abgeschwächt. Aber am 20. März wird es anders sein. Max?«

Wizard übernahm die weitere Erklärung. »Am 20. März 2008 findet ein seltenes Ereignis statt, das es seit Jahrtausenden nicht mehr gegeben hat. Eine doppelte Tagundnachtgleiche. Das heißt, dass unsere Sonne und ihr dunkler Zwilling auf gegenüberliegenden Seiten der Erde ausgerichtet sein werden. Nur an dem Datum schirmen uns Jupiter und Saturn nicht vor den Strahlen des dunklen Sterns ab. An dem Tag tritt der dunkle Stern vollständig hinter ihnen hervor und schleudert seine tödliche Strahlung direkt auf unseren Planeten.«

»Bis dahin muss die Maschine fertig sein, und alle Säulen müssen platziert worden sein«, ergänzte Jack.

»Oder was?«, fragte Sea Ranger.

»Oder wir werden alle Zeugen des Weltuntergangs«, sagte Wizard.

»Und wie genau sieht das Ende der Welt aus?«

Wizard schwieg einen Moment. »Wenn die furchterregende Energie der dunklen Sonne auf unseren Planeten trifft, schütteln ihn innere Krämpfe durch, die an die Oberfläche ausstrahlen.

Stellt euch einen gleichzeitigen Ausbruch sämtlicher Vulkane auf der Erde vor. Stellt euch Tsunamis vor, die jede Küste verwüsten. Stellt euch Erdbeben entlang jeder Bruchlinie vor. Und all das wird sich über Jahre hinziehen.

Eruptionen unter dem Meer werden die Ozeane aufheizen und in siedende Albträume verwandeln. Asche wird den Himmel verdunkeln, die Atmosphäre wird sich schnell mit schwefelhaltigen Gasen aus dem Erdkern anreichern. Die Luft wird giftig werden.

Unser Planet selbst ist ziemlich robust, das Leben darauf jedoch nicht. Menschen können nur auf der Erdoberfläche überleben. Und nach dem 20. März wird sie zu einer höllischen, lebensfeindlichen Umgebung werden – zu einer Landschaft aus schwarzen Wolken, tosenden Meeren, endlosem Feuer und erstickendem Gas.

Spektakulär, schauerlich, überwältigend. So sieht das Ende der Welt aus.«

»Verstehe, also …«, sagte Sea Ranger. »Da hat man doch gleich 'ne völlig neue Perspektive.«

»Falls du dich dadurch besser fühlst, das ist im Verlauf der Jahrmillionen wahrscheinlich schon mehrmals passiert«, sagte Wizard.

»Nein, dadurch fühl ich mich kein Stück besser.«

An der Stelle übernahm Jack.

Für Wickham und Diane Cassidy ging er noch einmal durch, was sie über die Maschine, die Säulen und die Eckpunkte wussten: dass die Saudis seit vielen Generationen die erste Säule besaßen, die Neetha die zweite und das britische Königshaus die vierte.

Über den Verbleib der anderen drei Säulen war wenig bekannt. Offenbar besaß die japanische Kaiserfamilie, die älteste Adelslinie der Welt, eine davon. Und laut der Britin Iolanthe Compton-Jones war es der Familie gelungen, die Säule am Ende des Zweiten Weltkriegs vor den Amerikanern zu verstecken.

Iolanthe hatte Jack außerdem erzählt, dass die Vormachtstellung dreier europäischer Königshäuser – des britischen, des dänischen und des russischen der Romanows – ausschließlich auf ihrem Besitz von Säulen beruhte.

Darüber hinaus wusste Jack nichts dazu, wo die restlichen drei Säulen abgeblieben waren.

Der so wichtige Feuerstein und der Stein der Weisen, die beide zur Reinigung der Säulen benötigt wurden, befanden sich in Wolfs Besitz.

Er hatte sie bei der Schlacht gegen den Stamm der Neetha in Afrika erbeutet. Woher Wolf seine Informationen bezog, abgesehen von seinem Forscher Felix Bonaventura, wusste Jack nicht.

Für die Lage der verbleibenden Eckpunkte hatte Jacks Team immer noch die Fotos der Trilithen von Stonehenge, als sie vom Licht des dunklen Sterns erhellt wurden. Sie zeigten zwar die Lage der sechs großen Tempelschreine auf uralten Weltkarten, leider jedoch mit Küstenlinien, wie sie lange vor den Meerespegeln der Moderne ausgesehen hatten. Dadurch gestaltete es sich äußerst schwierig, die exakte Lage der Eckpunkte zu bestimmen.

Ungeachtet dessen hatten die Zwillinge im vergangenen Monat jeden Tag mit der Herkulesaufgabe verbracht, die alten Küstenlinien mit den modernen zu vergleichen und nach Übereinstimmungen zu suchen.

»Und was haben Sie gefunden?«, fragte Diane Cassidy die beiden.

»Weil es das nächste Ereignis ist«, sagte Lachlan, »haben wir uns auf den dritten Lichtstrahl konzentriert, der Stonehenge erfasst hat. Diesen hier.« Er drehte den Laptop so um, dass Cassidy die Anzeige auf dem Bildschirm sehen konnte:

»Die mit ›3‹ gekennzeichnete Küstenlinie ist schwer herzuleiten«, sagte Julius. »Es könnte die Ostküste verschiedener Kontinente, Länder oder Landmassen sein: Afrika, Indien, Argentinien, Schweden, sogar irgendwo unter den Inseln im Norden Kanadas. Auch der Maßstab hilft nicht weiter, weil er ein anderer als der für Afrika ist.«

Lachlan übernahm. »Wir haben jedes Buch gewälzt, das wir über den Anstieg der Meeresspiegel und die Küstenlinien vor der Sintflut finden konnten …«

»Und?«, hakte Jack nach.

»Und wir sind keinen Schritt näher dran, den Ort zu finden«, gestand Lachlan geknickt.

Julius ergriff das Wort. »Kurz und bündig: Wir brauchen mehr Anhaltspunkte, Jack, mehr Informationen.«

Stille senkte sich über den Tisch.

Gebrochen wurde sie schließlich von Diane.

»Ich habe vielleicht etwas, das helfen könnte.«

Diane hob ihren Rucksack auf, das Einzige, was sie bei der Flucht von den Neetha mitgenommen hatte. Sie holte ein abgewetztes, ledergebundenes Notizbuch heraus.

Als sie es aufschlug, kam eine Seite nach der anderen mit handgezeichneten Skizzen und dicht gedrängten Notizen zum Vorschein.

Sie hielt das Buch auf einer Seite offen, auf der Folgendes geschrieben stand:

DAS LIED DER KRIEGER
(Sphinx, Giseh)

DER ERSTE
wird der Edelste sein, Gelehrter und Soldat zugleich.

DER ZWEITE
*ein geborener Anführer der Menschen,
und niemand wird mehr Ruhm erlangen als er.*

DER DRITTE
wird der größte Kriegsherr der Geschichte sein.

DER VIERTE
*ist der große Besessene, der nur Ruhm sucht,
aber Ruhm ist eine Lüge.*

DER FÜNFTE
*wird sich der größten Prüfung stellen
und über aller Leben oder Tod entscheiden.*

Unter dem Gedicht befanden sich Abbildungen von Hieroglyphen und Karten sowie gekritzelte Anmerkungen.

Diane sah Wizard an. »Max, Sie haben mich nie gefragt, warum ich in Afrika nach den Neetha gesucht habe.«

»Ich … na ja … Ich war wohl der Annahme, Sie hätten sie einfach gesucht, um herauszufinden, ob es den sagenumwobenen Stamm tatsächlich gibt.«

»Ich bin zwar gewissermaßen eine Expertin für die Neetha geworden, aber ich habe nicht wirklich nach ihnen gesucht. Auch ich weiß von den sechs heiligen Steinen und den Säulen. Meine Fachkenntnisse über die Neetha haben sich lediglich aus meiner größeren Suche ergeben. Ich wollte herausfinden, ob es diese sagenumwobenen heiligen Steine und Diamantziegel wirklich gibt.

Ich dachte mir, dass die Neetha als ursprüngliche Besitzer eines der sechs heiligen Steine – der Kugel von Delphi – Wissen über die anderen besitzen könnten. Und das trifft eindeutig zu. Meine Suche ist dieselbe wie Ihre. Ich habe lediglich einen anderen Hauptbezugspunkt – dieses Gedicht, das *Lied der Krieger*.« Sie wandte sich an Jack. »Kennen Sie es?«

»Ich schon«, antwortete Wizard für ihn. »Es wurde eingemeißelt auf einer Tafel zwischen den Vorderpfoten der Sphinx gefunden. Napoleons Männer haben sie ausgegraben.«

»Das ist richtig. Und mittlerweile befindet sich die Tafel im British Museum.«

»Welche Bedeutung hat das Gedicht?«, fragte Jack.

»Max hat vermutet, dass es eine Bedeutung hat. Nicht wahr, Max?«, sagte Diane.

»Eine Zeit lang, aber ich konnte sie nicht zuordnen.«

Diane deutete mit dem Kopf auf Wizards Übersichtsblatt. »Sie erwähnen in Ihren Notizen sogar ›fünf Krieger‹ als mögliche Inhaber der Säulen.«

»Tatsächlich?« Jack überprüfte das Blatt und stellte zu seiner Überraschung fest, dass die Frau recht hatte.

Es stand unter der Überschrift »DIE SECHS SÄULEN«:

Verbleib? Die großen Häuser Europas; vielleicht die ›fünf Krieger‹???

»Ich glaube«, sagte Diane, »dass dieses Gedicht in direktem Zusammenhang mit unserer gemeinsamen Suche steht. Ich glaube, es erzählt von den fünf Personen, die im Verlauf der Geschichte das Schicksal des Feuersteins, der sechs heiligen Steine, der Säulen und der Eckpunkte am stärksten beeinflusst haben.«

Diane projizierte das Gedicht auf das Whiteboard, kreiste mit einem Filzstift verschiedene Wörter ein und fügte an den Rändern Notizen hinzu.

Während sie schrieb, kommentierte sie selbstsicher und kompetent: »Wie wir alle wissen, wurde die große Pyramide von Chufu erbaut – auch Cheops genannt. Die Sphinx befindet sich allerdings vor der zweiten Pyramide von Giseh, die Cheops' Sohn Chafre – oder Chephren – erbaut hat. Deshalb dachten Archäologen lange Zeit, auch sie stamme von Chephren. Heute hingegen glauben viele Ägyptologen, dass Cheops, von dem die große Pyramide stammt, die Sphinx erschaffen hat.«

»Wir haben ein wenig Erfahrung mit der großen Pyramide«, merkte Jack freundlich an.

»Aber vielleicht ist Ihnen noch nicht die monumentale Bedeutung ihres Erbauers klar«, sagte Diane. »Ich meine, die große Pyramide, der goldene Schlussstein, der Feuerstein: Alle drei sind wesentliche Bestandteile Ihrer Mission. Und alle drei stammen von Cheops. Er hatte alle drei in seinem Besitz. Wäre es da nicht logisch, dass Cheops auch Wissen – umfassendes Wissen – über Ihre Maschine besessen haben könnte?«

»Schon, wenn man's so betrachtet«, meinte Jack mit einem Blick zu Wizard.

Der alte Professor zuckte nur verlegen mit den Schultern. »Wir haben uns auf Ramses und die sechs Ramses-Steine konzentriert.«

»Verständlich.« Diane beendete das Schreiben auf dem Whiteboard. »Aber haben Sie sich je gefragt, woher diese sechs heiligen Steine stammen? Und woher die sechs länglichen Diamantsäulen?

Irgendwann müssen sie alle zusammen gewesen sein, oder? Und das erste Mal finden wir sie zusammen bei Cheops – deshalb werden der Feuerstein, die sechs heiligen Steine und die sechs Säulen in einigen Texten zusammen als ›Cheops' Schatz‹ oder ›Cheops' Weisheit‹ bezeichnet. Und die Antwort darauf, was aus Cheops' Schatz geworden ist, verbirgt sich in diesem vor über 4000 Jahren geschriebenen Gedicht.«

Schwungvoll trat sie vom Whiteboard zurück und enthüllte ihr Werk:

»Dschingis Khan … Napoleon …«, sagte Wizard.

»Jesus Christus …«, hauchte Zoe. »Ein Krieger?«

Julius deutete mit dem Kinn auf das Whiteboard. »Ich glaube, beim vierten Krieger wollten Sie eigentlich ›Lachlan Adamson‹ hinschreiben. Er ist der große Besessene. Mann, Sie sollten ihn mal morgens beim Frisieren erleben. Das nenne ich besessen …«

»Ha-ha-ha«, kam von Lachlan.

»Damit habe ich mich befasst«, sagte Diane ungerührt. »Das hat mich zu den Neetha geführt, um herauszufinden, welche Informationen sie über das Lied haben könnten. Ich hätte nur nie damit gerechnet, von ihnen gefangen und versklavt zu werden.«

Jack betrachtete eine Weile schweigend das Whiteboard. Schließlich meinte er leise: »Es ist eine Prophezeiung …«

Diane nickte beeindruckt. »Richtig, Captain. Ja, das ist es. Eine Vorhersage, ein Einblick in die fünf Personen, die im Verlauf der Jahrhunderte den größten Einfluss auf das Schicksal von Cheops' Schatz haben werden – den Feuerstein, die sechs heiligen Steine und die sechs Säulen.«

Jack ergriff erneut das Wort: »Sie denken also, wenn wir uns auf die Spuren dieser fünf großen Krieger begeben, ihr Leben und ihre Geschichte verfolgen, dann finden wir die Säulen und vielleicht auch Hinweise auf die Lage der restlichen Eckpunkte.«

Diane Cassidy zeigte auf ihn. »Genau das denke ich.«

»Okay«, sagte Jack. »Und wie sind Sie darauf gekommen, dass genau diese Männer die auf der Sphinx-Tafel erwähnten Krieger sind? Ich meine, was ist mit anderen großen militärischen Persönlichkeiten wie Raleigh oder Nelson ...«

»... oder Cäsar oder Hannibal ...«, fügte Zoe hinzu.

»... Saladin oder Alexander ...«, sagte Pooh Bear.

»... Hitler, Patton oder Rommel ...«, kam von Julius.

Diane hob die Hände. »Ich weiß, ich weiß. Glauben Sie mir, ich habe all diese Persönlichkeiten und andere unter die Lupe genommen, bevor ich mich auf diese hier festgelegt habe. Hat jahrelange Arbeit gekostet.«

»Tut mir leid. Wie haben Sie sich für diese Personen entschieden?«

»Also gut. Fangen wir mit Moses an. Bedenken Sie, dass die historische und biblische Gestalt, die wir als Moses kennen, in Wirklichkeit ein ägyptischer Priester namens Thutmosis war. Moses oder Mosis bedeutet schlicht ›Sohn von‹. Also bedeutet *Thuth*-mosis ›Sohn des Thot‹ – des ägyptischen Gottes der Weisheit. Moses ist daher auch der Namensgeber eines der Ramses-Steine: der Zwillingstafeln des Thutmosis.«

»Auch bekannt als die Zehn Gebote«, merkte Pooh Bear an. »Davon wissen wir.« Er warf durch den Raum einen Blick auf die Zwillingstafeln des Thutmosis.

»O ja, richtig«, bestätigte Diane.

Jack fragte: »Und wie kommen Sie darauf, dass Moses der erste Krieger in dem Lied ist?«

»Das Lied ist nicht der einzige antike Text, in dem fünf sagenumwobene Krieger erwähnt werden«, erwiderte

Diane. »Es gibt noch zwei weitere. Einen aus der Wu-Schlucht in China, der gemeinhin dem Philosophen Laotse zugeschrieben wird, und einen aus den Ruinen von Karakorum in der Mongolei. Das ist der erste.«

Sie wandte sich einem sehr alten ausgebleichten, in ihr Notizbuch gehefteten Foto zu. Es zeigte einen Steinsockel mit einer uralten chinesischen Inschrift. Diane hatte sie übersetzt:

Die Fünf

1. **Ein bescheidener Priester, Sohn des großen Gottes der Weisheit, wird vor dem Hass eines großen Königs aus seiner Heimat fliehen.**

2. **Ein Seher, ein Heiler, ein Mann, der alles sein möchte, wird auf einem abscheulichen Baum sterben.**

3. **Ein Kriegsherr, aber sehr weiser Herrscher, wird sein Reich auf einer kargen Ebene errichten.**

4. **Er wird nach einem Reich trachten, aber nur Tränen ernten, denn sein Reich wird keine 20 Jahre überdauern.**

5. **Ein tödlicher Kampf zwischen Vater und Sohn, der eine kämpft für alle, der andere für einen.**

Wizard meldete sich zu Wort. »Ich habe diesen Sockel gesehen, als ich in der Wu-Schlucht war. Er ist immer noch dort, nur mittlerweile drei Meter unter Wasser.«

Diane wandte sich einem zweiten Foto zu. Es zeigte eine große gusseiserne Tür, übersät mit Nieten und Symbolen, die nach einer alten chinesischen Schrift aussahen.

»Die Sprache ist Mongolisch«, erklärte sie. »Dieses Tor ist eine der Pforten von Karakorum, der schwarzen Stadt, der Hauptstadt des Khanats. Es stammt aus der Zeit von Dschingis Khan.«

Alle lasen Cassidys Übersetzung:

Die fünf großen Krieger

Der Erste, der Kriegerpriester, wird den Schatz aus dem alten Land bringen und das große Geschlecht begründen.

Der Zweite, der Kriegerkönig, wird zwei königliche Linien einen und so die Linie der Gottkönige fortsetzen. Er wird den Schatz entzweien und der Welt seinen ewigen Stempel aufdrücken.

Der Dritte, der Pferdekrieger, wird den Schatz in seinen Hallen aus Eisen treu behüten und an jene weitergeben, die er als würdig erachtet.

Der Vierte, der Kaiserkrieger, wird den Schatz zum eigenen Ruhm suchen und nur weiter verstreuen. Er wird sich für immer seinem Zugriff entziehen.

Der Fünfte, der strahlende Krieger, **wird bei der zweiten Ankunft zugegen sein und über das Schicksal aller entscheiden.**

Diane erläuterte: »So bin ich auf Moses, Jesus, Dschingis Khan und Napoleon gekommen. Wenn man alle drei Quellen – und zahlreiche andere historische Hinweise – gegeneinander abgleicht, stellt man fest, dass alles zusammenpasst. Den letzten Krieger, den fünften, kenne ich noch nicht. Im Text aus der schwarzen Stadt heißt es, der fünfte Krieger wird bei der ›zweiten Ankunft‹ zugegen sein, also bei der Rückkehr des dunklen Sterns im März.«

Lachlan Adamson wandte sich an Jack. »Ein tödlicher Kampf zwischen einem Vater und seinem Sohn, Jack. Womöglich tragen dein Arschloch von einem Vater und du den Endkampf aus.«

Jack bedachte Lachlan mit einem Seitenblick. »Ich bezweifle schwer, dass ich Gegenstand einer uralten Prophezeiung bin. Außerdem geht aus den Texten nicht klar hervor, ob der fünfte Krieger der Vater oder der Sohn ist. Der Krieger könnte mein Vater sein, der von Pooh Bear oder sogar jemand, dem wir noch gar nicht begegnet sind.«

Zoe wirkte nicht überzeugt. »Jesus Christus wird gemeinhin nicht als Krieger gesehen. Er war ein Mann des Friedens.«

»Er hat ein Schwert getragen«, entgegnete Wizard. »Und an einer berühmten Stelle im Lukasevangelium fordert er seine Anhänger auf, Schwerter zu kaufen.«

»Und viele dieser Anhänger waren Revolutionäre, die zum Aufstand gegen Rom aufgerufen haben«, warf Julius ein.

»Und Napoleon?«, fragte Zoe. »Der Kaiserkrieger? Der Mann hatte mehr Misserfolge als Erfolge.«

Darauf antwortete Jack. »Stimmt, aber er hat sich zum Kaiser von Frankreich ausrufen lassen. Und er war Ägyptenfanatiker. Ihm ist es zu verdanken, dass wir den Stein von Rosette haben und Hieroglyphen entziffern konnten. Außerdem wurde er bekanntlich in der großen Pyramide in die Freimaurerei eingeweiht. Es gibt in der Geschichte keinen westlichen Führer mit einer engeren Verbindung zu Ägypten.«

Jack wandte sich wieder an Diane Cassidy.

»Das ist sehr hilfreich. Sie könnten damit etwas auf der Spur sein. Gehen wir mal davon aus, dass Sie recht haben. Dann sollten wir diese vier historischen Persönlichkeiten genauer unter die Lupe nehmen: Moses, Jesus, Dschingis Khan und Napoleon.

Leute, es ist an der Zeit, die Nase in Bücher zu stecken. Ich will, dass ihr diese vier Krieger mit allem abgleicht, was wir über die Maschine, die Säulen und die Eckpunkte wissen.

Deckt jeden Winkel ab – Astronomie, Ägyptologie, antike Mythologie. Die Eckpunkte, an denen wir schon gewesen sind – Abu Simbel und Kapstadt. Aristoteles, Ramses, Cheops, Hieronymus, die Neetha und die großen Häuser Europas. Wirklich alles. Sucht nach Verbindungen, Überschneidungen, irgendeinem gemeinsamen Nenner, der uns zu den verbleibenden Säulen und Eckpunkten führen kann.

Und speziell für dich, Zoe: Achte auf andere Anwärter für den ›großen Krieger‹, falls sich Dr. Cassidy irrt.

Also gut, Leute, legen wir los.«

SANSIBAR
FEBRUAR 2008
IM MONAT VOR DER DRITTEN FRIST

In den nächsten Wochen vertiefte sich das Team in Recherche. Gelesen wurde alles, was sich über die vier bekannten »großen Krieger« finden ließ – Moses, Jesus, Dschingis Khan und Napoleon. Notiert wurden von ihnen unternommene Reisen, von ihnen verfasste Texte oder über sie geschriebene Bücher.

Neben der Bibel wurden die anderen bekannten Evangelien studiert. Auch in *Geheime Geschichte der Mongolen,* dem großen Werk über die Errungenschaften von Dschingis Khan, wurde nach Hinweisen auf uraltes Wissen, »Weisheit« oder einen »Schatz« gestöbert.

Alle zwei Tage trafen sie sich zu einer Besprechung. Dabei schrieb Jack die wichtigsten Erkenntnisse auf das Whiteboard vorn im Raum.

Und tatsächlich stießen sie bei ihren Nachforschungen auf merkwürdige Zusammenhänge.

So bezeichneten sich beispielsweise die großen Häuser Europas als »Deus Rex« – die Gottkönige. Im Text aus der schwarzen Stadt wurde so die Linie von Jesus Christus beschrieben.

Der Punkt kam auf das Whiteboard.

Ebenso wurde festgestellt, dass Napoleon außergewöhnliches Interesse an Ramses II. gezeigt hatte. Während seiner berühmten Expeditionen nach Ägypten hatte Napoleon ausdrücklich angeordnet, dass sämtliche Entdeckungen im

Zusammenhang mit Ramses dem Großen direkt an ihn gemeldet werden sollten.

Eine Inschrift, die in den Ruinen des Palasts von Ramses in Luxor gefunden wurde, hatte ihn besonders fasziniert. Sie lautete:

EIN EINSAMER BEKHEN WACHT ÜBER
DEN EINGANG ZUM GRÖSSTEN SCHREIN.

Der größte Schrein spielte natürlich auf den sechsten und letzten Eckpunkt an. Und bei »Bekhen« handelte es sich um eine seltene Art von bräunlich-schwarzem Basalt.

Also hatte Napoleon seine Wissenschaftler damit beauftragt, Ägypten nach Monumenten aus solchem Stein zu durchforsten. Ihre berühmteste Entdeckung war der Stein von Rosette. Davon abgesehen fand man jedoch nur einige kleine Obelisken, und keiner stand am Eingang zu einem unterirdischen Schrein.

Wie sich herausstellte, war Napoleon neben seiner Besessenheit von Ägypten auch ungewöhnlich fasziniert von Astronomie – vor allem von Saturn und Jupiter.

Der französische Kaiser fragte sich, warum die beiden Planeten auf ihren Bahnen manchmal den vorhergesagten Positionen hinterherhinkten. Seiner Beobachtung nach war es so, als würde eine äußere Kraft auf ihre Himmelsbewegungen einwirken.

»In der Artillerieschule wurde Napoleon vom Gelehrten Pierre-Simon de Laplace unterrichtet«, schilderte Zoe der Gruppe bei einer ihrer Besprechungen.

»Laplace?« Wizard schaute auf. »Er war einer der größten Mathematiker aller Zeiten. Von ihm stammt das Konzept des Meters. Außerdem galt er als führende Kapazität auf dem Gebiet der Astronomie. Manch einer meint, in Sachen Himmelsmechanik sei er sogar Isaac Newton überlegen gewesen.«

Zoe erwiderte: »Als Napoleon Kaiser von Frankreich wurde, hat er Laplace als astronomischen Berater an seinen Hof geholt. Insbesondere sollte er die Ursache für die Verzögerung bei den Umlaufbahnen von Saturn und Jupiter untersuchen.«

»Napoleon wusste also eine Menge über Ägypten und über die Umlaufbahnen von Saturn und Jupiter«, hielt Jack fest. »Demnach können wir wohl davon ausgehen, dass er von der dunklen Sonne gewusst hat.«

Auch das kam auf das Whiteboard.

Bei der Erwähnung von Isaac Newton schaltete sich Stretch ein.

»Ich bin Wizards Notiz über Newtons alchemistische Arbeit nachgegangen. Newton war fanatischer Verfechter der Alchemie, der ›Wissenschaft‹ der Verwandlung von Blei in Gold. Der Mann war geradezu besessen davon. Darüber hat er mehr als über jedes andere Thema geschrieben.«

»Und?«

»Na ja, es ist alles sehr dicht und kompliziert. Oft ergibt es überhaupt keinen Sinn. Nennt mich verrückt, aber mitunter habe ich das Gefühl, dass Newton den Begriff ›Alchemie‹ als Codewort für etwas anderes benutzt hat.«

»Isaac Newton war berüchtigt für seine Geheimniskrämerei. Und schon zu seiner Zeit galt Alchemie als entlarvter Schwindel. Würde mich nicht überraschen, wenn Newtons ›Alchemie‹ in Wirklichkeit ein Code für eine andere Art von Umwandlung war«, merkte Wizard an.

»Bezieht sich irgendwas in seinen Arbeiten auf die dunkle Sonne?«, fragte Jack.

»Nichts, das ich gefunden habe«, antwortete Stretch. »Jedenfalls nicht direkt.«

»Ist er also relevant oder nicht?«, stellte Jack zur Diskussion.

Wizard antwortete für Stretch: »Oh, mit Sicherheit. Noch heute gilt Sir Isaac Newton als einer der weltweit bedeutendsten Experten für Planetenbewegungen. Immerhin hat er als Erster präzise den Aufstieg des Titan vorhergesagt. Wenn man Newtons Hang zu Esoterik und die Unmenge an Arbeiten bedenkt, die er nicht veröffentlicht hat, ist es durchaus möglich, dass er die dunkle Sonne entdeckt und für sich behalten hat. Newton zu ignorieren, könnte ein großer Fehler sein.«

Der Punkt landete auf dem Whiteboard.

Eines ruhigen Nachmittags ging Jack mit Wizard in ein Büro, um unter vier Augen mit ihm zu reden. Er wollte etwas besprechen, das ihn beunruhigte.

»Max, die Belohnung für das Platzieren der ersten Säule war immens fortschrittliches, hoch entwickeltes *Wissen*. Die zweite Belohnung, *Wärme*, war das Geheimnis des Perpetuum mobile. Hast du irgendeine Ahnung, was die letzten vier Belohnungen sind?«

Wizard zuckte mit den Schultern. »Eigentlich nur Vermutungen. Die vorhandenen Informationen über die Art der Belohnungen sind bestenfalls bruchstückhaft. Zum Beispiel die dritte: *Sicht*. Geht es um Sicht auf die Zukunft? In die Vergangenheit? Oder um die Fähigkeit, in die Herzen der Menschen zu blicken? Ich habe mal von einem ägyptischen Blutritual gelesen. Dabei hat sich ein Priester die Handfläche aufgeschlitzt und dann einen heiligen Edelstein ergriffen – angeblich hatte er so Visionen.

Unser chinesischer Philosoph Laotse hat einst postuliert, das Bedeutendste, was man sehen könnte, sei der Zeitpunkt des eigenen Todes, damit man sich darauf vorbereiten kann.

In Anbetracht von Laotses Verbindung mit unserer Mission könnte das durchaus eine Anspielung auf die als *Sicht* bezeichnete Belohnung sein.«

»Was ist mit den anderen?« Jack las von Wizards Zusammenfassung ab: »*Leben, Tod* und *Macht?*«

Wizard erwiderte: »Weißt du noch, was Stretch neulich über Isaac Newton gesagt hat? Dass er das Wort ›Alchemie‹ als Code für etwas anderes als die Umwandlung von Blei in Gold verwendet haben könnte? Ich habe mich oft gefragt, ob Newtons alchemistisches Streben in Wirklichkeit der Versuch war, die gewöhnliche menschliche Lebensspanne zu verlängern.«

»Du denkst, die Belohnung namens *Leben* ist Langlebigkeit …«

»Mir gefällt Newtons Metapher«, sagte Wizard. »Dass unsere gewöhnliche Lebensspanne Blei ist, während eine verlängerte Gold wäre.«

»Was ist mit der fünften Belohnung, *Tod?*«

»Aufgrund von Hinweisen aus Ägypten – die Pyramidentexte, das Buch der Toten – vermute ich, dass es sich bei der Belohnung um irgendeine Waffe handelt. Um die Fähigkeit, Tod über Feinde auszuschütten.«

Jack überlegte kurz. »Wäre es möglich, dass die Belohnungen *Leben* und *Tod* irgendwie zusammenhängen? Könnte *Tod* in irgendeiner Form die Macht verleihen zu töten und *Leben* so etwas wie ein Gegenmittel sein? Immerhin sind die beiden Säulen die einzigen, die gleichzeitig platziert werden müssen.«

»Hm, der Gedanke ist mir noch gar nicht gekommen.«
Wizard grübelte. »Könnte durchaus möglich sein.«

»Und was ist mit der letzten Belohnung?«, fragte Jack.
»Mit *Macht?*«

Wizard breitete die Hände aus. »Das ist die Belohnung
der Belohnungen: absolute irdische Macht für denjenigen,
der den dunklen Stern abwehrt. Aber welche Form diese
Macht annimmt, weiß niemand …«

Es klopfte an der Tür.

Zoe steckte den Kopf herein. »Hey. Lily hat sich gerade
aus Australien gemeldet. Sie sagt, sie hat was Großes zu
berichten.«

Die Gruppe versammelte sich im Besprechungsraum vor der Leinwand des Projektors und dem Whiteboard.

Wizard stand vorn im Raum. Ein Computermonitor zeigte Lilys Gesicht über eine Videoschaltung aus Perth.

Wizard projizierte ein digitales Foto auf die Leinwand. Es zeigte die goldene Tafel, die Zoe und er am ersten Eckpunkt in Abu Simbel fotografiert hatten und die eine Beschreibung aller sechs Eckpunkte enthielt.

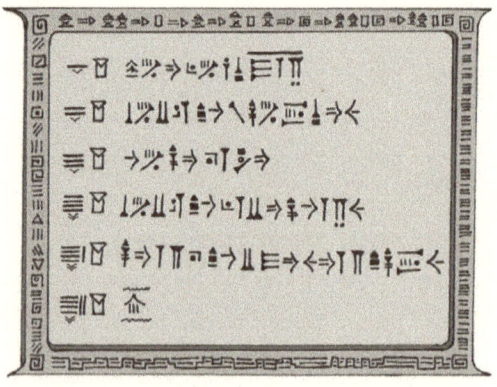

»Also, was gibt's?«, fragte Zoe.

Lily ergriff das Wort. »Nicht zu fassen, dass es mir nicht schon früher aufgefallen ist. Schaut euch die linke Seite der Tafel genau an, dann seht ihr die Thot-Nummerierung für jeden Eckpunkt in Form von horizontalen Linien. Aber unter jeder Nummer ist auch eine v-förmige Markierung. Das ist in der Sprache des Thot das Symbol für *Reinigung*.«

Zoe zuckte mit den Schultern. »Klar. Die Reinigung jeder Säule durch den Stein der Weisen.«

112

»Teilweise«, erwiderte Lily. »Seht genauer hin. Unter den Ziffern für die letzten drei Eckpunkte sind je zwei V.«

»Ach ja ...«, sagte Lachlan.

»Hm«, brummte Julius, der es ebenfalls zum ersten Mal bemerkte.

Jack runzelte die Stirn. »Was bedeutet das? So was wie eine doppelte Reinigung?«

»Ja«, bestätigte Lily.

Wizard ergriff das Wort. »Ich habe meine Datenbank gerade nach Hinweisen auf eine zweite Form der Reinigung durchsucht. Da die dunkle Sonne der Erde Ende März viel näher sein und somit mehr Energie ausstrahlen wird, braucht die Maschine anscheinend für die letzten drei Säulen eine zusätzliche Form der Reinigung. Die wichtigste Quelle dazu, die ich gefunden habe, ist diese.«

Er projizierte ein weiteres Bild auf die Leinwand. Es zeigte eine altägyptische Wand voll Hieroglyphen.

»Das stammt aus einer Kammer in Sakkara südlich von Giseh«, erklärte Wizard. »Die Hieroglyphen besagen:

Reinige die letzten drei auch in meiner Schale,
im klaren Wasser der Quelle der Schwarzpappel.
Tust du es, wird Ras Zwilling besänftigt
und schüttet seine Gunst über dich aus.

»Seine Gunst?«, murmelte Stretch. »Die letzten drei Belohnungen?«

»Richtig«, bestätigte Wizard.

»Um also die dunkle Sonne an den letzten drei Eckpunkten aufzuhalten«, sagte Jack, »müssen wir die letzten drei Säulen nicht nur mit dem Stein der Weisen reinigen, sondern auch im Wasser dieser ›Quelle der Schwarzpappel‹ ...«

»Und es muss in seiner Schale erfolgen, der Schale von Ramses II., dem letzten der sechs heiligen Steine«, fügte Wizard hinzu.

»Dem einzigen, den wir bisher nicht aufspüren konnten«, sagte Jack. »Das wird ein Problem. Lily, Alby, Wizard: Ich möchte, dass ihr euch von jetzt an ausschließlich da dranhängt. Findet heraus, was aus der Schale geworden ist und wo diese Pappelquelle liegt.«

Die Nachforschungen setzten sich fort.

Zwischen den Gruppenbesprechungen und den Lesestunden gingen Jack und die anderen Soldaten des Teams für Sport und Schießübungen nach draußen.

Jack und Zoe absolvierten morgendliche Läufe an der abgelegenen Küste. Pooh Bear bastelte eine mannshohe Puppe aus Sandsäcken, in die er Messer warf, und Stretch, der sich inzwischen fast vollständig erholt hatte, schoss aus großer Entfernung mit seinem Scharfschützengewehr darauf.

Eines Tages zeichnete er auf Lilys Drängen am Videotelefon ein lächelndes Gesicht mit Brille auf die Puppe. Prompt taufte Lily sie »George«. Wenn danach jemand zum Training hinausging, verabschiedete er sich mit den Worten: »Ich gehe nur kurz ein paarmal George umbringen.« Wenn die ramponierte Puppe zur Reparatur zurückgebracht wurde, manchmal ohne Kopf, in der Regel mit fehlenden Gliedmaßen, meinte immer irgendjemand: »Armer George.«

Indes gingen die Nachforschungen weiter.

Weitere Verbindungen zwischen den großen Kriegern wurden entdeckt, und das Whiteboard füllte sich. Bald jedoch kristallisierte sich heraus, dass sich einige der verblüffendsten – und bedeutendsten – Verbindungen um einen bestimmten Krieger drehten.

Um Jesus, den Nazarener.

»Kein einzelner Mensch hat die Welt nachhaltiger beeinflusst als Jesus Christus.« Lachlan hielt zusammen mit seinem Bruder Julius einen Vortrag für die Gruppe.

Wie so oft trugen die Zwillinge auch an diesem Tag gegensätzliche T-Shirts. Auf dem von Lachlan stand »Stewie Griffin for President« – *Wählt Stewie Griffin zum Präsidenten.* Und auf dem von Julius: »Stewie Griffin is an Evil Genius« – *Stewie Griffin ist ein böses Genie.*

»Die Frage, ob Jesus der Sohn eines göttlichen Wesens war, heben wir uns für ein anderes Mal auf«, sagte Lachlan. »Jedenfalls sind sich Gläubige wie Atheisten darin einig, dass Jesus ein Mann war, der vor etwa 2000 Jahren in der Region Judäa gelebt hat.

Seine Lehren werden von der Organisation verbreitet, die wir als katholische Kirche kennen. Allerdings bleibt fraglich, ob es sich dabei in Wirklichkeit nicht um eine wiederbelebte Version eines ägyptischen Sonnenkults handelt.«

»Zu dem Thema hatten wir schon Umgang mit der katholischen Kirche«, warf Jack ein.

»Ja, aber ist dir die entscheidende Bedeutung bewusst, die Ostern dieses Jahr – 2008 – für die Kirche hat? Wizard erwähnt es sogar unten auf seinem Zusammenfassungsblatt.«

»Klärt mich auf.«

»Also, ihr wisst wahrscheinlich alle, dass sich das Datum für Ostern jedes Jahr ändert. Aber wisst ihr auch, wie es berechnet wird?«

»Wie?«, fragte Pooh Bear.

Julius erwiderte: »Ursprünglich wie folgt: Der Ostersonntag sollte der erste Sonntag nach dem ersten Vollmond im Anschluss an die nördliche Frühlingstagundnachtgleiche sein.«

»Der Sonntag nach dem ersten Frühlingsvollmond«, vereinfachte Lachlan.

»Sonnenkult«, merkte Stretch an.

»Aber dieses Jahr, 2008, passiert etwas ganz Besonderes«, verriet Lachlan. »Dieses Jahr fällt Ostern genau auf die Tagundnachtgleiche. Unser Stichtag ist der 20. März. Dieses Jahr ist der 20. März der Gründonnerstag, der Beginn des Osterfests, das an Jesus' Tod und angebliche Auferstehung erinnert.«

»Die Sonne zur Tagundnachtgleiche und die Rückkehr des dunklen Sterns«, sagte Jack. »Der perfekte religiöse Sturm.«

»Nur allzu richtig. Für die katholische Kirche ist der 20. März 2008 das ultimative heilige Datum«, bestätigte Lachlan, »an dem alles zusammenkommt, woran sie glaubt.«

»Meint ihr, sie ist noch im Spiel?«

»Die Kirche mag sich seit eurem Kampf gegen ihre Agenten bei der großen Pyramide ruhig verhalten haben, aber es wäre gefährlich, Schweigen mit Untätigkeit gleichzusetzen. Ich würde davon ausgehen, dass die Katholiken unsere Mission um den 20. März herum mit Argusaugen beobachten werden.«

»Um auf Jesus selbst zurückzukommen«, übernahm Julius das Wort. »Wie die meisten von euch wissen, wurde er ›Messias‹ genannt, eine Bezeichnung, die im Verlauf der Jahre religiöse Bedeutung erlangt hat, aber eigentlich ein Begriff ist, der mit der Abstammung zusammenhängt.

Wir haben viel über die väterliche Abstammung Jesu gefunden, da sein Vater Josef der königlichen Linie Davids angehört hat. Väterlicherseits hatte Jesus also eine überaus betuchte Herkunft. Er war kein bettelarmer Zimmermann. Tatsächlich steht nirgendwo in der Bibel, dass Jesus überhaupt je gearbeitet hat.«

Lachlan übernahm.

»Aber mütterlicherseits wird die Geschichte noch interessanter. Maria stammte aus Aarons Linie, einem weiteren königlichen Geschlecht. Wer Aaron war, fragt ihr?«

Lachlan grinste. »Aaron war Moses' Bruder. Jesus, unser zweiter Krieger, war sehr weitläufig ein Nachkomme der Familie von Moses, unserem ersten Krieger.«

»Daher war Jesus schon von monumentaler Bedeutung, bevor er überhaupt ein Wort gesagt hat. Er war die lebendige, atmende Vereinigung zweier mächtiger Königsgeschlechter: der Linien Davids und Aarons. Die Vereinigung dieser beiden großen Linien war sogar prophezeit worden, und derjenige, der sie geeint hat, sollte als der Messias bekannt werden.

Es wäre also durchaus logisch, dass ein heiliges Familienerbstück wie der ›Schatz‹, den Moses aus Ägypten geschmuggelt hat, über Generationen weitergegeben wurde, bis er bei Jesus gelandet ist. Was Jesus damit gemacht hat, ist die große Frage.«

»Laut einem von Dr. Cassidys Gedichten«, fuhr Julius fort, »wird der zweite große Krieger – Jesus – ›den Schatz entzweien und der Welt seinen ewigen Stempel aufdrücken‹.

Tja, wir wissen zweifelsfrei, dass Jesus der Welt seinen Stempel aufgedrückt hat. ›Den Schatz entzweien‹ fassen wir so auf, dass er die sechs Säulen in zwei Dreiergruppen aufgeteilt hat.

Nach umfangreichen Recherchen konnten wir einige Lücken füllen. So sind Lachie und ich auf das folgende Diagramm gekommen, das unsere Vermutungen über den Verbleib der sechs Säulen zusammenfasst.«

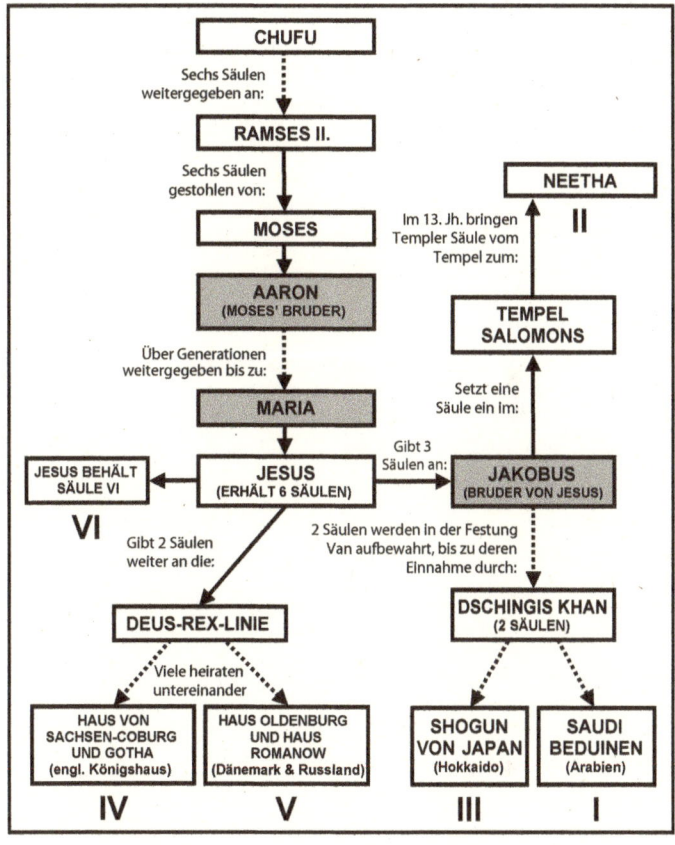

Julius fügte hinzu: »Das sieht kompliziert aus, also werden wir es erklären. Zunächst müssen wir uns von unserem derzeitigen Wissensstand nach hinten arbeiten: Die Saudis hatten die erste Säule, die Neetha die zweite und die Briten die vierte. Sie sind im Diagramm mit **I**, **II** und **IV** gekennzeichnet.«

»Diese Endpunkte kennen wir. Wenden wir uns also wieder Jesus zu«, sagte Lachlan. »Wie hat er die sechs Säulen aufgeteilt? Wir reden hier von wertvollen Erbstücken, also wollte er sie wahrscheinlich in der Familie behalten ...«

Julius übernahm. »Wiederum davon ausgehend, was wir wissen, glauben wir, dass Jesus drei Säulen in seiner unmittelbaren Familie behalten hat – der mittlerweile berühmten Familie, entstanden aus ihm selbst und Maria Magdalena, die bald nach seiner Kreuzigung in Frankreich aufgetaucht ist.

Diese heilig-königliche Abstammung – Deus Rex – beanspruchen einige europäische Königshäuser als ihr Geburtsrecht.

Und wie wir wissen, hat die britische Königsfamilie eine Säule, die vierte, in ihrem Besitz. Wir glauben, dass eine weitere Säule dank jahrhundertelanger Ehepolitik und Kriege zu gleichen Teilen von der dänischen Königsfamilie und den Romanow-Nachfahren des letzten russischen Zaren Nikolaus II. gehalten wird.«

Jack meldete sich zu Wort: »Ihr habt gesagt, dass Jesus drei Säulen behalten hat. Das sind nur zwei. Was ist eurer Meinung nach aus der dritten geworden?«

Lachlan sah Julius an.

Julius sah Lachlan an.

Dann zuckten beide mit den Schultern.

Schließlich sagte Lachlan: »Wir haben keinen Grund zu der Annahme, dass die dritte Säule nach Jesus' Kreuzigung Judäa verlassen hat. Historiker sind zwar überzeugt davon, dass Maria Magdalena nach Frankreich gereist ist, aber bei Jesus weiß das niemand. Wir glauben, dass er geblieben ist und seine Säule bei sich behalten hat.«

»*Was?*«, entfuhr es Wizard.

»Und was ist damit passiert?«, fragte Zoe vorsichtig, während sie über die Auswirkungen nachdachte.

»Na ja …« Lachlan zögerte. »Wir denken, dass sich Jesus damit hat begraben lassen.«

»Soll das heißen, wir müssen das Grab von Jesus Christus finden?«, fragte Zoe ungläubig.

»Mehr oder weniger«, bestätigte Julius in entschuldigendem Ton.

Lachlan fügte hinzu: »Ob er nun von den Toten auferstanden ist oder nicht, niemand hat je das Grab gefunden, in dem er zur Ruhe gebettet wurde, weder in Jerusalem noch sonst irgendwo.«

»Und wie stellen wir es an, es zu finden?«, wollte Zoe wissen.

Lachlan erwiderte: »Wir haben nur ein einziges uraltes Dokument über Jesus gefunden, in dem sowohl eine letzte Ruhestätte als auch seine ›Weisheit‹ erwähnt werden: ein Brief in aramäischer Sprache, entdeckt in einer Kirche in Südfrankreich, angeblich von Jesus' Bruder Jakobus an Maria Magdalena. Der Text ist ziemlich vage, aber die Übersetzung lautet:

Er ruht in Frieden,
an einem Ort, den zu betreten sich selbst die
mächtigen Römer scheuen.
In einem Königreich aus Weiß
wird er nicht altern.
Seine Weisheit ruht bei ihm,
beschützt von einem Zwilling,
dem alle Diebe zuerst begegnen.«

»Keine Namen, keine Orte«, stellte Zoe fest. »Typisch.«

»Aber ein klarer Verweis auf ›seine Weisheit‹«, merkte Diane an.

Zoe seufzte. »Der Brief könnte von sonst wem geschrieben worden sein …«

»Was ist mit den anderen drei Säulen, die Jesus besessen hat?«, drängte Jack behutsam weiter. »Wohin sind sie verschwunden?«

Lachlan nickte. »Richtig, richtig. Im Petrusevangelium wird erwähnt, dass Jesus an Jakobus ›drei Teile Weisheit‹ weitergegeben hat, kurz bevor er selbst im Garten Gethsemane gefangen genommen wurde. Wir interpretieren das als Hinweis auf die drei verbliebenen Säulen. Vergesst nicht – Familienerbstücke. Und auch Jakobus war ein Erbe. Außerdem hatte Jesus großes Vertrauen in ihn.«

»Wenn wir wiederum davon ausgehen, was wir wissen – dass die Tempelritter den Tempel geplündert und eine Säule gestohlen haben, die dann bei den Neetha gelandet ist –, drängt sich die Vermutung auf, dass Jakobus diese Säule im Tempel versteckt hat«, erklärte Julius. »Als Mitglied der Linie Davids hatte er privilegierten Zugang zum inneren Heiligtum des Tempels.«

Lachlan sagte: »Und was die beiden anderen Säulen angeht: Jakobus hat seine letzten Tage in der Festung von Van verbracht, einer großen Stadt auf einem Hügel in der heutigen Türkei zwischen dem Schwarzen und dem Kaspischen Meer. Sein Weg dorthin wird im Petrusevangelium sehr detailliert beschrieben, Ort für Ort.«

Lachlan schlug ein nahes Buch auf und zeigte ein Foto eines alten Pergaments mit einer langen, handgeschriebenen Liste:

Jerusalem	Dibon
Ephraim	Medeba
Jericho	Rabbath Ammon
Gilgal	Damaskus
Masada	Aleppo
En Gedi	Diyarbakir
En Bokek	Erzurum
Berg Sodom	Berg Ararat
En Aradhim	Jerewan
Kir Moab	Van
Aroer	

Julius erläuterte: »Jakobus ist also nach Van gereist. Und ratet mal, wer 1000 Jahre später mit seinen Armeen Van geplündert hat. Dschingis Khan. Eine weitere Verbindung zwischen den fünf Kriegern.«

»Interessant«, meinte Jack. »Hat Dschingis den Ort nur angegriffen, um die Säulen zu bekommen?«

»Das ist nicht bekannt, aber möglich. Jedenfalls hat Dschingis Khan die beiden Säulen aus Van in die Hände bekommen, und eine davon – die erste – ist bei der saudischen Königsfamilie gelandet.

Wie, das ist nicht bekannt. Aber man weiß, dass Dschingis Khan einem Beduinenoberhaupt als Dank dafür, dass er seinem Heer geholfen hatte, sich dem Reich Choresmien heimlich von Westen zu nähern, einen ›ziegelähnlichen Stein von ungeheurer Schönheit, wie man ihn noch nie zuvor gesehen hatte‹ geschenkt hat. Hunderte Jahre später wurde aus dem Beduinenstamm das Haus Saud.«

»Und die letzte Säule?«, fragte Jack. »Dschingis Khans andere Säule?«

Julius projizierte eine Darstellung von Dschingis Khan aus dem 13. Jahrhundert auf die Leinwand.

Ein Mongole mit strengem Blick und langem grauem Bart starrte ihnen entgegen. Er trug eine Rüstung aus Leder und Bronze sowie einen robust wirkenden Helm. In einer Hand hielt er einen fünfeckigen Schild, übersät von Nieten und Reliefs. Selbst in gemalter Form zogen die Augen des Mannes einen in ihren Bann. Sie strahlten Autorität aus.

»Aggressiv angreifen, aber immer einen Rückzugsplan haben«, sagte Julius. »Dschingis Khans berühmtes militärisches Motto, das auch zur Grundlage zahlloser Wirtschaftsselbsthilfebücher in den 1980ern geworden ist.«

Lachlan fragte: »Habt ihr gewusst, dass Dschingis Khan ganz China und halb Europa erobert hat?«

»Mehr oder weniger«, antwortete Jack.

»Aber er hat nie Japan erobert«, sagte Lachlan, »und das war viel näher als Europa. Habt ihr euch je gefragt, warum?«

»Hätte ich sollen?«

Julius erklärte: »Um 1220 nach Christus unternahm Dschingis eine geheime Reise zur nördlichsten Insel Japans, Hokkaido. Dort hat er sich angeblich mit dem japanischen Kaiser und dessen Oberbefehlshaber getroffen, dem Shogun.

Dschingis mochte den Kaiser, noch beeindruckter aber war er vom Shogun, der die wahre Macht in Japan hatte. Wie Dschingis richtig vermutet hat, war der Shogun dafür verantwortlich, dass die japanische Gesellschaft geordnet und würdevoll funktioniert hat. Angesichts der Unruhen in seinem eigenen Reich und der Streitigkeiten zwischen seinen Söhnen um die Nachfolge schrieb Dschingis später, er habe ›die Weisheit meines Lebens‹ beim Shogun gelassen.«

»Eine Säule …«, sagte Wizard.

»Wir glauben, es war die dritte Säule. Der Shogun, Hojo Yoshitoki, ließ etwas Einzigartiges in seinen Grabstein meißeln: ein weißes Rechteck mit drei horizontalen Linien darin.«

Lachlan fügte hinzu: »Die Shogun haben die nächsten 100 Jahre als Militärjunta mit einer Reihe von Marionettenkaisern über Japan geherrscht. Aber letztlich hat die kaiserliche Familie die Kontrolle über das Land zurückerlangt und vermutlich auch die Säule.«

»Das würde zu Iolanthes Geschichte darüber passen, dass die japanische Kaiserfamilie ihre Säule nach dem Zweiten Weltkrieg vor den USA versteckt hat«, merkte Jack an.

»Nicht nur die Amerikaner hatten es darauf abgesehen«, verriet Julius. »Einer von Dschingis Khans Enkeln, Kublai Khan, hat zweimal versucht, in Japan einzumarschieren. Er ist beide Male gescheitert, wurde von den Streitkräften des Shoguns zurückgeschlagen. Wir haben mongolische Aufzeichnungen über seine Feldzüge gefunden. Merkwürdigerweise hat Kublai Khan die abgelegene Nordwestküste von Hokkaido angegriffen, eine Region, die für ihre hohen Klippen und raue See bekannt ist. Sie hat keinerlei strategischen Wert. Trotzdem ist Kublai dort zweimal angestürmt.«

»Ihr denkt, Kublai Khan wollte die Säule seines Großvaters zurückerobern«, sagte Sea Ranger.

»Genau.«

Jack lehnte sich auf dem Stuhl zurück und warf einen Blick zu Wizard. »Das ist gut, aber …«

»Noch etwas.« Lachlan projizierte eines der Fotos von Stonehenge auf die Leinwand.

»Seht ihr die mit ›3‹ gekennzeichnete Küstenlinie? Aufgrund von Dschingis' geheimer Reise und Kublais fehlgeschlagenen Angriffen glauben wir zu wissen, wo der dritte Eckpunkt liegt.«

Jack beugte sich vor. Die anderen auch.

»Wo?«

»Diese Küstenlinie hat sich im Verlauf der Jahrtausende stark verändert. Deshalb war sie so schwer aufzuspüren.« Lachlan blendete zwei neue Bilder ein. »Links ist eine Nahaufnahme des Steins aus Stonehenge, rechts eine Karte von heute.«

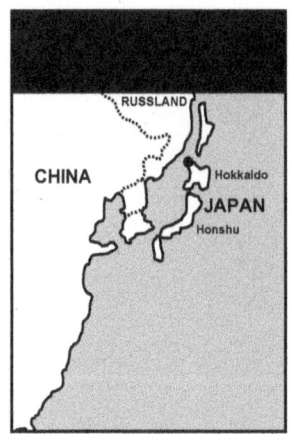

»Wie man sieht, haben ganze Meere die Senken der Landmasse geflutet und Korea und sämtliche Inseln Japans entstehen lassen. Und genau dort befindet sich der dritte Eckpunkt: an der nordwestlichen Küste von Hokkaido in Japan.«

»Hervorragende Arbeit, Jungs«, lobte Wizard. »Aber …«

»Aber ein Eckpunkt ohne Säule ist nutzlos«, sagte Jack.

Lachlan pflichtete ihm bei. »Das ist richtig. Nur sind wir noch nicht fertig.«

»Dann bitte ich um Entschuldigung.«

Lachlan fuhr fort: »Kurz nach Dschingis Khans Tod kamen Boten des Shoguns und wollten ihn sehen. Auf dem Thron fanden sie seinen Sohn Ögedei vor. Laut einer Schriftrolle im Schanghaier Museum haben sie Ögedei ein ganz besonderes Geschenk überreicht: eine wunderschöne wolkenweiße Glaskugel der Größe eines Fußballs, *aufwendig mit Bildern bemalt.*

Zu dem Geschenk hat eine für Dschingis bestimmte Botschaft vom Shogun gehört:

Großer Khan, nach neun langen Jahren sind die Arbeiten abgeschlossen. Ein von uns erdachtes Labyrinth, dem bereits vorhandenen ebenbürtig, wurde im Tempelschrein errichtet, um dein wunderbares Geschenk an mein Volk zu schützen.

Es ist uns eine Ehre, dir dieses Ei eines flügellosen Drachen zu unterbreiten, das bei unseren Grabungen im Tempelschrein gefunden wurde. Es zeigt die prachtvollen Klippen über dem Eingang des Schreins sowie fünf weitere wunderschöne Landschaften. Ein Kunstwerk sondergleichen.«

Wizard ergriff das Wort: »Also hat Dschingis Khan den Japanern die dritte Säule geschenkt, und die Japaner haben sie im dritten Eckpunkt versteckt. Die Säule ist im Eckpunkt …«

Lachlan wandte sich an Jack. »Ein Eckpunkt ohne Säule wäre in der Tat nutzlos, aber ich würde sagen, ein Eckpunkt mit der dazugehörigen Säule bereits darin ist hammergeil.«

»Touché.« Jack nickte anerkennend.

»Ein flügelloser Drache?«, hakte Pooh Bear nach. »Was ist das?«

»Die Bezeichnung ›Ei eines flügellosen Drachen‹ ist tatsächlich merkwürdig«, räumte Julius ein. »Aber denk mal darüber nach. Wie würde ein Drache ohne Flügel aussehen?«

»*Wie ein Dinosaurier …*«, steuerte Lily über die Videoverbindung bei.

»Genau das denken wir.« Lachlan nickte. Wir vermuten, dass es sich bei diesem Ei eines flügellosen Drachen um irgendein versteinertes Dinosaurier-Ei oder eine Glasversion davon handelt, verziert mit aufgemalten Bildern.«

Jack wandte sich an Wizard. »Max? Gibt es irgendwelche berühmten Eier, von denen wir wissen sollten?«

Wizard antwortete: »Nur das berühmteste überhaupt. Im späten 19. Jahrhundert haben die russischen Zaren beim Handwerksmeister Peter Carl Fabergé sagenhafte Schmuckstücke in Form von Eiern in Auftrag gegeben. Ich erwähne sie in meiner Zusammenfassung.

Fabergé-Eier sind wunderschön, selten und praktisch unbezahlbar. Ein solches Fabergé-Ei – aus Gold gefertigt und während der bolschewistischen Revolution verschollen – hat anscheinend die von den Zwillingen beschriebenen Landschaften dargestellt. Angesichts der Verbindung der russischen Zaren zur Maschine habe ich mich oft gefragt, ob dieses Fabergé-Ei als Nachbildung dieses oder vielleicht eines anderen Drachen-Eis erschaffen wurde. Wenn an diesem Eckpunkt ein Ei gefunden wurde, könnte es an anderen Orten weitere geben – Eier, die bereits im Besitz der Königshäuser sind.«

»Das würde zu einem großen Teil Iolanthes überragendes Wissen erklären«, meinte Jack.

»Auf jeden Fall.«

Jack fuhr fort: »Tja, wie dem auch sein mag, dieses Drachen-Ei ist der Schlüssel zu allem. Wenn es die Landschaften rund um die Eingänge zu diesem und allen fünf anderen Eckpunkten zeigt, müssen wir es uns beschaffen.«

An der Stelle meldete sich Diane Cassidy zu Wort. »Beim Stamm der Neetha gab es gemeißelte Bilder einer heiligen Kugel, die der Beschreibung entspricht. Wenn Jacks Vater immer noch mit dem Hexenmeister der Neetha unterwegs ist, dann weiß er wahrscheinlich auch von diesem Ei.«

»Wir müssen davon ausgehen, dass Wolf dasselbe tut wie wir«, sagte Wizard. »Recherchieren und planen. Das gilt auch für die Königshäuser, vor allem wenn sie die Fabergé-Nachbildung haben.«

»Ich lasse meinen Vater von jemandem im Auge behalten«, deutete Jack ungenau an. »Laut meinem Kontakt hat sich Wolf seit zwei Wochen auf dem amerikanischen Stützpunkt Diego Garcia verschanzt. Falls er davon weiß, hat er sich noch nicht auf die Suche danach gemacht.«

Alby ergriff über Video das Wort: »*Laut der Botschaft des Shoguns wurde dieses Drachen-Ei im Eckpunkt gefunden. Das würde bedeuten, die alten Erbauer der Maschine haben es dort zurückgelassen.«*

»Das heißt, wir brauchen Lily, um es zu entschlüsseln.« Jack wandte sich dem Computer zu. »Sieht so aus, als wärst du wieder mit von der Partie, Kleines.«

»Juhu!«, freute sich Lily quiekend über die Videoverbindung.

Jack drehte sich den Zwillingen zu: »Lasst mich raten: Es wurde nie ein großes, unversehrtes Dinosaurier-Ei gefunden, weder in Japan noch in der Mongolei, oder?«

Julius schüttelte den Kopf. »Nein. Nie.«

»Lasst mich das klarstellen«, sagte Zoe. »Wenn wir dieses Ei finden und die Bilder darauf mit unserem Wissen über die Küste von Hokkaido kombinieren, dann finden wir auch den dritten Eckpunkt und die dritte Säule. Richtig?«

»Ja«, bestätigte Julius.

»Ja«, kam von Lachlan.

»Dann lasst es uns aufspüren«, sagte Jack entschlossen. Er wandte sich wieder an die Zwillinge: »Okay, meine mongolischen Experten. Wohin ist es verschwunden? Wo ist dieses Ei eines flügellosen Drachen eurer Ansicht nach gelandet?«

ZWEITES GEFECHT

DSCHINGIS KHANS ARSENAL

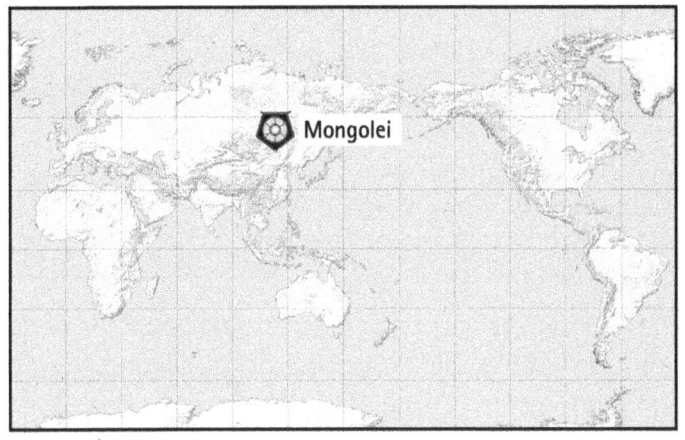

MONGOLEI
28. FEBRUAR 2008
ZWÖLF TAGE VOR DER DRITTEN FRIST

»*Dschingis Khans Arsenal*«, sagte Lachlans Stimme über die Lautsprecheranlage in der Hauptkabine der *Halicarnassus*. »*Dort ist das Drachen-Ei gelandet.*«

»Sein Arsenal?«, hakte Jack nach.

Lily, Zoe, Wizard und er überflogen auf dem Weg in die Mongolei gerade Zentralasien. Da sich das Ei höchstwahrscheinlich irgendwo in Dschingis Kahns ehemaligem Reich befand, waren sie bereits dorthin aufgebrochen, während die Zwillinge weitere Nachforschungen angestellt hatten.

Unterwegs hatten sie Lily in Perth abgeholt. Dabei hatte Alby etwas erwähnt, das er hinsichtlich der Schale von Ramses II. entdeckt hatte. Und deshalb waren Pooh Bear, Stretch und die Zwillinge ausgerechnet nach England entsandt worden. Diane Cassidy war nach Amerika zurückgekehrt, um die Scherben ihres Lebens aufzuklauben und zusammenzufügen.

Außerdem wollte sie dort ihre gesamten Forschungsergebnisse ordnen, um aus den USA weiterhin mithelfen zu können.

Zu Lilys Leidwesen konnte Alby sie auf dieser Reise nicht begleiten. Da er von ihrem letzten Abenteuer mit dem Arm in der Schlinge nach Hause gekommen war, ließ ihn seine Mutter Lois nicht mehr aus den Augen.

Julius' Stimme ertönte. »*Bei der Lektüre von* Geheime Geschichte der Mongolen *haben wir merkwürdige Hinweise auf etwas gefunden, das als ›das verschollene Arsenal von Dschingis Khan‹ bezeichnet wird. Offenbar war das eine geheime Festung von Dschingis Kahn, ein letzter Zufluchtsort. Außerdem der Ort, an dem er sämtliche bei seinen zahlreichen Eroberungen erbeuteten Schätze aufbewahrt hat. Nicht mal seine Söhne wussten, wo. Was sie maßlos geärgert hat. Die Lage des Ortes gilt als eines der größten Rätsel der Geschichte.*«

»Natürlich«, kommentierte Jack trocken.

»*Angeblich wurde diese Festung von 25.000 Sklaven aus Choresmien gebaut – als sie fertig war, wurden sie alle hingerichtet, damit sie die Lage nicht verraten konnten*«, schilderte Lachlan.

»Eine effektive Möglichkeit, ein Geheimnis zu bewahren«, kommentierte Wizard.

»Und wie sollen wir den Ort jetzt finden?«, fragte Zoe.

Lachlan erwiderte: »*Artefaktjäger suchen seit Jahren nach dem verschollenen Arsenal. Wir können nur weiterhin tun, was wir schon bisher getan haben: scheinbar willkürliche Punkte miteinander verbinden und so hoffentlich eine Ahnung bekommen, wo wir suchen müssen. Zum Beispiel berichtet mongolische Literatur davon, dass Dschingis nach langen Feldzügen in das abgelegene Dorf Unjin im Land der Uiguren gereist ist, um dort zu meditieren und sich zu erholen ...*«

»Oder um besondere Beute einzulagern«, ergänzte Jack. »Wie das Ei.«

»*Genau*«, bestätigte Lachlan. »*Unjin gibt es noch, und das alte Land der Uiguren entspricht heute der mongolischen Provinz Bajanchongor. Sie liegt im Südwesten des*

*Landes und umfasst einen großen Teil der Wüste Gobi.
Abgelegen, schwer zu erreichen, und die Nordhälfte der Provinz ist dauerhaft von Permafrost bedeckt.«*

Julius fügte hinzu: »*Etwa 30 Kilometer westlich von Unjin
gibt es ein auffallendes Landschaftsmerkmal: eine Wüsten-
ebene am Fuß des Altai-Gebirges, übersät von Meteorkratern,
einige groß, andere klein. Insgesamt etwa 30. Rund um diese
Krater verteilen sich Dutzende Grabhügel, manche so winzig
wie Heuhaufen, andere fast so riesig wie Pyramiden.*«

»Klingt nach einem guten Ort, um mit der Suche zu
beginnen«, meinte Jack. »Bleibt dran, Cowboys.«

»Jack.« Sky Monster tauchte aus dem Cockpit auf und
reichte Jack einen Ausdruck. »Ist gerade aus Pine Gap
reingekommen.«

Bei Pine Gap handelte es sich um eine hochsichere
Kommunikationsstation im australischen Outback, nicht
weit von Alice Springs entfernt. Das australische Militär und
das amerikanische teilten sich die Anlage und betrieben sie
gemeinsam. Die USA nutzten sie zur Koordinierung ihrer
Satellitenkommunikation in Asien und im Nahen Osten.
Allerdings wussten die Amerikaner nicht, dass derzeit ein
Australier in Pine Gap heimlich ihre Übertragungen über-
wachte.

»Was ist das?«, wollte Zoe wissen.

»Von meinem Kontakt, der Wolf im Auge behält.« Jack
überflog den Ausdruck. »Vor 30 Minuten hat Pine Gap
verschlüsselten Funkverkehr auf einer Satellitenfrequenz
der US Navy abgefangen. Mein Kontakt hatte zwar nicht
die Befugnis, den Inhalt zu entschlüsseln, aber er konnte
sehen, woher das Signal gekommen ist: aus dem Südwesten
der Mongolei. Die GPS-Koordinaten sind angefügt.«

Jack gab sie in einen Computer ein.

»Verdammt, er hat Diego Garcia verlassen.« Auf dem Bildschirm wurde eine Karte angezeigt. »Jetzt ist er in der Provinz Bajanchongor in der Mongolei, 15 Kilometer westlich von Unjin. Verfluchter Mist!«

»Die Zwillinge hatten recht«, stellte Zoe fest.

»Richtig«, sagte Jack. »Nur waren wir zu langsam. Wir liegen hinten. Wolf folgt derselben Spur und ist schon vor Ort.«

»Jack, da ist noch mehr.« Sky Monster hielt einen zweiten Ausdruck hoch und drückte ihn Jack in die Hand.

Jack las ihn rasch …

… und diesmal erbleichte er.

»O nein … *nein* …«

»Was ist?«

Jack schaute auf. »Pine Gap hat soeben eine zweite Ansammlung verschlüsselter Übertragungen aufgefangen, die eine Stunde nach dem Signal der US Navy aus demselben Gebiet gekommen ist. Diesmal konnten die Nachrichten entschlüsselt werden, weil sie nicht amerikanisch waren.«

»Und?«

»Die Verschlüsselungsalgorithmen entsprechen denen, die derzeit von den Spezialeinheiten der japanischen Verteidigungsstreitkräfte verwendet werden«, erwiderte Jack. »Zwei Nachrichten wurden entschlüsselt. Die erste:

GARNISON IN YOMI SOLL IHRE POSITION IN DER HALLE VON OROCHI HALTEN.«

»Yomi?« Jack sah Zoe an. »Meine Kenntnisse der japanischen Geografie sind ein bisschen eingerostet.«

»Yomi wirst du auf keiner Karte finden«, sagte sie.

»Yomi ist die Bezeichnung für die Unterwelt in der japanischen Mythologie, wie der Hades oder Tartarus …«

»Und die Halle von Orochi?«

»Orochi ist eine riesige achtköpfige Schlange, ebenfalls aus der japanischen Mythologie. Aber ich hab noch nie von einer ihr gewidmeten Halle gehört.«

Jack nickte. »Na schön. Die zweite Nachricht ist weniger kryptisch.«

FEINDE HABEN KHANS ARSENAL GEFUNDEN.
DÜRFEN AUF KEINEN FALL DAS EI BEKOMMEN.

TUN SIE, WAS IMMER NÖTIG IST.

»Tank und die Blutsbrüderschaft haben es auf das Arsenal abgesehen«, sagte Jack. »Verdammt, das könnte ein Gedränge werden.«

»Jack, du hast gesagt, die Nachrichten waren mit einem von japanischen Spezialeinheiten verwendeten Algorithmus verschlüsselt«, erwiderte Zoe. »Hältst du's für möglich, dass Tank inoffiziell Hilfe aus dem japanischen Militärapparat bekommt?«

Jack sah sie an. »Keine Ahnung. Möglich wär's. Aber so oder so, wir sind wieder mal die Schlusslichter. Sky Monster, bring uns sofort hin!«

Die *Halicarnassus* kam auf einer windgepeitschten Hochebene 30 Kilometer nördlich der abgelegenen mongolischen Stadt Unjin zum Stehen. Im Süden erstreckten sich die leeren Weiten der Wüste Gobi.

Die meiste Zeit des Jahres war die Gobi für Menschen ein feindseliges Gebiet – trostlos, trocken, grausam kalt. Ende Februar jedoch wurde »feindselig« zu einer Untertreibung.

Dann fiel Schnee. Eine Schicht Permafrost überzog die Landschaft mit Grau. Beißende Winde fegten über die Ebene, fuhren einem direkt in die Knochen und ließen die Temperaturen am Tag auf -22 Grad Celsius sinken. Die Kombination aus Temperatur und Höhe verhinderte jede Art von Hubschrauberbetrieb – in der dünnen, kalten Luft konnten die Rotorblätter keinen Auftrieb erzeugen. Ohne lange Landebahnen hatten es Jets wie die *Hali* schwer, deshalb mussten sie auch so weit entfernt vom eigentlichen Ziel landen.

Während die große schwarze 747 auf der abgelegenen Hochebene stand, rasten zwei kleine Punkte davon weg durch die Wüste: zwei geländegängige Quads.

Eines davon steuerte Jack mit Wizard auf dem Sitz hinter ihm und Lily auf seinem Schoß. Das zweite Quad fuhr Zoe mit Sky Monster als Passagier. Der große, stark behaarte Pilot aus Neuseeland war es nicht gewohnt, beim Reisen die Kontrolle abzugeben. Deshalb umklammerte er geradezu panisch Zoes Taille. Zoe grinste über sein Unbehagen. Alle trugen schwere Schneeausrüstung – Anoraks mit Kapuzen, Schutzbrillen, Handschuhe.

Als sie die Kuppe eines niedrigen Hügels erreichten, suchte Jack das Gelände mit einem digitalen Fernglas ab.

Sie befanden sich in den Ausläufern des Altai-Gebirges, das in einer langen Linie von Westen nach Osten verlief und eine Art nördliche Begrenzung der Wüste Gobi darstellte. Jenseits der Hügel erstreckte sie sich flach, weit und leer schier endlos zum südlichen, westlichen und östlichen Horizont. Jack sah eine schmale, unbefestigte Straße, die etwa 50 Kilometer weit ohne Kurven oder Abzweigungen nach Osten verlief.

Alles – Berge, Straßen, Ebenen – war von Permafrost bedeckt.

Dann sichtete er in der Ferne etwas auf jener Straße … etwas, das sich bewegte.

Eine große weißgraue Staubwolke.

Und sie kam auf sie zu.

Zoe sah sie auch. »Was ist das?«

Jack wollte gerade etwas über einen Sandsturm sagen, als er mit dem Fernglas die Vergrößerung erhöhte und sah, was sich an der Spitze der Staubwolke befand.

Zwei Kampfpanzer.

Chinesisches Fabrikat, Typ 90. Dahinter folgten zwei lange Kolonnen mit weiteren Panzern und anderen gepanzerten Fahrzeugen, zweifellos vollgepfropft mit chinesischen Infanteristen.

Jack konnte nicht abschätzen, wie viele Soldaten auf sie zusteuerten: Es konnten bis zu 1500 Mann sein. Mit 1,6 Millionen Soldaten besaß China die größte Landarmee der Welt. Die Entsendung eines Bataillons davon in die Wüste Gobi stellte keine große Herausforderung dar.

Führte Wolf mit seinem chinesischen Verbündeten Oberst Mao Gongli diese Streitkraft an?

Einen Moment lang verspürte Jack ein Hochgefühl, weil er dachte, sie hätten Wolf vielleicht überholt und könnten Dschingis Khans Arsenal zuerst erreichen.

Von seiner Position auf dem Hügel konnte Jack ein langes, schmales Tal entlangblicken, das niedrige Berge säumten. Es wies über die gesamte Länge perfekt ausgeformte Meteoritenkrater auf, jeder von einer weiß-grauen Frostschicht bedeckt. Zwischen den bemerkenswerten Kratern befanden sich kegelförmige Erderhebungen – primitive Grabhügel, manche zweieinhalb Meter hoch, andere 15 oder gar 30 Meter.

Jack suchte das abgelegene Tal mit dem Hightech-Fernglas ab. Neben einer der größeren Erhebungen, einer hohen, frostbedeckten Masse dicht an einem Berg, erblickte er eine Ansammlung von Militärfahrzeugen. Truppentransporter und Jeeps, alle mit roten Sternen auf den Seiten. Sie parkten neben einem sehr schmalen Tunnel, der in den riesigen Hügel zu verlaufen schien.

Ein Vorauskommando, dachte er. *Verdammt. Wolf war doch zuerst hier. Er muss ein kleineres, schnelleres Team angeführt haben. Die größere chinesische Truppe sollte wohl zu ihm aufschließen …*

Als Jack die Szene genauer unter die Lupe nahm, stellte er fest, dass sich in der Nähe der geparkten Fahrzeuge niemand bewegte. Sogar von Wachposten fehlte jede Spur. Es schien tatsächlich so, als wäre niemand bei den Autos stationiert.

Als Jack neugierig die Vergrößerung verstärkte, bot sich ihm ein grauenhaftes Bild.

Neben den chinesischen Armeefahrzeugen lagen etwa zehn Leichen, alle mit den Gesichtern nach unten in sternförmigen Blutlachen.

»Oh-oh«, murmelte er. »Wolf ist hier, aber ich glaube, unsere japanischen Freunde sind auch schon eingetroffen.«

Jack, Lily, Wizard, Zoe und Sky Monster standen bei den geparkten chinesischen Fahrzeugen vor dem riesigen Grabhügel. Breit und mindestens 30 Meter hoch ragte er über ihnen auf.

»Lily, bleib zurück, ja?«, sagte Jack, während er die blutigen Leichen auf dem Boden untersuchte.

Alle waren mit Kopfschüssen regelrecht hingerichtet worden.

»Chinesische Spezialeinheiten und ein paar von Wolfs CIEF-Leuten«, sagte er. »Und man hat sie abgeschlachtet.«

»Jack«, rief Zoe. »Sieh dir das an.«

Sie stand am Beginn des schmalen Tunnels, der sich in den Hügel erstreckte.

Als Jack zu ihr trat, stellte er fest, dass es sich gar nicht um einen Tunnel handelte, sondern um einen schmalen, oben offenen Spalt, kaum einen Meter breit. Eine Reihe von geschätzt 100 Stufen aus Stein führte in den Boden unter dem Hügel hinab.

Mit gerunzelter Stirn warf Jack einen fragenden Blick zu Zoe.

»Was weiß ich«, sagte sie.

»Wizard?«

»Ich hab so das Gefühl«, sagte er, »dass dieser Erdhügel gar kein Erdhügel ist.«

»Sky Monster, du bist unser Späher. Bleib hier oben und halt Funkkontakt mit uns. Zoe, Wizard, Lily, kommt mit.« Jack setzte die MP-7 angriffsbereit an die Schulter, bevor er die Treppe in die Erde hinabstieg.

Mit schnellen Schritten eilte er die Steinstufen hinunter.

Die Wände aus Erdreich links und rechts befanden sich nur knapp neben seinen Schultern. Hätte er aufgeschaut, er hätte den Himmel gesehen. Im Augenblick jedoch blickte er nur starr den Lauf seiner Waffe entlang.

Als die Treppe unvermittelt endete, bremste Jack schlitternd ab und ließ verblüfft einen atemberaubenden Anblick auf sich wirken.

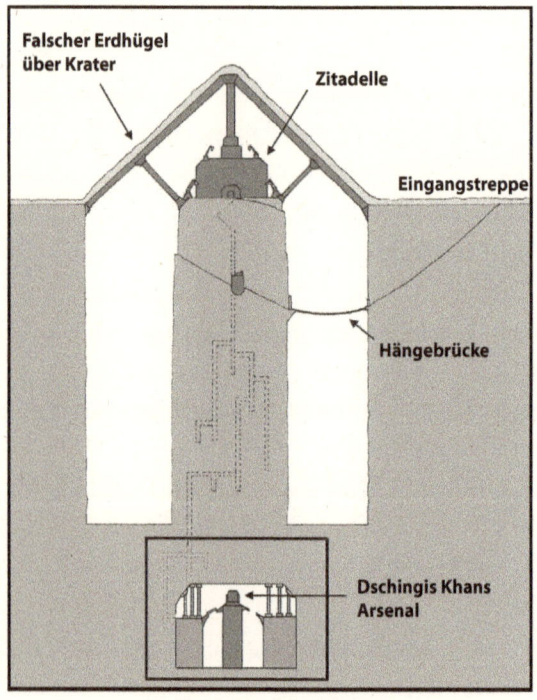

DER TURM IM KRATER

Jack starrte auf einen einstigen Meteoritenkrater. Nur hatte man diesen Krater überdacht.

Und in der Mitte stand auf einer hohen, breiten Felssäule eine imposante schwarze Konstruktion, die vollständig aus Gusseisen zu bestehen schien. Die Gesamtheit vermittelte den Eindruck eines Turms der Größe eines Bürogebäudes, errichtet mitten in einem tiefen, kreisförmigen Loch. Aber wunderschön, ein wahres Kunstwerk.

In Summe musste der Turm etwa 15 Stockwerke umfassen. Platten aus Gusseisen verkleideten die Flanken der Felssäule. Einige waren abgefallen, aber die Verteidigungsanlage ganz oben wirkte massiv wie ein Amboss.

Wizard tauchte hinter Jack auf. »Wie gesagt, kein Erdhügel.«

»In der Tat …«

Jack betrachtete das »Dach« über dem Meteoritenkrater. Eine klobige Eisensäule ragte oben aus dem schwarzen Turm, allerdings nicht zur Zierde, sondern als zentrale Stütze einer kegelförmigen Dachkonstruktion, die sich von der Spitze der Eisensäule kreisförmig bis zum Rand des Kraters erstreckte.

Vier mächtige Stützen, ebenfalls aus Eisen, standen diagonal vom Turm ab und bildeten das Gerüst des Gebildes. Hunderte Holzbalken füllten die Lücken, wodurch sich von außen die Form eines primitiven Grabhügels ergab.

»Clever«, meinte Zoe. »In China und in der Mongolei gibt es Tausende solcher Hügel. Und unter den meisten ruht nur ein einziger Leichnam, sonst nichts. Also tarnt man sein geheimes Arsenal als einen davon.«

Den Zugang zu der 700 Jahre alten Zitadelle in der Mitte des Kraters ermöglichte eine wesentlich modernere Konstruktion – eine Hängebrücke aus Stahlseilen. Sie spannte sich über die 30 Meter, die Jacks Gruppe von dem schwarzen Turm trennten.

Jack erkannte auf Anhieb, dass es sich um ein Standard-modell der US Army handelte.

»Wolf«, raunte er.

Sie überquerten die lange Hängebrücke.

Jack ging voraus, bis er eine Plattform an der Außen-flanke des mit Eisen verkleideten Turms erreichte. Von dort führte eine steile Treppe spiralförmig außen um den Turm herum zu der gedrungenen schwarzen Zitadelle oben.

Bogenschützenstationen deckten die Brücke, die Platt-form und die äußere Wendeltreppe so ab, dass – zumindest in der Antike – kein Eindringling die große Zitadelle ein-fach erreicht hätte.

Auf der Plattform lagen weitere blutige Leichen – und zahlreiche Patronenhülsen, die auf ein heftiges Feuer-gefecht hindeuteten. Nur handelte es sich diesmal bei den Toten um Chinesen und Amerikaner ... und darunter befand sich mindestens ein japanischer Soldat in schwar-zer Kampfmontur.

»Gott, ich hasse es, als Letzter anzukommen«, murmelte Jack.

Lily, Zoe, Wizard und er rückten weiter zur Konstruk-tion auf dem Gipfel vor. Dort erwartete sie eine klaffende, große schwarze Tür aus Gusseisen, erst kürzlich mit modernem Sprengstoff geöffnet. An der Stelle lagen zwei weitere tote CIEF-Soldaten auf dem Boden.

»Nachtsichtgeräte«, ordnete Jack an.

Wenn sich bereits zwei feindliche Gruppierungen hier aufhielten, wollte Jack ihr Eintreffen nicht durch Taschenlampen oder Leuchtstäbe ankündigen. Alle setzten ihre Nachtsichtbrillen auf.

»Also gut, wir gehen rein.«

Im Inneren des befestigten Turms befand sich ein komplexes Netzwerk aus quadratischen Schächten. Glatte Platten aus Gusseisen ohne Handgriffe oder Sprossen kleideten jeden Schacht aus. Alle verliefen in unergründliche schwarze Tiefen hinab.

Vereinzelt verbanden niedrige Quertunnel die Schächte miteinander. Aber immer verblieb unter dem Quertunnel ein weiterer Abschnitt vertikaler Dunkelheit. So entstanden tiefe, ummauerte Gruben, aus denen unvorsichtige Grabräuber nicht entkommen konnten, außer mit Seilen, die zurück nach oben verliefen.

Wizard bewunderte den Einfallsreichtum der Gesamtheit. »Das falsche Dach, die Eisenverkleidung, die Gruben. Dschingis wollte, dass niemand diesen Ort findet. Oder falls doch, dass diejenigen ihn nicht lebend verlassen.«

Jack fielen Geröll und Staub in einigen der Quertunnel auf. Allem Anschein nach mussten sich Wolfs Leute mit einem Presslufthammer durch blockierte Tunnel arbeiten. Das musste Zeit gekostet haben.

Jack entschied, dass die Ankunft als Letzte ausnahmsweise sogar Vorteile hatte: Diesmal hatten die vor ihnen Eingetroffenen die zeitraubende, mühselige Arbeit für sie übernommen. Von den schrägen Stützen hängende Seile zeigten die Schächte an, in die sich Wolfs Team erfolgreich hinabgelassen hatte, vereinzelte Leuchtstäbe wiesen den Weg zu den richtigen Quertunneln.

Dadurch gelang der Abstieg durch das Fallensystem ungewöhnlich schnell. Und so erreichten Jack, Lily, Wizard und Zoe nach 20 Minuten Abseilen und Kriechen durch das dunkle Netzwerk von Schächten und Stollen einen letzten Tunnel, in dem sie nicht nur Staub und Schutt vorfanden, sondern auch die drei Presslufthämmer, die den Dreck verursacht hatten.

Dieser letzte Tunnel endete an einem verzierten Eisentor, wo zwei weitere tote Amerikaner lagen …

Plötzlich eine Explosion.

Kurz und laut.

Abrupt schaute Jack auf.

Der Knall stammte von jenseits der Eisentür.

Dann hörte er eine Stimme – Wolfs Stimme – rufen: »Ihr beschissenen selbstmörderischen Drecksäcke!«

Jack stürmte durch die Tür.

DAS GEHEIME ARSENAL DES DSCHINGIS KHAN
MONGOLEI, SIEBEN UHR
EINE STUNDE ZUVOR

60 Minuten zuvor war Wolf durch dieselbe Tür getreten, an der Jack nun stand. Zufrieden hatte er betrachtet, was vor ihm lag.

Nachdem er sich mit seinen Leuten neun Stunden lang mühsam durch das Schachtsystem vorgearbeitet hatte, mehrmals in Sackgassen umgekehrt war und sich mit Presslufthämmern durch den dichten Schutt in einigen Quertunneln gekämpft hatte, war er endlich am sagenumwobenen Arsenal des großen Khans angekommen.

Es befand sich mitten in einer beeindruckenden, von Menschenhand geschaffenen Höhle unter dem Krater.

Und was für eine Höhle.

Schwarze Eisensäulen stützten eine hohe Decke. Künstliche Rinnen zogen sich durch den Boden und bildeten ein unregelmäßiges Geflecht von Gräben, über die sich schmale Brücken aus Stein spannten.

Problematisch war nur, dass jede einzelne Brücke zerstört war. Dazwischen klafften Lücken, die den Zugang zum Herzstück der Höhle verhinderten: zum Arsenal.

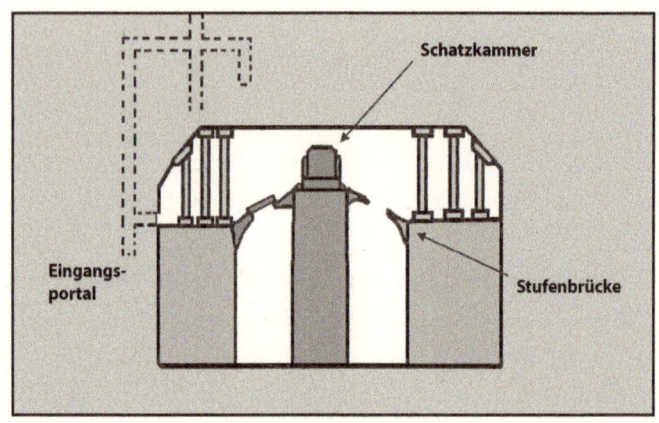

SEITENANSICHT

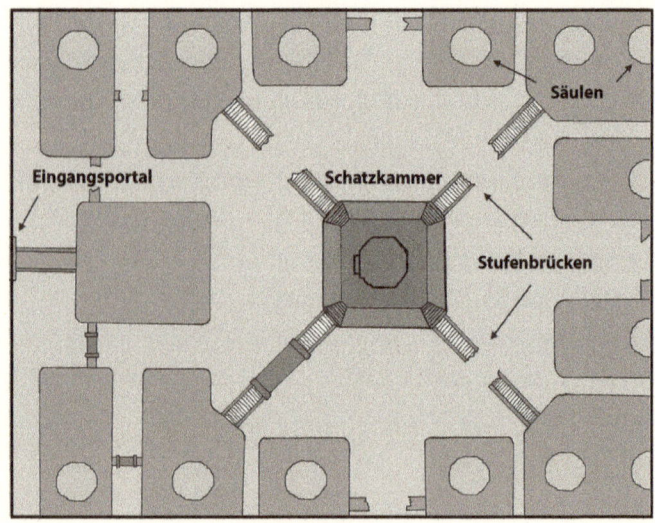

ANSICHT VON OBEN

DAS ARSENAL DES DSCHINGIS KHAN

Die kastenförmige, garagengroße Konstruktion aus schwarzem Eisen erinnerte an einen riesigen Chubb-Tresor.

Sie befand sich auf einer Felserhebung zehn Meter über dem Rest des riesigen Raums, umgeben von der breitesten Schlucht von allen. Vier Stufenbrücken führten x-förmig über diesen Graben hinauf, doch wie alle anderen Brücken in der Höhle waren auch sie in der Mitte eingebrochen.

Wie gebannt blickte Wolf in den Graben hinunter.

Hunderttausende menschliche Knochen lagen darin, 60 Meter unter ihm. Wolf fiel auf, dass glatte Platten aus Gusseisen die Wände des Grabens genauso auskleideten wie die Schächte. Fiele man hinein, könnte man nicht wieder herausklettern.

»Rituelle Opfer?«, fragte Rapier, als er an Wolfs Seite trat.

»Nein. Die Gebeine der Sklaven aus Choresmien, die den Ort hier gebaut haben. 25.000. Als die Anlage fertig war, hat man die Sklaven wahrscheinlich einfach in den Graben geworfen und eingeschlossen. Wer nicht beim Sturz umgekommen ist, der ist in der Dunkelheit verhungert. Oder sie haben sich gegenseitig umgebracht und gegessen.«

Er drehte sich seinem Sohn zu und zuckte mit den Schultern. »Ist nie gut, in einem Krieg auf der Verliererseite zu stehen, aber damals war es besonders übel. Komm mit.«

Über die zerstörten alten Brücken wurden leichte Bretter gelegt, die es Wolf ermöglichten, das Grabensystem zu überqueren und die südwestliche Stufenbrücke zum Arsenal zu erreichen.

Währenddessen benutzte er sein Funkgerät. »Wachmannschaften, melden.«

»*Sir. Hier Bodenteam bei den Fahrzeugen. Alles klar bei uns. Wir haben nur Sichtkontakt zu unserer chinesischen Verstärkung. Sie kommt gerade vom Stützpunkt hinter der Grenze.*«

»*Sir. Hier Team beim Turm an der Hängebrücke. Alles klar.*«

Über der Kluft in der Mitte wurde ein spezieller Übergang mit Auftritten über der Stufenbrücke zum Arsenal angebracht.

Als die Konstruktion verlegt und getestet war, hielt Wolf davor inne und schaute zu dem schwarzen Gebilde auf dem Felsen über ihm hinauf.

Zufrieden nickte er.

Dann schritt er auf den Übergang, überquerte den breiten mittleren Graben und betrat als erster Mensch seit über 700 Jahren das verschollene Arsenal von Dschingis Khan.

Mit einem gelben Leuchtstab in der Hand rückte er in einen kompakten Raum mit schwarzen Wänden vor.

Ungeordnete Haufen von Schätzen und Trophäen säumten die Wände: goldene Kronen, glitzernde Juwelen, Pokale und Kelche, Schwerter und Schilde, Bronzehelme und Beinschienen. Beute von besiegten Königen und Armeen aus Schlachten, die einer der größten Krieger aller Zeiten geschlagen hatte.

Wolfs Aufmerksamkeit jedoch galt dem Gegenstand, der einen prominenten Platz in der Mitte des Raums einnahm.

Dort stand ein imposanter Steinaltar, aus einem einzigen schwarzen Marmorblock gehauen. Tief eingeritzte Symbole bedeckten ihn, alle mit Goldfarbe bemalt. Schon der Altar an sich stellte ein unschätzbares Artefakt dar. Allerdings diente er lediglich als Sockel für etwas, das stolz darauf thronte.

In einer schalenförmigen Vertiefung des Altars ruhte aufrecht ein eiförmiges Objekt der Größe eines Fußballs.

Nein, korrigierte sich Wolf in Gedanken.

Nicht eiförmig. Es handelte sich tatsächlich um ein Ei.

Ein versteinertes Dinosaurier-Ei.

Wolf erhellte es mit seinem Leuchtstab und betrachtete die erlesenen Verzierungen auf der gekrümmten, glasartigen Außenhülle. Inschriften im Wort des Thot und atemberaubende Zeichnungen von Landschaften und Küsten, Bergen, Wasserfällen.

Die Zeichnungen erinnerten Wolf an mittelalterliche japanische Kunst, überraschend lebensecht, mit ausdrucksstarken Linien und dreidimensionaler Tiefe. Plötzlich kam Wolf der Gedanke, dass die mittelalterliche japanische Kunst vielleicht viel der Entdeckung dieses Eies durch den Shogun zu verdanken hatte.

Wie sein erstgeborener Sohn konnte sich auch Jack West sr. immer noch für solche Erkenntnisse begeistern. Seine großen Augen und sein verschwitztes Gesicht glänzten im Schein des Leuchtstabs, während er das wundersame Ei betrachtete.

Dann entdeckte Wolf auf dem Ei zwei Bilder, die ihn die Augen noch weiter aufreißen ließen: pyramidenförmige Felsformationen in einer Wüste, die er als die Felsinseln von Abu Simbel in Ägypten erkannte, und einen großen flachen Berg an einer von Gebüsch gesäumten Küste, bei dem es sich nur um den Tafelberg in Kapstadt handeln konnte.

»Die ersten beiden Eckpunkte …«, murmelte er. Außerdem sah er vier weitere Landschaften auf dem Ei – sie zeigten die Standorte der übrigen vier Eckpunkte.

»Mein Gott, das ist ja wirklich eine Goldgrube. Rapier! Bring die Kameras und den Laserscanner her und erfass den Raum sofort!«

Eine Minute später traf Rapier mit einer Digitalkamera und dem Laserscanner ein. Mit ihm kam Dr. Felix Bonaventura, Wolfs archäologischer Berater vom MIT, der neben Max Epper als einer der weltweit führenden Experten für die große Maschine galt.

Ehrfürchtig betrachtete Bonaventura das Ei durch seine runde Drahtgestellbrille. »Abu Simbel und Kapstadt. Das wäre letztes Jahr unheimlich nützlich gewesen.«

»Was Sie nicht sagen. Fotografieren und scannen Sie den Raum mit allem genau dort, wo es jetzt ist. Danach nehmen wir alles mit«, ordnete Wolf an, bevor er zurücktrat und das Funkgerät an die Lippen hob. »Wachmannschaften, melden.«

Ein Knistern drang aus seinem Funkgerät.

Aber keine Antwort.

Wolf runzelte die Stirn. »Wachmannschaften. Melden.«

Immer noch keine Antwort.

»Was zum …«

Flapp!

Der Kopf des CIEF-Soldaten neben Wolf an der Tür explodierte. Der Mann sackte wie eine Marionette mit gekappten Fäden auf den Boden.

Flapp-flapp-flapp-flapp-flapp!

Eine Salve schallgedämpfter Schüsse aus automatischen

Waffen schlug in die gusseiserne Konstruktion um Wolf herum ein und prallte Funken sprühend davon ab. Zwei weitere seiner Männer fielen, durchsiebt von Projektilen.

Wolf hechtete zu Boden und ging hinter dem Türrahmen in Deckung.

Neben ihm zog Rapier blitzschnell eine SIG Sauer, die ihm jedoch aus der Hand geschossen wurde. Die Kugel verfehlte nur haarscharf seine Finger.

Der Verlust der Waffe rettete ihm wahrscheinlich das Leben. Der CIEF-Soldat neben ihm hob das Gewehr zum Feuern an, als zwei schwarz gekleidete Gestalten mit schallgedämpften Steyr AUG Sturmgewehren an der Tür des Arsenals erschienen. Sie beförderten den Soldaten prompt ins Jenseits, nicht jedoch Rapier, Wolf und Bonaventura, die unbewaffnet waren.

Allein das verriet Wolf etwas: Diese Männer waren diszipliniert genug, um selbst in der Hitze des Gefechts zwischen bedrohlich und ungefährlich zu unterscheiden.

Als die beiden Angreifer mit gemessenen Schritten und gezückten Waffen den Raum betraten, konnte Wolf einen genaueren Blick auf sie werfen. Beide trugen von Kopf bis Fuß eine schwarze Kampfmontur sowie Hockeyhelme mit einem schwarzen Kinnschutz. Glocks und Wurfsterne aus Stahl steckten an ihren Gürteln, an den Handgelenken waren kompakte, aber verheerende Armbrüste befestigt. Man sah nur die Augen. Tödliche Augen.

Japanische Augen.

Die Gewehre, der Kinnschutz, die Wurfsterne und die Armbrüste an ihren Handgelenkschützern verrieten, dass es sich um Elitesoldaten der japanischen Verteidigungsstreitkräfte handelte, Mitglieder von Spezialeinheiten, moderne Ninja.

Ein älterer Japaner folgte ihnen in die Kammer, und Wolf erkannte ihn auf Anhieb.

»Tank Tanaka«, sagte er.

Tanaka erübrigte kaum einen Blick für die funkelnden Schätze um sich herum.

»Scanner und Festplatte«, sagte er knapp zu einem seiner Männer. »Beides vernichten.«

Prompt wurden der Scanner und dessen Laufwerk in Stücke geschossen.

»Die Digitalkamera auch«, fügte Tank hinzu, als er die Kamera bemerkte, die Bonaventura zu verstecken versucht hatte.

Auch sie wurde beschlagnahmt und in tausend Trümmer verwandelt. Bonaventura zuckte zusammen.

Tank stellte sich vor das prächtige, uralte Ei auf dem Steinaltar und begutachtete es.

»Ist wirklich recht schön«, meinte er. »Und gefüllt mit so viel Wissen.«

Dann brachte er mit einem triumphierenden Blick zu Wolf einen winzigen Sprengsatz oben auf dem Ei an und betätigte den Detonationsschalter daran.

Er trat einige Schritte zurück. »Schauen Sie ruhig zu, Colonel West, die Sprengladung ist nicht groß. Aber passen Sie auf herumspritzende Splitter auf.«

Die Vorrichtung an dem Ei gab einen schrillen Piepton von sich. Dann …

Wumm!

Die Explosion ertönte kurz und peitschend. Mit einem Aufblitzen verschwand das Ei einfach, zerbarst in tausend glasartige Splitter, die durch den Raum spritzten und gegen die Wände prallten, bevor sie zu Boden fielen. Und damit gab es das von einer hoch entwickelten, uralten

Zivilisation erschaffene Ei mit all seinen unschätzbaren Informationen zur Rettung der Welt nicht mehr.

»Ihr beschissenen selbstmörderischen Drecksäcke!«, brüllte Wolf.

Tank zeigte sich ungerührt. »Ehre ist ein viel reineres Motiv als Gier, Colonel. Sie hat den jungen Mann angespornt, den wir in Ihre Einheit eingeschleust haben.«

»Und den ich zuletzt gesehen habe, als er wie am Spieß schreiend in den Tod gestürzt ist«, spie Wolf dem Mann entgegen.

»Ehrgefühl motiviert die gesamte japanische Nation«, erwiderte Tank. »Wir wissen vom dritten Eckpunkt an der Küste von Hokkaido. Wir wissen seit Jahrhunderten davon. Für mein Volk ist es der heiligste Ort in unserem Land. Er wird in diesem Augenblick von einer Flottille der japanischen Marine bewacht. Sie werden den dritten Eckpunkt nicht erreichen, geschweige denn die dritte Säule, die dort ist.«

»Werden Sie mich umbringen, oder was?«, fragte Wolf.

»Ja.« Damit riss Tanaka mit einer fließenden Bewegung eine Pistole hoch und drückte den Abzug.

Peng!

Wolf wurde direkt in die Brust getroffen und taumelte mit rudernden Armen und einknickenden Beinen rückwärts. Er krachte in eine Ansammlung goldener Kelche und Urnen, dann blieb er auf dem Boden des Arsenals liegen.

Rapier brüllte wutentbrannt auf, musste jedoch sofort feststellen, dass er selbst in den Lauf von Tanks Waffe starrte …

»Yobu, was machst du denn da?« Eine leise Stimme unterbrach den angespannten Moment.

Erschrocken darüber, seinen richtigen Namen zu hören, wirbelte Tank herum – und sah eine äußerst überraschende Gestalt hinter sich an der Tür stehen.

Wizard.

Neben ihm befand sich Jack West jr., der eine MP-7 auf die beiden japanischen Elitesoldaten im Arsenal bei Tank gerichtet hielt. Die beiden anderen Ninjas, die Tank begleitet hatten, lagen bewusstlos auf der Treppe direkt vor dem Arsenal, von Jack außer Gefecht gesetzt. Als Rapier sah, dass Jack lebte, weiteten sich seine Augen.

»Max?«, fragte Tank.

»Wo ist das Ei, Yobu?«

»Das gibt es nicht mehr. Ich habe es zerstört.«

»Zerstört? Nein …«

»Tut mir leid, dass ich dir nie sagen konnte, warum ich die Maschine in Wirklichkeit mit dir studiert habe, Max.«

»Und mir tut leid, dass ich nie den Hass in dir erkannt habe, Yobu.«

»Wir kämpfen jetzt auf verschiedenen Seiten, alter Freund.«

»Ich denke nicht, dass wir noch Freunde sind.«

Jack flüsterte Wizard zu: »Wenn das Ei hinüber ist, brauchen wir nicht mehr hier zu sein. Die halbe chinesische Armee kommt auf uns zu. Wir müssen weg …«

Wizard ließ den Blick durch das Arsenal wandern und schien etwas zu entdecken. »Einen Moment noch, ich …«

Er kam nicht dazu, den Satz zu beenden.

Denn in dem Moment riss Tank eine Granate von seinem Gürtel, zog den Stift heraus, hielt sich die Granate über den Kopf und schrie: »*Banzai!*«

Im selben Augenblick erhob sich Wolf mit tödlichem Blick hinter ihm vom Boden. Unter dem Einschussloch in seiner Jacke zeichnete sich eine schwarze Kevlar-Weste ab. In der Hand hielt er seine SIG Sauer.

Noch im Aufstehen schoss er und schaltete die größte Gefahr zuerst aus: die beiden japanischen Ninja-Soldaten. Beide Männer fielen mit einem Treffer in die Stirn, die Gesichter blutüberströmt.

Nahtlos schwenkte Wolf die Waffe weiter auf Tank und schoss ihm dreimal in den Rücken. Der Japaner sackte auf die Knie … und ließ die scharfe Granate fallen.

Der Sprengkörper kullerte mit dumpf klackenden Lauten über den Boden.

Jack sah ihn.

Wolf sah ihn.

Rapier sah ihn.

Dann ging die Granate in der beengten Kammer des uralten Arsenals hoch.

Die Druckwelle der Explosion erschütterte die Wände, und eine Rauchwolke schoss durch die Tür hinaus.

Als die Granate detonierte, reagierte Jack, indem er Wizard durch den Eingang nach draußen stieß, bevor er einen alten Schild aus Gusseisen aufhob und ihn zwischen sich und die feurige Wolke brachte, die auf ihn zuraste.

Die Gewalt der Druckwelle beförderte ihn samt Schild durch den Eingang hinaus, und in einem entfernten Winkel seines Geistes war er froh, dass er Lily mit Zoe am Eingang der Höhle zurückgelassen hatte.

Im Arsenal hechteten Wolf und Rapier hinter den Marmoraltar, auf dem bis zu diesem Tag das sagenumwobene Ei gethront hatte. So entgingen auch sie der tödlichen Explosion. Ihr Kamerad Felix Bonaventura folgte ihrem Beispiel, indem er sich hinter einer antiken, eisenbeschlagenen Truhe versteckte und den Kopf einzog.

Am Ende bekam Tank selbst die volle Gewalt der Granate zu spüren. Er wurde in Richtung der Wand geschleudert und knallte mit entsetzlicher Wucht dagegen. Nachdem er zu Boden gesackt war, blieb er regungslos liegen.

In den Ecken der Kammer brannten kleine Feuer, als sich Wolf und Rapier aufrappelten und die Waffen der toten japanischen Soldaten an sich nahmen.

»Hast du deine Kamera noch?«, rief Wolf zu Rapier.

»Ja.« Rapier hielt eine zweite Digitalkamera hoch, ein schlichtes Modell von Sony, das Tank nicht bemerkt hatte.

»Wie viele Aufnahmen hast du von dem Ei gemacht?«, fragte Wolf.

»Sechs oder sieben. Hab es von allen Seiten fotografiert.«

»Das wird reichen«, sagte Wolf. »Felix! Auf die Beine! Zeit, von hier zu verschwinden.«

Jack lag noch mit dem Rücken auf der Steintreppe unmittelbar vor dem Arsenal. Von dort konnte er sehen, wie Wolf und Rapier die Steyr Gewehre der Japaner einsammelten.

Er musste schnell überlegen.

Wolf und Rapier gegen Wizard und ihn wäre ein gänzlich unfairer Kampf.

Und wenn man nicht kämpfen kann, dann rennt man.

Er wirbelte herum und erblickte die provisorisch reparierte Brücke hinter sich – sie führte zurück zum Höhleneingang, wo Zoe und Lily mit zutiefst besorgten Mienen warteten.

»Zoe! Sucht euch ein Versteck!«, rief Jack ins Funkgerät, während er die eigenen Möglichkeiten abwog.

Sie könnten zur Brücke rennen, nur würde Wolf dorthin zuerst zielen, sobald er aus dem Arsenal auftauchte. Wizard und ihm würde auf der Flucht in den Rücken geschossen werden.

Also schleifte er Wizard in die andere Richtung, um das Arsenal auf der Felserhebung herum, nach wie vor mit der Waffe in der Hand und mit dem neu erworbenen Schild aus Eisen.

Auf dem Weg um das Bauwerk aus Eisen herum sah er die kaputte Stufenbrücke, die zur nordöstlichen Ecke führte und direkt gegenüber der reparierten Brücke im Südwesten lag.

Wenn es ihnen gelänge, über die Lücke zu springen, könnten sie zwischen den Säulen auf der inselartigen Plattform drüben in Deckung gehen.

Wizard schien zu ahnen, was Jack durch den Kopf ging. Skeptisch betrachtete er den Spalt in der Mitte der Stufenbrücke.

Er schien etwa dreieinhalb Meter breit zu sein.

»Jack, ich kann unmöglich so weit springen.«

»Wir sind höher, dadurch ist die Lücke kleiner.«

»Ich glaub trotzdem nicht, dass ich …«

»Du musst, alter Freund, sonst stirbst du.«

Sie erreichten die obersten Stufen der eingestürzten Brücke und eilten sie hinunter.

Mit dem Schild und der Maschinenpistole fest in den Händen sprang Jack als Erster, ohne die Schritte zu verlangsamen.

Er schwebte durch die Luft über die Leere unter ihm, bevor er sicher auf dem unteren Abschnitt der Stufenbrücke landete und dabei eine Staubwolke aufwirbelte.

Sofort drehte er sich um und winkte Wizard weiter. »Komm schon, Max!«

Wizard wirkte zunächst zögerlich, dann jedoch biss er sich auf die Unterlippe, beschleunigte und sprang ebenfalls.

Der ältere Mann bewegte sich weder so anmutig noch so athletisch wie Jack durch die Luft.

Er prallte mit der Brust voraus gegen die oberste Stufe des unteren Abschnitts. Seine Finger tasteten panisch nach einem Halt, während seine Beine über dem 60 Meter tiefen, mit Knochen gefüllten Graben baumelten.

Er hatte gerade Halt gefunden, als Jack ihn am Handgelenk packte und ihn nach oben zu ziehen begann. »Ich wusste doch, dass du's schaffst.«

»Und ich sollte inzwischen längst nicht mehr an dir zweifeln, Jack …«

»Doch, sollte er, Jack«, ertönte eine andere Stimme, die sie beide aufschauen ließ. »O doch, und wie er das sollte.«

Über ihnen stand am oberen Ende der kaputten Brücke Wolf und hielt eine japanische Armbrust auf sie gerichtet.

Jack und Wizard waren völlig ungeschützt: Jack lag flach auf den Stufen und hielt Wizard fest, der mit dem Rücken zu Wolf ungelenk vom unteren Brückenabschnitt baumelte.

Wolf starrte auf sie hinab. »Jetzt bist du schon zweimal von den Toten wiederauferstanden, mein Sohn. Du bist wirklich schwer kleinzukriegen.«

Jack erwiderte nichts. Die Waffe hatte er weggelegt, um Wizard zu helfen, und den Schild trug er am Rücken, wo er keinen Schutz bot. Er verharrte liegend, hielt Wizard weiter fest und suchte die Plattform oben nach Rapier ab, doch aus seinem niedrigen Blickwinkel konnte er ihn nirgends sehen.

Wolf grinste. »Leider ist die Zeit knapp, und ich muss los. Aber wenn ich schon dein Leben nicht auslöschen kann, Jack, dann kann ich vielleicht deinen Geist brechen.«

Damit hob Wolf die Armbrust an. Jack wartete auf das Ende, auf den jähen Schmerz eines in seinen Schädel einschlagenden Pfeils …

Wolf schoss.

Jack sah verschwommen, wie der Bolzen von der Waffe schnellte, zu rasant, um den Weg zu verfolgen. Er wartete auf den Einschlag …

Ein heftiger Ruck ging durch Wizard. Sein Griff um Jacks Handgelenk wurde schwächer, und schlagartig wurde Jack klar, dass Wolf gar nicht auf ihn gezielt hatte … sondern auf Wizards Rücken.

Die wässrigen Augen des älteren Mannes blickten in die von Jack West jr. »Jack …«

»O Gott, *nein* ...«, stieß Jack hervor, dem Tränen in die Augen stiegen.

Wizards Gewicht wurde schwerer, als sich der Griff des alten Mannes lockerte und Jack die gesamte Last allein halten musste.

Über ihnen wandte sich Wolf zum Gehen. Davor warf er einen letzten abschätzigen Blick auf seinen Sohn, der sich mit dem toten Gewicht eines alten Akademikers plagte.

Als Wolf zur Seite trat, kam Rapier zum Vorschein, der mit einem schallgedämpften Steyr Sturmgewehr in der Hand hinter ihm gestanden hatte.

Als Jack die Waffe erblickte, weiteten sich seine Augen, und als Rapier sie entsicherte, nahm er alle Kraft zusammen, schwang Wizard auf den unteren Abschnitt der Brücke und hievte ihn mit Schwung die Stufen hinunter. Dann hechtete er hinter ihm her.

Rapier eröffnete das Feuer.

Ein brutaler Kugelhagel prasselte auf Jacks Eisenschild ein, während er tief geduckt die Stufenbrücke hinunterlief und Wizard mit dem Schild abzuschirmen versuchte.

Während die Projektile unvermindert gegen den Schild auf Jacks Rücken prasselten, erreichte er Wizard am Fuß der Stufenbrücke, hob ihn hoch und schleifte ihn auf den Knien hinter die nächstbeste Säule.

Weitere Kugeln malträtierten die massive Säule. Jack hielt Wizard einfach dicht an sich gedrückt, während ihm Tränen über die Wangen kullerten.

Dann endete der Beschuss abrupt, und in der Höhle kehrte eine geradezu bedrohliche Stille ein.

Gleich darauf hörte Jack, wie Wolf rief: »Ein kostenloser Rat für dich, mein Sohn! Du kannst nicht gewinnen! Du kannst deshalb nicht gewinnen, weil du nicht gut genug dafür bist! Du magst zäh sein, aber du bist nicht brillant. Du überlebst immer wieder durch deine Geistesgegenwart, aber solches Glück ist irgendwann aufgebraucht.«

Jack blieb hinter der Säule in Deckung und erwiderte nichts. Aber er hörte zu.

Wolf fuhr fort: »Du kämpfst für deine verweichlichten Freunde. Ich kämpfe, um zu gewinnen. Und wie du gerade feststellst, bist du hier *hoffnungslos überfordert!* Du bist kein Held, also hör auf, einer sein zu wollen! Betrachte deinen Geist als gebrochen, Sohn!«

Dann lösten schnelle Schritte Wolfs Stimme ab.

Jack konnte nur hinter der Säule kauern, Wizard umklammern und ins Leere starren, während sich Wolfs Schritte entfernten, bis er sie nicht mehr hören konnte. In der großen Höhle, die mittlerweile der beißende Geruch von Kordit erfüllte, breitete sich wieder völlige Stille aus.

Wolf, Rapier und Bonaventura tauchten 30 Minuten später aus dem großen Turm über dem Arsenal auf. Dabei passierten sie Zoe und Lily, bemerkten sie aber nicht, da sie sich im dunklen unteren Teil des Schachts vor dem Eingang zur Höhle des Arsenals versteckt hatten.

Die drei Amerikaner überquerten die Hängebrücke, verließen den verborgenen Krater und traten hinaus auf die mongolische Ebene. Etwa anderthalb Kilometer entfernt trafen sie mit Mao Gongli an der Spitze seiner riesigen chinesischen Streitmacht zusammen.

»Haben Sie das Ei?«, fragte Mao.

»Nein, aber Fotos davon«, antwortete Wolf. »Mao, mein widerspenstiger Erstgeborener ist im Arsenal. Betrachten Sie ihn als Geschenk. Sie können mit ihm machen, was Sie wollen.«

Mao lächelte. »Danke. Ich mache mir aus seinem Schädel eine Trophäe.«

»Nur zu«, sagte Wolf. »Ich muss nach Hokkaido.«

Eine einsame Gestalt beobachtete das Zusammentreffen vom Kopf der Treppe, die in den Krater hinabführte: Sky Monster.

Als Wolf herausgekommen war, hatte sich Sky Monster – gewarnt durch einen kurzen Funkspruch von Zoe – unter einem der verlassenen Fahrzeuge versteckt.

Dann hatte er gesehen, wie Wolf und seine Männer aufbrachen, während Maos mächtige Truppe weiter auf den getarnten Krater zusteuerte.

»O Kacke.« Sky Monster eilte die Stufen in den Krater hinunter.

Unten in der Höhle kniete Jack hinter einer Säule und hielt Wizards zitternden Körper in den Armen.

Die blutige Spitze von Wolfs Pfeil ragte aus der Brust des alten Mannes. Ein Fleischfetzen baumelte daran. Um ein Haar hätte der Pfeil den Körper völlig durchdrungen.

Wizard hyperventilierte und sprach rasant: »O Jack, Jack … sein Schild … sein Schild … und der Altar … Hast du es gesehen? Es ist kein … kein …« Dann schien er sein Delirium abrupt abzuschütteln. »O Jack, ich hatte gehofft, es würde nicht so enden.«

»Es wird nicht so enden«, gab Jack zurück. »Ich schaffe dich hier raus.«

»Diesmal nicht, mein Freund. Diesmal nicht …«

Der alte Mann hustete krampfhaft. Blut quoll aus seinem Mund. Der Pfeil hatte die Lunge durchbohrt.

»Max, du musst bei mir bleiben. Du musst kämpfen. Hier geht's um dein Lebenswerk …«

»Nein, Jack.« Wizard klang seltsam ruhig. »Jetzt ist es deine Mission. Deine und die von Zoe und Lily.«

Tränen liefen über Jacks Gesicht. Bei all seinen Abenteuern war Wizard sein treuer Freund und Mentor gewesen. Als sie Lily als Neugeborenes in einem Vulkan in Uganda entdeckt hatten. Als Wizard für Jack einen außergewöhnlichen künstlichen linken Arm konstruiert hatte, um den im Vulkan verlorenen zu ersetzen. Beim Großziehen von Lily mit ihrem internationalen Team in Kenia. Als Wizard – ein furchtbar schlechter Autofahrer – mit der bewusstlosen Lily aus Abu Simbel in Sicherheit gerast war, hinter der *Halicarnassus* her, verfolgt von Dutzenden feindlichen Fahrzeugen. Sogar in der Zeit nach der grausamen Hinrichtung von Wizards Frau Doris durch Marshall Judah.

»Ich kann das nicht ohne dich«, platzte Jack heraus.

»Doch, kannst du. Konntest du schon immer. Und dein Vater irrt sich in dir. Du bist so viel besser als er. Nicht weil du brillant oder zäh bist, sondern weil dir etwas an Menschen liegt. Und das macht dich in meinen Augen zu einem Helden. Jack, es war mir eine Ehre und Freude, all die Jahre an deiner Seite gewesen zu sein.«

In dem Moment tauchten Zoe und Lily neben ihnen auf, nachdem sie die Höhle des Arsenals durchquert hatten.

»O Gott, Max ...«, stieß Zoe entsetzt hervor, als sie den Pfeil und das Blut sah.

»Wizard!«, quiekte Lily. »Nein!«

»Lily.« Wizards Stimme klang selig. »Süße Lily. Du bist wie die Enkelin, die ich nie hatte. Ich hab dich so lieb.«

Schluchzend hielt Lily ihn fest.

»Und Zoe.« Wizard lächelte mit blutigen Zähnen. »Tapfere Zoe. Du musst auf Jack aufpassen ... und auf Lily ...«

»Mach ich, Max.«

»Weißt du ...« Wizard zuckte zusammen. »Jack wollte ... Jack wollte dich mal bitten, ihn zu heiraten.«

»He ...«, setzte Jack an.

Zoe wirbelte mit großen Augen von Wizard zu ihm herum.

»Das war« – ein weiterer heftiger Hustenanfall – »kurz nach der Schlusssteinmission. Aber du wurdest zurück nach Irland gerufen, während er in Perth war. Und als der Moment verloren war, hat er die Nerven weggeschmissen. Das hab ich vorher noch nie erlebt: dass Jack West jr. die Nerven wegschmeißt.«

Zoe starrte Jack an.

Wizard schmunzelte. »Ist das einzige Mal, dass ich es je bezeugt habe. Und ich bin froh darüber. Das beweist, dass er ein Mensch ist ...«

Ein dreifaches krampfhaftes Husten schüttelte Wizard durch. Weiteres Blut tropfte aus seinem Mund.

Er schaute zu den dreien auf. Seine Augen wirkten traurig, zugleich jedoch ruhig und friedlich.

»Jack, Lily, Zoe. Macht weiter. Gewinnt diesen Wettkampf. Rettet diese furchtbare, schreckliche Welt. Ich muss ... Ich muss mich jetzt verabschieden und zu meiner lieben Doris gehen ...«

Und damit schlossen sich seine Augen. Sein Körper erschlaffte. Und Jack, Lily und Zoe konnten in der dunklen Höhle nur neben ihrem gefallenen Freund knien und die Köpfe neigen.

Jack schloss die Augen, um weitere Tränen zurückzuhalten.

Gedanken an Wizard schwirrten ihm durch den Kopf: sein gutmütiges Lächeln, seine Geduld beim Unterrichten, sein Wissensdurst. Als er die Welt ohne Wizard vor sich sah, überkam ihn eine tiefgreifende Traurigkeit.

Dann regte sich Wut in ihm – rasende Wut auf Wolf, der genau gewusst hatte, wie schwer Wizards Tod Jack treffen würde. Wolf hatte Jack schon viel Schreckliches angetan, aber das übertraf alles.

Jack kniete mit hängendem Kopf und geschlossenen Augen in der Höhle, als eine Stimme aus seinem Ohrstöpsel drang.

»*Huntsman …*« Es war Sky Monster. »*Keine Ahnung, was da unten los ist, aber hier oben spitzt sich die Lage rasant zu.*«

Jack blinzelte und schüttelte seine melancholischen Gedanken ab, als erwachte er aus einem Traum. Der Soldat in ihm kehrte zurück. »Was ist los?«

Sky Monster stand auf der Turmseite der Hängebrücke, die den Meteoritenkrater überspannte. Hastig löste er die Befestigungen. Als er die letzte Schraube entfernt hatte, fiel die große Brücke in den Krater und schwang schlaff an die gegenüberliegende Seite.

»Unser Krater wird gleich von einer kleinen Armee eingenommen«, meldete Sky Monster schlicht.

Nur Sekunden nachdem die Brücke gegen die Außenwand des Kraters geklatscht war, trafen die ersten chinesischen Soldaten auf der Plattform dort ein und eröffneten das Feuer.

»*Kapp die Hängebrücke*«, ordnete Jack an.

»Hab ich schon gemacht.« Sky Monster eilte die Treppe hinauf, die sich außen spiralförmig um den Turm nach oben wand. »Was sollen wir jetzt …«

Er kam nicht dazu, den Satz zu beenden, denn in dem Moment schlug eine Art Granate auf dem Dach über dem Krater ein und eine gewaltige Explosion ertönte.

Das Dach erzitterte heftig …

… und begann, in sich zusammenzufallen.

Baumgroße Holz- und Gusseisentrümmer hagelten in den Krater. Einer davon verfehlte Sky Monster nur knapp. Mächtige Schneeverwehungen folgten.

Graue Lichtstrahlen stachen in den Krater und erhellten ihn majestätisch.

Dann schlugen weitere Granaten – eine zweite, dritte, vierte – ins kegelförmige Dach ein und zerstörten es vollständig. Die gesamte Konstruktion stürzte in den Krater und setzte den Turm zum ersten Mal seit 700 Jahren wieder dem Himmel aus.

Während das Dach um ihn herum in die Tiefe fiel, raste Sky Monster die Wendeltreppe hinauf. Als er die Zitadelle aus Gusseisen an der Spitze des Turms erreichte, die leicht über den Kraterrand ragte, erkannte er zu seinem Grauen das volle Ausmaß seiner misslichen Lage.

Maos Armee aus etwa 1500 Mann hatte sich mehrere Reihen tief samt Panzern, Artillerie, Truppentransportern und Schneemobilen am Rand des Kraters formiert und ihn vollständig umzingelt.

»Leck mich am Arsch …«, stieß Sky Monster hervor. »So tief in der Scheiße haben wir noch nie gesteckt.«

Jack zog Wizards Jacke über dessen lebloses Gesicht. Lily schluchzte in der Nähe leise.

Zoe sagte sanft: »Jack, komm, wir müssen weg.«

»Ich will ihn mitnehmen.«

»Das geht nicht. Wenn wir das alles überlebt haben, kommen wir zurück und holen ihn. Obwohl ich ehrlich gesagt glaube, er wäre recht glücklich, hier bei Dschingis Khan zu ruhen.«

Bei ihren Worten drehte sich Jack abrupt um.

»Was hast du gesagt?«

»Ich hab gesagt, dass er wohl glücklich mit dem Wissen wäre, hier bei Dschingis Khan begraben zu liegen.«

»Das ist nicht Dschingis Khans Grab«, sagte Jack. »Das wurde nie gefunden. Es ist sein Arsenal, seine Schatz-kammer.«

Zoe zuckte mit den Schultern. »Der Sarkophag oben lässt was anderes vermuten.«

»Welcher Sarkophag?« Jack runzelte die Stirn.

»Der große aus Marmor mitten im Arsenal. Wie konn-test du das nicht sehen?«

Jack erinnerte sich an den großen Marmoraltar in der Mitte des Arsenals, wo sich das antike Ei befunden hatte. Nur hatte Zoe darin keinen Altar gesehen, sondern …

Und plötzlich fielen Jack wieder Wizards wirre Worte von vorhin ein: »*O Jack, Jack … sein Schild … sein Schild … und der Altar … Hast du es gesehen? Es ist kein … kein …*«

»Es ist kein Altar«, sagte Jack mit tonloser Stimme. »Es ist ein Sarg. Zoe, du bist ein Genie.«

Was sich auch darin bestätigte, dass Zoe ein Seil um sich gebunden hatte, als sie zuvor mit Lily über die Lücke in der kaputten Stufenbrücke gesprungen war, um zu Jack und Wizard zu gelangen. Nun benutzten sie, Lily und Jack das Seil, um zum Arsenal zurückzukehren.

Jack eilte in die Konstruktion aus Gusseisen.

»Aggressiv angreifen, aber immer mit einem Rückzugsplan«, wiederholte er Dschingis Khans große militärische Maxime.

Er stellte sich vor den massiven Marmoraltar in der Mitte des Arsenals, nur betrachtete er ihn diesmal völlig anders ... und plötzlich sah der »Altar« auch wie etwas anderes aus – wie ein großer Sarkophag aus Stein.

Der Sarkophag des Dschingis Khan.

»*Jack*«, rief Sky Monsters Stimme. »*Was treibst du da unten?*«

Jack starrte auf den großen Sarg aus Stein. »Ich bin dabei, vielleicht einen Weg hier raus zu finden, Monster. Was passiert da oben grade?«

Sky Monster beobachtete entsetzt, wie Maos kleine Armee drei riesige 155-Millimeter-Artilleriegeschütze am Rand des Kraters in Stellung brachte und sie direkt auf die Zitadelle richtete.

»Wir werden gleich in die Hölle gesprengt.«

Zusammen hoben Jack und Zoe den großen Altar beziehungsweise Sarkophag langsam an und stellten fest, dass er tatsächlich hohl war.

Vorsichtig, um nichts zu beschädigen, kippten sie den großen, hohlen Marmorstein nach hinten, bis er in einem Winkel von 45 Grad an einigen mit Schätzen gefüllten Holztruhen lehnte. Zum Vorschein kam ein bröckeliges Skelett in einer mongolischen Rüstung, die aus Helm, Schulterpanzern und Beinschienen bestand. Ein fünfeckiger Schild und ein Schwert lagen als Zierde über der Brust.

»Dschingis Khan …«, flüsterte Lily.

Ehrfurcht erfasste sie alle. Sie hatten Dschingis vor sich, den großen Khan, den wohl bedeutendsten militärischen Befehlshaber der Menschheitsgeschichte. Einen Moment lang verharrten sie im Bann des Anblicks seiner perfekt angeordneten sterblichen Überreste.

Schließlich fiel Jacks Blick auf den Schild, der auf der Brust des Skeletts ruhte.

Im Gegensatz zu den meisten mongolischen Schilden, die rund waren, wies dieses Exemplar eine fünfeckige Form auf und bestand aus Eisen. In das Eisen waren einige wunderschön gearbeitete, erhabene Bilder geritzt, alle mit glänzendem Gold und Silber übermalt.

Zwei der Bilder ganz unten auf dem Schild erkannte Jack auf Anhieb: die pyramidenförmigen Hügel in der Wüste von Abu Simbel und den Tafelberg in Kapstadt.

Die Standorte des ersten und zweiten Eckpunkts.

Aber der Schild zeigte insgesamt sechs Bilder.

Die Eingänge zu allen sechs Eckpunkten.

»Dschingis hat die Bilder von dem Ei in seinen Schild ritzen lassen«, murmelte Jack seine Erkenntnis.

Er streckte die Hand aus und nahm dem Skelett den fünfeckigen Schild ab. »Er braucht ihn nicht mehr. Und als jemand, der immer einen Rückzugsplan hatte, könnte er für uns einen Weg hier raus haben.«

Behutsam zog Jack das Skelett des Dschingis Khan von der Steinplatte, um etwas darunter freizulegen: einen röhrenförmigen Schacht, der sich durch die Platte in den Boden zu erstrecken schien.

Allerdings erwies sich der Schacht als randvoll mit verdichtetem Schutt.

»Der Ort hier war eine Festung, bevor er eine Gruft wurde«, sagte Jack. »Eine speziell für Belagerungen konzipierte Festung. Es musste also Fluchttunnel wie diesen hier geben. Ich könnte mir vorstellen, dass Dschingis angeordnet hat, sämtliche Tunnel zu versiegeln und mit Schutt zu füllen, als er die Anlage zu seinem künftigen Grabmal umgestalten ließ. Jedenfalls war dieser Schacht mal ein Fluchttunnel. Und jetzt wird es unserer.«

»Jack«, sagte Zoe, »hier marschiert jeden Moment die halbe chinesische Volksbefreiungsarmee ein. Wie sollen wir den ganzen Schutt beseitigen, bevor die kommen?«

Jack richtete sich auf. In seinen Augen loderte wieder ein Feuer.

Er trat zur Tür des Arsenals und entdeckte Wolfs Presslufthämmer am Eingang der Höhle.

»Ich verteidige diese Festung«, erklärte er. »Und während ich damit beschäftigt bin, schicke ich Sky Monster runter, damit er dir hilft, den Fluchttunnel freizulegen.«

Jack raste aus dem Arsenal und durch das Schachtsystem nach oben zur Spitze des Turms, wo ihn zu seiner Überraschung kaltes Tageslicht erwartete.

Das falsche Dach war weggesprengt, die Zitadelle aus Gusseisen auf dem Turm den Elementen ausgesetzt. Ein frostiger Wind wehte und Schnee fiel vom grauen Himmel.

Von der Zitadelle aus betrachtete Jack die chinesische Armee, die den Krater umgab. Er sah über 1000 Soldaten, etliche Panzer und drei Haubitzen. In Zeiten der Luftkriegsführung stellte das eine beeindruckende Bodentruppe für den Einsatz an einem einzelnen Ort dar.

Jack trat neben Sky Monster und starrte auf den erschreckenden Anblick.

»Das ist 'ne völlig neue Dimension von Kacke«, brummte Sky Monster.

»Kannst du laut sagen«, pflichtete Jack ihm bei. »Wir haben Glück, dass es zu kalt für einen Luftangriff ist.«

»Wie sieht der Plan aus, furchtloser Anführer?«

»Du gehst nach unten und hilfst Zoe, einen uralten Tunnel freizulegen, der sich hoffentlich als Hintertür für uns erweist, während ich hier oben bleibe und diese Typen aufhalte.«

»Und wie willst du das anstellen? Als einer gegen tausend?«

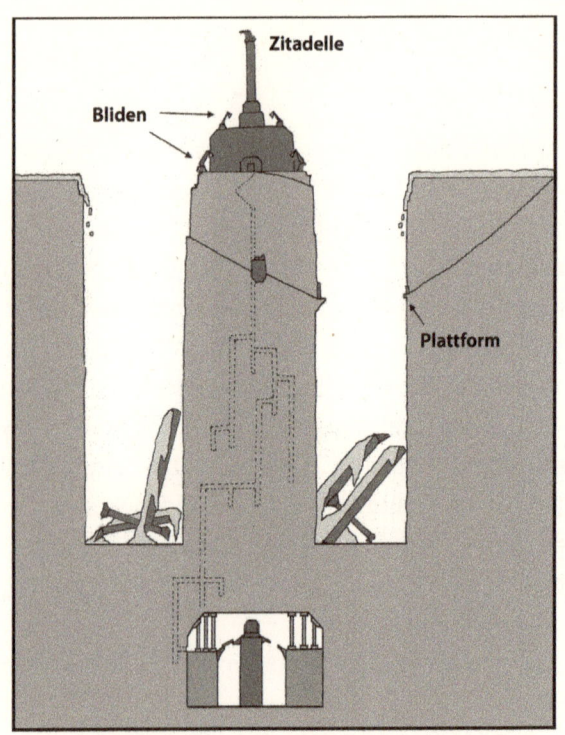

DER TURM IM KRATER (OHNE DACH)

»Monster, der Ort hier wurde für einen Belagerungskrieg konzipiert«, erwiderte Jack. »Ewig kann er sie mit ihren modernen Waffen zwar nicht aufhalten, aber hoffentlich lang genug, dass wir den Tunnel freibekommen und uns aus dem Staub machen können. Jetzt geh runter und hilf Zoe.«

Während Sky Monster nach unten eilte, schritt Jack die Zinnen der obersten Ebene der Zitadelle ab.

Sch-ping!

Erste Projektile zischten an ihm vorbei und prallten von den gusseisernen Zinnen ab. Als Jack nach unten schaute, sah er am Rand des Kraters chinesische Infanteristen, die mit ihren primitiven Typ 56 Sturmgewehren feuerten, als wären es für Scharfschützen konzipierte Präzisionswaffen.

Jack gelangte zu einer Blide an einer Ecke der Zitadelle. Vier Ecken, vier Bliden aus Eisen. Auf der unteren Ebene der Zitadelle befanden sich vier weitere.

Eine Blide ähnelte einem Katapult, erzielte jedoch dank eines schweren Gegengewichts und einer hängematten-artigen Schleuder zum Abfeuern der Geschosse eine grö-ßere Reichweite.

Hinter jeder Blide fand Jack eine Geschützkuppel aus Gusseisen, in der sich ein ausgeklügeltes System aus Rampen, Hebeln und gestapelten Wurfgeschossen befand: riesige runde Felsbrocken, Ansammlungen kleiner, locker zusammengeklebter Kanonenkugeln aus Eisen und sogar Eisenkugeln, die ein mit Kleinholz gefülltes Holzgitter umgab.

Jack zog an einem Hebel. Einer der 700 Jahre alten Ver-bünde von Kanonenkugeln rumpelte eine Rampe hinab und landete in der Schleuder der Blide.

»Cool.« Er nickte.

Plötzlich dröhnten drei donnernde Artillerieschüsse durch das Tal. Jack hechtete in die Geschützkuppel, als moderne Geschosse an der Zitadelle einschlugen und deto-nierten. Feurige Wolken wallten ringsum auf. Ein Schwall heißer Luft strömte um Jacks kleine Kuppel. Aber die Zita-delle hielt den Treffern stand wie ein Amboss, auf den ein Hammer niedersaust. Als sich der Rauch lichtete, erwies sich die kompakte schwarze Festung als beeindruckend unversehrt.

Jack setzte sich in Bewegung, drehte Zahnräder und zog Hebel. Damit machte er die Blide gleichzeitig abschussbereit und drehte sie auf ihrem Sockel so, dass sie auf die vorderste chinesische Artillerieeinheit zielte.

Dann legte er die Hand auf den Auslösehebel. »Na schön, Dschingis, du alter Mistkerl. Mal sehen, ob du so gut warst, wie man behauptet.«

Jack zog am Hebel.

Zu seinem Erstaunen funktionierte die antike Blide. Mit einem lauten Ächzen schwang die Schlinge vorwärts und schleuderte ihre Ladung. Der dichte Verbund der Kanonenkugeln flog hoch durch die dünne mongolische Luft … verfehlte die Artillerieeinheit, auf die Jack gezielt hatte, um ganze 20 Meter … und ging auf einen chinesischen Panzer nieder, verbeulte ihn. Der Verbund brach beim Aufprall auseinander, und die einzelnen, 100 Kilo schweren Eisenkugeln spritzten in alle Richtungen davon.

Männer hechteten in Deckung. Ein Jeep wurde getroffen und kippte um. Windschutzscheiben zerbarsten.

Jack atmete durch. »Danke, Dschingis.«

Auf der anderen Seite der Kluft fluchte Mao Gongli. »Artillerie! Nehmt die Katapulte ins Visier!«

Und so kam es zum bizarrsten Gefecht der Neuzeit: Eine chinesische Streitmacht beschoss eine alte mongolische Zitadelle mit Granaten, während Jack West jr. das Feuer aus der Zitadelle mit mittelalterlichen Waffen erwiderte.

Jede der Bliden schleuderte ein paar Ladungen ab, bevor die Chinesen sie mit modernem Artilleriefeuer erwischten. Aber jeder Schuss der Bliden richtete Schaden an – vor allem an den chinesischen Fahrzeugen, die sich der schmalen Zugangstreppe zum Krater näherten.

Jack rannte von einer beschädigten Blide zur nächsten, während um ihn herum Kugeln und Artilleriegeschosse einschlugen. Er konzentrierte den eigenen Beschuss auf jene Treppe.

Einmal erzielte er einen direkten Treffer auf ein an der Treppe geparktes Kettenfahrzeug, das umkippte, kopfüber auf den Stufen landete und den Zugang vorübergehend blockierte.

Dann lud er die von einem Holzgitter umrahmten Kanonenkugeln in die Schleuder der Blide, holte ein Feuerzeug hervor und zündete das Kleinholz dazwischen an, wie es Dschingis Khan vor 700 Jahren getan hätte, bevor er die Ladung abfeuerte.

Das lodernde Geschoss schlug direkt in das umgestürzte Fahrzeug am Zugang zur Treppe ein. Nach wenigen Augenblicken erfasste das Feuer die Kraftstofftanks, und das Fahrzeug explodierte. Lange Stichflammen züngelten über den gesamten Zugangsbereich zur schmalen Treppe und zwangen die chinesischen Soldaten in der Nähe zum Rückzug.

Kurz darauf wurde die Blide von heransausenden Granaten getroffen, doch bis dahin war Jack bereits zur nächsten gelaufen, um weiteren Schaden anzurichten und mehr Zeit zu gewinnen.

»Zoe«, rief er ins Funkgerät. »Wie kommt ihr da unten voran?«

Unten in der Höhle bearbeitete Zoe mit einem Pressluft- hammer den dichten Schutt, der den Fluchttunnel unter Dschingis Khans Sarkophag verstopfte.

Es handelte sich um einen schmalen Schacht. Alle paar Minuten musste Zoe mit dem Presslufthammer beiseitetreten, damit Lily und Sky Monster den gelockerten Schutt mit einer antiken – und wahrscheinlich unbezahlbaren – goldenen Schale am Ende eines Seils nach oben ziehen konnten.

Es ging langsam voran, und nach 30 Minuten waren sie alle von Kopf bis Fuß mit einer Dreckschicht aus Schweiß und Staub bedeckt.

»Wir haben bis jetzt knapp 20 Meter!«, rief Zoe zu Jack zurück. »Die Trümmer sind dicht. Richtig dicht. Und wer weiß, wie tief der Schacht reicht!«

»*Grabt einfach weiter!*«, befahl Jack. »*Hoffentlich brecht ihr durch, bevor die hier reinstürmen.*«

Trotz Jacks Bemühungen mit den Bliden rückten die chinesischen Truppen weiter vor.

Sie setzten Panzer ein, um das brennende Kettenfahrzeug vom Eingang zur schmalen Treppe zu schieben. Dann deckten dieselben Panzer die Treppe, während zwei Dutzend chinesische Infanteristen über die Stufen in Richtung des Kraters stürmten.

Gleichzeitig feuerten die zahlreichen Soldaten am Rand des Kraters weiter auf die Zitadelle – aus ihrer niedrigeren Position hatten sie kaum eine Chance, Jack zu treffen, aber durch das Dauerfeuer musste er sich ständig tief geduckt fortbewegen.

Plötzlich jedoch stiegen aus ihren Reihen Enterhaken mit Seilen auf und landeten auf der Zitadelle. Sobald ein Enterhaken Halt fand, spannte sich dessen Seil. So entstanden schräg nach oben verlaufende Stränge, über die chinesische Sturmtruppen rasch hochkletterten.

Jack rannte auf der obersten Ebene der Zitadelle hin und her, achtete darauf, dem Dauerbeschuss auszuweichen, und sägte mit seinem Messer an den gespannten Seilen.

Vereinzelt sah er dazwischen nach dem chinesischen Infanterieteam unten, wo sich die Hängebrücke befunden hatte.

Die Männer versuchten gerade, die Kluft zu überbrücken, indem sie ebenfalls Enterhaken auf die andere Seite schossen. Vermutlich um Seile zu spannen, hinüberzuklettern und hinter sich eine Seilbrücke für nachrückende Soldaten hochzuziehen. Sobald ihnen das gelungen wäre, würden die Chinesen unter strategischem Feuerschutz anstürmen, und Jack könnte seinen Widerstand nicht mehr aufrechterhalten, das wusste er.

Plötzlich endete der Beschuss. Stille breitete sich über die eisige Landschaft aus.

»*Captain West! Captain Jack West jr.*«, rief eine mittels eines Megafons verstärkte Stimme.

Jack drehte sich um und erblickte Mao Gongli am Rand des Kraters neben einem riesigen Kampfpanzer Typ 90 mit einer Flüstertüte am Mund.

»*Captain, etwas sollten Sie wissen: Wir sind nicht hier, um Sie gefangen zu nehmen, sondern um Sie zu töten! Aber je mehr Gegenwehr Sie jetzt leisten, desto qualvoller werde ich Ihren Tod gestalten! Wenn Sie sofort aufgeben, verspreche ich Ihnen eine kurze, schmerzlose Kugel in den Kopf!*«

»Was für ein Angebot«, murmelte Jack bei sich.

Er versuchte, auf die chinesischen Infanteristen unten auf der Brückenplattform zu schießen, aber als die Soldaten am Kraterrand den Beschuss wieder aufnahmen, musste er sich zurückziehen.

Aus der Deckung bekam er mit, wie es dem Brückenbauteam gelang, zwei Seilrutschen zu sichern. Prompt begannen die Männer, daran über den Abgrund zu klettern.

»Verfluchte Scheiße!«

Damit war seine Zeit offiziell abgelaufen.

In zehn Minuten würden sie es auf seine Seite geschafft haben.

Unten in der Höhle arbeitete Zoe tief in ihrem röhrenartigen Schacht mit dem Presslufthammer, als der Schutt unter ihren Füßen plötzlich nachgab und einstürzte.

Überrumpelt fiel Zoe etwa zwei Meter tief und landete unbeholfen in einem dunklen Tunnel.

Sie schaltete den Presslufthammer aus und spähte im Licht ihrer Helmlampe in den Tunnel. Er schien nach Westen zu führen und verlor sich in Schwärze.

»Jack!«, rief sie ins Funkgerät. »Ich bin durch! Hier ist ein Tunnel. Sieht aus, als würde er nach Westen verlaufen.«

»*Dann los!*«, antwortete Jack. »*Folgt ihm! Und nehmt den Schild mit! Der Feind stürmt hier oben gleich den Turm! Ich komme sofort nach!*«

»Verstanden.«

Und so eilte Zoe gefolgt von Lily und Sky Monster mit Dschingis Khans Schild auf dem Rücken den Fluchttunnel entlang.

Nach geschätzten 800 Metern stießen sie auf eine Wand aus verdichtetem Geröll, die den Tunnel vollständig blockierte.

»Nein …«, entfuhr es Zoe.

»Eine Sackgasse«, stellte Sky Monster fest. »Wir sitzen in der Falle.«

Zoe biss sich auf die Unterlippe. »Vielleicht …«

»Vielleicht was?«

»Der Schacht unter dem Sarkophag war vollständig mit Schutt gefüllt. Aber nicht dieser Tunnel. Vielleicht haben Dschingis' Leute nur beide Enden des Fluchtwegs mit Schutt aufgefüllt. Wir sind womöglich nur ein paar Meter von einem Ausweg entfernt …«

Sky Monster rannte durch den Tunnel zurück. »Ich hole den Presslufthammer!«

Eine weitere chinesische Granate explodierte an der alten schwarzen Zitadelle. Mittlerweile brannte es überall. Rauchschwaden stiegen in den Himmel.

Jack spähte durch den verstärkten Durchgang der Zitadelle. Entsetzt beobachtete er, wie die chinesischen Infanteristen unten im Krater eine Seilbrücke anbrachten.

Sie waren drin.

Sein Nachhutgefecht war vorbei. Es war an der Zeit, nach unten zu verschwinden.

Er eilte in das Schachtsystem und ließ sich an den nach wie vor darin hängenden Seilen hinab.

Neben den Stützkonstruktionen jedes Schachts ließ er Granaten mit zeitverzögerten Auslösern zurück, die zünden würden, sobald er wohlbehalten unten angekommen wäre. Wenn Mao hereinkam, um ihn zu töten, wollte er den Mistkerl so lange wie möglich aufhalten.

Jack gelangte zu der Höhle, in der sich das Arsenal befand, rannte über die reparierten Brücken – die er hinter sich ebenfalls sprengte – und erreichte das Arsenal selbst.

Nur kurz hielt er inne, um einen Blick auf Wizards zugedeckten Leichnam in der hinteren Ecke der Höhle zu werfen, wo er halb von einer dicken Säule verdeckt lag.

»Bis dann, Max«, flüsterte er. »Ruhe in Frieden.«

Dann betrat Jack das Arsenal und ging zu dem kleinen runden Loch, das Dschingis Khans sterbliche Überreste jahrhundertelang verdeckt hatte. Er betrachtete Dschingis' Skelett: einst ein begnadeter Anführer, ein aufgeklärter Herrscher, ein unvergleichlicher Krieger.

»Hat mich gefreut, dich kennenzulernen, alter Mann.«

Ein Stöhnen antwortete darauf.

Jack wirbelte herum.

Und erblickte die zusammengesackte, blutige Gestalt von Tank Tanaka mit dem Gesicht nach unten auf dem Boden, wo der Mann vor Schmerzen stöhnte. Tank klammerte sich noch ans Leben, obwohl ihn die Explosion der Granate übel erwischt hatte.

In Sekundenschnelle wog Jack seine Möglichkeiten ab. Er berücksichtigte das – beträchtliche – Wissen, das Tank besaß, die – geringe – Bedrohung, die der Mann für sie darstellen würde, und die Mühe, die es verursachen könnte, ihn mitzunehmen …

»Okay, Tank«, flüsterte Jack. »Aber falls wir rennen müssen, lasse ich dich wie einen Stein fallen und für die Chinesen zurück.«

Jack eilte zu dem halb bewusstlosen japanischen Professor, hievte ihn sich über die Schultern und hastete zum Fluchtschacht.

Mit Tanks schlaffem Körper als zusätzlicher Last kletterte Jack in den Schacht unter dem sorgfältig ausbalancierten Sarkophag aus Stein, der immer noch in einem Winkel von 45 Grad auf einer seiner Kanten stand. Aus dem Schacht versetzte Jack dem kastenförmigen Gebilde einen leichten Stoß, damit es kippte und alles unter sich verbarg – Jack, Tank, das Skelett und das Fluchtloch im Boden.

Für jeden, der das Arsenal betrat, würde der Sarkophag beinahe genauso aussehen, wie Wolf ihn an diesem Tag vorgefunden hatte: eine letzte Ruhestätte aus Stein inmitten einer kunstvoll gestalteten unterirdischen Kammer, umgeben von Schätzen, die von der Explosion der Granate verkohlt waren. Nur das Ei fehlte, das so lange Zeit auf dem Sarkophag geruht hatte.

Oben stürmte die chinesische Streitkraft die Zitadelle.

Die Soldaten fluteten regelrecht hinein, überquerten die Seilbrücke und kletterten über die vom Kraterrand gespannten Taue.

Kaum hatten sie die Zitadelle gesichert, errichteten sie Stützgestelle und ließen Seile in das Schachtsystem hinab. Dabei bedienten sie sich einer Karte der Anlage, die Wolf ihnen überlassen hatte.

Das kostete sie zwar ein wenig Zeit, doch sie ließen nicht locker und jagten Jack West jr. weiter.

Jack rannte mit Tank auf den Schultern den Fluchttunnel entlang auf die Geräusche des Presslufthammers zu, bis er hinter Zoe, Lily und Sky Monster eintraf.

Zoe bearbeitete mit Dschingis Khans antikem Schild auf dem Rücken die Geröllwand, während Lily und Sky Monster die gelockerten Trümmer beiseiteschafften und nach hinten in den Tunnel warfen.

»Was ist hier los?«, brüllte Jack, um den Lärm des Presslufthammers zu übertönen.

»Wir haben uns bisher durch 15 Meter dichtes Geröll gegraben. Keine Ahnung, wie weit es noch reicht«, antwortete Zoe.

Jack schaute zurück und rechnete halb damit, die Taschenlampen von Maos durch den Tunnel anstürmenden Männern zu sehen.

»Entweder schaffen wir es nach draußen und sehen Tageslicht, oder wir gehen hier drin drauf, wenn sie uns einholen«, sagte er grimmig.

Genau 45 Minuten später betraten Maos Männer das Arsenal. Sie brauchten nicht lange, bis sie den Marmorsarkophag umkippten und den Fluchttunnel darunter entdeckten.

»Los! Runter da! Sofort!«, brüllte Mao.

Seine Leute ließen sich den Fluchtschacht hinab. Dann eilten sie, mit Taschenlampen und an den Schultern angesetzten Maschinenpistolen, den langen Tunnel am Fuß des Schachts entlang.

Nach und nach wurden die anfangs glatten Wände des Gangs rauer, und Schutt übersäte den Boden, als wäre ihre Beute gezwungen gewesen, sich durch die Erde zu graben.

Dann bogen die chinesischen Truppen um eine letzte Kurve und hielten abrupt an.

Sie hatten das Ende des Tunnels erreicht und sahen dort im Schein ihrer Taschenlampen …

… ein klaffendes Loch im Gestein. Daneben lag ein zurückgelassener Presslufthammer. Hinter dem Loch befand sich eine natürliche Höhle, in der sich ein schwacher Schimmer Tageslicht abzeichnete.

Jack West und sein Team waren verschwunden.

Während sich all das in der Mongolei zutrug, fanden rund um die Welt andere Ereignisse statt:

Wissenschaftler der NASA berichteten von noch nie da gewesenen Vorfällen in den äußeren Regionen des Sonnensystems.

Gigantische Stürme in den Atmosphären der vier Gasriesen – Jupiter, Neptun, Uranus und Saturn – sorgten für die wildesten Himmelsbilder seit dem Eintritt des Kometen Shoemaker-Levy 9 in die Jupiteratmosphäre im Jahr 1994.

Auf jedem der vier massereichen Planeten sah man gewaltige aufgewühlte Gasspiralen. Es war, als würden alle vier Planeten von einer unvorstellbaren, unsichtbaren Kraft angegriffen.

Keiner der Wissenschaftler, die in sämtlichen Morgenfernsehsendungen auftraten, konnte das plötzliche Auftreten dieser Planetenstürme erklären.

Gleichzeitig meldete der landesweite Wetterdienst ungewöhnliche Wetterlagen überall auf der Welt: heftige Überschwemmungen in Brasilien, Sandstürme in China, Wirbelstürme im Pazifik und sogar Regen in der Sahara, der sich über eine Woche hinzog.

Die Meteorologen standen vor einem Rätsel.

Die Welt schien verrücktzuspielen.

An der militärischen Front stellte China die neuesten Ergänzungen seiner aufstrebenden Kriegsflotte vor: zwei gigantische Flugzeugträger. Ein Jahrzehnt lang hatte der Westen nervös beobachtet, wie China seine Seestreitkräfte stetig modernisierte und um ballistische Atom-U-Boote und Jagd-U-Boote sowie Zerstörer der Luzhou-Klasse nach dem neuesten Stand der Technik erweiterte. Vor drei Jahren hatten US-Satelliten den ersten Flugzeugträger gesichtet, der in einer Werft in Dalian gebaut wurde. Daher hatte man bereits seit einiger Zeit mit einer modernen chinesischen Flugzeugträgerkampfgruppe gerechnet.

Das Auftauchen eines zweiten Flugzeugträgers jedoch kam als völlige und peinliche Überraschung.

Niemand hatte gewusst, dass die Chinesen zwei davon bauten.

Gleichzeitig erfolgte die bedeutende diplomatische Ankündigung enormer Hilfszahlungen Chinas an verschiedene Länder. Während es für Schlagzeilen sorgte, dass sich darunter die üblichen Schurkenregime wie der Sudan und Simbabwe befanden, ging die größte Zahlung merkwürdigerweise an Chile.

Jedenfalls erschütterte es die Regierungen von Washington über Moskau bis London, als die beiden Flugzeugträger am 22. Februar in See stachen.

Sie trugen die Nummern 001 und 002 und hießen schlicht *China* und *Mao Tse-tung*.

Am 28. Februar – dem Tag, an dem Jack West jr. seinen persönlichen Krieg gegen die chinesischen Truppen von Mao Gongli in der Mongolei führte – wurde die Nordostspitze der größten japanischen Insel Honshu inmitten eines heftigen Meeressturms von einem kleinen Tsunami getroffen.

Er bestand aus vier Wellen, jeweils etwa drei Meter hoch. Dank der schnellen Erkennung des Tsunamis durch Japans Frühwarnsysteme auf dem Meer und die

Tsunami-Mauern aus Beton blieben die Schäden in der Region minimal.

Seismologen auf Hawaii führten die Welle auf einen unterseeischen Vulkanausbruch etwa 500 Kilometer vor der Küste von Honshu zurück.

Ungewöhnlich in diesem Fall, so meinten sie, sei der Umstand, dass der Eruption kein warnendes Beben wie sonst üblich vorausgegangen war.

Die Eruption war merkwürdig spontan aufgetreten – als hätte »den Meeresboden des Pazifiks ein plötzlicher Krampf ereilt«, wie es ein Moderator ausdrückte.

All das – die instabilen Wetterverhältnisse, die chinesischen Kriegsschiffe, der Tsunami – wurde von einem einsamen Mann in seinem entlegenen Hauptquartier beobachtet.

Einem geduldigen, sogar sehr geduldigen Mann. Er konnte länger warten als selbst der hartnäckigste Gegner.

Und er war ein Mann, der sich mit Schmerzen auskannte. Die freiliegenden Stahlplatten, die seinen linken Kieferknochen ersetzten – ein Beispiel für die rückständige Chirurgie seines Heimatlandes –, verursachten ihm chronische Qualen, die er als täglichen Test seiner Stärke ertrug.

Vor allem jedoch war er ein Mann, der Informationen schätzte, denn Informationen verliehen ihm Macht.

Dank seiner früheren Position bei der Staatssicherheitsorganisation seines Landes hatte er Zugang zu den Ressourcen, die er seit Jahren zur Informationsbeschaffung nutzte: angezapfte amerikanische und britische, im Meer verlegte Kommunikationsleitungen, vermeintlich stillgelegte Spionagesatelliten, Zugangscodes zu gesicherten militärischen Funkkanälen, die Nationen von China über Japan bis hin zu den USA und Israel verwendeten.

Seit mittlerweile geraumer Zeit verfolgte er die Bemühungen von Jack West jr. Er wusste alles über dessen frühere Missionen. Ebenso wusste er alles über Jacks Gegner – von Wolf und Vulture über Mao bis hin zu Iolanthe und sogar der japanischen Blutsbruderschaft – und deren verworrenes Geflecht zweischneidiger Loyalitäten.

Sogar von Jacks waghalsigen Rettungsaktionen hatte er erfahren, sowohl jener in Guantanamo Bay als auch jener neulich im Trophäenraum des Altmeisters in der Negev-Wüste. Der Altmeister, mit dem sich der Mann einen schauerlichen Wettkampf lieferte, war darüber äußerst erbost gewesen.

Vor allem aber wusste dieser Mann – der Mann mit dem freiliegenden Stahlkiefer – vom dunklen Stern, den Säulen, den Eckpunkten und der Maschine.

Und nun, da die Welt zu zittern begann, wusste er, dass es an der Zeit war, tätig zu werden.

Während in Japan Tsunamis wüteten und Jack in der Wüste Gobi gegen Maos Belagerungsarmee kämpfte, arbeitete Alby Calvin still in seinem Zimmer in Perth vor sich hin.

Wie die Zimmer der meisten zwölfjährigen Jungen strotzte es vor Postern und Spielzeug. Nur zeigten seine Poster verschiedene Planeten und das Sonnensystem, und sein liebstes Spielzeug bestand aus einem Teleskop. Einen Ehrenplatz über Albys Schreibtisch nahmen ein Druck von Albert Einstein und dessen berühmtes Zitat ein:

Große Geister sind immer auf heftigen Widerstand von mittelmäßigen Köpfen gestoßen.

Seit der Konferenzschaltung mit dem Team in Sansibar recherchierte Alby eifrig. Lily und die anderen fehlten ihm genauso wie der ständige Nervenkitzel ihrer Abenteuer. Aber er hatte immer gewusst, dass er irgendwann in sein normales Leben zu Hause zurückkehren musste. Indem er weiterhin recherchierte, hatte er jedoch das Gefühl, trotzdem ein Bestandteil des Teams zu sein.

Und die Arbeit, die er an diesem Tag leistete, war wichtig.

Er berechnete die genauen Zeiten für den Aufstieg des Titan an den Tagen, an denen die letzten Säulen an ihren Eckpunkten platziert werden mussten.

Es dauerte eine Weile, aber letztlich bekam Alby alle Zeiten heraus und fügte sie der Liste der Daten für die Platzierung der Säulen hinzu, die Wizard dem Opferstein der Maya entnommen hatte:

3. SÄULE – 11. MÄRZ (0:05 UHR – JAPAN)
4. SÄULE – 18. MÄRZ (2:31 UHR – MGZ)
5. SÄULE – 18. MÄRZ (2:31 UHR – MGZ)
6. SÄULE – 20. MÄRZ (18:00 UHR – MAYA/MEXIKO)
[DOPPELTE TAGUNDNACHTGLEICHE]

Da Alby mittlerweile wusste, dass sich der dritte Eckpunkt irgendwo in Japan befand, berechnete er für diesen Aufstieg des Titan die dortige Ortszeit. Und weil er die Lage der nächsten beiden Eckpunkte nicht kannte, benutzte er für sie einfach die mittlere Greenwich-Zeit. Beim letzten Ereignis handelte es sich nicht um einen Aufstieg des Titan, sondern um die seltene doppelte Tagundnachtgleiche. Deshalb griff er dafür auf die Zeitzone der Maya zurück, das heutige Mexiko.

Danach vertiefte er sich in die japanische Geschichte, insbesondere die der nördlichsten Insel Hokkaido. Beim zweiten Durchgang achtete er penibel auf jede Kleinigkeit, die einen Hinweis auf die Lage eines Eckpunkts dort liefern könnte.

Je mehr er über Japan und dessen Kriegerkultur las, desto mehr erinnerte er sich an Iolanthes Worte, dass die Japaner ein überaus stolzes Volk verkörperten.

Allerdings handelte es sich um Formen von Stolz, die Bewohner westlicher Länder als verwirrend und düster empfanden.

Von den Todesflügen der Kamikaze-Piloten bis hin zum

rituellen Selbstmord japanischer Soldaten auf Okinawa und Iwojima während des Zweiten Weltkriegs.

Dieser Stolz schlug sich auch darin nieder, dass moderne japanische Schulbücher den Angriff Japans auf Pearl Harbor mit keinem Wort erwähnten. Stattdessen wurden darin die USA zum Aggressor jenes Kriegs erklärt.

Lieber Tod als Unehre.

Lieber alles andere als Unehre.

Tank hatte den Zwillingen verraten, dass ihn die Demütigung Japans nach der Niederlage im Zweiten Weltkrieg dazu antrieb, die Welt zerstören zu wollen.

Alby schüttelte den Kopf. Menschen konnten wahrhaft merkwürdig sein.

Um ihn herum lagen Ausdrucke und Notizen, darunter Inschriften in der Sprache des Thot, die Wizard am ersten Eckpunkt fotografiert hatte. Lily hatte sie entschlüsselt.

Er warf einen Blick auf Lilys Übersetzung eines der Fotos vom ersten Eckpunkt.

Plötzlich setzte er sich kerzengerade auf und las die Übersetzung laut:

»Nähert euch den letzten vier Tempelschreinen
mit großer Vorsicht.
Denn in den Tagen vor der Wiederkehr
wird Ras dunkler Zwilling höchstpersönlich
die Gewässer der Erde zu ihrer Verteidigung
heraufbeschwören.

›Die Gewässer der Erde zu ihrer Verteidigung heraufbeschwören …‹«, wiederholte er.

»Hast du was gesagt?«, fragte seine Mutter Lois, die mit einem Wäschekorb in den Händen an der Tür stehen blieb.

»Wovon hat Japan deutlich mehr als jedes andere Land der Welt?«, gab Alby zurück.

»Weiß nicht, was denn?«

»Tsunamis. Flutwellen.«

»Das ist schön, Schatz.« Damit ging seine Mutter weiter.

Alby dachte über die Übersetzung nach.

Die Gewässer der Erde zu ihrer Verteidigung herauf-beschwören.

Bestand die Möglichkeit, dass die Rückkehr der dunklen Sonne einen Tsunami auslösen könnte? Einen wie jenen, der Japan getroffen hatte?

Man ging davon aus, dass Unterwasserbeben oder Vulkanausbrüche die meisten Tsunamis verursachten. Allerdings gab es noch eine andere Theorie …

Er begann, eine E-Mail an Lily mit seiner Theorie zu tippen:

Hi Lily,

ich bin auf etwas gestoßen, das Jack berücksichtigen sollte, wenn er den dritten Eckpunkt in Angriff nimmt.

Ich glaube, der Eckpunkt auf Hokkaido könnte von einem oder mehreren Tsunamis geschützt werden.

Meine Theorie sieht so aus: Wie wir alle wissen, beeinflusst der Mond die Gezeiten auf der Erde, indem er sich ihr nähert und sich von ihr entfernt.

Weniger bekannt ist, dass diese Mondbewegungen auch Auswirkungen auf Vulkanausbrüche haben, indem sie die Erdoberfläche »wölben«.

Wenn sich der Mond einer Seite der Erde nähert, »wölbt« sich diese Seite dem Mond durch seine Anziehungskraft entgegen. Nicht nur das Wasser im

nächstgelegenen Meer steigt an, sondern die Erd-
kruste selbst. Und wenn sich die Erdkruste in der
Nähe einer schwachen Stelle wölbt, kommt es mit
Sicherheit zu vulkanischen Aktivitäten.

Jetzt stell dir das in der Größenordnung der dunklen
Sonne vor.

Sie ist ein riesiger Himmelskörper aus Antimaterie,
der stärksten der Wissenschaft bekannten Kraft.
Wenn sie bei uns den einen oder anderen Tsunami
auslöst, wäre das nur ein kleiner Nebeneffekt ihrer
Gegenwart. Wahrscheinlich ist sie die Ursache für
die gigantischen Gasstürme, die gerade in den Atmosphären von Jupiter, Neptun, Uranus und Saturn
toben.

Durch ihre Ankunft in den äußeren Regionen unseres Sonnensystems erzeugt die dunkle Sonne eine
Wölbung der Erde und löst so Tsunamis und diese
ungewöhnlichen Wetterphänomene aus.

Ist allerdings nur eine Theorie.

Liebe Grüße,
Alby

Nachdem Alby die E-Mail abgeschickt hatte, lehnte er sich
auf seinem Stuhl zurück. Mittlerweile war es dunkel. Im
Haus herrschte Ruhe. Sein Vater und sein älterer Bruder
Josh waren ausgegangen, um sich einen Film anzusehen.
Seine Mutter hörte er in der Küche hantieren.

»Das Sonnensystem beginnt sich aufzulösen, während
sich der dunkle Stern nähert«, sagte Alby zu sich selbst.
»Und es wird nur noch schlimmer werden …«

Ein Scheppern und ein Schrei ließen ihn herumwirbeln.

Die Geräusche kamen von seiner Mutter in der Küche.

Als Alby vom Schreibtisch aufstand, erblickte er an der Tür eine dunkle, offenbar männliche Gestalt.

Der Mann trug eine Skimaske und hielt eine schallgedämpfte MP-5 Maschinenpistole in den Händen. Ein zweiter Mann tauchte dahinter auf und hielt Albys sich wehrende Mutter fest.

Alby erstarrte.

Dann erschienen zwei weitere Männer an der Tür. Männer, die er kannte. Beide Araber. Einer groß und gut aussehend, der zweite bucklig und mit einer Rattennase.

Scimitar und Vulture.

»Hallo, Albert«, grüßte Vulture mit einem bösartigen Grinsen. »Wie schön, dich wiederzusehen.«

Innerhalb einer Stunde wurden Alby und seine Mutter in einem Privatjet des saudischen Königshauses aus dem Land gebracht. Soweit Alby es beurteilen konnte, flogen sie über den Indischen Ozean.

Natürlich war Lois hysterisch vor Angst und Empörung, daher injizierte Scimitar ihr ein Beruhigungsmittel. Als sie in tiefen Schlaf versank, saß Alby neben ihr und hielt ihre Hand.

Der schnittige Privatjet raste über den Indischen Ozean.

Aber er blieb nicht völlig unbemerkt.

Hoch über der Erde beobachtete ihn ein angeblich längst stillgelegter Spionagesatellit.

EIN MÄDCHEN NAMENS LILY

NAMENS LILY

TEIL IV

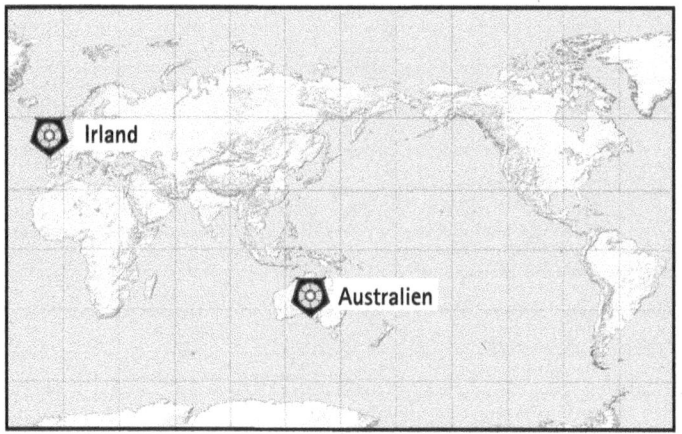

AUSTRALIEN UND IRLAND
JUNI 2007 – JANUAR 2008

DUBLIN, IRLAND
JUNI 2007

In der herrlich friedlichen Zeit zwischen der Tartarus-Rotation 2006 und dem Angriff der chinesischen Truppen Ende 2007 auf ihre abgelegene Farm war Lily viel gereist.

Nach Dubai mit Pooh Bear, nach Kanada mit Wizard und nach Neuseeland mit Sky Monster – dort übernachteten sie in Dunedin bei den süßen, aber etwas schrägen Eltern von Sky Monster, die ihren Sohn unablässig um ein Enkelkind bedrängten, was Lily zum Schießen fand.

Ihr liebstes Reiseziel jedoch war Irland zusammen mit Zoe.

Irland empfand Lily als das Gegenteil von Australien: grün, feucht und voll von Vegetation statt trocken, rau und sandig. Die Menschen erwiesen sich als unheimlich freundlich, und ihr Akzent begeisterte Lily.

Bei mehreren Gelegenheiten nahm Zoe sie mit, wenn sie zu Besprechungen mit ihren militärischen und politischen Vorgesetzten nach Irland zurückkehrte – den Leuten, die ihre ursprüngliche Mission zum Auffinden der sieben Weltwunder der Antike unterstützt hatten. Angesichts ihrer wichtigen Rolle bei der Mission genoss Lily bei diesen Leuten den Status eines Stars, was ihr natürlich mächtig gefiel.

Besonders mochte sie General Colin O'Hara, den grauhaarigen irischen General, der 1996, kurz nach Lilys Geburt, jenes schicksalhafte Treffen der Nationen einberufen hatte. O'Hara hatte sich Lily gegenüber immer ein wenig wie ein

Großvater verhalten, und er verwöhnte sie mit Schokolade und Geschenken, wenn sie nach Irland kam.

Daher überraschte es Lily, als Zoe und sie im Juni 2007 nach Irland reisten, O'Haras Büro bei der Sonderabteilung des irischen Außenministeriums betraten und feststellten, dass O'Hara nicht da war.

Stattdessen trafen sie einen wesentlich jüngeren Mann an.

Er saß entspannt an O'Haras Schreibtisch, wo er sie erwartete. Auf geschniegelte, städtische Weise war er äußerst gut aussehend, wie Lily feststellte. Er war etwa so alt wie Zoe und hatte verträumte blaue Augen, ein kantiges Kinn und sandfarbenes Haar, das ihm in die Augen fiel.

»Cieran?« Zoe klang überrascht. Sie sprach den Namen mit einem »K« aus: Kieran.

»Hallo, Zoe«, erwiderte der Mann. »Und das muss Lily sein. Hallo. Ich bin Cieran Kincaid. Captain Cieran Kincaid von der Armee, aber derzeit für die Sonderabteilung des Außenministeriums abgestellt.«

»Hallo«, sagte Lily leise.

Irgendetwas an ihm behagte ihr nicht. Er wirkte zu schmierig, zu ehrgeizig, um als entspannt durchzugehen, zu ölig in seinem selbstbewussten Auftreten. *Schlüpfrig* kam Lily in den Sinn.

Zoe wirkte perplex und für Lily auch ein wenig verlegen. »Cieran, was machst … was machen Sie denn hier?«

»Zoe, es tut mir leid, dir mitteilen zu müssen, dass General O'Hara vor drei Wochen verstorben ist. Herzinfarkt. Er war 65.«

»O du meine Güte …«, sagte Zoe.

Lilys Züge fielen in sich zusammen. Zoe legte ihr tröstend eine Hand auf die Schulter.

Cieran fuhr fort: »Ich wurde gebeten, seinen Platz als Betreuer mehrerer Sondermissionen einzunehmen, darunter auch eure.«

»Gebeten oder haben Sie sich dafür angeboten?«, fragte Zoe.

»Vielleicht ein bisschen von beidem.« Cieran lächelte. »Du kennst mich ja, Zoe.«

An der Stelle tat Cieran Kincaid etwas, womit er Lily überraschte.

Er lächelte Zoe auf eine Weise an, wie Lily es noch nie erlebt hatte.

Nicht wirklich lüstern, trotzdem eindeutig, irgendwie anrüchig – auch nicht triumphierend, und doch herablassend.

Woran es auch liegen mochte, Lily entschied, dass sie es nicht mochte, wenn jemand Zoe so anlächelte.

»Warum hat man Sie als Colins Nachfolger ausgewählt?«, fragte Lily ihn. »Sie sind viel jünger als er.«

Cieran nickte gelassen. »Ich habe Erfahrung mit Sonderprojekten, verdeckter nachrichtendienstlicher Arbeit und sogar noch mehr als politischer Vermittler. Du kannst dir gar nicht vorstellen, wie viel du auf politischer Ebene in den letzten zehn Jahren ins Rollen gebracht hast, meine kleine Freundin.«

»Kann ich wirklich nicht.«

Cieran ignorierte den Sarkasmus in ihrer Stimme oder bemerkte ihn nicht, als er hinzufügte: »Ich kann dir versichern, dass ich sämtliche Akten von General O'Hara durchgegangen und über alles im Zusammenhang mit deinem Fall informiert bin. Sag, Lily, wie ist das Leben mit dem großen Captain West?«

»Cool. Er ist ein toller Vater.«

»Ich habe in der Akte gesehen, dass er dich offiziell adoptiert hat.«

»Wie gesagt, er ist spitze.«

»Besuchst du regelmäßig die Messe, Lily?«

»Hä?« Was hatte das mit irgendetwas zu tun? »Äh, nein.«

Cieran warf einen Seitenblick zu Zoe. »Sie geht nicht in die Kirche?«

Zoe erklärte: »Sagen wir einfach, mein Glaube ist nicht mehr, was er mal war. Genau wie Jack und Lily habe ich Dinge erfahren, die mich an den wahren Grundsätzen der katholischen Kirche zweifeln lassen.«

»Die Kirche ist der Weg und das Licht.«

»Ja, weil sie ein Sonnenku…«, setzte Lily an, doch Zoe fiel ihr dezent ins Wort.

»Für Sie vielleicht. Aber nicht für jeden.«

Cieran ließ es mit einem Schulterzucken dabei bewenden. Wieder wirkte die Geste zu künstlich, um ungezwungen zu erscheinen. Er wechselte nahtlos das Thema. »Sag, Zoe, kann ich dich dazu überreden, heute Abend mit mir zu essen? Um die losen Enden der Mission genauer zu besprechen. Vielleicht bei *Flaherty's*. Dort könnten wir uns wieder den Pinot Noir gönnen.«

Wieder?, ging Lily durch den Kopf. Dann bemerkte sie ein flüchtiges Aufblitzen einer Emotion in Zoes Gesicht. Einer Emotion, die sie bei Zoe noch nie bemerkt hatte, aber sie verschwand, bevor Lily sie verarbeiten konnte.

»Danke, aber nein.« Zoe lächelte verkniffen. »Lily und ich liefern dem Operationsausschuss nur unseren Bericht ab und machen uns gleich wieder auf den Weg.«

»Dann ein andermal«, meinte er ungebrochen lächelnd. »Künftig werden wir uns ja viel öfter treffen.«

Danach versuchte Lily, formelle Treffen in Irland zu meiden, aber gelegentlich hörte sie, wie Zoe diesem Cieran am Telefon Bericht erstattete. Und dabei wirkte sie immer etwas unbehaglich.

KOMMUNIKATIONSANLAGE PINE GAP
ALICE SPRINGS, ZENTRALAUSTRALIEN
SEPTEMBER 2007

Manchmal begleitete Lily auch Jack, wenn er zu seinen australischen Vorgesetzten reiste.

In der Regel traf er sie in Fremantle am SAS-Stützpunkt dort, einmal jedoch auch in der Einrichtung Pine Gap außerhalb von Alice Springs im kargen Herzen der australischen Wüste. Das hatte Lily besonders gefallen.

Es handelte sich um eine hochsichere, von den USA und Australien gemeinsam genutzte Kommunikationsanlage mit Dutzenden Antennen, etlichen niedrigen, halb in der Erde versenkten Gebäuden, einem Elektrozaun und bewaffneten Wachleuten. Lily wurde gesagt, dass in Pine Gap offiziell Routinekommunikation zu und von US-Militärsatelliten ablief.

»Genau«, hatte Sky Monster dazu höhnisch gemeint. »Und was macht die 150 Meter lange Iridium-Antenne, die unter Pine Gap in die Erde ragt? Und warum wird die Anlage so streng bewacht?«

Leider bekam Lily bei ihrem Besuch in Pine Gap nie eine riesige unterirdische Antenne zu sehen. Was sie zu sehen bekam, war ein Whiteboard mit körnigen Fotos von Überwachungskameras im Format 20 × 25 Zentimeter. Lily wurde eingebläut, die Männer und Frauen darauf um jeden Preis zu meiden, sollten sie ihr je unterkommen.

Neben einem Foto von Pater Francisco del Piero – mit einem roten X durchgestrichen – befand sich das eines streng aussehenden schwarzhaarigen katholischen Kardinals. Darunter stand:

KARDINAL RICARDO MENDOZA
VATIKANSTADT; UNTERSEKRETÄR DER
KONGREGATION FÜR DIE GLAUBENSLEHRE (CDF).
EXPERTE FÜR DIE »TRISMAGI«.
MUTMASSLICHES MITGLIED DER »OMEGAGRUPPE«
INNERHALB DES VATIKANS.

»Der Ersatz des Vatikans für del Piero«, erklärte der Mann vom Geheimdienst, der sie unterwies. »Die Kongregation für die Glaubenslehre ist die einflussreichste Kuriengruppe im Vatikan. Sie überwacht die katholische Doktrin. Früher hieß sie …«

»Die Heilige Inquisition«, warf Jack ein.

»Das ist richtig.«

»War nicht der neue Papst Benedikt XVI. der Leiter der Glaubenskongregation, bevor er zum Papst gewählt wurde?«

»So ist es«, bestätigte der Mann vom Nachrichtendienst. »Und seit Benedikt gewählt wurde, ist Kardinal Mendoza überaus beschäftigt damit, Botschaften des Vatikans überall auf der Welt persönlich zu besuchen: in den USA, in Indien, Brasilien und Kambodscha.«

»Kambodscha?« Jack runzelte die Stirn.

»Ja. Erst letzten Monat hat der neue Papst höchstpersönlich den kambodschanischen Präsidenten angerufen, um eine Audienz zwischen ihm und Mendoza zu arrangieren. Die Kirche macht wieder mobil.«

»Hm«, brummte Jack besorgt.

Ein weiteres Foto auf der Tafel erregte Lilys Aufmerksamkeit – ein Foto, das sie nie vergessen würde.

Es zeigte einen Mann mit einem halben Gesicht. Er sah grotesk aus: kurz rasiertes schwarzes Haar, das zu einem stoppeligen, spitzen Haaransatz zurückwich, Augen mit einem krank wirkenden gelben Rand, und ja, die linke Hälfte des Unterkiefers fehlte. Es sah aus, als hätte ein wildes Tier ein Stück aus seinem Gesicht gerissen und eine hässliche Lücke hinterlassen, die man mit einem klobigen Ersatzkiefer aus Stahl gefüllt hatte. Unter diesem Bild stand:

GENERAL WLADIMIR KARNOW
RUFNAME: »CARNIVORE«
NATIONALITÄT: RUSSLAND
EX-KGB; FSB; 2006 IN DEN RUHESTAND GETRETEN;
BETEILIGT AN DER ERMORDUNG VON NEUN RUS-
SISCHEN JOURNALISTEN DURCH STRAHLENVER-
GIFTUNG IN WESTLICHEN LÄNDERN 1997 – 2006.
AUFENTHALTSORT UNBEKANNT.

Lily starrte auf das grauenhafte Gesicht des Mannes.

»Wir haben unlängst ein verschlüsseltes Telefonat zwischen Schloss Balmoral und Schloss Windsor abgefangen«, teilte der Geheimdienstler Jack mit. »Eine teilweise Entschlüsselung hat die Worte ›... *bevor Carnivore eingreift* ...‹ in dem Gespräch aufgedeckt.«

»Ein neuer Akteur?«, sagte Jack.

»Falls ja, dann ein gefährlicher. Er hat einen vernichtenden Ruf«, meinte der Mann vom Nachrichtendienst.

»Nur: Mit wem arbeitet er zusammen?«, fragte Jack. »Oder mischt er auf eigene Faust mit?«

Lily konnte nicht verhindern, dass sie sich an Carnivore erinnerte. Sein abscheuliches Gesicht suchte sie noch Wochen nach jener Begegnung in ihren Träumen heim.

DEZEMBER 2007 – JANUAR 2008
NACH DER PLATZIERUNG DER ZWEITEN SÄULE

Aber es gab auch glücklichere Zeiten. Zum Beispiel wenn Jack sie in Selbstverteidigung unterwies, wenn sie Frauenkram mit Zoe unternahm und wenn sie Zeit mit den Zwillingen verbrachte.

Obwohl Lily nach dem Platzieren der zweiten Säule nur kurze Zeit auf der Kleinen McDonaldinsel geblieben war, bevor sie mit Alby nach Perth gebracht wurde, hatte sie Spaß dabei gehabt, Lachlan und Julius Adamson kennenzulernen.

Sie fand die beiden urkomisch, denn sie beendeten oft gegenseitig Sätze füreinander oder unterhielten sich überschwänglich über einen neuen Cheat-Code, den sie für *World of Warcraft* entdeckt hatten, oder über irgendeine altsteinzeitliche Fundstelle, die sie studiert hatten.

Die Brüder wirkten wie Kinder in den Körpern Erwachsener.

Lily erinnerte sich noch gut an die erste Begegnung mit den sommersprossigen rothaarigen Zwillingen Anfang Dezember 2007 auf dem Weg nach Stonehenge, wo sie das Lichtritual durchgeführt hatten.

Lachlan und Julius, gebürtige Schotten, waren Doktoranden am Trinity College gewesen und hatten getrennt voneinander Doktorarbeiten über die verschiedenen neolithischen Zivilisationen der Welt geschrieben. Wizard war dabei ihr akademischer Betreuer gewesen, deshalb hatte er sie auf Stonehenge angesetzt.

Ihr Verlangen, Neues zu lernen, schien grenzenlos zu sein. Eines Tages auf der Kleinen McDonaldinsel erwähnte Lily es gegenüber Jack.

»Lachlan und Julius sind ganz besondere Jungs«, meinte er. »Sie sind geradezu besessen davon, Dinge herauszufinden. Es ist, als müssten sie jeden Tag irgendwas Neues lernen. Und ich möchte hinzufügen, dass sie außerdem beste Freunde sind.«

»Wie meinst du das? Sie sind Brüder.«

»Ja, sie sind Brüder, aber auch beste Freunde – und das ist nicht immer so. Denk nur an Pooh Bear und Scimitar. Lachlan und Julius passen immer aufeinander auf.«

»Aber sie zanken sich die ganze Zeit!«

»Natürlich, aber nie feindselig, und am Ende werden sie sich immer einig. Lily, wenn ich dir irgendwas im Leben beibringen kann, dann das: Die Loyalität eines Freundes währt länger als sein Gedächtnis.«

»Das versteh ich nicht.«

»Du hast das vielleicht noch nicht erlebt, aber im Verlauf einer langen Freundschaft kann man sich schon auch mal streiten oder wütend aufeinander werden wie Lachlan und Julius. Aber ein wahrer Freund vergisst die Wut nach einer Weile, weil seine Loyalität die Erinnerung an die Meinungsverschiedenheit überwiegt.«

»Und was ist mit Pooh Bear und Scimitar passiert?«, fragte Lily. »Warum sind sie keine Freunde mehr?«

»Sie haben sich vor langer Zeit für unterschiedliche Wege entschieden«, antwortete Jack. »Die sich leider vor Kurzem gekreuzt haben.«

»In der Mine in Äthiopien. Was ist dort passiert, Daddy? Wie konnte Scimitar seinen eigenen Bruder zum Sterben zurücklassen?«

»Scimitar und Pooh Bear sind sehr verschieden, Kleines. Pooh Bear sieht die Welt im Großen und Ganzen so wie wir – als Ort für alle Menschen. Scimitar sieht sie sehr engstirnig als Ort ausschließlich für Leute wie ihn. Und was die Brüderlichkeit angeht … Scimitar betrachtet Pooh Bear leider nicht mehr als Bruder.«

»Was ist mit Pooh Bear? Liebt er Scimitar trotzdem noch?«

»Das solltest du ihn fragen. Aber du kennst ja unseren Pooh Bear: 100 Kilo wandelnde, redende Loyalität. Sieh dir nur an, was er für Stretch in Israel getan hat. Ich denke, er wird Scimitar immer als seinen Bruder ansehen, auch wenn Scimitar nicht so über ihn denkt.«

Lily schwieg eine Weile und dachte nach – über ihren eigenen Bruder Alexander. Er war von klein auf dazu erzogen worden, einst zu herrschen, und er würde wohl kaum je ihr Freund werden. Dann dachte sie an Alby, ihren besten Freund, der sich immer loyal verhielt.

»Alby und ich streiten nie«, sagte sie. »Wir sind tolle Freunde.«

Jack nickte. »Sehe ich auch so. Ich glaube, ihr zwei werdet beste Freunde auf Lebenszeit sein.«

Insgesamt konnte man sagen, dass es Lily ziemlich gut ging.

Zu Weihnachten auf der Kleinen McDonaldinsel hatte Jack ihr ein Paar Heelys »Rollschuhe« geschenkt, die wie gewöhnliche Turnschuhe aussahen. Allerdings saß bei jedem Schuh ein Rollschuhrad in der Ferse, damit man Hügel hinunterrollen konnte. Lily bekam sie natürlich in Rosa und trug sie überall. In der ersten Woche sogar nachts im Bett.

Anfang Januar 2008, während Jack und die anderen nach Israel gereist waren, um Stretch zu retten, blieb sie bei Alby in Perth.

Und wenngleich sie es nie zugeben würde, der Aufenthalt bei ihm hatte ihr eine erfreuliche Kostprobe der Normalität einer Vorstadt geliefert.

Abgesehen von einem Umstand: Lily fand dabei heraus, dass nicht alle Väter so großartig wie Jack waren.

Während Lois eine hingebungsvolle Mutter war, verhielt es sich bei Albys Vater völlig anders. Der aus Amerika stammende Bergbauingenieur, der in Perth arbeitete, zog es vor, seine Zeit mit Albys älterem Bruder Josh zu verbringen. Josh war größer und athletischer als der kleinere Brillenträger Alby. In der Schule galt Josh als Sportskanone.

Lily fiel auf, dass Albys Vater an den Wochenenden immer lieber mit Josh im Park Football spielte, als sich mit Alby zu dessen Teleskop zu setzen. Und ihr entging keineswegs, wie traurig Alby darüber war.

Wenn sein Vater nur die Wahrheit wüsste, dachte Lily, als sie mit ihren mittlerweile abgewetzten rosa Rollschuhen in der Hauptkabine der *Halicarnassus* saß, während sie im Licht des Morgengrauens nach Osten aus der Mongolei flogen.

Alby war bei all dem unentbehrlich gewesen. Immerhin hatte er den Standort des sechsten heiligen Steins, der Schale von Ramses II., in England aufgespürt. Diese Entdeckung hatte dazu geführt, dass Pooh Bear, Stretch und die Zwillinge den Weg nach Großbritannien angetreten hatten, während Jack, Zoe und Lily in die Mongolei gereist waren.

Beim Gedanken an ihren Freund beschloss Lily, Alby über das Internet eine Nachricht zu schicken. Sie bekam keine Antwort. Offenbar saß er nicht am Computer.

Also versuchte sie, ihn anzurufen, doch es ging niemand ran.

Was sie seltsam fand. Sie erhielt überhaupt keine Antwort aus Albys Zuhause.

EINE MISSION IN GROSSBRITANNIEN

DER SECHSTE
HEILIGE STEIN

ENGLAND
28. FEBRUAR 2008
ZWÖLF TAGE VOR DER DRITTEN FRIST

DIE SCHALE VON RAMSES II.
(BRITISH MUSEUM)

Das Sicherheitspersonal hatte ihn schon von dem Moment an im Auge, als er das British Museum betreten hatte.

Nicht unbedingt weil die Wachleute rassistisch waren, sondern weil auf Pooh Bear perfekt die Beschreibung eines »Mannes mit nahöstlichem Aussehen« passte. Und rassistisch hin oder her, in Zeiten der Furcht – vor allem nach den Bombenanschlägen auf öffentliche Verkehrsmittel 2005 – wurden Menschen eines solchen Aussehens mit Argusaugen beobachtet, wenn sie mit prall gefüllten Rucksäcken öffentliche Orte betraten.

Obwohl sein Rucksack die Metalldetektoren problemlos passiert hatte, behielt ihn das Wachpersonal im Blick.

Dadurch nahm man kaum Notiz von den beiden anderen Mitgliedern von Poohs Team, die das Museum nach ihm betraten. Es handelte sich um zwei rothaarige schottische Zwillinge mit *Transformers* T-Shirts – einer mit dem Symbol der Autobots, der andere mit dem Symbol der Decepticons – unter kakifarbenen Gärtnermonturen. Sie trugen Lunchboxen aus Plastik bei sich, gefüllt mit einer moosgrünen, salatähnlichen Substanz.

Durch Albys späte Entdeckung – die ihm gelang, als Jack gerade in die Mongolei aufbrach und kurz bevor Alby selbst von Vulture und Scimitar entführt wurde – waren

Pooh Bear, Stretch und die Zwillinge im British Museum gelandet. Dort sollten sie den sechsten und letzten Ramses-Stein finden: die Schale von Ramses II.

Alby hatte die entscheidende Verbindung hergestellt, die den Aufenthaltsort der Schale offenbart hatte – eine Verbindung zwischen ägyptischen Artefakten und einem der fünf Krieger, Napoleon.

Das hatte sich ergeben, als Alby darüber gegrübelt hatte, warum der Stein von Rosette, das vielleicht berühmteste je gefundene Artefakt aus Ägypten, stolz im British Museum stand, obwohl er 1799 von französischen Soldaten unter Napoleon entdeckt worden war. Warum, so hatte er sich gefragt, wurde er nicht im Louvre ausgestellt?

Die Antwort lautete, dass die Briten die Streitkräfte Napoleons zwei Jahre nach der Entdeckung des Steins besiegt und Napoleon all seine Funde aus Ägypten abgeknöpft hatten. Also hatte es sich Alby zum Ziel gesetzt herauszufinden, welche anderen Artefakte die Briten den Truppen Napoleons abgenommen hatten.

Es erwies sich als lange, verworrene Geschichte voller Anschuldigungen der Unredlichkeit und des Diebstahls seitens beider Nationen. Die einzige wahre Aussage schien dabei zu sein, dass ›der unglaubliche Stein von Rosetta und 16 andere Kisten unterschiedlichster ägyptischer Antiquitäten‹ 1802 an Bord des gekaperten französischen Kriegsschiffs *L'Egyptienne* in London eingetroffen waren.

Unter den Informationen über die 16 anderen Kisten fand Alby einen Verweis auf eine kleine Schale aus Stein mit der Bezeichnung »Die Schale des Montuemhat«.

Also hatte er Montuemhat recherchiert.

Der Mann war eine schillernde Gestalt der ägyptischen Geschichte gewesen. Um 660 vor Christus war er

»Bürgermeister« von Theben und Vorsteher von ganz Süd-ägypten.

Hof gehalten hatte er im Ramesseum, dem ehemaligen Palast von Ramses II., wo er in denselben Räumen gelebt und regiert hatte wie Ramses der Große 600 Jahre vor ihm. Es schien durchaus möglich zu sein, dass eine seit Langem verschollene Schale, die Montuemhat im Ramses-Tempel benutzt hatte, in Wirklichkeit Ramses gehört haben könnte.

Untersuchungen der Schale des Montuemhat hatten ergeben, dass sie leicht beschädigt war und keinen einzigen Hinweis auf Montuemhat aufwies. Anscheinend ging die Bezeichnung auf einen faulen französischen Kurator zurück, der sie mit anderen Funden in einen Topf geworfen hatte. Und dann sah Alby ein Bild davon im Internet …

… und erkannte Inschriften im Wort des Thot um den Rand. Später wurden sie von Lily übersetzt und besagten:

DIE REINIGUNGSSCHALE

Damit hatte er den sechsten heiligen Stein gefunden.

Und wo befand er sich derzeit?

Im British Museum, wo er ein unscheinbares Dasein in einer Ecke des ägyptischen Flügels fristete, ignoriert und unbemerkt von den Menschenmassen bei der nur 25 Meter entfernten, strahlend beleuchteten Vitrine, die den größten Schatz des Museums beherbergte: den Stein von Rosette.

Und deshalb war Pooh Bear mit seinem kleinen Team nach Großbritannien geschickt worden: um die Schale des Montuemhat zu stehlen.

Pooh Bear schlenderte unter ständiger Beobachtung der Museumswächter durch die eindrucksvolle, vollständig mit Glas überdachte Eingangshalle.

Er legte einen Zwischenstopp im Museumscafé ein, wo er sich unter dem wachsamen Blick einer riesigen Statue von der Osterinsel ein Mittagessen genehmigte. Die Statue – oder *Moai* – war erst kürzlich in den Nachrichten gewesen. Die Briten hatten sie 1868 von der Osterinsel gestohlen, deren Bewohner die britische Regierung in einer Petition zur Rückgabe aufforderten. Was die Briten natürlich ablehnten. Als die Statue unlängst als Dekoration in der Cafeteria des Museums aufgestellt wurde, zeigten sich die Osterinsulaner empört und erneuerten ihre Forderung nach Rückführung der *Moai*.

Während des Mittagessens telefonierte Pooh Bear mit dem Handy und sah sich dabei vorsichtig um. Er wusste, dass er unter Beobachtung stand.

Dann ging er planmäßig zur Herrentoilette und ließ seinen Rucksack unbeaufsichtigt im Café zurück. Der am nächsten stehende Wachmann brauchte genau zwölf Sekunden, um das leise »*Piep-piep … Piep-piep*« zu hören, das aus dem Rucksack drang.

Prompt wurde das Museum in Bombenalarm versetzt.

Eine eintönige Warnsirene ging an, und sämtliche Besucher wurden mit einer höflichen, aber bestimmten Durchsage aufgefordert, das Museum umgehend zu verlassen.

Hunderte Schulkinder, Touristen, Museumsmitarbeiter und andere Bürger strömten zu den Ausgängen.

Als Pooh Bear aus der Herrentoilette kam, wurde er sofort von vier Sicherheitsleuten ergriffen und abgeführt.

Unter den Scharen von Menschen, die sich auf dem großen Hof vor dem British Museum versammelten, befanden sich auch zwei rothaarige Männer in Gärtnermontur und *Transformers*-T-Shirts.

Sie schoben einen Handwagen mit einer Schale aus Stein darauf. Es schien sich um eine Zierschale von einem der zahlreichen Springbrunnen des Museums zu handeln, zumal sie mit grünem Moos bedeckt war.

Die beiden Gärtner wollten sie mit dem Handwagen wohl gerade zur Reinigung bringen, als der Alarm losging und das Museum evakuiert wurde.

50 Minuten später stellte ein Bombenentschärfungskommando der britischen Armee fest, dass es sich bei dem piepsenden Gegenstand in Pooh Bears Rucksack um einen Nintendo DS handelte, den er versehentlich eingeschaltet gelassen hatte. Das Gerät erkundigte sich mit den Tönen, ob er weiterspielen wolle.

Natürlich entließ man Pooh Bear umgehend mit einer Reihe verschämter Entschuldigungen, wenngleich man ihn ermahnte, seinen Rucksack nicht mehr an öffentlichen Orten herumstehen zu lassen.

Kurz danach wurde das British Museum wieder geöffnet.

Merkwürdigerweise jedoch fehlte von den beiden rothaarigen Gärtnern und der moosbewachsenen Steinschale jede Spur. Zuletzt hatte man sie gesehen, als sie sich von der Menschenmenge vor dem Museum entfernten und auf einen geparkten Lieferwagen mit einem großen, schlanken Israeli hinter dem Lenkrad zusteuerten.

Die *Halicarnassus* stand auf dem Rollfeld eines verlassenen sowjetischen Luftwaffenstützpunkts tief in den Bergen nördlich der russischen Pazifik-Hafenstadt Wladiwostok.

Nach der Flucht aus Dschingis Khans Arsenal in der Wüste Gobi und dem Fußmarsch zur *Hali* waren Jack, Lily, Zoe und Sky Monster zusammen mit ihrem Gefangenen, dem verwundeten Tank, nach Osten geflogen und hier gelandet, nur wenige Hundert Kilometer von der japanischen Insel Hokkaido entfernt.

Es war spät. Der Vollmond erhellte die düsteren Berggipfel rund um die *Halicarnassus*. Und es war kalt, 20 Grad unter null. In 15 Minuten sollte sich Jack bei Pooh Bears Team in London melden.

Da sie alle noch immer schwer erschüttert vom Verlust Wizards waren – Lily hatte in den Tagen seither kaum gesprochen –, bemühte sich Jack, sie alle zu beschäftigen.

Sie versuchten erneut, Verbindung mit Alby in Perth aufzunehmen, erreichten jedoch niemanden.

»Merkwürdig«, fand Jack.

»Ja.« Normalerweise geht er beim ersten Klingeln ran, weil er so gern mitmischen möchte«, sagte Lily.

Aber sie erhielten eine E-Mail von Alby. Sie enthielt die Zeiten des Aufstiegs des Titan für die Tage, an denen die Säulen platziert werden mussten, außerdem Albys Theorie zu von der dunklen Sonne verursachten Tsunamis.

»Keine schlechte Theorie«, meinte Jack. »Der Junge ist schlauer als die Hälfte der Erwachsenen, die ich kenne.«

Er überprüfte die Liste der Zeiten, die Alby den Daten aus dem Opferstein der Maya hinzugefügt hatte:

3. SÄULE – 11. MÄRZ (00:05 UHR – JAPAN)
4. SÄULE – 18. MÄRZ (02:31 UHR – MGZ)
5. SÄULE – 18. MÄRZ (02:31 UHR – MGZ)
6. SÄULE – 20. MÄRZ (18:00 UHR – MAYA/MEXIKO)
[DOPPELTE TAGUNDNACHTGLEICHE]

Die dritte Säule musste bis zum 11. März platziert werden. In zwei Tagen.

Jack überlegte, was er über den dritten Eckpunkt wusste: Die goldene Tafel vom ersten Eckpunkt bezeichnete ihn als »das Feuerlabyrinth«. Die dritte Säule befand sich irgendwo darin versteckt. Und den Zwillingen zufolge lag die gesamte Anlage irgendwo an der Nordwestküste von Hokkaido.

Jack biss sich auf die Unterlippe. »Wenn das Labyrinth so groß ist, wie der Shogun es beschrieben hat, wird es eine Weile dauern, sich durchzuarbeiten. Wir dürfen nicht zu spät dort ankommen. Und vorerst ist Wolf der Einzige, der die dritte Säule reinigen und platzieren kann, weil er den Stein der Weisen und den Feuerstein hat.«

»Was also machen wir?«, fragte Zoe.

»Im Augenblick können wir nur abwarten und zusehen. Aus der Ferne beobachten. Wir sind bloß eine Flugstunde von der Küste Hokkaidos entfernt. Wir beobachten aus sicherem Abstand, wie Wolf vorankommt. Hoffentlich findet er den Eingang und kann das Labyrinth durchqueren.«

»Glaubst du, er schafft es?«, fragte Lily.

»Er ist ein mieser Dreckskerl, aber er ist klug. Auf jeden Fall klug genug dafür«, antwortete Jack. »Und im Gegensatz zur japanischen Blutsbrüderschaft ist er kein Selbstmörder. Mein Vater will über die Welt herrschen, und dafür muss er diese Säule platzieren.«

In dem Moment stöhnte Tank hinter ihnen und erwachte.

Kabelbinder fesselten ihn an seinen Sitz. Sein Gesicht strotzte vor Blasen und Verbrennungen von der Detonation seiner eigenen Granate in Dschingis Khans Arsenal. Auf den Wangen und der Stirn glänzte die Schicht antiseptischer Creme, die Jack auf die versengte Haut aufgetragen hatte.

Blinzelnd schlug der alte japanische Professor die Augen auf und betrachtete seine Umgebung. Als er die Fesseln spürte, schaute er jäh zu Jack, Lily und Zoe.

»Du hast versagt, Tank«, brummte Jack.

Der Japaner erwiderte nichts.

»Du hast zwar das Ei zerstört, aber Dschingis hat die Bilder auf seinen Schild kopieren lassen.« Jack hielt das prunkvolle fünfeckige Artefakt hoch.

Immer noch schwieg Tank.

»Wir haben herausgefunden, dass der dritte Eckpunkt an der Küste von Hokkaido liegt. Dank dem Schild hier wissen wir jetzt auch, wie der Eingang aussieht. Ist nur eine Frage der Zeit, bis Wolf ihn findet. Und diesmal können wir zur Abwechslung ein wenig abwarten.«

Tank schnaubte abschätzig.

Dann ergriff er in heiserem, krächzendem Flüsterton das Wort.

»Ihr habt keine Zeit.«

»Was?«

»Die Zeit ist abgelaufen.« Tank grinste trotz seines verbrannten Gesichts. »Du verstehst es immer noch nicht, oder? Meine Blutsbrüder und ich handeln nicht allein bei der Mission, euch am Platzieren der Säulen zu hindern. Wir sind nur die Spitze eines viel größeren Schwerts.«

Jack runzelte die Stirn.

Tank fuhr fort: »Die kaiserlichen Herrscher Japans kennen die Lage des Eckpunkts unserer Nation schon seit Langem. Er ist der heiligste Schrein unseres Volkes. Wo genau er sich befindet, wird seit dem Besuch des Großkhans von einem Kaiser zum nächsten weitergegeben.

Jack, du Trottel, so versteh doch endlich! Ich vertrete keine kleine Gruppe alternder Fanatiker, die aus reiner Rachsucht unbedingt die Welt zerstören wollen. Ich vertrete die gesamte Nation Japans, die fest entschlossen ist, eine schwerwiegende Beleidigung unserer Ehre zu berichtigen.

Wenn ihr jetzt nach Hokkaido aufbrecht, werdet ihr feststellen, dass die Küste von Kriegsschiffen der kaiserlichen japanischen Marine geschützt wird. Den Zugang auf dem Landweg bewachen unsere besten Spezialeinheiten. Während der gesamten Mission habe ich auf ausdrückliche Anweisung meiner Regierung und meines Kaisers gehandelt. Du kämpfst nicht gegen mich und meine Brüder, Jack West, du kämpfst gegen die gesamte japanische Nation.«

Jacks Züge fielen in sich zusammen.

Zoe drehte sich ihm zu. »Eine Seeblockade der Küste? Wie will Wolf daran vorbei?«

Jack überlegte rasant.

»Keine Ahnung, ich hatte nicht …«

»Jack«, fiel Sky Monster ihm vom Kopf der Treppe ins Wort. »Pooh Bear ist aus England in der Leitung.«

Verdattert gingen Jack, Zoe und Lily nach oben, um den Anruf entgegenzunehmen.

Auf einem Monitor im Oberdeck der *Hali* sahen sie Pooh Bear in London.

Der Araber, Stretch und die Zwillinge saßen in einem billigen Hotelzimmer in der Nähe der Waterloo Station.

Jack informierte sie über Wizards Tod in der Mongolei.

»O nein …«, stieß Pooh Bear entsetzt hervor.

»Es war ein Desaster«, schilderte Jack. »Die japanische Blutsbrüderschaft war dort, dazu noch Wolf und ein mächtiges chinesisches Kontingent. Mein Vater hat Wizard umgebracht.«

»Das tut mir so leid, Jack«, sagte Stretch.

»Und die Mission?«, erkundigte sich Pooh vorsichtig.

»Wir haben gekriegt, was wir brauchen«, erwiderte Jack. »Zwar nicht das Ei, aber die Bilder davon – Darstellungen der Eingänge zu allen sechs Eckpunkten. Dschingis Khan hat sie auf seinen Schild übertragen lassen. Zoe schickt euch in diesem Augenblick ein digitales Foto davon per E-Mail.«

»Angekommen«, meldete Julius von seinem Computer in der Nähe und rief die JPEG-Datei des Schilds auf. »Mann, ist der schön …«

»Wie sieht's bei euch aus?«, erkundigte sich Jack. »Habt ihr die Schale?«

»Wir haben sie«, bestätigte Pooh.

Stretch fügte hinzu: »Aber wir haben gehofft, mit Wizard über unseren nächsten Schritt reden zu können. Lily hat gesagt, die letzten drei Säulen müssen zweimal gereinigt werden: im Stein der Weisen und in der Schale im klaren Wasser der Quelle der Schwarzpappel. Wir haben zwar die Schale, müssen aber noch die Quelle der Schwarzpappel finden, was immer das sein mag.«

Julius meldete sich zu Wort. »Wir brauchen auch die vierte Säule, die wir am Stützpunkt auf Mortimer Island zusammen mit der ersten Säule gereinigt haben, als diese adelige Schnecke Iolanthe dabei war. Ich vermute, sie hat sie noch.«

»Aber wie finden wir sie?«, fragte Lachlan.

»Vielleicht müssen wir sie dazu bringen, euch zu finden«, erwiderte Jack. »Tut mir leid, Leute, den Rest werdet ihr euch selbst überlegen müssen. Wir werden hier nämlich gleich sehr beschäftigt sein. Der dritte Eckpunkt wird stärker verteidigt, als wir erwartet haben. Wir beobachten gerade Wolf. Er muss an einer mächtigen japanischen Seeblockade vor Hokkaido vorbei, um es in das Labyrinth zu schaffen, das den Eckpunkt schützt.«

»Also gut«, sagte Zoe. »Dann legen wir mal besser los …«

In dem Moment gab ihr Laptop einen Piepton von sich. Im Videolink-Fenster blinkte ein Symbol mit der Beschriftung »RON«.

»Das ist Alby!«, rief Lily und klickte sofort auf das Symbol. Pooh Bear tat gleichzeitig in London dasselbe. So wurde daraus eine Konferenzschaltung.

Jack und Lily drängten sich um den Bildschirm und erblickten …

… das dunkle Rattengesicht von Vulture.

»Hallo, ihr Wichte«, grüßte der saudische Geheimagent. Damit trat er zur Seite. Zum Vorschein kamen …

… Alby und Lois, gefesselt und geknebelt hinter ihm, bewacht von Scimitar. Sie befanden sich in einer beigen Kabine, offenbar in einem Privatjet.

Lois lümmelte bewusstlos auf ihrem Sitz. Albys Augen waren vor Angst weit aufgerissen.

»Seht mal, was ich gefunden habe«, zischte Vulture. Dann bemerkte er Pooh Bear.

»Na so was, Zahir, du bist aus der Mine in Äthiopien entkommen. Vielleicht bist du doch nicht so nutzlos, wie ich zuerst dachte.«

»Vulture, du Drecksack, was willst du?«, verlangte Jack zu erfahren.

Vulture zuckte unbekümmert mit den Schultern. »Weißt du, Huntsman, man sagt ja, dass Kinder unheimlich viel Schmerz wegstecken können. Ich habe mich oft gefragt, wie viel Folter ein kleiner Junge ertragen kann – Folter, die er entweder selbst erleidet oder die er bei seiner Mutter bezeugt. Was ich will? Deine Aufmerksamkeit, Huntsman, und ich denke, die habe ich jetzt.«

Damit endete die Übertragung.

Lily brach in Tränen aus. Zoe wirbelte zu Jack herum.

Jack schloss die Augen.

Vulture und Scimitar hatten Alby und dessen Mutter. Es war eine Sache, jemanden als Geisel zu nehmen, der Jack am Herzen lag. Doch es war eine völlig andere, sich jemanden zu holen, der seiner Tochter lieb und teuer war.

Verdammt noch mal …

»Jack.« Sky Monster kam aus dem Cockpit. »Wolf hat gerade seinen Angriff auf Hokkaido gestartet. Hört sich an, als wär gerade der Dritte Weltkrieg ausgebrochen. Wenn du ihn im Auge behalten willst, müssen wir jetzt los.«

Jack setzte sich aufrechter hin, sammelte sich und sagte: »Pooh Bear, findet diese Quelle. Wir müssen los.«

LUFTRAUM ÜBER DEM ARABISCHEN MEER

In der luxuriösen Kabine seines Gulfstream IV Privatjets wandte sich Vulture vom Computer ab, lächelte Alby an und nahm dem Jungen den Knebel ab.

»Danke, Albert. Psychologische Kriegsführung gehört zu jedem Gefecht, und du hast dich wieder als sehr nützlich erwiesen.«

»Wieder?« Alby runzelte die Stirn. Neben ihm stöhnte seine sedierte Mutter in ihrem unruhigen, künstlichen Schlaf.

»Aber natürlich weißt du das nicht.« Vulture ließ sich auf einem breiten Ledersessel nieder. »Bestimmt erinnerst du dich, dass Captain West letztes Jahr auf seiner Farm in der australischen Wüste eine bedauerliche Invasion erlebt hat.«

»Ich war dabei.«

»Das wissen wir.« Vulture grinste zu Scimitar hinüber, der gerade einen Schluck Whiskey trank. »Du hast uns zu Huntsmans Farm geführt, Albert.«

»*Was?*« Alby setzte sich aufrechter hin.

»Huntsman ist ein kompetenter Soldat, ein Mann, dem nur selten Fehler unterlaufen. Natürlich haben wir das Mädchen beobachtet, aber er hat dafür gesorgt, dass sie in der Schule gut geschützt war. Und er ist nie auf demselben Weg zu seiner Farm zurückgekehrt. Nicht mal wenn er sie von der Schule in Perth abgeholt hat. Deshalb konnten wir die Farm und den Feuerstein dort nie finden.

Aber dann hast du dich mit dem Mädchen angefreundet.

Also haben wir angefangen, dich zu beobachten, und plötzlich hat Huntsman einen seltenen Fehler begangen. Denn dir, junger Mann, fehlt die Kompetenz eines Profis. Als du in den Ferien zu der Farm gefahren bist, wurdest du auf dem gesamten Weg beobachtet. Du hast unsere Mit-streiter – Wolf, Mao und dessen chinesische Streitkraft – zu Jack Wests Zuhause in der Wüste geführt. Ja, Albert, du warst sein größter Fehler.«

Alby entsetzte die Möglichkeit, dass es stimmen könnte. Hatte wirklich er Lilys Feinde direkt zu ihrem geheimen Zuhause geführt?

»Wir wissen eine Menge über dich, Albert«, sagte Vulture, der Albys Unbehagen sichtlich genoss. »Wir wissen, dass dich deine Mutter vergöttert, dein Bruder ignoriert und sich dein Vater von dir distanziert, weil er nichts damit anfangen kann, was für ein verweichlichter Bücherwurm du bist.«

Tränen traten Alby in die Augen.

Scimitar schaute zu ihm. »Ach, jetzt hör schon auf. So erinnerst du mich an meinen eigenen wertlosen Bruder.«

Scimitar zog ein funkelndes Messer von seinem Gürtel. Es war eine außergewöhnliche Klinge, lang und scharf, und sie besaß einen prächtigen, mit Gold und Edelsteinen verzierten Griff.

»Siehst du das?«, brummte er. »Ein Geschenk von meinem Vater zu meinem 13. Geburtstag. Ein Geschenk von einem Mann an einen Mann. Bis heute hat mein Vater Zahir kein ähnliches Geschenk überreicht. Weil Zahir kein Mann ist. Weil sich Zahir eines solchen Geschenks nicht als würdig erwiesen hat.«

»Pooh Bear ist doppelt so viel Mann, wie Sie es je sein werden …«

Scimitar durchquerte die Kabine überraschend rasant. Bevor Alby wusste, wie ihm geschah, drückte die Klinge des verzierten Messers gegen seine Kehle und Scimitars heißer, nach Whiskey miefender Atem hauchte ihm direkt ins Gesicht.

»Sag das noch mal«, zischte Scimitar leise. »Sag es ruhig noch mal …«

»Scimitar!«, fauchte Vulture barsch. »Nicht jetzt …«

Donnernde Geräusche von draußen ließen alle herumwirbeln.

Für Alby klangen sie wie Überschallknalle …

Er spähte durch die Fenster der Gulfstream und erblickte zwei MiG Kampfjets mit russischer Kennzeichnung, die zu beiden Seiten parallel zu ihrem Privatjet einschwenkten. Sie befanden sich so nahe, dass Alby die Visiere der russischen Piloten in der Sonne funkeln sehen konnte.

»Sie befehlen uns, ihnen zu folgen, sonst schießen sie uns ab«, rief der saudische Pilot aus dem Cockpit nach hinten.

Vulture wirkte zugleich wutentbrannt und verdattert. »Was zum Teufel soll das?«, stieß er hervor, während er sich von Fenster zu Fenster bewegte.

Plötzlich feuerte einer der Kampfjets eine Salve von Leuchtspurgeschossen vor den Bug der Gulfstream.

»Was soll ich tun?«, fragte der Pilot eindringlich.

»Wir können gar nichts tun«, gab Vulture zurück, dem angesichts dieser unerwarteten Wendung der Kopf schwirrte. »Wir folgen ihnen.«

Eskortiert von den beiden russischen Kampfflugzeugen schwenkte die Gulfstream nach rechts und verließ ihren geplanten Kurs.

DRITTES GEFECHT

DIE SCHLACHT UM DEN
DRITTEN ECKPUNKT

Hokkaido,
Japan

HOKKAIDO, JAPAN
9. MÄRZ 2008
ZWEI TAGE VOR DER DRITTEN FRIST

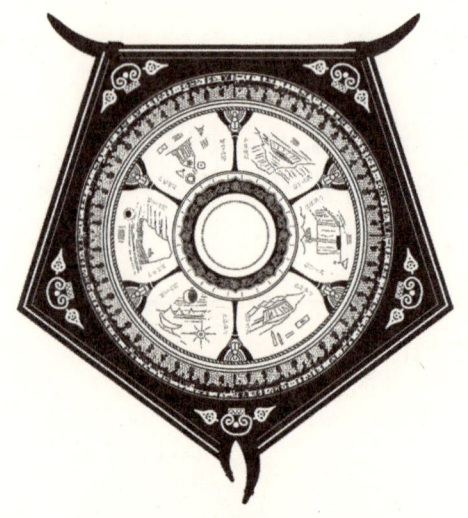

**DER DRITTE ECKPUNKT,
DARGESTELLT AUF DSCHINGIS
KHANS SCHILD**

NORDWESTLICHE KÜSTE
VON HOKKAIDO, JAPAN
9. MÄRZ 2008, 7:30 UHR
ZWEI TAGE VOR DER DRITTEN FRIST

Der heftige Meeressturm, der am 9. März 2008 die Nordwestküste von Hokkaido heimsuchte, sollte Rekorde brechen. In 1300 Jahren präziser japanischer Aufzeichnungen war nie ein derart heftiges Unwetter aufgetreten.

Gewaltige, 15 Meter hohe Wellen krachten gegen die Klippen der Küste. Aus niedrigen Sturmwolken peitschte Schneeregen herab.

Eisige Schneeverwehungen wirbelten von den Bergen, die an das aufgewühlte Meer grenzten.

Und das alles ereignete sich bereits, bevor sich vier gigantische Tsunamiwellen aus Westen der Küste näherten, jede einzelne so mächtig wie der verheerende Tsunami vom 26. Dezember 2004.

Einheimische Fischer kannten die Gefahren dieses Küstenstreifens und hielten sich daher selbst bei ruhiger See davon fern.

Das Gebiet galt als berüchtigt heimtückisch. Felsen unter Wasser rissen Rümpfe mühelos auf. Starke Strömungen zogen selbst die größten Schiffe unerbittlich in Richtung des zerklüfteten Ufers.

In diesem Umfeld – einem ohnehin gefährlichen Kanal in einem rekordbrechenden Sturm – sollte Wolfs frontale militärische Landung stattfinden.

Während die tobende See lautstark gegen die Küste von Hokkaido brandete, ertönte am Himmel darüber ein ebenso donnerndes Dröhnen.

23 Schiffe der japanischen Marine bildeten der verschneiten Küste abgewandt eine halbkreisförmige Formation und lieferten sich ein erbittertes Feuergefecht mit einer Staffel amerikanischer Flugzeuge.

Außer einem Flugzeugträger waren so gut wie alle Arten von Kriegsschiffen vertreten: Zerstörer, Fregatten, Kreuzer – alle fest entschlossen, Hokkaido bis zum bitteren Ende zu verteidigen.

Eine Welle unbemannter Luftfahrzeuge der Amerikaner – Drohnen – bahnte Wolfs Angriffsstreitkraft den Weg.

Die Drohnen hatten zwar keine Piloten, aber schwere Bewaffnung. Im selben Winkel wie der Schneeregen rasten sie im Sturzflug mitten hinein in einen dichten Hagel nach oben abgefeuerter Leuchtspurgeschosse. Ein Dutzend Drohnen wurde mit jähen, gleißenden Explosionen vom Himmel gefegt, aber ein weiteres Dutzend überstand den Beschuss, darunter drei besonders wichtige: die mit taktischen ALQ-9-Störsystemen und LDS-Laserblendsystemen.

Wichtig waren sie deshalb, weil sie einen sicheren Lufteintrittskorridor für die zweite Angriffswelle schufen, die hinter ihnen folgte: eine Ansammlung patronenförmiger, gepanzerter Pods mit jeweils vier Mann an Bord.

Der Luftangriff war zeitlich präzise auf die eintreffenden Tsunamis abgestimmt – oder vielmehr auf ein besonderes Phänomen im Zusammenhang mit Tsunamis.

Bevor ein Tsunami zuschlägt, geht ihm immer ein Rückfluss der Küstengewässer voraus. Das Meer zieht sich buchstäblich von der Küste zurück, während die nahende

Welle über flacheres Gelände rast und sich auftürmt, bevor sie auf die Landformation der Küste prallt.

Als sich das Meer beim berüchtigten Lissabonner Tsunami im Jahr 1755 zurückzog, wurden dabei zahlreiche Schiffswracks und Frachtkisten auf dem Boden des Hafens von Lissabon freigelegt. Neugierige und Schaulustige rannten damals über den entblößten Meeresboden, um die Wracks zu plündern, wurden jedoch vom 20 Minuten später eintreffenden Tsunami überrollt und ertränkt.

Ausmaß und Dauer eines solchen Meeresrückzugs vor einem Tsunami hängen allein von der Größe und Gewalt der nahenden Welle ab. Je größer die Welle, desto weiter und länger der Rückzug.

Die Besatzungen der japanischen Marineschiffe, die an jenem Tag Hokkaido verteidigten, wussten darüber Bescheid und waren deshalb volle zwei Kilometer vor der Küste in Stellung gegangen.

Was sich als ihr einziger Schwachpunkt erweisen sollte.

Wolf schwebte in einem der gepanzerten Pods hoch über der Küste Hokkaidos und der japanischen Verteidigerflotte und beobachtete auf einem Monitor, wie sich das Meer von der nordwestlichen Küste der Insel zurückzog.

Aus dieser Perspektive war es ein atemberaubender Anblick.

Das Wasser zog sich in einem breiten Halbkreis vom Ufer zurück und gab den flachen Meeresboden frei. Es sah aus wie ein gewaltiger Strand. Wolf entdeckte dort mehrere verrostete Schiffswracks: Fischkutter, zwei alte chinesische Dschunken und einen riesigen modernen Supertanker, der dicht an der Küste auf der Seite lag und den entblößten Meeresgrund beherrschte.

Außerdem konnte Wolf an diesem neu entstandenen »Strand« eine Reihe spitzer schwarzer Objekte ausmachen, allerdings konnte er aus seiner Höhe nicht erkennen, worum es sich dabei handelte.

Am wichtigsten jedoch war, dass er das Bild sah, das er von dem Drachen-Ei abfotografiert hatte: einen halb gefrorenen Wasserfall, der aus einem dreieckigen Spalt in den Klippen an der Küste ins Meer stürzte. Auf der landwärtigen Seite des Wasserfalls ragte ein erloschener Vulkan empor.

Und unmittelbar unter dem Wasserfall befand sich wie auf dem Ei abgebildet am Fuß der entblößten Klippe ein riesiges rechteckiges Portal der Größe eines Flugzeughangars. Der Eingang zum dritten Eckpunkt.

Im Schutz der Drohnenstaffel sausten Wolfs gepanzerte Pods – PA-27 Luftangriffs-Pods, die ausschließlich von der CIEF verwendet wurden – auf den Eingang zu.

Flugabwehrbeschuss von den japanischen Kriegsschiffen auf dem Meer sowie von einem Dutzend Landpositionen auf den Klippen stieg zu den heranrasenden Pods auf. Gewöhnliche Geschosse prallten einfach von der Wolframpanzerung der Angriffs-Pods ab, während Panzerfäuste und Raketen durch das fortschrittliche Laserblendsystem unschädlich gemacht wurden.

Als die Höhenmesser der Pods erkannten, dass sie sich 60 Meter über dem Meeresboden befanden, fuhren über jedem der Fluggeräte zwei Rotoren aus und begannen sofort, sich gegenläufig zu drehen, um den Fall zu bremsen.

Wolfs Pod landete sanft wie ein Hubschrauber auf dem Meeresboden, nur 100 Meter vom Eingang zum Eckpunkt entfernt, nicht weit vom Wrack des Supertankers.

Zischend öffnete sich der gepanzerte Einstieg, und Wolf kletterte hinaus, begleitet von zwei CIEF-Soldaten und dem Hexenmeister der Neetha.

Auf dem Rücken trug Wolf einen Rucksack mit dem Feuerstein. Aus einem anderen Pod stieg Rapier mit dem Stein der Weisen in einem ähnlichen Rucksack.

Erst nun auf dem Boden erkannte Wolf, worum es sich bei den spitzen schwarzen Objekten handelte – um hohe schwarze Felsen, alle von Menschenhand vorsätzlich scharfkantig zugeschliffen.

»Die sind dafür vorgesehen, Schiffe zu versenken, die dem Eingang zu nah kommen«, merkte ein CIEF-Soldat an.

»Stimmt«, sagte Wolf.

Es mussten um die 30 sein, die ein willkürliches Muster um die Klippen der Küste herum bildeten. Ein guter Schutz für einen geheimen Ort.

Rings um Wolf stiegen hastig 40 weitere CIEF-Soldaten aus den zehn anderen auf dem Meeresgrund gelandeten PA-27 Pods.

Plötzlich hagelte Beschuss von den japanischen Truppen auf den Klippen über dem freigelegten Strand auf sie herab.

»Alle Einheiten!«, rief Wolf. »Feuer erwidern! Und ab zum Eingang, bevor die Welle kommt!«

Während Jack 80 Kilometer westlich an Bord der *Halicar-nassus* am klaren Himmel über den Sturmwolken kreiste, hörte er Wolfs Kommunikation ab und verfolgte das Gefecht gleichzeitig über eine Live-Satelliten-Infrarotübertragung, die ihm aus Pine Gap zugespielt wurde.

Er sah die gesamte Schlacht in Schwarz-Weiß aus der Vogelperspektive: die japanischen Kriegsschiffe, die Leucht-spurgeschosse in den Himmel feuerten; die absteigenden gepanzerten amerikanischen Pods. Und am bizarrsten von allem: Er sah, wie sich das Wasser des Meeres in einem weiten Halbkreis von den Klippen an der Küste zurückzog und den Meeresboden, Schiffswracks und scharfkantige Felsen freigab.

»... *Alle Einheiten! Feuer erwidern! Und ab zum Eingang, bevor die Welle kommt!*«

Schüsse. Befehle. Zischende Projektile.

Und dann setzten Schreie ein.

»... *Thompson ist getroffen!*«

»... *Scheiße!*«

»... *Team 1 ist durch den Eingang! Kommt schon, Leute! Bewegung!*«

»... *Sir, hier Rapier! Stehe unter schwerem Beschuss von den Pennern auf den Klippen – wir sitzen beim Supertanker fest!*«

»... *Tja, das sollte sich besser verflucht schnell ändern, weil der Tsunami nur noch neun Minuten entfernt ist! Alle Einheiten, Feuerschutz für Rapier. Ich brauche ihn drinnen! Er hat den Stein der Weisen bei sich ...*«

Abrupt richtete sich Jack auf.

Wolf hatte sein gewaltsames Eindringen zeitlich perfekt so geplant, dass es mit dem Rückzug des Meers vor der Tsunamiwelle zusammenfiel. Nun jedoch nahte die Flutwelle, und eine seiner Einheiten – die mit dem so wichtigen Stein der Weisen – saß auf dem freiliegenden Meeresgrund unter schwerem Beschuss der japanischen Streitkräfte von den Klippen fest.

Dann hörte Jack zu seiner Überraschung eine vertraute Stimme über Funk.

»... *Sir, hier Astro.*« Der dumpfe Laut eines abgefeuerten Raketenwerfers ertönte. »*Wir nehmen die Kerle auf den Klippen mit Panzerfäusten ins Visier. Rapier! Los!*«

Rapier: »... *Ich kann nicht! Der Beschuss ist immer noch zu heftig!*«

Astro: »... *Dann warte! Wir kommen zu dir!*«

Astro, dachte Jack. Zuletzt hatte er den Mann in der Mine in Äthiopien neben Wolf gesehen. *Hat Astro uns wirklich verraten? Hat er von Anfang an für Wolf gearbeitet?*

Weitere Schüsse. Weitere Detonationen von Panzerfäusten. Es klang nach einem höllischen Schlachtfeld.

Dann wieder Astros Stimme. »... *Sir! Der Dauerbeschuss von den Klippen hört nicht auf! Wir kommen nicht an Rapier ran! O Scheiße, seht ihr das?*«

Mit der Waffe in der Hand stand Lieutenant Sean Miller – »Astro« – auf dem bizarrsten Schlachtfeld, das er je gesehen hatte.

Er kauerte hinter einem hohen, dreieckigen Felsblock auf dem freigelegten Meeresgrund unter den Klippen der Küste von Hokkaido. Schneeregen prasselte auf ihn ein, während er einem nicht enden wollenden Bombardement aus Projektilen und Granatgeschossen von den japanischen Truppen auf den Klippen über ihm aus-wich.

Die Japaner rieben sie förmlich auf.

Astro war mit einer Truppe von 40 CIEF-Soldaten gelandet. Mindestens 15 davon waren bereits tot. Es war ein Albtraum.

»Wir kommen nicht an Rapier ran!«, schrie er ins Funk-gerät, den Blick auf Rapiers Team gerichtet, das hinter dem gekenterten Supertanker 100 Meter vor dem Eingang zum Eckpunkt festsaß. Einige der Männer lagen tot auf dem nassen Sand. Rapier selbst kauerte hinter der riesigen, verrosteten Schiffsschraube des Wracks, während um ihn herum Funken sprühend Projektile einschlugen.

In dem Moment erblickte Astro die Welle am Horizont. »O Scheiße, seht ihr das?«

Es handelte sich um eine schmale, dunkelblaue Linie vor dem Hintergrund des grauen Ozeans. Sie erstreckte sich über die gesamte Breite des Horizonts, eine gewaltige sich auftürmende Welle, die noch nicht ihre volle Höhe erreicht hatte.

Eine Wand aus Wasser.

Und sie näherte sich rasant.

Der freiliegende Teil des Meeresbodens würde nicht mehr lange freiliegen.

Dann ertönte explosiv Wolfs Stimme in seinem Ohr: *»Team 4, tut, was immer ihr könnt, um Rapier da rauszu-pauken! Wir brauchen diesen Stein!«*

»Sir …« Astro sah, wie Wolf in dem einem Hangartor ähnelnden Portal am Fuß der Klippe Zuflucht suchte. »Die Japaner auf den Klippen haben sich verschanzt! Die hatten jahrelang Zeit, den Ort für die Verteidigung gegen einen solchen Angriff vorzubereiten!«

»Beschafft ... den ... verfluchten Stein!«

Astro wirbelte herum und fragte sich, wie er je lebend aus dieser Lage entkommen sollte. Abermals sah er die nahende Welle ... Doch diesmal bemerkte er etwas in der Luft darüber, ein kleines, schnelles Fluggerät, das unglaublich niedrig über den heranrasenden Wassermassen in dieselbe Richtung kam.

Was zum ...

Der schnittige schwarze Gleiter sauste mit unglaublicher Geschwindigkeit dicht über der Oberfläche des Japanischen Meers dahin.

Er schoss zwischen zwei japanischen Kriegsschiffen hindurch – die Radarbesatzungen hatten das winzige Objekt nicht mal bemerkt, nur die Kanoniere sahen es am Deck vorbeirasen.

Bei dem von Wizard entworfenen Fluggerät handelte es sich um einen äußerst kompakten, leichten Angriffsgleiter, den er »Black Bee« – *Schwarze Biene* – getauft hatte. Die *Black Bee* basierte auf dem Flugwerk mit zwei Heckflossen des überaus wendigen leichten Kampfflugzeugs ARES und hatte keinen Motor, um Gewicht einzusparen. Sie verfügte lediglich über fortschrittliche Tarnkappenausstattung und ein extrem leichtes Cockpit für zwei Personen aus Kohlefaser.

Ohne die Wärmesignatur eines Triebwerks war ihr Erkennungsprofil winzig, kleiner als das einer Möwe. Tatsächlich war die *Black Bee* so klein, dass Jack sie lange Zeit in Einzelteilen in einem Druckverschlusssack im Laderaum der *Hali* aufbewahrt hatte.

Als Biene hatte sie natürlich auch einen Stachel: An den nach hinten verlaufenden Flügeln hingen zwei Sidewinder Raketen, schwerer als das Flugzeug selbst.

Als die *Black Bee* auf die Küste von Hokkaido zuraste, überholte sie die dahinrasende Tsunamiwelle und sauste über den kahlen Meeresboden vor den Klippen.

Im Cockpit saß Jack am Steuer, während sich Zoe dahinter mit Lily auf dem Schoß auf den zweiten Sitz gezwängt hatte. »Sieh sich einer diese Welle an …«, stieß Zoe atemlos hervor.

Jack jedoch ließ den Blick aufmerksam nach vorn gerichtet.

Hokkaido zeichnete sich vor ihm ab, schneebedeckt, fast völlig weiß, mit schier endlosen Gebirgsketten. Vor allem jedoch ragte unmittelbar vor ihnen wie auf Dschingis Khans Schild dargestellt ein riesiger erloschener Vulkan über einem halb gefrorenen Wasserfall an der Küste auf.

Am Fuß des Wasserfalls sichtete er den rechteckigen, hangartorgroßen Eingang zum Eckpunkt und die Schiffswracks auf dem Meeresgrund davor.

»Festhalten«, warnte er, als er beide Sidewinder abfeuerte und die *Black Bee* noch tiefer über den Meeresboden brachte. Dabei fuhr sie skiähnliche Landekufen aus.

Die beiden Raketen rasten auf die japanischen Stellungen auf den Klippen zu, schlugen gleichzeitig in sie ein und ließen Geysire aus Schnee, Erde und Menschen aufspritzen.

Die Kufen der *Black Bee* setzten auf dem Meeresgrund auf, und der kleine Gleiter schlitterte über den verdichteten Sand wie ein Auto auf einer nassen Straße.

Zum Stehen kam er direkt neben dem rostigen Wrack des Supertankers und dem dahinter in der Falle sitzenden CIEF-Team von Rapier.

Jack riss die Abdeckung der *Black Bee* auf und sprang hinaus, während Zoe ihm Deckung gab und Lily zwischen ihnen lief.

Trotz des Sperrfeuers der Japaner, das auf sie niederprasselte, wurden sie von keinem einzigen Schuss getroffen.

Der Grund: Zoe und Jack trugen aktivierte Warbler in den Jackentaschen.

Jack hatte die Vorrichtungen seit Hamilkars Zuflucht in Tunesien nicht mehr eingesetzt. Die eigens für solche Sturmangriffe entwickelten Warbler stellten eine weitere Erfindung von Wizard dar: handgranatengroße atmosphärisch-elektromagnetische Felddestabilisatoren. Sie erzeugten ein elektromagnetisches Feld, das die Flugbahn von metallischen Objekten mit hoher Unterschallgeschwindigkeit störte. Sie hatten nur einen Nachteil: Ihre extrem starken elektromagnetischen Felder störten auch Funksignale.

Der Hagel der japanischen Projektile scherte nach links und rechts von ihnen weg, während sie über den offenen Meeresgrund rannten.

Jack, Zoe und Lily gelangten zu Rapier, der hinter der riesigen Schiffsschraube des gestrandeten Supertankers kauerte und mittlerweile keine Munition mehr hatte. Nur ein anderes Mitglied seines Teams hatte den Beschuss von den Klippen überlebt und lag mit Wunden in der Brust auf dem Boden. Tote übersäten den Bereich um sie herum.

»Steh auf. Du kommst mit uns«, befahl Jack unwirsch, riss Rapier den Samsonite Rucksack vom Rücken, hievte ihn über die eigene Schulter, schleifte seinen Halbbruder in Richtung der Klippen und feuerte gleichzeitig mit einer Hand.

Zoe gab ihnen mit gezielten kurzen Salven Deckung. Die Treffer der beiden Sidewinder Raketen hatten sich als überaus effektiv erwiesen. Sie hatten die japanischen Geschütznester in der Nähe des Eingangs zum Eckpunkt gesprengt. Um den Rest kümmerten sich die Warbler.

Jack sah den Eingang vor sich.

Er war riesig – hoch, rechteckig, scharfkantig. Ein kunstvoll geschaffenes Portal aus Stein, hineingehauen in den ungleichmäßigen Naturstein der Klippe.

Unwillkürlich wurde er an den Unterwassereingang zum zweiten Eckpunkt bei Kapstadt erinnert, durch den mühelos ein U-Boot gepasst hatte. Dieses Portal hier war genauso groß. Es sah aus wie das Tor zum größten Flugzeughangar der Welt.

Jack sichtete Wolf und dessen verbliebene Männer – 22, außerdem Astro und der Hexenmeister der Neetha –, die am Fuß des riesigen Eingangs kauerten, und winkte sie zu sich.

Jack, Zoe, Lily und Rapier schlossen sich Wolf am Eingang an, blieben aber nicht stehen.

Wolf reihte sich mit seinen Männern, Astro und dem Hexenmeister neben ihnen ein. Zusammen eilten sie in die Höhle.

»Ich hab's echt satt, immer wieder auf dich zu treffen«, sagte Jack. »Wohl nicht mit so vielen japanischen Verteidigern gerechnet, was?«

»Wir haben vermutet, die Bruderschaft würde mit stillschweigender Billigung der japanischen Regierung handeln. Wir haben nicht gewusst, dass sie die Regierung vertritt«, sagte Wolf.

»Bringen wir's einfach hinter uns. Ich bin zwar so was von stinksauer auf dich, aber zuerst würde ich lieber die Welt retten. Und wie geht's dir so, Astro?«, fragte Jack, als er den verblüfften jungen Marine passierte. »Lang nicht mehr gesehen.«

Astro beeilte sich nur, um mit ihm Schritt zu halten. Es schien ihm die Sprache verschlagen zu haben.

Die weitläufige Höhle wies einen polierten Boden und glatte, von Thot-Hieroglyphen bedeckte Steinwände auf. Ein langer, breiter Gang aus dicken Säulen stützte die hohe Decke.

Nach etwa 500 Metern erblickte Jack einen kleinen Berg aus Stufen, die zu einer großen Lücke in der Decke führten.

Genau wie in Kapstadt, dachte er.

Zoe und er nahmen Lily an den Händen, und umgeben von Wolfs Team begannen sie, die Stufen aus Stein hinaufzusteigen.

Dann strömte ein Schwall eiskalter Luft durch den Eingang herein, und ein lautes Tosen erfüllte die Höhle. Jack wirbelte auf der Treppe herum und sah am Portal einen furchterregenden Anblick.

Der Tsunami war eingetroffen.

Durch den rechteckigen Rahmen des Eingangs sah Jack, wie die gewaltige Flutwelle mit einer Geschwindigkeit von locker 100 Stundenkilometern über den freigelegten Meeresboden raste.

Dann türmte sie sich wie in majestätischer Zeitlupe weiter und weiter auf, bevor sie auf das Wrack des Supertankers niederkrachte. Das fast 200 Meter lange Schiff verschwand im Nu, wurde von der gigantischen Welle einfach verschluckt.

Als die Vorderkante des Tsunamis auf den Meeresgrund niederkrachte, ertönte ein ohrenbetäubendes Tosen.

Aber es war noch nicht vorbei.

Die mächtige Flutwelle raste als zehn Stockwerke hohe, todbringende Masse aus schäumendem Wasser weiter auf das Ufer zu.

Mit ungeheurer Geschwindigkeit fegte sie durch den Eingang des Eckpunkts herein, pflügte durch die Vorhalle den Säulengang hinab und steuerte auf den Stufenberg zu, den Jack und die anderen gerade erklommen.

Jack eilte weiter hinauf, so schnell ihn die Beine trugen.

»Lauft!«, rief er Lily und Zoe zu, den Blick auf das gespenstische rote Leuchten gerichtet, das sich schimmernd über dem Gipfel des Stufenbergs abzeichnete.

Wenige Augenblicke später sprang Jack auf die oberste Stufe und erblickte, was sich hinter dem Stufenberg befand.

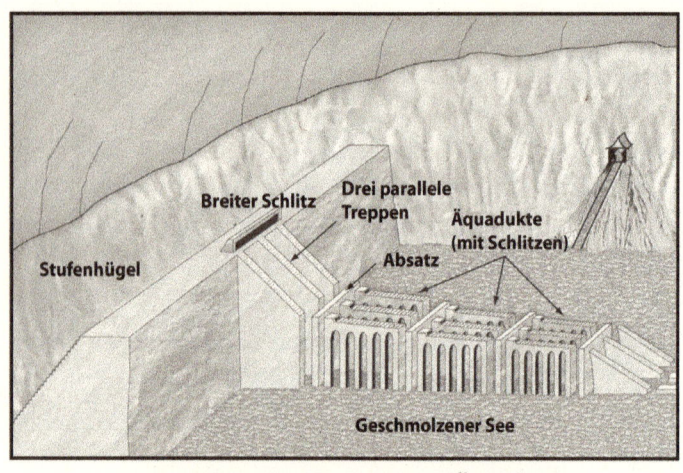

Labels in image: Breiter Schlitz · Drei parallele Treppen · Äquadukte (mit Schlitzen) · Stufenhügel · Absatz · Geschmolzener See

DIE TREPPEN UND DIE AQUÄDUKTE

Jack sah eine riesige Höhle und eine fantastische Landschaft – einen weitläufigen See aus Lava, aus dem Türme, Brücken und sogar eine Stufenpyramide ragten. Als Erstes jedoch bemerkte er drei parallel verlaufende Treppen, die zu einer Reihe von Aquädukten mit mehreren Bogen im Lavasee hinunterführten.

Neben Jack wies ein breiter, rechteckiger Schlitz auf die drei absteigenden Treppen. Er schien dafür bestimmt zu sein, irgendeine Flüssigkeit auf sie zu ergießen.

Aus der Öffnung drang ein Gurgeln, das nichts Gutes verheißen konnte … und Jack sah einen rötlichen Schimmer darin aufsteigen.

»Dadrin kommt irgendwas hoch …«

Das Tosen des in der Eingangshalle hinter ihnen wütenden Tsunamis war so laut wie zehn Düsentriebwerke.

Das Leuchten im Inneren des Schlots mit der Schlitzöffnung wurde heller.

Alles ging viel zu schnell.

»Wir müssen uns für eine Treppe entscheiden!«, rief Zoe.

»Aber für welche?«, fragte Astro und starrte auf die drei Möglichkeiten. Jede Treppe führte etwa 50 Meter nach unten, bevor sie an einem schmalen, horizontalen Vorsprung endete, der die Treppen von ihren jeweiligen Aquädukten trennte.

»Scheiß drauf!«, brüllte ein CIEF-Mann. Damit stürmten er und zwei weitere Mitglieder von Wolfs Team die nächstbeste Treppe hinunter, die ganz rechts.

»Zurück!«, rief Wolf ihnen nach, aber sie hörten ihn entweder nicht oder ignorierten ihn.

»Verdammt«, fluchte Jack. »Welche nur?«

»Die linke!«, verkündete eine Stimme neben ihm mit Nachdruck.

Lily. Sie hielt etwas in der Hand.

Aus dem Augenwinkel bekam Jack mit, wie Wolf zum Hexenmeister der Neetha schaute. Der greise Schamane schüttelte den Kopf, um anzudeuten, dass er es nicht wusste.

»Na schön, Kleines!«, brüllte Jack, um den Lärm des Tsunamis zu übertönen. »Wir folgen dir! Keine Zeit für Erklärungen! Los geht's!«

Jack, Lily und Zoe eilten zur linken Treppe und die steilen Steinstufen hinunter. Auf dem Weg nach unten bemerkte Jack, dass die Treppe Rinnen aufwies.

Ein schlechtes Zeichen. Das heißt in der Regel, dass hier eine tödliche Flüssigkeit runterströmen soll …

Wolf folgte ihnen mit dem Hexenmeister.

Auch Astro, Rapier und der Rest von Wolfs CIEF-Truppe raste hinter ihnen her auf dieselbe Treppe zu.

Zwei CIEF-Männer zögerten verunsichert und verharrten oben auf dem Stufenberg.

Ihr Zaudern kostete sie das Leben – denn gleich darauf brandete der Tsunami als zornige Explosion rasender Wassermassen über den Gipfel.

Wie eine Welle, die sich an einer felsigen Küste bricht, schwappte der Tsunami über den Treppenberg. Die mächtige, davon wegspritzende Gischt fegte die beiden zögernden CIEF-Soldaten mühelos von der Plattform in den Lavasee dahinter.

Während die hoch emporgestiegene Gischt herabregnete, folgte eine gewaltige, schäumende Wassermasse über den Gipfel des Stufenbergs und spülte den gesamten Supertanker von draußen mit und darüber hinweg!

Das große, verrostete Schiff ächzte, als es über die obere Plattform rollte und auf der anderen Seite in die Lava stürzte, wo es mit einem dumpfen, schmatzenden Laut rechts der drei parallelen Treppen landete.

Der Rest des Tsunamis beruhigte sich wenige Meter unter dem Gipfel des Stufenbergs und begnügte sich vorerst damit, auf der Meeresseite zu brodeln.

»Heiliger Bimbam«, entfuhr es Lily, als sie die linke Treppe hinuntereilte, die wie die anderen vom breiten Schlitz des Schlots an ihrem Kopf vor dem Tsunami geschützt wurde.

Der Zweck jenes Schlots offenbarte sich wenige Augenblicke später.

Zwei getrennte Lavasäulen stiegen darin auf und ergossen sich als knietiefe Ströme aus dem Schlitz auf die mittlere und die rechte Treppe, wo sie von Rinnen geleitet rasant die Stufen hinabflossen.

Die linke Treppe jedoch blieb verschont.

Qualvolle Schreie ertönten, als die Lava die drei CIEF-Soldaten auf der rechten Treppe einholte.

Die hinabströmende Lava schmolz ihnen die Schienbeine weg und ließ sie in die superheiße Flüssigkeit stürzen. Ihre Kleidung fing Feuer, ihre Haut schlug Blasen, dann verflüssigten sich ihre Hände und Unterarme, wurden zu einem grotesken Gemisch aus Haut, Knochen und Blut. Sie starben gellend schreiend, während sie die grausige Umgestaltung der eigenen Körper bezeugen mussten.

Alle auf der linken Treppe ereilte dieselbe Erkenntnis: Hätten sie eine der beiden anderen Treppen genommen, hätte die Lava auch sie erwischt. Sie hätten ihr unmöglich entkommen können.

Irgendwie hatte Lily die richtige Wahl getroffen.

Jedenfalls befanden sie sich endlich im dritten Eckpunkt – und dank der Fluten des Tsunamis waren sie darin eingeschlossen und vor ihren Feinden draußen sicher.

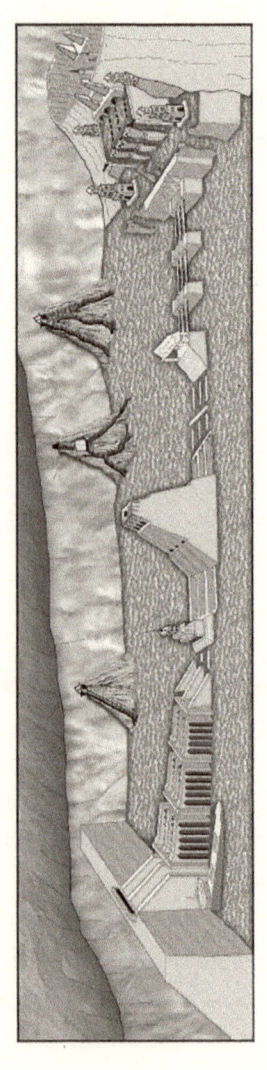

DER DRITTE ECKPUNKT AUF HOKKAIDO

Am Fuß der steilen Rinnentreppe sprangen sie alle über einen dünnen Spalt auf den nächsten horizontalen Sims – eine schmale Plattform zwischen den drei Treppen und den nächsten drei Aquädukten.

Jack drehte sich um und schaute zu den Treppen hinter ihm zurück.

Lange Ranken glühender Lava sickerten die beiden anderen herab und ergossen sich über die Enden als dünne Lavafälle in den See darunter.

Lily hatte eine wichtige Entscheidung getroffen, bei der es buchstäblich um Leben und Tod gegangen war.

Jack wandte sich der bunt gemischten Truppe bei ihm zu. Es war seiner Aufmerksamkeit keineswegs entgangen, dass er sich mit Feinden in einem Eckpunkt befand, mit Leuten, die mehrmals versucht hatten, ihn zu töten.

Eine zweifellos bizarre Situation.

Auf der einen Seite Zoe, Lily und er, die wie eine Familie wirkten.

Auf der anderen Seite die Überreste von Wolfs Sturm-trupp: Wolf selbst, der Hexenmeister der Neetha, Rapier, Astro und 17 CIEF-Soldaten, alle nach dem verheerenden Frontalangriff auf dem Meeresgrund voll Sand und Blut.

»Gute Wahl, junge Dame«, meinte Wolf zu Lily. »Ich bin sehr neugierig, wie du das herausgefunden hast.«

Lily starrte ihn nur finster an. »Reden Sie nicht mit mir. Sie haben Wizard umgebracht. Sie sind ein schrecklicher Mensch, und ich hoffe, Sie sterben.«

Wolf tat so, als wäre er gekränkt. »Ach, jetzt sei doch nicht so …«

Rapier zückte eine Pistole und richtete sie auf Jack. »Vater, wir sollten sie sofort umbringen …«

Der Kopf des CIEF-Soldaten neben Wolf explodierte. Ohne den Knall eines Schusses.

Das Gesicht des aus großer Entfernung in den Hinterkopf Getroffenen platzte einfach auf und bespritzte Wolf mit Blut, dann stürzte sein Körper von dem hohen Aquädukt in den Lavasee.

Fupp! Fupp! Fupp!

Weitere Projektile schlugen um die Gruppe herum in den Aquädukt ein. Wieder wurde ein CIEF-Mann getroffen. Er sackte zu Lilys und Zoes Füßen auf die Plattform.

Jemand nahm sie unter Beschuss!

Und auf dieser hohen Plattform gab es keinerlei Deckung.

»Da!«, rief Jack, als er zwei Gestalten auf der Spitze einer riesigen Stufenpyramide in der Mitte der Höhle entdeckte.

Zwei schwarz gekleidete japanische Scharfschützen.

»Die haben Leute hier drin«, stieß Astro ungläubig hervor.

»Feuer erwidern!«, rief Jack, ignorierte Rapier und entfesselte mit seiner MP-7 eine Salve auf die Scharfschützen. »Wir können uns später gegenseitig umbringen. Jetzt müssen wir erst mal runter von diesen Brücken! Los! Los! Weiter zu dem Turm vor uns!«

Etwa 100 Meter vor ihnen erhob sich zwischen ihnen und der Pyramide mit den Scharfschützen ein fünfstöckiger Turm aus dem Lavasee.

Er schien durchgehend im kunstvollen Stil eines japanischen Palasts aus Stein errichtet zu sein. Und soweit Jack sehen konnte, bot er weit und breit die einzige Möglichkeit, vor den japanischen Scharfschützen auf der Pyramide in Deckung zu gehen.

Ein weiterer CIEF-Soldat kippte nach hinten, als Blut aus seinem Kopf spritzte. Als sich Jack umdrehte, sah er, dass der Mann gerade ein langläufiges Barrett Scharfschützengewehr in Anschlag bringen wollte. Er schwenkte den Blick zum anderen toten Soldaten vor Zoes Füßen … und bemerkte das lange Gewehr auf dessen Rücken.

»Sie schalten unsere Scharfschützen aus!«, rief er. »Zoe! Schnapp dir die Waffe, bevor sie abstürzt!«

Während Kugeln um sie herum einschlugen, hechtete Zoe vorwärts und schnappte sich das Barrett des Toten, bevor die Waffe über die Kante fallen konnte.

»Unterstützungsfeuer!«, rief Jack den verbliebenen CIEF-Männern zu. Aber sie zögerten, weil sie nicht recht wussten, ob sie Befehle des Feindes befolgen sollten.

Alle außer Astro.

Er gehorchte sofort und schoss zusammen mit Jack auf die japanischen Scharfschützen.

Zoe kniete sich im Feuerschutz hin, zielte sorgfältig mit dem Barrett und …

Peng!

Sie feuerte, und einer der japanischen Scharfschützen auf der Spitze der Pyramide wurde mit einer roten Sprühwolke nach hinten geschleudert.

»Erwischt.«

Wolf brüllte seinen Männern zu: »Stephens! Whitfield! Tut, was er sagt! Nehmt die Scharfschützenposition ins Visier! Rapier! Panzerfaust!«

»Lily!« Jack drehte sich um. »Welche Brücke von hier aus?« Mittlerweile konnte er sehen, was sie in der Hand hielt: Zoes Canon Digitalkamera.

Dieselbe Kamera, mit der Zoe beim ersten Eckpunkt Fotos geschossen und die sie später in Afrika benutzt hatte, um den Weg durch das kreisförmige Labyrinth der Neetha zu finden.

Lily betrachtete eingehend ein bestimmtes Foto. Nachdem sie es analysiert hatte, rief sie: »Erst die rechte, dann die mittlere und anschließend die linke!«

»Rechts, Mitte, links – okay!« Jack übernahm die Führung und rannte zum rechten Aquädukt.

Wie zuvor die Treppen wiesen die Aquädukte Rinnen an den Rändern und abwärts verlaufende Stufen auf, nur nicht so steil.

Die erste Stufe jedes Aquädukts verbarg jedoch einen kniehohen, zum Aquädukt ausgerichteten Schlitz – Jack vermutete, dass sich daraus nach demselben Prinzip wie bei den Treppen zuvor geschmolzenes Magma ergießen würde.

Und er behielt recht.

Kaum hatte er ein paar Schritte auf dem rechten Aquädukt zurückgelegt – und unterwegs einen verborgenen Auslöser betreten –, spien die Schlitze der beiden anderen Aquädukte glühende Lava aus.

Während er die hohe, geländerlose Konstruktion entlanglief, betrachtete er die Brücken und Treppen vor sich, die immer Dreiergruppen bildeten und parallel verliefen. Und plötzlich wurde ihm alles klar.

Der Ort ist eine einzige lange Abfolge von Brücken und Treppen mit Fallen. Man hat jedes Mal drei Möglichkeiten, aber nur eine davon ist sicher. Bei den anderen wird man nach wenigen Schritten von Lava eingeholt.

Und damit nahm der Name dieses Eckpunkts eine sehr reale Bedeutung an: das Feuerlabyrinth.

Die bunt zusammengewürfelte Truppe folgte Lilys Anweisungen und eilte die Aquädukte entlang. Unterwegs lieferte sich Zoe ein Feuergefecht mit dem verbliebenen japanischen Scharfschützen auf der Pyramide.

Jedes Mal wenn sie eine Brückenkonstruktion entlangrannten, wurden die beiden anderen von schnell fließender, knietiefer Lava geflutet.

Ohne Lilys Vorhersagen hätten sie sich unmöglich den Weg über die tückischen Aquädukte bahnen können. Wie sie es machte – oder welches Foto auf der Kamera sie benutzte –, kümmerte Jack nicht, solange sie die richtige Wahl traf.

Während sie unter schwerem Beschuss über die hohen, schmalen Brückenbauten rannten, war er froh, dass Zoe und er Warbler hatten. Für die CIEF-Soldaten galt das nicht. Zwei weitere wurden getroffen und stürzten in den Tod.

Am Ende des letzten Aquädukts gelangte die Gruppe zu drei weiteren parallelen Treppen.

»Die rechte!«, verkündete Lily.

Gleichzeitig rief der CIEF-Mann namens Whitfield: »Scharfschützenposition erfasst!« Er zielte mit einem tragbaren Lasergerät auf den Gipfel der Stufenpyramide.

»Verstanden!«, antwortete Rapier, hievte sich einen leichten Predator Granatwerfer auf die Schulter und feuerte ihn ab.

Die Panzerfaust raste durch die Luft und zog eine Rauchfahne hinter sich her.

Mit rasender Geschwindigkeit wich das Geschoss dem Turm zwischen ihrer Position und der des Scharfschützen auf der Stufenpyramide aus, bevor sie in dessen Versteck einschlug, mit einer gewaltigen Explosion detonierte und den japanischen Soldaten ins Jenseits beförderte. Befreit von der Gefahr durch den Scharfschützen eilte die Gruppe weiter und betrat die Plattform des Turms – wo Wolfs Leute als Erstes die Waffen auf Jack, Zoe und Lily richteten.

»Nicht schießen!«, befahl Wolf und trat vor. »Sie sind nicht hier, um uns anzugreifen. In diesem Fall haben wir das gleiche Ziel wie sie: die dritte Säule finden und platzieren.«

Langsam ließen seine Männer die Waffen sinken.

Die beiden Seiten beäugten einander, während sie argwöhnisch auf Abstand zueinander blieben.

Wolf musterte Lily aufmerksam. »Das berühmte Fräulein Lily. Wir haben uns bisher noch nicht persönlich kennengelernt, aber wir haben schon mal telefoniert, als du in Afrika warst. Woher hast du gewusst, welche Wege sicher waren?«

»Glückstreffer«, erwiderte Lily knapp.

»Verstehe.« Wolf lächelte bedauernd, als er sich mit der Lage abfand: Er brauchte Lily und ihr Wissen, um es erfolgreich durch das Labyrinth zu schaffen. »Darf ich einen – natürlich vorübergehenden – Waffenstillstand vorschlagen, solange wir uns gemeinsam in diesem Labyrinth aufhalten? Immerhin haben wir dieselben Ziele und denselben Feind.«

Lily schaute skeptisch drein.

Wolf fügte hinzu: »Wenn ich dich umbringe, dann begehe ich praktisch Selbstmord. Und ich halte nichts von garantierter gegenseitiger Zerstörung.«

»Na schön«, lenkte Lily ein.

Wolf sah Jack an.

»Ein sehr kurzfristiger Waffenstillstand«, merkte Jack mit ruhiger Stimme an. »Kleines, auf ein Wort.«

Er nahm Lily beiseite, steckte mit ihr und Zoe die Köpfe zusammen.

»Verrätst du uns das Geheimnis?«, fragte er.

Lily hielt die Digitalkamera hoch und klickte auf ein bestimmtes Foto. Es handelte sich um Zoes Aufnahme von der goldenen Tafel im ersten Eckpunkt in Abu Simbel – der Tafel, auf der die Namen aller sechs Eckpunkte standen.

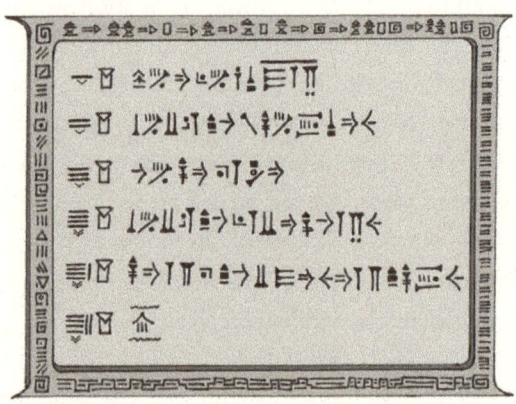

Ohne ein Wort zeigte Lily unscheinbar auf den unteren Rand der Tafel. Dort befand sich eine seltsame Reihe von Linien, angeordnet in parallelen Dreiergruppen, und nur eine Linie schlängelte sich durchgängig über die gesamte Länge.

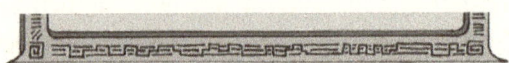

»Was sagt man dazu?«, entfuhr es Zoe.

»Kluges Mädchen«, lobte Jack.

Lily erklärte: »Als ich die parallelen Treppen und Brücken vom Eingang aus gesehen hab, alle in Dreiergruppen, da wusste ich, dass mir so ein Muster schon mal untergekommen war. Dieses Muster.«

Abrupt schaltete Lily das Foto weg. Wolf näherte sich.

»Du kannst deine Geheimnisse behalten, Kleines«, sagte er. »Aber wir können es uns nicht leisten, Zeit zu vergeuden. Die Uhr tickt, und wir müssen die Säule platzieren. Geht voraus.«

Und so bahnten sich Jack, Lily und Zoe in Begleitung ihrer bewaffneten Gegner den Weg durch das tödliche Geflecht von Brücken und Stegen, das den dritten Eckpunkt der Maschine schützte.

Immer wieder hatten sie die Wahl zwischen drei parallelen Pfaden, die Lily stets richtig traf.

Durch den Turm, über die Stufenpyramide, sogar durch eine Reihe von Gräben unterhalb des Lavapegels des Sees.

Wenn sie sich dessen Oberfläche näherten, mussten sie die Augen mit Schutzbrillen bedecken und sich nasse Tücher über den Mund wickeln, um sich gegen die sengende Hitze der Lava zu schützen. Wenn sie zu lange in der Nähe blieben, würde sich die Haut schälen und sie würden praktisch bei lebendigem Leib gekocht.

»Warum erstarrt die Lava nicht und verkrustet?«, fragte Zoe und wischte sich unterwegs Schweiß von der Stirn.

»Wir müssen in der Nähe einer Bruchspalte sein«, erwiderte Jack. »Offenbar sorgt die Hitze von unten dafür, dass die Lava in zähflüssigem Zustand bleibt.«

»Warum schmilzt sie die Brücken nicht?«, fragte Lily. »Ich dachte immer, Lava frisst sich durch alles.«

»Das ist das eigentliche Rätsel an der Sache«, meinte Jack. »Wer immer diesen Ort errichtet hat, der hat auch die Maschine gebaut. Wir reden hier von einer uralten Zivilisation, die fortschrittlich genug war, um die dunkle Sonne kommen zu sehen und die Maschine zu entwickeln, um sie abzuwehren. Diese Brücken, die Türme und das Material, aus dem sie bestehen, stammen ebenfalls von dieser Zivilisation. Offensichtlich waren diese Menschen in der Lage, etwas Lavasicheres herzustellen.«

Lily schwieg einen Moment lang.

»Und trotzdem wurde diese Zivilisation ausgelöscht«, sagte sie schließlich. »Durch irgendetwas.«

Jack nickte.

»Jedes Reich endet irgendwann, Kleines. Nichts währt ewig. Nichts, was wir erschaffen, kann je dem unerbittlichen Verlauf von Raum und Zeit standhalten. Eine dunkle Sonne, ein Asteroid, eine Verschiebung der Erdumlaufbahn um die Sonne ... Unter dem Strich ist unser Planet nur ein kleiner Kiesel in den Weiten des Alls. Am Ende gewinnen Raum und Zeit immer.«

»Wenn diese Menschen aus grauer Vorzeit so klug waren, dass sie die Ankunft der dunklen Sonne überleben konnten, was hat sie dann ausgerottet?«

»Keine Ahnung.« Jack drehte sich Lily unterwegs zu. »Ehrlich gesagt finde ich schon die Sache mit der dunklen Sonne schwer genug zu verstehen.«

Schließlich gelangte die Gruppe zu einem riesigen Vulkankegel, der das Herzstück der gewaltigen Höhle zu sein schien.

In die Wand des Kegels war ein gewaltiges, mehrstöckiges, festungsartiges Bauwerk gehauen worden. Über die Wehranlagen ergossen sich mehrere Lavafälle.

Um das Bauwerk zu durchqueren, musste man sich weiterhin für einen von drei Pfaden entscheiden, was eine volle Stunde in Anspruch nahm. Letztlich jedoch erreichte die Gruppe die oberste Ebene der Festung, wo man einen

Spalt in den Rand des Kegels gehauen hatte und zwei hohe Steinpfeiler ein Tor bildeten, das hineinführte.

Als Jack das Tor erreichte und ins Innere des Kraters dahinter blickte, verschlug es ihm den Atem.

»Heilige Muttergottes«, entfuhr es ihm ungläubig.

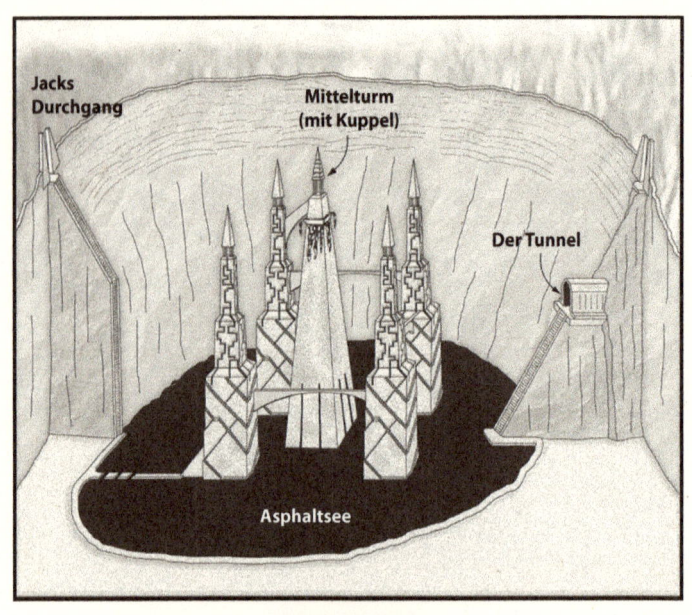

DER KRATER
(RUHESTÄTTE DER DRITTEN SÄULE)

Jack blickte auf fünf prächtige Türme hinab – vier, die wie Felsnadeln anmuteten, umgaben einen fünften, höheren.

Die vier äußeren bestanden alle aus hellgrauem Eruptivgestein und wiesen komplexe, gewundene, in ihre Seiten gehauene Kanäle auf. Der Turm in der Mitte wies dunkleren Stein und blank polierte Seiten auf. Als einzige Verteidigung besaß er eine umlaufende Rinne auf etwa vier Fünfteln seiner Höhe. Alle fünf Bauwerke erhoben sich aus einem schwarzen See aus blubberndem Teer.

Und dann entdeckte Jack etwas.

Auf einem Sockel in einer Kuppel auf dem hohen Gipfel des mittleren Turms ruhte die dritte Säule, die wie ein trüber Glasziegel aussah.

Tatsächlich befand sie sich ziemlich nahe – der Turm ragte fast bis zur Höhe seines Portals empor. Aber um zur Säule zu gelangen, musste man eine Reihe schmaler Brücken überqueren, die gegen den Uhrzeigersinn von einem der vier äußeren Türme zum nächsten führten, bevor eine letzte Brücke in beängstigend steilem Winkel vom vierten Turm zur Kuppel der mittleren Felsnadel verlief.

Allein der Anblick war schwindelerregend.

Jenseits der Säule in der Kuppel sah Jack direkt gegenüber seiner Position den Kraterrand auf der anderen Seite – und dahinter wiederum eine mittlerweile vertraute Form: den oberen Teil einer riesigen, auf dem Kopf hängenden Bronzepyramide.

Der eigentliche dritte Eckpunkt.

Wolf starrte auf die fünf Türme im Krater.

»Das Labyrinth des Shoguns«, sagte er. »Der Rest der Anlage hier wurde von den Schöpfern der Maschine gebaut, aber diese Türme haben die Japaner zur Zeit von Dschingis Khan errichtet.«

»Das kleinere Labyrinth soll die Säule schützen«, merkte Zoe an.

»Und wie funktioniert das?«, fragte Rapier.

Jack betrachtete die Türme und Brücken. »Sieht nach einer Zeit- und Geschwindigkeitsfalle aus …«

»He«, sagte Lily von hinten. Sie stand in der Nähe einer Drachenstatue am Rand der Plattform des Portals. Lily zeigte auf eine japanische Inschrift im Sockel des Drachen. »Da steht:

Ein einfacher Test,
jeden Tag zur Geburt und zum Tod von Ra.
Der tapfere Krieger steigt auf,
während das flüssige Feuer absteigt.
Wer die tödliche Flüssigkeit hinauf zum Gipfel besiegt,
behält das Geschenk des großen Khans.
Wer sie auf dem Rückweg schlägt, behält sein Leben.«

Jack betrachtete die verschlungenen, in die Seiten der vier umliegenden Türme gehauenen Rinnen. Oben an jedem Turm befand sich eine schornsteinartige Öffnung, in der ein Reservoir aus Lava blubberte. Vermutlich quoll die Lava durch irgendeinen Auslöser aus der Schornsteinöffnung und bahnte sich den Weg durch die Kanäle nach unten. Wollte man sich die Säule holen, musste man das Labyrinth der im Zickzack verlaufenden Treppen an den Flanken der Türme bewältigen und zur Kuppel

gelangen – und dann zurück nach unten, bevor die herabfließende Lava einem den Rückweg abschnitt.

Jack blickte über die 70 Meter lange Luftlinie, die seine
Plattform vom mittleren Turm trennte.

»Bei solchen Gelegenheiten wünschte ich inständig, ich
hätte Horus mitgenommen«, sagte er. Aber er hatte die
Falkendame bei Sky Monster in der *Halicarnassus* gelassen.

»Zu weit für einen Maghook«, stellte Zoe fest.

»Zur Geburt und zum Tod von Ra«, murmelte Astro.
»Sonnenaufgang und Sonnenuntergang. Also wird die
Turmanlage jeden Tag bei Sonnenaufgang und Sonnen-
untergang zugänglich?«

Jack deutete mit dem Kinn auf einige breite Trittsteine,
die unten auf Höhe des Sees den Zugang zum ersten Turm
bildeten.

Zwischen den Steinen klaffte eine breite Lücke. Zu breit,
um sie zu überspringen. »Ich vermute, dass sich zweimal
am Tag, bei Sonnenaufgang und -untergang, ein Trittstein
aus dem Teer erhebt, über den man zum ersten Turm
kann. Dann liefert man sich ein Wettrennen gegen die
Lava, die über die Türme nach unten fließt.«

»Wie spät ist es jetzt?«, fragte Wolf.

»Elf Uhr vormittags«, antwortete Rapier.

»Wann geht die Sonne unter?«

»Gegen 17:50 Uhr.«

»Und wann steigt morgen der Titan auf?«

»Um 0:05 Uhr. Fünf Minuten nach Mitternacht«, sagte
Jack.

Wolf holte tief Luft und setzte sich an die Wand des
hohen Tors. »Also noch fast sieben Stunden, bis wir zur
Säule können. Danach weitere sechs, bevor die Säule

platziert werden muss. Wie es aussieht, sitzen wir hier eine Weile fest.«

Er lächelte Lily an.

»Wie schön. Das gibt uns Gelegenheit, einander kennenzulernen.«

Stunden vergingen.

Die Mitglieder der bunt zusammengewürfelten Gruppe ließen sich auf der Plattform des Tors nieder, lehnten sich an die Wände oder liefen auf und ab und vertraten sich die Beine. Lily schlief auf Zoes Schoß. Wolf saß ihnen gegenüber und starrte Lily eindringlich an, als grübelte er darüber nach, wie genau sie tickte.

Auf Jacks Drängen schickte Wolf zwei seiner Männer los, um das Gebiet auf der anderen Seite des Vulkankraters auszukundschaften. Sie sollten sicherstellen, dass dort keine Überraschungen lauerten, insbesondere keine Japaner, und dass die Säule innerhalb der sieben Stunden nach Sonnenuntergang platziert werden konnte.

Die beiden Männer durchquerten den Krater ohne Zwischenfälle und verschwanden auf der anderen Seite in einem langen Tunnel. Mit einer digitalen Videokamera übertrugen sie Bilder zu den anderen zurück. Zuerst störten die Warbler das Signal, bis Jack sie ausschaltete.

Der dunkle Tunnel erwies sich als etwa 50 Meter lang und zwei Stockwerke hoch, ungefähr so groß wie ein Eisenbahntunnel. Die beiden Kundschafter durchquerten ihn zur anderen Seite des Kraters.

Dort zeigte ihre Kamera die riesige, auf dem Kopf hängende Pyramide des Eckpunkts, umgeben von einem weiteren Lavasee. Und unmittelbar unter der Pyramide klaffte wie bei den anderen Eckpunkten ein gewaltiger Abgrund. Keinerlei Labyrinthe schützten ihn. Sieben Stunden würden mehr als genug Zeit sein, um ihn zu erreichen.

Die beiden Kundschafter kehrten zurück.

Astro stand am Rande der Plattform des Tors und betrachtete gerade die fünf Türme im Krater, als Jack zu ihm trat.

»Ist eine Weile her, Astro.«

Der junge Marine erwiderte nichts.

»Was hat man dir über mich erzählt?«, fragte Jack.

Astro schwieg noch eine Weile, bevor er antwortete: »Man hat mir gesagt, dass Sie mich umbringen wollten, sobald wir aus Ägypten raus gewesen wären.«

Jack hatte sich schon gefragt, was mit Astro passiert sein mochte. Der junge Marine hatte sich dem Team beim ersten Treffen in Dubai auf Wunsch des CIA-Agenten Paul Robertson angeschlossen, kurz bevor ein Flugzeug in das Burj al Arab gerast war.

Von dort war Astro mit Jack in Laotses Fallensystem in China gewesen, hatte an einem zweiten Treffen auf Mortimer Island im Bristolkanal teilgenommen und war anschließend mit Jack nach Abu Simbel gereist – in der Zeit hatte Jack das Gefühl entwickelt, dass der Mann ein loyales Teammitglied geworden war. Aber nach der wilden Verfolgungsjagd auf der Wüstenstraße, an der die *Halicarnassus* und mehrere Dutzend Fahrzeuge der ägyptischen Armee beteiligt gewesen waren, wurden Astro, Pooh Bear, Stretch und Jack gefangen genommen. Dabei wurde Jack bewusstlos geschlagen und war gekreuzigt in Wolfs Mine in Äthiopien aufgewacht … wo er Astro treu an Wolfs Seite gesehen hatte. Jack hatte sich verraten gefühlt, was er Pooh Bear gegenüber erwähnt hatte. Aber Pooh Bear hatte ihm nahegelegt, kein vorschnelles Urteil über Astro zu fällen.

»Glaubst du ernsthaft, ich wollte dich nach allem, was wir durchgemacht haben, einfach umbringen? Entspricht das dem, was du von mir gesehen hast?«, fragte Jack.

Astro schwieg.

»Erinnerst du dich daran, mich in dieser Mine gesehen zu haben?«, wollte Jack wissen.

Astro runzelte die Stirn, als versuchte er, sich zu erinnern. »Nach Abu Simbel weiß ich nicht mehr viel, und ganz sicher nichts von irgendeiner Mine. Ich bin im Luftwaffenstützpunkt auf Diego Garcia in einem Lazarettbett aufgewacht. Man hat mir gesagt, ich sei bei einer bewaffneten Verfolgungsjagd auf die Straße gestürzt und mit dem Flugzeug abtransportiert worden. Und ich sei zwei volle Tage bewusstlos gewesen.«

»Du hast keinerlei Erinnerung an die Mine in Äthiopien?«

»Nein.«

Das kam unerwartet. Wie es schien, hatte Pooh Bear ihm womöglich einen sehr weisen Rat erteilt.

»Du bist nicht auf die Straße gestürzt«, erklärte Jack. »Die Verfolgungsjagd haben wir alle unbeschadet überstanden. Man muss dich betäubt haben, nachdem man mich mit einer Pistole bewusstlos geschlagen hatte.«

»Mir hat man gesagt, Sie würden in Wirklichkeit gegen die USA arbeiten. Und ich würde es auch tun, indem ich Ihnen helfe. Wolf hat gemeint, Robertson hätte mich nie für Ihr Team abstellen sollen. Nach Abu Simbel wurde ich wegen meiner Erfahrung mit antikem Kram Wolfs Team zugeteilt.«

In dem Moment wurde Jack klar, dass Astro nicht anwesend gewesen war, als Jack von dem komplexen Netzwerk geheimer internationaler Allianzen im Umfeld dieser Mission erfahren hatte – Wolf arbeitete nicht wirklich für Amerika, sondern für die reiche und mächtige Caldwell Group mit ihren korrupten Kontakten bei den amerikanischen Streitkräften, außerdem kooperierte er mit China und Saudi-Arabien.

»Astro«, sagte er. »Ich vertrete eine Gruppe von besorgten kleinen Nationen, die nicht wollen, dass die Welt zerstört wird, das ist alles. Und ich glaube, du bist nur ein Bauer in irgendjemandes größerem Schachspiel. Ich glaube, Wolf und Robertson arbeiten zusammen und haben dich benutzt, weil du ein aufrichtiger Soldat bist, der Befehle befolgt. Aber was, wenn die Leute, die dir Befehle erteilen, moralisch verkommen sind? Sie haben dich nicht in mein Team gesteckt, damit sich Amerika unserer Koalition anschließt, sondern um mich im Auge behalten zu können.«

»Leicht zu behaupten, schwer zu beweisen«, erwiderte Astro.

»Nicht allzu schwer. Ich nehme an, du wirst die Wahrheit bald herausfinden.«

Jack wandte sich zum Gehen.

»Jack.« Astro starrte in die Ferne. »Ich habe den Befehl, Sie zu töten, sobald die Säule sichergestellt und platziert ist. Denselben Befehl haben alle anderen Mitglieder dieses CIEF-Teams.«

Jack hielt inne. »Tut mir leid, das zu hören. Dann hoffe ich aufrichtig, dass nicht du es tun musst.«

Jack kehrte zu Lily und Zoe zurück, als Lily gerade erwachte. Sie lächelte zu ihm hoch.

»Hi, Daddy.«

»Hi, Kleines.«

»Ah, die Musterfamilie«, sagte Wolf auf der anderen Seite der Plattform. »Wie berührend.«

»Haben Sie ein Problem mit Familien?«, fragte Lily gereizt.

Wolf spielte mit seinem dicken Absolventenring aus Annapolis, während er sprach. »Das Konzept der Familie ist eine menschliche Erfindung und strotzt vor Unzulänglichkeiten. Für den Mann zählt nur Fortpflanzung. Familie ist nebensächlich. Ich habe meine Kinder immer mehr geliebt als deren Mütter.«

Lily sagte: »Eine starke Familie ist mehr als die Summe ihrer Teile.«

»Ach, wirklich? Also glaubst du, dass deine kleine Familie hier stark ist?«, fragte Wolf und musterte Lily eingehend.

»Ja«, bestätigte Lily voll Überzeugung.

»Loyal?«

»Uneingeschränkt.«

Wolf nickte langsam.

Dann warf er einen rätselhaften Blick in Zoes Richtung. »Das ist nicht immer so gewesen.«

Lily legte die Stirn ebenso in Falten wie Zoe.

Dann sah sie Jack mit fragender Miene an.

»Mein Vater«, erklärte Jack ihr, »denkt anders über Familie als ich. Seiner Ansicht nach sind Männer dazu da, Kinder zu zeugen, und Frauen, um die Kinder auf die Welt zu bringen. Er glaubt nicht an die Familie, die entsteht, wenn zwei Menschen ein Kind haben.«

»Und wie lautet deine Theorie?«, wandte sich Wolf an ihn. »Bitte. Klär mich auf.«

Jack sah ihn gleichmütig an.

»Mitglieder einer Familie sind wie die ultimativen besten Freunde. Ihre Loyalität währt immer länger als ihr Gedächtnis.«

Ein paar Stunden später schliefen die meisten der gemischten Gruppe, auch Wolf.

Jack hielt Wache, während Lily und Zoe dösten. Um nicht einzudösen, stellte er sich an den Rand der Plattform, betrachtete die Türme im Krater und versuchte, den besten Weg durch die Treppenlabyrinthe an ihren Seiten zu finden …

Eine Stimme an seinem Ohr ließ ihn zusammenzucken.

»Weißt du, ich werd dich umbringen.«

Rapier stand unmittelbar hinter Jack, das Gesicht dicht hinter seinem linken Ohr.

Jack schwieg. Ihm war nur allzu bewusst, wie nahe er am Abgrund stand.

Rapier deutete mit dem Kopf auf Wolfs schlafende Gestalt. »Solange du lebst, werde ich immer der zweite Sohn sein. Und in seinen Augen der zweitbeste Sohn. Weißt du, dich respektiert er auf eine Weise, wie er mich nicht respektiert. Und solange du lebst, atmest und seinen Namen trägst, werde ich immer die Nummer zwei bleiben. Aber wenn ich dich umbringe, beweise ich damit, dass ich der bessere Soldat bin, der bessere Mann, der bessere Sohn …«

»Geh weg von ihm.«

Beide Männer wirbelten herum und sahen, dass Zoe aufgestanden war und ihre Glock auf Rapier gerichtet hielt.

Mit einem lässigen Schulterzucken entfernte sich Rapier von Jack. »Der bessere Sohn«, wiederholte er.

Erst als er sich weit genug weg befand, stieß Jack den angehaltenen Atem aus und lockerte jeden angespannten Muskel seines Körpers.

In der Stunde vor Sonnenuntergang trat die vereinte Truppe über eine extrem steile Treppe und eine hohe Wandleiter den Weg zum Fuß des Kraters an.

So gelangten sie zu einem Steinpfad, der um eine Seite des Sees aus Teer herumführte. Die brodelnde schwarze Brühe stank erbärmlich nach faulen Eiern. Immer wieder platzten an der Oberfläche Blasen, die sich langsam darauf bildeten. Unten im Krater erwies es sich als deutlich wärmer, deshalb zogen Jack und Zoe ihre Jacken aus.

Ein CIEF-Mann in der Nähe starrte auf Jacks dadurch sichtbaren linken Arm. Jack trug zwar immer noch einen Lederhandschuh an der Hand, aber man sah, dass sein linker Unterarm aus silbrig glänzendem Stahl bestand – ein künstlicher Hightech-Arm, den Wizard vor vielen Jahren für ihn konstruiert hatte.

»Was ist?«, fragte Lily den gaffenden Mann. »Noch nie einen bionischen Arm gesehen?«

Unterwegs blickten Jack und Zoe zum Turm neben sich hinauf und versuchten, das Labyrinth der sich kreuzenden Steintreppen an den Flanken der unteren Hälfte zu entschlüsseln.

»Sieht so aus, als müsste man erst nach unten, um nach oben zu gelangen«, bemerkte Zoe. »Die oberen Treppen führen alle kurz vor der Brücke zum zweiten Turm in eine Sackgasse. Das sind Fallen. Wenn man zu scharf drauf ist, die Brücke zu erreichen, rennt man direkt hinauf. In Wirklichkeit muss man aber ganz runter bis zum See, dem unteren Weg folgen und dann auf der anderen Seite wieder rauf.«

»Und das alles, während die Lava von oben herabfließt«, sagte Jack. »Man muss sich nicht nur schnell bewegen, man darf sich auch kaum Fehler erlauben. Jeder einzelne, der einem auf dem Weg nach oben unterläuft, erhöht die Gefahr, dass einem die Lava den Weg nach unten abschneidet. Und ist man zu langsam, sitzt man fest. Dann kann man nur noch auf den Tod warten.«

Wenige Minuten vor Sonnenuntergang standen sie unten am Steinsims vor dem ersten Turm.

Der See aus blubberndem schwarzem Teer trennte sie davon.

Fünf CIEF-Männer traten vor, darunter Rapier und Astro. Sie trugen die leichte Kunststoff-Polymer-Körperpanzerung von Spezialisten der Delta Force sowie Kletterausrüstung – Haken, Seile, Karabiner. Ihre schweren Waffen hatten sie abgelegt und trugen nur noch Glocks in Oberschenkelholstern.

»Das ist das Team, das die Säule holen wird«, verkündete Wolf. »Meine schnellsten Männer. Bist du damit einverstanden?«

Jack hob die Hände und ließ sich an der Wand nieder. »Das überlasse ich gern dir und deinen Auserwählten. Ich kann Zeit- und Geschwindigkeitsfallen nicht leiden.«

»Ich habe zwei Männer über die Mauerleiter zurück nach oben geschickt«, wandte sich Wolf an sein Kletterteam. »Sie fungieren als Aufklärer für euch und leiten euch von ihrem höheren Aussichtspunkt über Funk an. Wir anderen warten hier unten.«

»Verstanden«, sagte Rapier.

Astro nickte nur.

»Also gut, macht euch bereit«, befahl Wolf.

Wenige Minuten später ging die Sonne an einem Horizont unter, den sie nicht sehen konnten. Und wie jeden Abend und jeden Morgen in den letzten 700 Jahren stieg aus dem Teersee ein breiter Trittstein auf, der jedem, der es wagte, den Zugang zum Feuerlabyrinth mit seinen fünf Türmen ermöglichte.

Um den heißen Stein abzukühlen, wurde Trinkwasser darauf geschüttet. Es zischte laut.

Rapier sprang mit Anlauf auf den Stein. Er landete mit einem dumpfen Pochen ... und der Trittstein senkte sich leicht – der Auslöser für das ausgeklügelte Verteidigungssystem des Labyrinths.

Prompt erwachte die Anlage spektakulär zum Leben.

Der erste Turm spie eine blubbernde Masse glühend heißer Lava aus seiner schornsteinähnlichen Spitze. Sofort sickerte die Lava die zickzackförmig in die Seiten gehauenen Kanäle entlang nach unten.

»Los!«, rief Wolf zu Rapier.

Prompt setzten sich Rapier, Astro und die anderen drei CIEF-Männer in Bewegung, überquerten den Trittstein und stiegen eine schmale Treppe hinauf, die Zugang zum ersten Turm bot.

Astro stürmte hinter Rapier her, schwer und schnell atmend.

»*Rapier! Nach rechts und nach unten!*«, rief ihm einer der Aufklärer ins Ohr.

Die Männer folgten der Anweisung die untere Hälfte des Turms entlang. Astro schaute unterwegs nach oben und erblickte die rote Lava, die in den Kanälen der oberen Hälfte langsam nach unten floss. Wo er sie nicht wirklich sehen konnte, verriet ihm der unübersehbare gelbe Schimmer der glühenden Flüssigkeit, wo sie sich befand.

Geführt von den Aufklärern weiter oben umrundete das fünfköpfige Team den Turm vollständig, indem es die Treppen bald hoch, bald runter eilte – und Astro wurde schnell klar, dass sie sich ohne die Anweisungen der Aufklärer im Nu hoffnungslos verzettelt hätten.

Und noch etwas fiel ihm auf – etwas, das man nur erkennen konnte, wenn man die Wände des Turms aus nächster Nähe betrachtete.

Sie bestanden nicht aus reinem Stein. Vielmehr setzte sich die Oberfläche aus einem feinen Geflecht von winzigen, nach oben gerichteten Stacheln zusammen. Als Astro die Spitzen berührte, stellte er fest, dass sie verheerend scharf waren. Schon eine leichte Berührung mit der Hand genügte, um die Haut aufzureißen.

Dann bog seine Gruppe um eine Ecke und erreichte unverhofft die lange Steinbrücke, die zum zweiten Turm führte.

Sie rannten darüber, Astro dicht hinter Rapier. Im Laufen sah er, dass mittlerweile aus der Spitze des *zweiten* Turms eine blubbernde Lavamasse quoll.

Sie wurden nacheinander ausgelöst – so hatte man die Chance, den Gipfel zu erreichen, umgekehrt jedoch hatte die Lava vier Chancen, einen auf dem Rückweg zu erwischen.

Ein Aufklärer rief: »*Okay, über die Brücke und dann die Treppe, die nach …*«

Fupp! Fupp!

Astro wirbelte auf der Brücke herum, schaute hinauf zum Tor und sah, wie die Schädel der beiden Aufklärer mit roten Sprühnebeln nach hinten gerissen wurden. Ihre Körper sackten zusammen, kippten von der Plattform und stürzten im freien Fall in den See aus Teer.

»Was …«, begann der CIEF-Soldat hinter Astro, bevor auch er getroffen und von der schmalen Brücke geschleudert wurde. Er landete im Teersee und stieß einen gellenden Schrei aus, der abrupt verstummte, als ihm der brodelnde schwarze Glibber die Haut vom Gesicht schmolz und ihn in die Tiefe zog.

Zisch!

Astro duckte sich, und ein für seinen Kopf bestimmtes Projektil streifte seinen Ärmel. Er erhaschte einen flüchtigen Blick auf einen Mündungsblitz – vielleicht auch zwei – hoch oben in der Nähe des Tors auf der gegenüberliegenden Seite des Kraters.

Zwei weitere japanische Scharfschützen – die gewartet hatten, bis sie so weit gekommen waren. Erst dann hatten sie das Feuer eröffnet …

»Wir werden unter Beschuss genommen!«, brüllte Rapier in sein Kehlkopfmikrofon. »Wir brauchen Feuerschutz! Gebt uns verdammt noch mal Feuerschutz!«

Unten auf dem Pfad in Höhe des Sees stand Jack und beobachtete entsetzt, wie das Team auf dem Turm direkt in die Falle lief.

Das volle Ausmaß ihrer Lage entfaltete sich in seinem Verstand.

Die Japaner hatten hier drin noch mehr Leute.

Sie hatten geduldig gewartet, bis Wolfs Männer die Falle des Turmsystems ausgelöst hatten. Dann hatten sie zuerst die Aufklärer ausgeschaltet und nahmen nun das Kletterteam ins Visier.

Im Anschluss daran folgte eine noch größere Erkenntnis.

Das ist unsere einzige Chance, die Säule zu bekommen.

Sie muss vor Sonnenaufgang morgen früh platziert werden. Wenn wir sie uns nicht jetzt, in diesem Zeitfenster, holen, gewinnen die Japaner und die Welt ist dem Untergang geweiht.

Es handelte sich tatsächlich um ihre einzige, um ihre letzte Chance.

Abrupt kehrte Jacks Aufmerksamkeit zum Geschehen rings um die Türme zurück.

Projektile schwirrten durch die Luft.

Männer wurden getroffen. Ein weiterer stürzte in den stinkenden See aus Teer.

Oben aus den beiden ersten Türmen sickerte nach wie vor Lava, die in Rinnsalen durch die verschlungenen Kanalsysteme floss.

Rapier brüllte über Funk: »... *verdammt noch mal Feuerschutz!*«

»Da!« Zoe zeigte mit dem Finger nach oben, und Jack sichtete zwei japanische Scharfschützen auf der Eckpunktseite des Kraters, als einer gerade in seine Richtung schoss.

Neben ihm löste sich Wolfs rechtes Ohr in einer Blutfontäne auf, während der Mann zu seiner Rechten mit einem Schuss ins Auge fiel.

Wolf brüllte: »Feuer erwidern!«

Und inmitten all dessen, inmitten des Kugelhagels, des Geschreis und der herabströmenden Lava trat Jack West jr. in Aktion.

Jack hob seine MP-7 und die MP-5 des Toten auf und rief: »Zoe! Schnapp dir das Barrett und komm mit! Lily, geh hinter irgendwas in Deckung und bleib dort!«

Dann rannte er los, nur mit einem weißen T-Shirt, Cargohose und seinem Feuerwehrhelm bekleidet. Sein künstlicher linker Unterarm funkelte, als er über den Trittstein zum ersten Turm raste. Zoe hetzte hinter ihm her und gab sich alle Mühe, mit ihm Schritt zu halten.

Weitere Schüsse ertönten, als sie die äußeren Treppen des ersten Turmlabyrinths hinauf- und hinunterstürmten.

Sie gelangten zu einer Ecke – die nächste Treppe führte um sie herum und unter der schmalen Brücke zum nächsten Turm hindurch.

Dabei sah Jack, wie Astros Team auf der Brücke von den Schützen auf der anderen Seite dezimiert wurde – zwei weitere CIEF-Soldaten wurden getroffen. Astro und Rapier gingen hinter ihren toten Kameraden in spärliche Deckung und feuerten mit den auf die Entfernung nutzlosen Pistolen in Richtung ihrer Angreifer.

»Zoe!«, rief Jack. »Ein Schuss, dann rücken wir weiter vor!«

An die Ecke gepresst wartete Jack, während sich Zoe hinter ihn kauerte und das Barrett Scharfschützengewehr auf die Männer am entfernten Tor anlegte.

Sie feuerte. Einer der Heckenschützen wurde nach hinten geschleudert.

»Toller Schuss! Und weiter!«, brüllte Jack.

Damit rannten sie weiter die Treppen des ersten Turms rauf und runter, nunmehr bewegliche Ziele des einzigen verbliebenen Scharfschützen, dessen Schüsse nur wenige Zentimeter hinter ihnen in die Wände einschlugen. Dabei wurde Jack plötzlich klar, dass sowohl Zoe als auch er ihre Jacken ausgezogen hatten, in denen sich ihre Warbler befanden. Somit waren sie völlig ungeschützt.

Und es gab einen weiteren Grund zur Sorge: Hoch über ihnen sickerte die Lava nach wie vor stetig nach unten und schlängelte sich glühend durch die Kanäle.

Sie erreichten die letzte Ecke vor der Brücke, die knapp außerhalb der Schusslinie des Scharfschützen lag.

»Okay«, sagte Jack zu Zoe. »Du hast wieder einen Versuch. Wenn ich auf die Brücke renne, wird er etwa zwei Sekunden brauchen, um mich ins Visier zu nehmen. In der Zeit schaltest du ihn aus.«

»Aber Jack, was, wenn ich ihn verfehle?«

»Es ist ein Wettrennen um den ersten Treffer, Zoe. Entweder erschießt du ihn oder er mich. Und *los!*«

Jack brach aus seiner Deckung hervor, stürmte auf die Brücke und feuerte dabei mit beiden Waffen.

Er sah die winzige Gestalt des japanischen Scharfschützen, der ihn erspähte, ihn ins Visier nahm und …

Peng!

Ein Schuss.

Wer ihn abgefeuert hatte, vermochte Jack nicht zu sagen.

Zu seinem Grauen sah er einen Mündungsblitz oben am Tor, und eine Schrecksekunde lang dachte er, Zoe hätte nicht rechtzeitig geschossen. Einen Sekundenbruchteil danach jedoch trat ein grausiger Sprühnebel aus Blut und Hirnmasse aus dem Hinterkopf des Scharfschützen aus – im selben Moment zerfetzte das Projektil des Japaners den Kinnriemen von Jacks Feuerwehrhelm.

Zoe hatte vielleicht eine Hundertstelsekunde schneller geschossen als der feindliche Scharfschütze.

»Danke, Zoe! Ich muss weiter!«

Er preschte über die schmale Brücke, stieg über die Toten des CIEF-Teams hinweg, sprang über Rapier und Astro und steuerte auf den zweiten Turm zu, lieferte sich mittlerweile sein eigenes Wettrennen gegen die herabfließende Lava.

Kaum hatte Jack die erste Stufe des zweiten Turms betreten, sickerte Lava aus der Spitze des dritten Turms. Somit ergossen sich drei getrennte Lavaströme über die ersten drei Türme herab, alle unterschiedlich weit fortgeschritten.

Jack rannte weiter.

Mit rasenden Schritten bahnte er sich den Weg durch das Treppenlabyrinth, arbeitete aus dem Gedächtnis, eilte bald aufwärts, bald abwärts und bemühte sich, die Wände des Turms nicht zu berühren. Einmal streifte er sie, und ihre Beschichtung aus winzigen, rasiermesserscharfen Spitzen schnitt prompt durch den Ärmel seines T-Shirts, als wäre es Seidenpapier, und schlitzte in seine Schulter eine breite Wunde, aus der Blut seinen rechten Arm hinunterlief.

Der kurze Ärmel baumelte unterwegs nutzlos hin und her, während er rannte, also riss Jack ihn ab. Darunter kam ein blutüberströmter Arm zum Vorschein.

In vollem Lauf erreichte Jack die Brücke, die zum dritten Turm führte – sie verlief aufwärts und wies Stufen auf.

Jack überwand sie und traf im mittleren Abschnitt des dritten Turms ein. Da er sich inzwischen höher befand, konnte er den schlangenförmigen Verlauf des Lavastroms an diesem Turm deutlicher sehen. Grell glühend bahnte sich die Masse stetig ihren Weg durch die Kanäle.

Mittlerweile hatte sie ein gutes Stück von der Spitze des Turms zu der Brücke zurückgelegt, die Jack gerade überquert hatte.

Wenn er sich die Säule nicht schnappte und den Rückweg anträte, bevor die Lava die Hälfte der Strecke erreichte, wäre er geliefert, würde oben festsitzen und könnte nur noch auf einen qualvollen Tod warten.

Darf jetzt nicht aufgeben.

Er rannte einen Pfad durch den dritten Turm entlang, preschte eine Treppe an der anderen Seite hinauf und erreichte eine weitere lange Brücke, die zum vierten Turm führte. Dann weiter über diese Brücke und den vierten Turm hinauf. Mittlerweile befand er sich in schwindelerregender Höhe. Jack kletterte in die Flanke des obersten Abschnitts gehauene Sprossen hinauf, nur ein kurzes Stück von der glühenden Lava entfernt, die durch die Kanäle dieses Turms kroch. Schließlich stieg er die letzte, extrem steile Felsbrücke hoch, eine äußerst schmale Konstruktion aus Stein, die sich zum Gipfel der mittleren Felsspitze erstreckte. Und plötzlich befand sich Jack am höchsten Punkt des Kraters in der prächtigen Kuppel mit der dritten Säule.

Hätte er Zeit gehabt, Jack hätte jene Kuppel des mittleren Turms bewundert. Sie bestand aus goldenen Säulen, einem goldenen Sockel und mit Blattgold verzierten Steinplatten.

Aber er hatte keine Zeit.

Also schnappte er sich stattdessen nur die trübe, längliche Säule von ihrem Sockel und trat sofort den verzweifelten Rückweg an.

Nur zwei Meter vor dem Lavastrom raste er die Steinbrücke zum vierten Turm hinunter.

Kurz danach überwand er die Stufen der Brücke zum dritten Turm und dem durch ihn verlaufenden Tunnel. Jack befand sich gerade darin, als sich die Lava über ihm auf drei Kanäle verteilte und einen knappen Meter hinter seinen rennenden Füßen in den Tunnel tropfte.

Und weiter zum zweiten Turm, dessen obere Hälfte inzwischen völlig von glühenden Lavakanälen durchzogen war – sie sahen wie schillernde rote Adern aus. Bei diesem Turm musste Jack drei Seiten bewältigen. Die Lava tropfte aus mehr Rinnen an mehr Stellen – und sobald sie auf einer Treppe landete, zischte sie laut und jagte einen weiter *diese* Treppe hinunter.

Entschied man sich für die falsche, gab es keine Möglichkeit umzukehren. Also keinerlei Spielraum für Fehler.

Jack raste zum ersten Turm hinüber und versuchte verzweifelt, sich an die richtigen Treppen zu erinnern. Unterwegs sprang er über einen Lavastrang hinweg, der seinen Weg kreuzte. Das glühende, geschmolzene Gestein näherte sich überall um ihn herum.

Rapier hatte sich bereits vollständig zum sicheren Pfad am Fuß des Kraters zurückgezogen und beobachtete Jack mit zornigem Blick. Zoe und Astro hatten an der letzten Treppe ausgeharrt und warteten bange auf Jack.

Dem allmählich die Kraft ausging. Er hörte nur das Wummern des eigenen Herzschlags in den Ohren, vermischt mit seinen Atemgeräuschen.

Jack versuchte, sich zu konzentrieren.

Muss auf jeden Schritt achten …

Darf nicht stolpern, nicht ausrutschen …

Mittlerweile troff überall um ihn herum Lava herab wie ein stetiger Regen aus fetten Tropfen, aber er blieb immer ein paar Zentimeter vor ihr.

Dann geriet die letzte Treppe in Sicht, und er wagte ein verhaltenes Lächeln – prompt rutschte er auf einer glitschigen Stufe aus und landete ungeschickt auf der Brust. Jack umklammerte krampfhaft die Säule, während er mit dem Gesicht voraus die vorletzte Treppe hinunterholperte, unerbittlich verfolgt von der gierigen Lava.

Als sich Jack aufrappeln wollte, fiel er wieder hin, schaute zurück … und sah, dass die Lava jeden Moment seine Füße berühren würde. Plötzlich packten ihn zwei Paar Hände an den Schultern und zogen ihn mit einem Ruck davon weg.

Zoe und Astro.

Während sie ihn die letzte Treppe hinuntertrugen, strömte die Lava auf die Stufen. Und als sie ihn auf den breiten Trittstein warfen und hinterhersprangen, verhüllte die glühende, geschmolzene Masse die letzte Treppe vollständig.

Mittlerweile schimmerten alle vier Außentürme des Labyrinths rot, denn sie wurden spektakulär von der Lava erhellt, die durch das Geflecht ihrer Kanäle floss.

Jack sackte in der Sicherheit des äußeren Pfads gegen die Kraterwand. Japsend und keuchend hielt er die dritte Säule der Maschine hoch.

»Hab das kleine Mistding.«

Als Jack etwa zehn Minuten später wieder zu Atem gekommen war, stand er auf, zog seine Jacke an und warf Wolf die dritte Säule zu. »Reinige sie. Das Ding muss fünf Minuten nach Mitternacht platziert werden.«

Ohne eine Antwort abzuwarten, ging Jack zu Lily und Zoe und trat mit ihnen zusammen den Weg zur anderen Seite des Kraters an. »Mal sehen, was nötig ist, um diese Säule zu platzieren.«

Nachdem die Säule im Stein der Weisen gereinigt worden war, schloss Wolfs nur noch elfköpfige Truppe – sieben CIEF-Soldaten, Wolf, Rapier, Astro und der Hexenmeister – zu ihnen auf.

Sie alle folgten dem Pfad, der außen am Kraterrand entlangführte. Er endete an einer steilen Treppe zu dem dunklen Tunnel, der sich durch die hintere Kraterwand erstreckte.

Jack, Lily und Zoe erklommen die Treppe und betrachteten den Tunnel.

Durch ihn konnten sie in der Ferne die gewaltige Masse der auf dem Kopf hängenden Bronzepyramide des dritten Eckpunkts sehen.

In dem dunklen Durchgang der Größe eines U-Bahn-Tunnels herrschte Stille. Die Steinwände und die hohe Decke wiesen eine unregelmäßige Form auf und wölbten sich an manchen Stellen. Überall gab es finstere Winkel und Nischen. Eine Balkonebene überblickte den Hauptgang.

»Diese Wölbungen sind nicht natürlich«, stellte Jack fest. »Die wurden künstlich so geformt …«

In regelmäßigen Abständen verteilten sich über die gesamte Länge des Tunnels in den Stein gehauene Drachenköpfe. Sie waren wunderschön gearbeitet, etwa anderthalb Meter hoch und ragten so aus den Wänden, als wären sie mitten im Zustoßen erstarrt, die riesigen Kiefer bedrohlich weit aufgerissen.

»Drachen?« Stirnrunzelnd trat Wolf näher hin.

»Sieht für mich eher nach Schlangen aus«, sagte Lily. »Schlangen. Seht ihr die Wölbungen an den Wänden? Das sind ihre Körper.«

»Stimmt …« Rapier wirkte überrascht von Lilys Auffassungsgabe.

Sie hatte recht. Der Tunnel war so gestaltet, dass es aussah, als krümmten sich die Körper der Schlangen um den gesamten zweistöckigen Gang und würgten ihn, wodurch all die Winkel und Nischen entstanden.

Abrupt blieb Jack stehen.

Er zählte die Köpfe.

Es waren insgesamt acht.

»Acht Köpfe«, flüsterte er. »Eine achtköpfige Schlange. Orochi … die Halle von Orochi in Yomi … O Scheiße! Lily, Zoe, geht in Deckung! Sofort!«

Ohne eine Erwiderung abzuwarten, schnappte er sich Lily und zog Zoe mit. Er deckte beide mit seinem Körper, als er sie hinter einen der Schlangenköpfe schwang. Gleich darauf brach im gesamten Tunnel ein Kugelhagel von den dunklen Nischen der oberen Ebene aus.

Drei Mitglieder von Wolfs elfköpfiger Truppe wurden mehrfach getroffen, regelrecht zerfetzt. Sie starben auf der Stelle.

Zwei weitere zuckten heftig, als sie von einer zweiten Salve von oben erfasst wurden – Gewehrbeschuss von einer Garnison japanischer Sondereinsatzspezialisten, postiert in diesem Tunnel, diesem Engpass, dem perfekten Ort für einen Hinterhalt.

Vage erinnerte sich Jack an die abgefangene japanische Übertragung, die er einige Tage zuvor gesehen hatte.

GARNISON IN YOMI SOLL IHRE POSITION IN DER HALLE VON OROCHI HALTEN.

Bei dem Tunnel mit der riesigen achtköpfigen Schlange handelte es sich um die Halle von Orochi, und diese höllische unterirdische Landschaft war Yomi.

Verdammt.

Jack erkannte, dass es den japanischen Soldaten hier große Zurückhaltung abverlangt haben musste, die beiden zuvor ausgesandten Kundschafter nicht zu töten. Damit hätten sie ihre Anwesenheit verraten, und sie hatten einen wichtigeren Auftrag: Jacks Truppe aus dem Hinterhalt zu überfallen und ein für alle Mal auszuschalten, falls er es so weit schaffte.

Während Projektile durch die Luft schwirrten und um sie herum ihre CIEF-Kameraden fielen, feuerten Rapier, Wolf und Astro mehrere Granaten aus M-60ern ab. Eine Abfolge von Explosionen erschütterte die obere Ebene des Tunnels.

Jack und Zoe griffen in den Kampf ein. Rücken an Rücken und wieder von ihren Warblern geschützt schossen sie in die schattigen Nischen der riesigen, spiralförmigen Darstellung der achtköpfigen Schlange.

Als sich Jacks Augen an die Dunkelheit anpassten, konnte er in der Düsternis Gestalten ausmachen: Soldaten japanischer Spezialeinheiten, alle mit Nachtsichtbrillen, mit denen sie wie Gottesanbeterinnen wirkten.

Plötzlich erhellte ein greller gelber Schein den gesamten Tunnel, als Rapier einen Flammenwerfer anwarf – ein Strahl flüssigen Feuers sprühte über eine gesamte Seite der oberen Ebene, erfasste die Männer dort und blendete die anderen mit ihren Nachtsichtbrillen.

Lodernde Gestalten stürzten herab.

In dem tobenden Gefecht wurde Wolf in den Unterarm getroffen, was ihn nur in Rage versetzte – er entfesselte vernichtende Salven auf die Japaner und mähte jeden feindlichen Soldaten nieder, den sein Blick erfasste.

Es war ein erbittert geführter Kampf. Kugeln schwirrten umher, Männer fielen und Rapiers Flammenwerfer wütete. Am Ende überwanden die präziseren Schüsse von Wolfs und Jacks Leuten sowie der zusätzliche Schutz der Warbler den japanischen Vorteil des Überraschungsmoments.

Als der letzte Japaner verwundet von der oberen Ebene fiel, erledigte Rapier ihn von Hand mit zwei brutalen Schlägen – der erste wilde Treffer ließ ihn die Besinnung verlieren, der zweite auf die Nase tötete ihn.

Der Hinterhalt hatte Wolfs Team von elf auf sechs Köpfe reduziert, und bis auf einen hatten alle Überlebenden die eine oder andere Schussverletzung davongetragen. Nur Rapier hatte das chaotische Gefecht wie durch ein Wunder unversehrt überstanden.

Insgesamt wurden zwölf tote Japaner gezählt, alle schwarz gekleidet und mit Nachtsichtgeräten ausgerüstet. Auf der zweiten Ebene wurden Tauchausrüstung, Verpflegungspakete, Wasserflaschen und Schlafsäcke gefunden.

Während des Kampfs hatten umherspritzende Steinsplitter Jack an der rechten Hand getroffen. Die Wunde blutete stark. Zusammen mit dem Blut aus der Verletzung an der Schulter sah Jacks rechter Arm aus, als wäre er in ein rotes Bad getaucht worden.

Zoe war zwar durch ihren Warbler vor Projektilen geschützt gewesen, hatte aber einen ähnlichen Steinsplitter in die rechte Wade abbekommen. Was höllisch wehtat, doch mit ein paar Schmerztabletten konnte sie aus eigener Kraft humpeln. Lily hatte das Gefecht zum Glück im Schutz von Jack und Zoe unbeschadet überstanden.

Sie und Rapier waren als Einzige der Gruppe der Überlebenden nicht verschmiert von eigenem Blut.

Als die Feuer erloschen und sich der Rauch lichtete, stapfte Jack zum anderen Ende des Tunnels und betrachtete den dritten und letzten Abschnitt des Eckpunkts.

»Die letzte Prüfung«, stieß er atemlos hervor.

Jack stand auf einem breiten Balkon in der Seite des Vulkankraters und ließ einen unglaublichen Anblick auf sich wirken.

Was er zuvor von der Digitalkamera gesehen hatte, wurde dem dritten Eckpunkt nicht gerecht.

Die auf den Kopf gestellte Bronzepyramide beherrschte den Raum vor ihm und schwebte über allem wie ein gigantisches Raumschiff. Wie bei den beiden vorangegangenen Eckpunkten hing sie von der Decke der Höhle über einem dunklen Abgrund.

Jedoch mit einem entscheidenden Unterschied.

Diese Pyramide umgab ein brodelnder See aus Lava, die über den kreisrunden Rand in den Abgrund floss. Eine ähnlich runde Wanne ein Stück unterhalb des Rands fing die hinabströmende Lava auf und pumpte sie vermutlich zurück in das darüberliegende System.

Den einzigen Zugang zur Spitze der Pyramide bildete eine lange, zungenähnliche Rinne aus Stein, die wie eine halb fertige Brücke über den Abgrund ragte. Ein schmaler Lavastrom ergoss sich die Zunge entlang und stürzte direkt an der Spitze der Pyramide wie ein winziger Wasserfall in die bodenlose Tiefe.

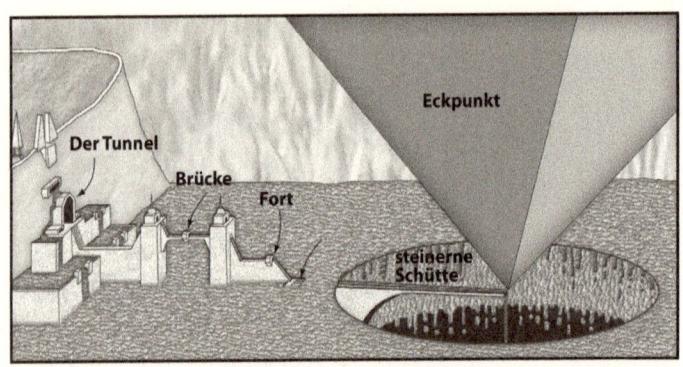

DER DRITTE ECKPUNKT

Jack stellte fest, dass man auf dem Weg zu der Rinne und zur Pyramide einen hohen Steg aus Stein sowie zwei durch eine schmale Brücke verbundene Türme überwinden musste – alles hoch über dem See aus flüssiger Lava.

Besondere Aufmerksamkeit widmete Jack dem Ende dieses langen Wegs unten am See. Dort befand sich eine Art Dock aus Stein.

20 Minuten später befand sich Jack an jenem Dock, kaum 30 Zentimeter über der glühenden Lava.

Die aus dem See aufsteigende Hitze war so intensiv, dass sie ihm in der Kehle brannte. Wieder bedeckte er den Mund mit einem feuchten Tuch. Die anderen folgten seinem Beispiel.

»Das kann nur ein Scherz sein«, murmelte Zoe, während sie die Zunge aus Stein betrachtete.

»Das ist ein Selbstmordunterfangen«, meinte Rapier.

»Die Japaner haben nicht dieselbe Auffassung von Selbstmord wie wir im Westen«, sagte Jack. »Hatten sie nie.«

Zwei verzierte Kanus aus Stein warteten in getrennten Nischen des Docks. Jedes wies zwei Sitze auf und schien aus demselben lavabeständigen Material wie das Dock zu bestehen.

Allerdings waren die Kanus eindeutig dafür vorgesehen, auf der Lava zu treiben.

Stieße man sich darin von der Anlegestelle ab, würde der Lavastrom einen direkt in die Rinne und in ihr entlang zur Spitze der Pyramide befördern.

Das einzige Problem bestand darin, dass es keine Möglichkeit gab, mit dem Kanu gegen den Lavastrom die Rinne entlang zurückzugelangen. Die Grundidee lag auf der Hand: Man trieb die Rinne hinunter, platzierte die Säule und stürzte dann über die Kante in den Abgrund.

Eine Einbahnstraße.

Der Hexenmeister der Neetha brummelte etwas auf Griechisch. Lily übersetzte: »Er sagt, der bedeutendste Tod von allen sei der, zu Ehren Nepthys' zu sterben, der dunklen Sonne. Er meint, einer von uns sollte damit geehrt werden, beim Platzieren dieser Säule zu sterben.«

»Und wer soll das ultimative Opfer bringen?«, Rapier schnaubte.

Jack starrte zur Rinne und zu dem schmalen Lavastrom, als jemand auf Rapiers Frage antwortete.

»Ich«, sagte Wolf.

Seltsamerweise schaute er dabei gar nicht zur Pyramide, sondern dorthin zurück, von wo sie gekommen waren.

Die Gruppe brauchte drei Stunden, um etwas zu holen – eine Stunde für den Rückweg zum Eingang des Höhlensystems, eine Stunde zum Durchsuchen des Wracks und eine Stunde für den Marsch zurück zum Dock. Aber es war die Mühe wert.

Wie Wolf gehofft hatte, wurden im Wrack des Supertankers – der im Lavasee Zentimeter für Zentimeter versank – zwei Winden mit langen Stahlseilen gefunden.

»Keine schlechte Idee«, gestand Jack seinem Vater zu, als sie je ein Seil an den Steinkanus befestigten.

»Uhrzeit?«, fragte Wolf.

Lily sah auf die Armbanduhr. »23:30 Uhr. Wir haben noch 35 Minuten.«

Die beiden Kanus entfernten sich hintereinander vom Dock, trieben im steten Lavastrom und zogen die zwei Stahlseile hinter sich her.

Wolf und Jack saßen im ersten Boot. Im zweiten befand sich niemand. Auf Jacks Drängen hatten sie es als Reserve für den Notfall mit Seilen ans Heck des vorderen Kanus gebunden. Jedes Kanu zog sein eigenes Stahlseil hinterher, eine weitere Vorsichtsmaßnahme.

Rapier, Astro und Zoe hatten sich zu einer kleinen, festungsähnlichen Konstruktion am Kopf der Treppe unmittelbar hinter dem Dock begeben. Dort bedienten sie die beiden Winden und spulten die Seile ab, die verhindern würden, dass die Kanus über die Kante fuhren. Sorgsam achteten sie auf genug Spannung, damit die langen Seile über der Lava blieben. Rapier und Astro befanden sich an der mit dem ersten Kanu verbundenen Winde, Zoe an der des Reserveboots. Lily war am Dock geblieben und beobachtete Jack aufmerksam.

Die Kanus entfernten sich weiter und weiter. Langsam bewegten sie sich auf die Mündung der Rinne zu.

Mithilfe der Strömung, der Seile und der länglichen Steinbrocken, die Jack und Wolf als Paddel benutzten, steuerten sie die Boote. Mit den nassen Tüchern um die Münder und Blendschutzbrillen gegen die sengende Hitze um sie herum erinnerten die beiden Männer an Banditen aus dem Wilden Westen.

Die Kanus gelangten in die Rinne und passten so knapp hinein, dass die Seiten die unebenen Wände streiften.

Während die miteinander verbundenen Boote langsam die Rinne entlangglitten, betrachtete Jack die Bronzepyramide über sich. Sie war unvorstellbar riesig. Die Spitze befand sich am Ende der Rinne und wartete darauf, ihre Säule in Empfang zu nehmen.

Jack spähte auch über die Seite seines Kanus und den Rand der schmalen Rinne – und sah die unergründliche Tiefe unter dem Eckpunkt.

Großer Gott.

Die Kanus näherten sich dem Ende der Rinne.

»Vorsichtig jetzt«, sagte Wolf in sein Funkgerät. »Lasst uns behutsam bis zum Rand vor.«

Rapier und Astro reagierten, indem sie ihre Winde langsamer drehten, das Seil Zentimeter für Zentimeter abspulten, bis sich das vordere Kanu an der Kante der Rinne befand, direkt über dem winzigen Lavafall und unter der stumpfen Spitze der Pyramide.

Während des gesamten heiklen Vorgangs, der folgte, beobachtete Jack seinen Vater eingehend. Wolf strotzte buchstäblich vor Blut. Ein glitzerndes Rinnsal lief von seinem verwundeten Ohr den Hals hinunter, und seine Hände waren rot davon, dass er es immer wieder wegwischte.

Aber Wolf schien sein grausiges Erscheinungsbild entweder nicht zu bemerken oder es kümmerte ihn nicht.

Er war zu konzentriert auf die Pyramide und darauf, die nunmehr klare Diamantsäule zu platzieren – auch wenn sie natürlich mit seinen blutigen Fingerabdrücken verschmiert war.

Jack blickte am eigenen verdreckten Körper hinab. Ruß und Schmutz bedeckten ihn, und auch seine rechte Hand war glitschig vor Blut.

Was für eine hoffnungslos chaotische Mission, ging ihm durch den Kopf.

»Okay, so halten!«, rief Wolf. »Wir sind in Position. Wie spät ist es?«

»*23:56 Uhr*«, meldete Lily über Funk.

»Okay. Ich setze die Säule jetzt ein …«

Oben auf der festungsartigen Konstruktion beobachtete Zoe, wie sich Wolfs winzige Gestalt im Kanu aufrichtete und zur Spitze der auf dem Kopf hängenden Pyramide streckte.

Neben ihr stand Rapier an einer Zinne, fixierte müßig die Winde und grinste. »Ist noch reichlich Zeit.«

In dem Moment wurde er in den Rücken getroffen.

Mit einem kraftvollen *Fupp!* wurde Rapier heftig gegen die Zinne geschleudert und verlor den Halt an der Winde. Astro wurde durch die plötzliche zusätzliche Belastung nach vorn gerissen, aber nach etwa 30 Zentimetern gelang es ihm, wieder Halt zu finden.

Unten an der Spitze der Pyramide bewegte sich das erste Kanu mit einem Ruck nach vorn, wodurch Wolf, der gerade die Säule platzieren wollte, in Richtung des Abgrunds taumelte.

Aber er streckte reflexartig eine Hand aus und stützte sich an der Pyramide ab. Gleichzeitig bekam Astro das Windenseil wieder unter Kontrolle.

»Was zum …« Abrupt verstummte Wolf, unterbrochen von einer zischenden Salve aus einer automatischen Waffe. Die Projektile prasselten überall um ihn herum auf die Pyramide, die Kanus und die Rinne ein. Er hechtete auf den Bauch und ging hinter den niedrigen Steinflanken des Kanus in Deckung.

Neben ihm wirbelte Jack herum, sank auf ein Knie und suchte nach der Quelle der Schüsse.

Er fand sie in Form wiederholter Mündungsblitze oben am Rand des Vulkankraters. Ein letzter, einsamer japanischer Scharfschütze.

Jack schoss zurück. Seine große Desert Eagle dröhnte, doch er wusste, dass präzises Feuern mit der Pistole auf diese Entfernung nicht möglich war.

»Zoe!«, rief er ins Funkgerät. »Scharfschützengewehr!«

»*Schon dabei!*«, meldete sie zurück.

Oben an der Festung fielen zwei der drei verbliebenen CIEF-Soldaten hinter Zoe mit aufspritzenden Blutfontänen. Zoe wich dem Beschuss aus, verkeilte ihre Winde an der Zinne, brachte das Barrett in Anschlag und versuchte, den Scharfschützen zu sichten.

Kaum hatte sie ihn entdeckt, entfesselte sie eine Salve, die ihn in Deckung zwang und Jack und Wolf ein wenig Zeit verschaffte.

Außerdem bekam dadurch Astro, der das an ihrem Kanu befestigte Seil allein halten musste, dringend benötigten Feuerschutz.

Jacks Uhr sprang auf 0:03 Uhr.

Er rief Wolf zu: »Wir müssen die Säule platzieren!«

Wolf hob den Kopf – prompt prallte ein Projektil des Japaners nur Zentimeter vor seinem Gesicht von seinem Steinkanu ab. Sofort zog er den Kopf wieder ein.

Sie saßen fest.

»Wir müssen uns koordinieren.« Jack sprach ins Funkgerät. »Zoe! Wir brauchen anhaltendes Unterstützungsfeuer, damit wir die Säule platzieren können. In drei, zwei, eins … *Jetzt!*«

Sofort richtete sich Zoe auf und eröffnete heftiges Sperrfeuer, das den japanischen Scharfschützen zwang, sich zu ducken – Wolf nutzte den Moment, um aufzuspringen, und während Jack ihn am Gürtel festhielt, lehnte er sich über den Bug des Kanus, über die Kante der Rinne, über den gähnenden schwarzen Abgrund des Eckpunkts. So streckte er sich mit der gereinigten Säule nach oben, weiter, weiter, weiter und …

… der japanische Scharfschütze tauchte wieder auf und feuerte eine weitere Salve ab. Projektile schwirrten um die Pyramide herum. Ein Geschoss schlug in Wolfs linke Schulter ein. Blut spritzte auf.

Wolf brüllte vor Schmerz, aber als Zoe von der Festung aus für mehr Feuerschutz sorgte und Jack seinen Vater stützte, streckte sich Wolf erneut und rammte die gereinigte Säule diesmal in den für sie vorgesehenen Schlitz an der Spitze der Pyramide.

Kaum hatte Wolf die Säule platziert, riss Jack ihn zurück ins Kanu. Die Uhr sprang auf 0:05 Uhr, und die mächtige Pyramide begann bedrohlich zu dröhnen, bevor sie – *zisch!* – einen blendenden Laserstrahl in den Abgrund jagte. Gleißendes weißes Licht füllte die riesige Höhle aus, und gleich darauf war es vorbei.

Jack spürte, wie ein Gefühl gewaltiger Erleichterung über ihn hinwegschwappte. Sie hatten einen weiteren Eckpunkt überlebt. Nun wollte er nur noch weg.

Wolf hingegen wollte die Säule und die damit verbundene Belohnung. Jack erinnerte sich vage, dass sie bei diesem Eckpunkt die Bezeichnung *Sicht* oder so hatte, doch ihm war sie im Moment herzlich egal.

Ihr japanischer Angreifer, der sie nicht am Platzieren der Säule hindern konnte, feuerte im vollen Automatikmodus sowohl auf sie als auch auf die anderen oben an der Festung, wohl überwiegend aus Frustration.

Und dabei traf der Scharfschütze Astro – zweimal.

Die Kugeln schlugen in seinen Unterarm und in sein Bein ein. Als er aufschrie, gab Zoe einen hervorragend gezielten Schuss ab. Ihr Projektil trat in den Mund des japanischen Soldaten ein und aus seinem Hinterkopf aus. Damit endete sein letztes Gefecht.

Astro sackte neben ihr zu Boden und ließ die Winde los, die das erste Kanu in Position hielt.

Ohne den Halt durch das Seil schlingerte das vordere Kanu, das sich bereits gefährlich nahe am Ende der Rinne befand.

Jack spürte, wie es sich unter ihm bewegte, und er sah die unmittelbare Zukunft: Das Kanu würde mit der Lava über die Kante kippen und in den Abgrund stürzen!

Schnell wie eine Katze sprang er zurück in das nach wie vor fixierte zweite Kanu. Kaum gelandet, drehte er sich um und sah, wie sich Wolf die aufgeladene Säule von der Spitze der Pyramide schnappte. Erst dann blickte er entsetzt nach unten, weil er bemerkte, dass sich sein Kanu bewegte.

»Spring!«, brüllte Jack.

Das Kanu unter Wolf war nur noch Zentimeter davon entfernt, über die Kante zu kippen. Wolf nahm zwei Schritte Anlauf und hechtete mit ausgestreckten Armen vorwärts …

Im selben Moment streckte sich Jack aus dem zweiten Kanu, beugte den Oberkörper über den Bug …

… und bekam mit blutigen Händen ausgerechnet die Säule in Wolfs rechter Hand zu fassen.

Eine Sekunde lang verharrten sie in einer äußerst ungewöhnlichen Konstellation: Jack im sicheren zweiten Kanu, Wolf im ungesicherten ersten, die Oberschenkel am Heck verkeilt, beide Männer über die Lava zwischen den Booten gelehnt, verbunden durch den gemeinsamen Halt an der Säule. In jenem Augenblick widerfuhr Jack etwas ausgesprochen Seltsames.

Ein Lichtblitz explodierte vor seinem geistigen Auge, und innerhalb eines Sekundenbruchteils wurde er an einen anderen Ort in einer anderen Zeit versetzt.

Es fühlte sich wie ein Traum an, in dem er in Zeitlupe unter einer auf den Kopf gedrehten Bronzepyramide durch die Luft fiel.

Zuerst dachte Jack, er würde noch einmal seinen Sturz von der Pyramide am zweiten Eckpunkt erleben. Aber es war anders. Der Eckpunkt war anders.

Und diesmal fiel ein gesamtes Flugzeug mit ihm, eine riesige schwarze 747, die wie die Halicarnassus *aussah, allerdings besaß sie nur eine Tragfläche statt zwei. Die große fallende 747 verdeckte Jack die Sicht auf die Pyramide über ihm. Eine Pyramide, die kleiner und kleiner wurde, je tiefer er in den Abgrund stürzte, in den Tod …*

Mit einem Blinzeln kehrte Jack in die Gegenwart zurück, ohne zu wissen, worum es sich bei der bizarren Vision gehandelt hatte. Er stellte fest, dass er nach wie vor wie sein Vater die Säule umklammerte, die sie in ihren getrennten Kanus vereinte.

Zoes Stimme ertönte brüllend in seinem Ohr: »*Halt durch, Jack! Wir holen dich zurück!*«

Gleich darauf setzten sich beide Kanus wieder in Bewegung, wurden über die Winde vom Seil am zweiten Kanu die Rinne entlang zurückgezogen. Zoe und Rapier bedienten die Winde – der Scharfschütze hatte Rapier genau in den Wirbelsäulenschutz aus Kevlar getroffen und somit lediglich zu Boden geschleudert.

Die beiden Kanus erreichten wohlbehalten das Dock. Dort fielen die beiden Wests auf festen Boden. Immer noch hielten beide die klare Diamantsäule fest, deren innerer, flüssiger Kern pulsierte. Blutige Fingerabdrücke verschmierten die Außenseiten.

Lily eilte an Jacks Seite, während Zoe und Rapier von der Festung herunterkamen.

»Daddy! Du hast's geschafft!« Lily umarmte ihn.

Rapier half Wolf auf die Beine. Der ältere Mann umklammerte nach wie vor die aufgeladene Säule. Dann richtete Rapier seine Pistole auf Jacks Hinterkopf, spannte den Hahn und …

»Nein!«, brüllte Wolf ihn an.

»Er nützt uns nichts mehr! Wir hätten ihn schon vorher beseitigen sollen!«

»Nein, Rapier«, sagte Wolf in einem Ton, der Jack überraschte. Diesen Ton hatte er von seinem Vater noch nie gehört – er zeugte von unausgesprochenem Respekt. Wolf wandte sich an Jack. »Du … hast mir gerade das Leben gerettet. Warum?«

Jack wusste es eigentlich gar nicht. Er hatte es instinktiv getan. Also erwiderte er nichts. Lily und Zoe beobachteten die Szene, vor Entsetzen erstarrt.

Wolf wirkte aufrichtig verwirrt. »Du hättest mich einfach loslassen und von der Kante der Rinne fallen lassen können. Hast du aber nicht. Trotz allem, was ich dir angetan habe.«

Jack schwieg noch einige Herzschläge lang. Schließlich sagte er: »Ich bin nicht wie du.«

Wolf musterte seinen Erstgeborenen.

»Das bist du eindeutig nicht«, bestätigte er. »Ich halte nichts von Dankbarkeit oder Barmherzigkeit, mein Sohn. Aber heute mache ich eine einmalige Ausnahme. Ich werde dich nicht umbringen. Rapier, Abmarsch.«

Damit wandte er sich ab und ging. Rapier starrte Jack einen Moment lang hasserfüllt an, bevor er seinem Vater widerwillig folgte.

Wolf, Rapier und der Hexenmeister der Neetha eilten die Treppe hinter dem Dock hinauf, nahmen die aufgeladene Säule mit und ließen Jack, Lily und Zoe zurück.

Bei der Festung hielten sie kurz an. Dort lag der verwundete Astro. Er sah blass aus und umklammerte seine frischen Wunden. Rapier begutachtete den Schaden und schüttelte den Kopf.

»Er lebt vielleicht noch, aber es wäre höllisch schwer, ihn durch die Anlage zu tragen. Er würde uns mächtig aufhalten.«

»Lass ihn hier«, befahl Wolf. »Wir müssen unser U-Boot erwischen.«

Und so kehrten Wolf und Rapier nur mit dem Hexenmeister der Neetha und einem der 40 CIEF-Soldaten, die sie zum dritten Eckpunkt mitgebracht hatten, zur gefluteten Eingangshalle des Höhlensystems zurück.

Wolf ging voraus und überquerte zielstrebig die hohe schmale Brücke, die zum Vulkan führte.

Rapier folgte ihm – als Einziger, der diesen schrecklichen Ort unverletzt überstanden hatte. Mit einem verschlagenen Blick zu Jack, den Wolf nicht mitbekam, warf er unscheinbar eine Granate in das kleine Wachhaus in der Mitte der schmalen Brücke.

Wenige Augenblicke danach trat Rapier vom anderen Ende der Brücke, und die Granate detonierte, sprengte mit einer gewaltigen Explosion aus Steinstaub den mittleren Abschnitt, der in den Lavasee stürzte. Zurück blieb eine breite Lücke zwischen den beiden Türmen, die den Zugang zum Dock ermöglichten …

… und somit saßen Jack und die anderen im dunklen Herzen des dritten Eckpunkts der Maschine fest.

Wolf drehte sich bei der unerwarteten Explosion um und sah die zerstörte Brücke. Er warf Rapier einen Blick zu, schwieg aber. Und ging einfach weiter.

Nachdem die Brücke in den Lavasee gestürzt war, schüttelte Jack den Kopf.

»Das hab ich nicht kommen sehen«, gestand er ironisch.

Mit der riesigen Bronzepyramide im Hintergrund stieg er zu der kleinen Festung hinauf, um nach Astro zu sehen.

»Wie kommen wir hier raus?«, fragte Lily.

»Wir finden einen Weg, Kleines.« Jack holte eine Spritze aus seinem Erste-Hilfe-Beutel und stach sie in Astros Bein. »Das wird dein Bein ein wenig betäuben, während ich die Kugel heraushole.«

Astro verzog das Gesicht zu einer Grimasse.

»Aber es wird trotzdem höllisch wehtun. Übrigens, ich finde, das wäre ein guter Zeitpunkt, um aufzuhören, mich zu siezen.« Jack griff sich eine Pinzette und machte sich daran, den Fremdkörper in Astros Wade zu suchen. Trotz der örtlichen Betäubung stöhnte Astro vor Schmerzen, bis Jack das blutverschmierte Projektil schließlich herauszog.

Keuchend legte sich Astro zurück. Jack begann die Wunde zu verbinden.

»Warum hast du Wolf gerettet?«, fragte Lily mit scharfem Unterton. »Er hat Wizard ermordet.«

Jack schaute nicht auf. »Wie gesagt, ich bin nicht wie er.«

»Aber er ist ein schlechter Mensch. Ich finde, du hättest ihn fallen und sterben lassen sollen.«

Jack hörte kurz mit dem Verbinden auf und schaute zu seiner Tochter hoch. »Jemanden zu töten ist etwas Schreckliches, Lily. Und man wünscht niemandem leichtfertig den Tod. Ich habe im Leben schon einige Menschen umgebracht – aber nur, wenn sie mich umbringen wollten oder jemanden, den ich geliebt habe. Trotzdem hab ich mich dabei kein einziges Mal glücklich oder befriedigt gefühlt. Glaub mir, jemanden zu töten ist eine Erfahrung, die du nie machen willst.«

»Aber er …«

»Ich weiß. Pass auf: Du bist gerade wütend, und das verstehe ich. Aber wenn wir gewinnen wollen, müssen wir uns dabei treu bleiben und so sein, wie wir sind.«

»Wie meinst du das?«

Jack seufzte. »Mein Vater kümmert sich um niemanden außer um sich selbst – er nimmt sich, was er will, und es schert ihn nicht, ob dabei jemand verletzt wird oder umkommt. Er bringt Menschen um, die sich ihm widersetzen. Ich nicht. Und falls ich es je tue, bin ich nicht mehr besser als er.

Ja, ich würde gern miterleben, dass er kriegt, was er dafür verdient, was er Wizard angetan hat. Aber mein erster Instinkt ist immer, jemanden zu retten, anstatt ihn fallen zu lassen. So bin ich nun mal. Hätte ich ihn sterben lassen, als ich ihn retten konnte, wäre ich zu ihm geworden. Und ich will niemals so sein wie er.«

»Hm.« Lily runzelte die Stirn, wirkte nicht wirklich zufrieden.

»Zoe«, sagte Jack, während er Astros Bein weiter versorgte. »Was war die Belohnung fürs Platzieren der dritten Säule? *Sicht?*«

»Ja. Aber ich glaub nicht, dass wir uns je zusammengereimt haben, was das genau bedeutet.«

»Also ich hab jedenfalls was gesehen, als ich die Säule berührt habe.«

Er beschrieb den anderen die aufblitzende Vision, die ihn ereilt hatte, als er die aufgeladene Säule mit blutigen Händen ergriffen hatte – die bizarre Vision, wie er zusammen mit einer schwarzen 747 mit nur einer Tragfläche unter einem Eckpunkt in die Tiefe fiel.

»Wizard und ich haben mal darüber gesprochen«, sagte Jack. »Er hat nie eine definitive Antwort auf die Frage gefunden, was *Sicht* bedeutet, aber er hatte eine Theorie.«

»Und welche?«, fragte Lily.

»Seiner Meinung nach ist die *Sicht* die Fähigkeit, den eigenen Tod zu sehen.«

Darauf wussten Zoe und Lily nichts zu erwidern.

Jack wurde damit fertig, Astro zu verarzten. Er hievte den jungen Marine auf die Beine, indem er sich einen seiner Arme über die Schulter legte. Astro hopste auf dem heilen Bein.

»Wie fühlt es sich an?«

»Tut beschissen weh, aber ich werd's schaffen. Und nebenbei bemerkt, wenigstens hast du mich nicht zum Sterben zurückgelassen, wie's mein Arschloch von einem befehlshabenden Offizier gerade getan hat. Wieso hilfst du mir nach allem, was ich dir angetan habe?«

»Nicht du hast mir irgendwas angetan. Du hast ja gedacht, du würdest legitime Befehle befolgen.« Jack zuckte mit den Schultern. Er warf einen Blick zu Lily. »Abgesehen davon gelten die Gründe, die ich ihr gerade genannt habe.«

Er schaute hinauf zum Vulkankegel und zur zerstörten Brücke, die dorthin führte.

»Tja. Lasst uns überlegen, wie wir einen Weg aus diesem gottverlassenen Ort finden.«

Zwei Stunden nachdem Wolf sie am Dock zurückgelassen hatte, ertönte eine zweite Explosion in der riesigen Höhle.

Diesmal stammte sie von einem ganzen Haufen Granaten – allen, die Jack, Zoe und Astro bei sich hatten. Jack hatte sie mit einem Windenseil zum Fuß ihres Turms hinuntergelassen.

Dann zog er mit einem zweiten Seil den Stift einer Granate und rannte zurück zur Festung in der Nähe des Docks.

Der Granatenverband detonierte. Sekunden danach kippte der mächtige Turm wie ein langsam fallender Baum vom Dock weg und über die von Rapier geschaffene Lücke. Mit einem gewaltigen Knall prallte er gegen den zweiten Turm, kam in einem prekären Winkel von etwa 30 Grad zur Ruhe und überbrückte notdürftig die Lücke.

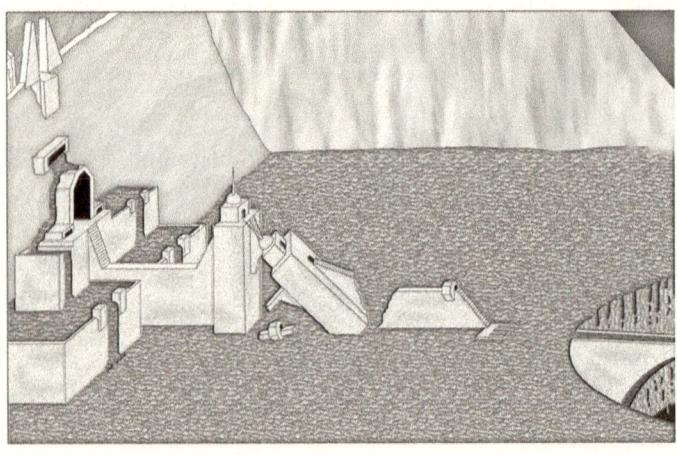

»Los! Bevor er abrutscht!«, rief Jack. Er stützte Astro mit der Schulter, während sie den Hang des halb umgestürzten Turms hinaufeilten. Das gesamte Bauwerk begann, unheilvoll zu ächzen.

Lily rannte voraus. Die kleine Gruppe winziger Gestalten erreichte die Spitze des gekippten Turms und sprang über einen schmalen Spalt auf die flache obere Plattform des noch stehenden zweiten Turms.

»Weiter!«, rief Jack zu Lily. »Bis zum Vulkan!«

Lily gehorchte, und zusammen eilten sie über den schmalen, hohen Weg, der zurück zum Vulkan führte. Als sie die Sicherheit des Tunnels dort erreichten, brachte der gekippte Turm den noch stehenden zum Einsturz. Beide fielen unter einem ohrenbetäubenden Ächzen und Knirschen seitwärts in den See aus geschmolzener Lava, die dabei hoch aufspritzte und die Hälfte des hohen Weges mit sich riss.

Wie ein lebendes, atmendes Raubtier verschlang der Lavasee die beiden Türme. Bald verblieben zwischen dem Vulkan und der Pyramide des dritten Eckpunkts nur noch das Dock aus Stein und ein Teil des Wegs dahinter als Inseln inmitten des brodelnden Sees aus geschmolzenem Gestein.

Jack sollte mehrere Stunden brauchen, um zurück zum Eingang des Eckpunkts zu gelangen. Sie kamen entsetzlich langsam voran. Lily und die hinkende Zoe stapften voraus, und Jack folgte ihnen mit Astro über der Schulter, während sie die Fallen der Dreifachpfade überwanden.

Unterwegs hatten sie die japanische Hinterhaltstellung im Tunnel durchwühlt und von dort Proviant und Wasser mitgenommen … und die Tauchausrüstung, mit der die feindlichen Soldaten durch den unterseeischen Eingang in den Eckpunkt gelangt waren.

Als Jack letztlich am gefluteten Portal des Eckpunkts stand – hinter ihm ein See aus glühender Lava, vor ihm das Wasser des Meeres –, fehlte von Wolf jede Spur.

Astro erwähnte, dass Wolf etwas darüber gesagt hatte, ein U-Boot erwischen zu müssen, doch es musste mittlerweile abgefahren sein.

»Was machen wir, wenn wir draußen sind?«, fragte Lily. »Die japanischen Schiffe werden noch da sein. Die Schützen auf den Klippen auch.«

Jack half Zoe und Astro beim Anlegen der Tauchausrüstung. »Ich hoffe, Wolf hatte dafür einen Plan, der es auch uns ermöglicht, es irgendwie an Land zu schaffen und Sky Monster anzufunken. Mit Sicherheit weiß ich nur, dass wir hier nicht bleiben können.«

Und so begaben sie sich in der Taucherausrüstung aus der japanischen Garnison hinaus.

Jack zog Astro durch das tiefblaue Wasser, während Lily bestmöglich Zoe half – zu viert zogen sie an den gigantischen Säulen der Eingangshalle vorbei.

Schließlich gelangten sie durch das hangarähnliche Portal des Eckpunkts nach draußen und spürten den rhythmischen Sog des Ozeans, während sie aufstiegen.

Dann tauchten sie durch die Oberfläche auf.

Im aufgewühlten Ozean treibend spuckte Jack sein Mundstück aus, sah sich um und stieß hervor: »O Mist.«

Heftiger Regen prasselte Jack ins Gesicht, während er die Küste von Hokkaido betrachtete.

Die Umgebung sah nicht mehr so aus wie noch vor einem Tag.

Die Schiffe der japanischen Marine hatten sich zurückgezogen, zeichneten sich nur noch als entfernte Kleckse am Horizont ab.

Wolfs U-Boot – ein kleines amerikanisches Gefährt der Sturgeon-Klasse – schaukelte bewegungslos auf den Wellen, umzingelt von sechs schwer bewaffneten russischen Hubschraubern des Typs Mi-48 Chinook und fünf Hind Kampfhubschraubern.

Eine Staffel aus zwölf MiG Kampfjets dröhnte über den Himmel und hielt die japanische Marine in Schach.

»Wer zum Teufel sind diese Typen?«, fragte Jack. »*Russen?*«

Die vier wurden schnell entdeckt, und da sie keine Möglichkeit zur Flucht hatten, mussten sie sich damit abfinden, dass sie in einen der großen zweimotorigen Chinooks hochgezogen wurden.

Kaum war Jack triefnass und erschöpft im Laderaum des Hubschraubers aufs Deck geplumpst, wurde er von sechs Speznas-Soldaten mit großen Helmen und VZ-61 Skorpion Maschinenpistolen umringt.

»Captain West?«, brüllte der Anführer, um den Lärm der Rotoren zu übertönen. »Captain Jack West jr., richtig?«

»Ja!« Jack nickte.

Zack.

Der Schlag kam von der Seite und wurde von einem der anderen russischen Soldaten ausgeführt. Jack fiel auf den Stahlboden des Laderaums und hörte Lily noch kurz aufschreien, bevor alles schwarz wurde.

EINE MISSION IN SCHOTTLAND

DIE QUELLE DER SCHWARZPAPPEL

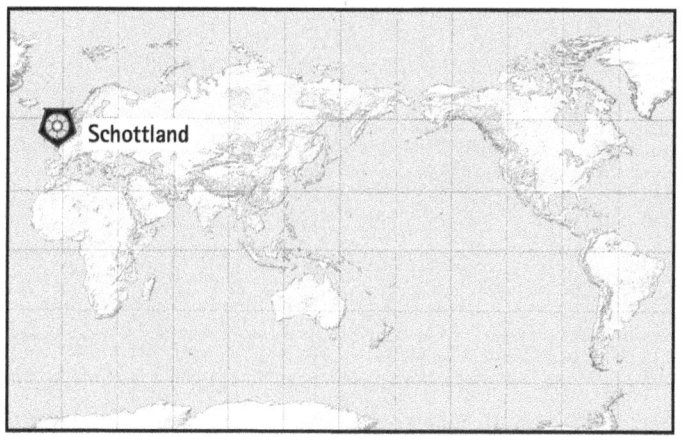

Schottland

SCHOTTLAND
12. MÄRZ 2008
**SECHS TAGE VOR DER VIERTEN
UND FÜNFTEN FRIST**

Der Hochgeschwindigkeitszug raste durch das Hochland von Nordschottland. Ein düsterer Himmel bildete den Hintergrund für düstere Berge, die über düsteren, verschneiten Tälern aufragten. Es herrschten zwei Grad Celsius, doch durch den frostigen Wind wirkte es kälter.

Der Zug donnerte in einen Tunnel durch einen Berg, und geräuschvolle Dunkelheit setzte ein.

In einem Privatabteil erster Klasse vorn im Zug schüttelte Lachlan Adamson den Kopf.

»Ich weiß nicht, Julius. Zuerst bewegen wir 5000 Jahre alte Steine in Stonehenge. Dann klauen wir eine altägyptische Schale aus dem British Museum. Was kommt als Nächstes? Krallen wir uns die schottischen Kronjuwelen?«

»He, wir sind dabei, die Welt zu retten«, argumentierte Julius. »Außerdem hat das British Museum keinen Schimmer, wie wichtig diese Schale ist. Wir nutzen sie wenigstens. Aber im Ernst, das Museum hat keinen Plan, wie besonders einige seiner Exponate sind. Zum Beispiel ist die dortige Statue von der Osterinsel eine von nur vier *Moai* aus Basalt, und die stellen sie in der Cafeteria auf. Weißt du noch, als wir auf der Osterinsel waren?«

»Ihr wart schon mal auf der Osterinsel?«, fragte Stretch.

»Klar. Das war 2002. Ist spitze dort«, sagte Julius.

»Und was hat es jetzt mit den Statuen auf sich?«, fragte der Israeli.

»Na ja …« Julius rieb sich die Hände. »Über 700 Jahre lang haben die Bewohner der Osterinseln ihre riesigen Statuen gebaut, die man *Moai* nennt. Über 1200. Von kleinen, knapp zwei Meter hohen Exemplaren bis hin zu elf Meter hohen und 80 Tonnen schweren Monstern. Aber fast alle der 1200 Statuen wurden aus Kalktuff gehauen, einem weichen Vulkangestein. Nur vier bestehen aus Basalt, der viel härter ist. Muss also wesentlich länger gedauert haben, sie zu erschaffen.«

Lachlan ergriff das Wort. »Und als 1868 die Briten aufgekreuzt sind, haben sie nur zwei *Moai* gestohlen – beide aus Basalt. Die wussten genau, worauf sie scharf waren: auf die seltenen. Im Gegensatz zu heute wussten sie damals, dass sie was Besonderes waren.«

»Die Insel ist total cool«, meinte Julius zu Stretch. »Ehrlich, wenn wir überleben, solltest du auch mal hin. Wir waren dort als Rucksacktouristen mit zwei heißen amerikanischen Anthropologiestudentinnen unterwegs, Penny und Stacy Baker. Gott, was hab ich auf Stacy gestanden. Erinnerst du dich an sie, Lachie? Stacy Baker?«

Kurz huschte ein erschrockener Ausdruck über Lachlans Züge. »Was? O ja, sicher … Sie war … nett.«

Julius bemerkte es. Er verengte die Augen zu Schlitzen. »Nett oder *nett*, Bruder?«

Lachlan lief rot an. »Julius, ich wollte dir das mit Stacy immer erzählen, aber die Gelegenheit hat sich nie ergeben …«

Julius' Kinnlade klappte auf. »Du hattest was mit Stacy Baker? Auf der Osterinsel?«

»Ja … eines Nachts, nachdem du eingeschlafen warst …«

»Du hast gewusst, dass ich scharf auf sie war!«

»Na ja, es ist gewissermaßen … einfach passiert …«

Julius zeigte sich wutentbrannt. »So was passiert nicht einfach! Du verlogener, hinterhältiger Verräter. Ich verpass dir einen neuen Rufnahmen: Judas …«

»Jungs!«, rief Pooh, der in der Nähe an seinem Laptop saß. »Ein bisschen Ruhe bitte! Ich hab gerade eine Nachricht von Sky Monster gekriegt. Er sagt, er ist irgendwo in der Nähe von Wladiwostok. Er hat den Kontakt zu Jack auf Hokkaido verloren. Aber da der Zeitpunkt fürs Platzieren der dritten Säule verstrichen ist und sich die Welt noch dreht, geht er davon aus, dass Jack wohl erfolgreich gewesen sein muss.«

»Oder jemand anders«, meinte Stretch. »Nur damit ich unsere Mission richtig verstehe: Bevor die letzten drei Säulen an ihren Eckpunkten platziert werden, müssen sie zweifach gereinigt werden, im Stein der Weisen und in der Schale ›im klaren Wasser der Quelle der Schwarzpappel‹?«

»Richtig«, bestätigte Lachlan.

»Und die Schale haben wir«, sagte Julius, der seinen Bruder immer noch finster ansah.

»Also müssen wir jetzt nur noch diese geheimnisvolle Quelle finden.« Stretch sah die Zwillinge an. »Und ihr glaubt, sie ist hier oben in Schottland?«

»Nicht wir«, stellte Julius richtig. »Wizard. Das hat von Anfang an auf seinem Übersichtsblatt gestanden. Wir haben es nur anhand einiger Werke von Isaac Newton überprüft.«

In dem Moment raste der Zug wie auf ein Stichwort aus dem Tunnel. Eine dramatische Landschaft kam zum Vorschein: ein langer, geradezu unheimlich flacher See, in Nebel gehüllt und zu beiden Seiten von Bergen gesäumt, deren steile Wände direkt ins Wasser ragten.

Der vielleicht berühmteste See der Welt.

Loch Ness.

Nachdem Jack die Zwillinge damit beauftragt hatte, die Quelle der Schwarzpappel zu finden, war es Julius gewesen, der bei der Suche den Durchbruch erzielt hatte.

Sein Ausgangspunkt war die ursprüngliche Erwähnung der Quelle, die Inschrift in Saqqara:

Reinige die letzten drei auch in meiner Schale,
im klaren Wasser der Quelle der Schwarzpappel.
Tust du es, wird Ras Zwilling besänftigt
und schüttet seine Gunst über dich aus.

Während die anderen in geschichtlicher und wissenschaftlicher Literatur nach Hinweisen auf Schwarzpappeln gesucht hatten, war Julius zum tausendsten Mal Wizards Zusammenfassung durchgegangen. Dabei war ihm etwas aufgefallen.

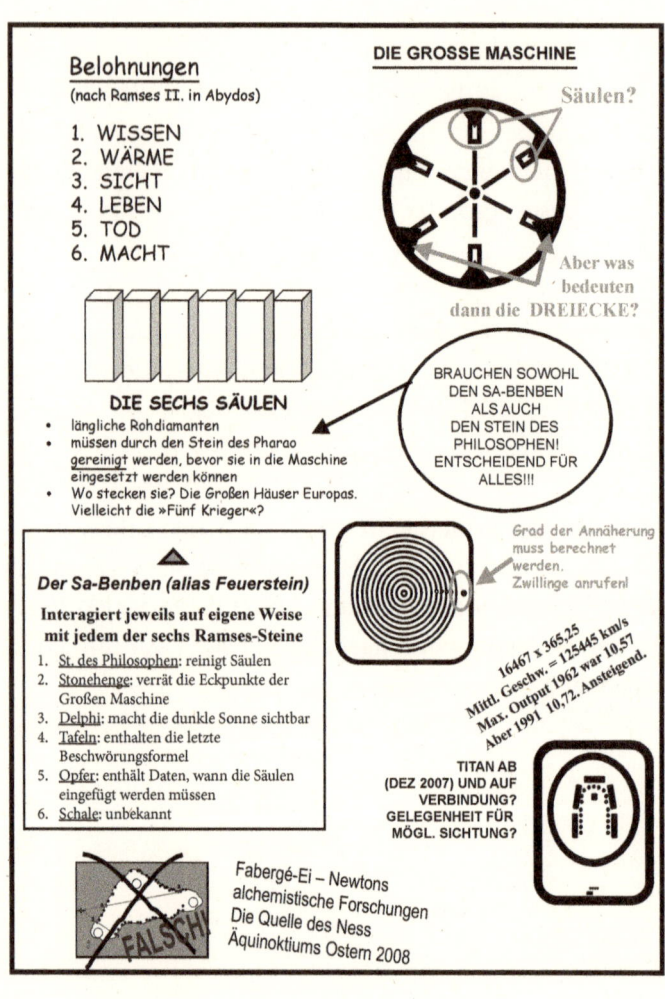

Belohnungen
(nach Ramses II. in Abydos)

1. WISSEN
2. WÄRME
3. SICHT
4. LEBEN
5. TOD
6. MACHT

DIE SECHS SÄULEN

- längliche Rohdiamanten
- müssen durch den Stein des Pharao gereinigt werden, bevor sie in die Maschine eingesetzt werden können
- Wo stecken sie? Die Großen Häuser Europas. Vielleicht die »Fünf Krieger«?

DIE GROSSE MASCHINE

Säulen?

Aber was bedeuten dann die DREIECKE?

BRAUCHEN SOWOHL DEN SA-BENBEN ALS AUCH DEN STEIN DES PHILOSOPHEN! ENTSCHEIDEND FÜR ALLES!!!

Der Sa-Benben (alias Feuerstein)

Interagiert jeweils auf eigene Weise mit jedem der sechs Ramses-Steine

1. St. des Philosophen: reinigt Säulen
2. Stonehenge: verrät die Eckpunkte der Großen Maschine
3. Delphi: macht die dunkle Sonne sichtbar
4. Tafeln: enthalten die letzte Beschwörungsformel
5. Opfer: enthält Daten, wann die Säulen eingefügt werden müssen
6. Schale: unbekannt

Grad der Annäherung muss berechnet werden. Zwillinge anrufen!

16467 x 365,25
Mittl. Geschw. = 125445 km/s
Max. Output 1962 war 10,57
Aber 1991 10,72. Ansteigend.

TITAN AB (DEZ 2007) UND AUF VERBINDUNG? GELEGENHEIT FÜR MÖGL. SICHTUNG?

FALSCH!

Fabergé-Ei – Newtons alchemistische Forschungen
Die Quelle des Ness
Äquinoktiums Ostern 2008

Etwas, das ganz unten auf dem Blatt stand.

Die Quelle des Ness? stand in Wizards Handschrift direkt unter *Fabergé-Ei – Newtons alchemistische Arbeit* und *Tag-undnachtgleiche/Ostern 2008.*

Der Hinweis hatte sich davor jeder Erklärung entzogen – bis sie nach einer speziellen Quelle gesucht hatten.

Recherchen wurden angestellt.

Zunächst folgerten die Zwillinge, dass Schwarzpappeln nur in Ländern nördlicher Breitengrade wie Schottland wuchsen. Außerdem suchten sie nach Verbindungen zu dem einzigen der fünf Krieger, der realistischerweise etwas mit Loch Ness zu tun gehabt haben könnte – und fanden keine.

Aber sie suchten auch nach Verbindungen zu Isaac Newton und seinen alchemistischen Arbeiten, da sie auf Wizards Übersichtsblatt so nahe an der »Ness-Quelle« aufschienen. Und Julius stieß in einem handschriftlichen Brief von Isaac Newton an Christopher Wren – praktischerweise eingescannt und im Internet verfügbar – auf eine Erwähnung des Sees:

»Der liebe Edmund hat in seinen furchtbaren Ruinen am Loch Ness einen alten Brunnen gefunden, durch dessen Steine eine seltsame Schwarzpappel wächst ...«

Julius erklärte: »Der ›liebe Edmund‹ ist Sir Edmund Halley, ein enger Freund Newtons, der berühmte Astronom, nach dem der Komet benannt ist. Halley war ziemlich wohlhabend und Besitzer großer Ländereien im Vereinigten Königreich, unter anderem am Ostufer des Loch Ness. Heute ist es öffentliches Gelände.«

Und so waren sie in den ersten Zug Richtung Norden gesprungen, der sie ins schottische Hochland und zu dem berühmten, angeblich von einem Monster bewohnten See brachte.

Loch Ness liegt im zerklüfteten Norden Schottlands und ist ein tiefer Süßwassersee, sehr lang, aber auch sehr schmal: Die Länge beträgt ungefähr 37 Kilometer, die Breite hingegen kaum mehr als einen.

Das Westufer ist durch die A82 erschlossen. Deshalb liegen an dieser Seite oben im Norden des Sees die Pensionen und Hotels für Touristen, die das legendäre Ungeheuer sehen wollen.

Das Ostufer hingegen ist eine andere Geschichte.

Das Gebiet ist dünn besiedelt und von keiner größeren Straße erschlossen. Und in den südlichen Gefilden ist die Region in vielerlei Hinsicht nach wie vor eine unberührte Hochlandwildnis – mit Wäldern, die sich bis zum See erstrecken, vereinzelten Gehöften und schroffen Felsen und Hügeln. Ein raues Land, das nicht viele Menschen besuchen.

Anhand von Aufzeichnungen aus den 1680er-Jahren spürte das Team das Areal auf, das einst Edmund Halley gehört hatte, und fuhr mit einem gemieteten Toyota Land Cruiser mit Allradantrieb hin.

Dichter Nebel trieb über dem See. Nieselregen fiel. Ein frostiger Wind sorgte dafür, dass alle Stiefel und Anoraks mit hohem Kragen trugen.

Vier Tage lang suchten die Zwillinge, Pooh Bear und Stretch zu Fuß und in einem motorisierten Schlauchboot nach Anzeichen von Ruinen oder einer uralten Quelle im dichten Wald am Rand des Sees.

Julius schmollte immer noch über die Enthüllung seines Bruders, dass er vor sechs Jahren auf der Osterinsel bei Stacy Baker gepunktet hatte.

Lachlan ignorierte ihn und sagte: »Die meisten Ruinen in der Gegend sind auf noch älteren errichtet – strategische

Punkte, die sich im Mittelalter nicht wirklich geändert haben. Was für irgendeinen uralten Stamm ein strategisch wichtiger Ort war, war es auch für Robert the Bruce. Wir suchen nach etwas Älterem in einer bestehenden Ruine.«

Außerdem erklärte er, dass es überall auf den britischen Inseln sowohl Quellen als auch heilige Brunnen gab. Primitive Stämme wie die Kelten hatten über das aus der Erde aufsteigende, mineralhaltige Wasser und die heilenden Eigenschaften gestaunt, die es manchmal besaß. Die Römer nutzten die Quellen als Bäder, während Mönche im Mittelalter darauf Kirchen wie die von St. Oswald in Cumbria errichteten.

Pooh Bear sagte: »In den Wüsten Arabiens gibt es mehrere verehrte Quellen, die wir als *En* bezeichnen. Mein Vater hat mir mal erklärt, dass ihr Wasser nicht nur in der Wüste den Durst löscht. Die Mystik einer Quelle hängt auch mit der *Energie* im Wasser zusammen, das aus dem Boden kommt. Menschen sterben, werden begraben, und ihre Seelen steigen mit dem Wasser der Quellen wieder auf.«

Vier Tage lang suchten sie. Abends arbeiteten die Zwillinge im Kofferraum des Land Cruiser an ihren Computern, um ihre andere Aufgabe zu lösen: die Lage des vierten Eckpunkts zu eruieren. Ausgehend von ihren Originalfotos aus Stonehenge während des Lichtspektakels befand er sich irgendwo auf den Britischen Inseln.

Spät am vierten Tag, als Pooh Bear mit Lachlan im Boot saß, sichtete er etwas.

»He!«

Sie kreuzten gerade durch einen schmalen Zufluss, den moosbewachsene Felsen und dicke, überhängende Bäume säumten, als ihm am äußersten Ende eine kleine, von Ranken verdeckte Höhle ins Auge fiel.

Unmittelbar hinter dem Eingang konnte Pooh Bear hinter dem Schleier der Ranken eine knöchelhohe, aus Steinziegeln errichtete Mauer ausmachen. Durch jahrhundertelange Feuchtigkeit war sie dermaßen verwittert, dass sie beinahe wie ein Bestandteil der natürlichen Wände der Höhle wirkte.

Es handelte sich um die gerade mal etwa 30 Zentimeter hohen Überreste einer uralten, von Menschenhand geschaffenen Konstruktion – eine Barriere, dachte Pooh Bear, als er darüber hinwegschritt. Aber in einem Land mit beeindruckenden Burgruinen und mythischen Monstern war diese kleine Höhle offensichtlich als unbedeutend abgetan und vergessen worden.

Ein Rinnsal Wasser sickerte aus der Höhle durch einen Spalt in der niedrigen Mauer, bevor es schwach tröpfelnd in die Schwärze des Sees weiterfloss.

Pooh Bear rückte in die Höhle vor, bewegte sich in der Dunkelheit stetig aufwärts, bis er die Quelle des Rinnsals entdeckte.

Ein runder Steinbrunnen mit einem Durchmesser von nicht mal 30 Zentimetern, umringt von einem Rand aus uralten, von schleimigem grünem Moos bedeckten Ziegeln.

Pooh Bear leuchtete mit der Taschenlampe auf den Rand, wischte das Moos weg …

… und sah auf Anhieb ein in die Steine geritztes Muster.

Es handelte sich um das Bild eines Baums mit etlichen Ästen, die sich von Stein zu Stein fortsetzten – oder, wie Newton es ausgedrückt hatte, sie »wuchsen« durch die Steine.

Das Bild eines schwarzen Baums.

Einer Pappel.

Pooh Bear, Stretch und die Zwillinge versammelten sich in der Höhle und starrten auf den kleinen, uralten Brunnen. Das einzige Geräusch war das leise Plätschern des Quellwassers, das dort austrat.

»Aus den bescheidensten Ursprüngen können die mächtigsten Dinge entstehen«, meinte Pooh Bear leise.

»Dieses Rinnsal wird den Planeten retten?«, rutschte Julius heraus.

»Macht wirklich nicht viel her«, meinte Lachlan.

»Mit dir hab ich nicht geredet, du Verräter ...«

»In die Ziegel ist neben den Ästen ein Schriftzug eingemeißelt«, stellte Stretch fest, als er den Brunnen mit der Taschenlampe genauer unter die Lupe nahm. »Sieht nach der Sprache des Thot aus.«

»Das müssen wir Lily zeigen«, sagte Pooh Bear. »Lachlan, kannst du ein Foto davon schießen?«

Lachlan hatte für ihre Aufzeichnungen Digitalfotos von der Höhle angefertigt. Er knipste mehrere Nahaufnahmen vom runden Rand des Brunnens.

Pooh Bear fragte: »Seht ihr irgendwelche Symbole, die sich auf die Eckpunkte beziehen, vor allem auf den vierten?«

»Ich seh keine«, erwiderte Lachlan, während er fotografierte.

»Hast ja auch meine Liebe zu Stacy Baker nicht gesehen«, grummelte Julius.

»Und was machen wir jetzt?«, fragte Stretch.

Pooh Bear zuckte mit den Schultern. Wir sammeln so viel von dem Quellwasser ein, wie wir tragen können.«

Eine Stunde später hatten sie zehn Zwei-Liter-Plastikflaschen mit Quellwasser aus dem Brunnen gefüllt. Genug, um die Schale mehrfach vollzubekommen.

»Das sollte reichen«, meinte Pooh Bear.

Als sie die Höhle verlassen wollten, eilte Julius zurück zum Brunnen und füllte seine leere Gatorade-Flasche mit dem heiligen Wasser der Quelle.

»Julius!«, entfuhr es Lachlan entgeistert.

»He, es ist trotz allem Wasser, und ich hab Durst. Vielleicht verleiht es mir ja übermenschliche Kräfte. Und in Anbetracht deiner jüngsten Enthüllungen, liebster Bruder, lasse ich mich von dir nicht darüber belehren, was anständig ist und was nicht!«

»Kommt, ihr zwei. Gehen wir«, sagte Stretch.

In jener Nacht saßen sie wieder in einem Schnellzug, nur diesmal nach Süden, zurück nach England. Die zehn Flaschen mit dem kostbaren Wasser hatten sie in großen Wanderrucksäcken verstaut.

»O mein Gott, ich glaub, ich hab's!«, rief Julius vom Klapptisch seiner Erste-Klasse-Kabine.

Stretch steckte den Kopf aus der angrenzenden Kabine herein. »Was hast du?«

Julius schaute zu ihm auf. »Die Lage des vierten Eckpunkts.«

Als sich die anderen um ihn versammelten, erklärte Julius es ihnen.

»Hier ist unser Ausgangspunkt, das Lichtspektakel in Stonehenge mit dem vierten leuchtenden Punkt in der Nähe der Spitze des Steins, gekennzeichnet mit ›4‹.

Wie wir wissen, stehen die mit ›1‹ und ›2‹ gekennzeichneten Stellen für die Eckpunkte in Abu Simbel und
Kapstadt. ›4‹ liegt eindeutig irgendwo auf den Britischen
Inseln, aber die Details sind dürftig. Durch starke Vergrößerung und digitale Bildoptimierung konnten Lachlan
und ich es auf die Westküste Großbritanniens eingrenzen.

Auf der goldenen Tafel des ersten Eckpunkts wird der
vierte Eckpunkt als ›Stadt der Wasserfälle‹ bezeichnet.
Zuerst dachte ich, es könnte sich um einen der zahlreichen
Wasserfälle in Wales handeln. Aber dann dachte ich mir:
Was, wenn es Meereswasserfälle sind? Was, wenn dieser
Eckpunkt unter einer kleinen Insel irgendwo vor der
Westküste von England oder Wales errichtet wurde und
sich das Wasser in ihn ergießt?«

»Aber gibt es davon nicht Hunderte?«, warf Stretch ein.

Julius lächelte. »Ja. Aber manchmal hat man das, was
man sucht, nicht nur direkt vor der Nase, sondern sogar
schon gesehen.«

»Wie meinst du das?«

Schwungvoll zückte Julius ein Blatt Papier. Es handelte
sich um eine Karte von Großbritannien, auf die jemand
ein rechtwinkliges Dreieck gezeichnet hatte.

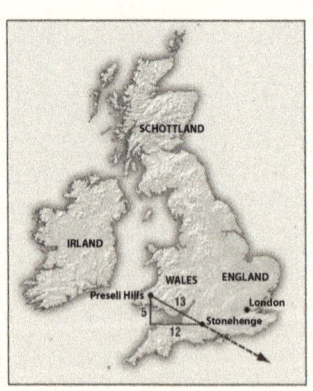

»Das hat Lachlan letztes Jahr für Lily gezeichnet, als wir für das Lichtspektakel nach Stonehenge gefahren sind. Wir haben ihr die Verbindung zwischen den Preseli Hills in Wales – von wo die Steine aus Dolerit für Stonehenge stammen – und Stonehenge selbst gezeigt. Und wir haben ihr bewiesen, dass man bei der großen Pyramide in Giseh landet, wenn man die Linie zwischen den Preseli Hills und Stonehenge verlängert.

Nur haben wir uns so auf die Verbindung zwischen Stonehenge und der Pyramide konzentriert, dass wir die dritte Ecke des Dreiecks, die rechtwinklige Ecke, nie beachtet haben. Seht euch die Lage an: In einem Gebiet voll Wasser fällt sie genau auf eine Insel im Bristolkanal. Ich hab nachgesehen. Das ist die Lundy. Aber die alten Waliser haben die Insel unter einem anderen Namen gekannt, nämlich Ynys Elen – ›die Insel der Göttin der sterbenden Sonne‹.«

»Sterbende Sonne«, meinte Stretch nachdenklich. »Wie passend.«

Julius ergänzte: »Heute leben dort nur noch etwas mehr als 30 Menschen, aber Lundy hat eine bewegte Geschichte: Die Insel hat mal den Tempelrittern gehört, und im 13. Jahrhundert wurde sie wegen ihrer äußerst gefährlichen, verborgenen Untiefen von Piraten genutzt. Da sie im Bristolkanal liegt, ist sie den gewaltigen Gezeiten des Kanals ausgesetzt, mit zehn Metern die zweithöchsten der Welt.

Örtliche Fischer schildern, dass bei Ebbe einige Riffe und Felsen an der Westküste von Lundy freigelegt werden. Eine dieser Felsformationen ist als ›Brunnen‹ bekannt, weil das verwitterte Gestein die Form eines gemauerten Brunnens aufweist.«

»Und?« Stretch runzelte die Stirn.

Julius lächelte und drehte seinen Laptop herum. Der Monitor zeigte das Bild von Dschingis Khans Schild.

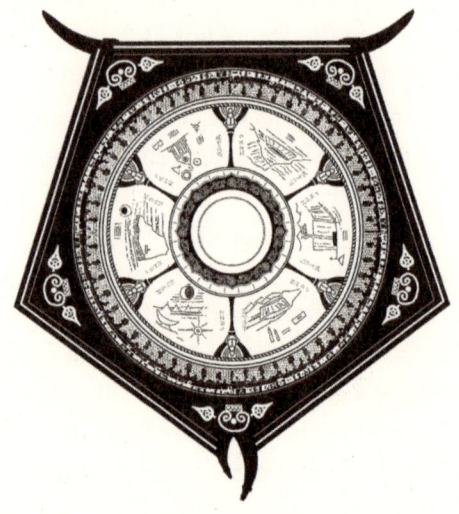

»Seht euch das Bild rechts oben an«, sagte Julius. »Das ist der Eingang zum vierten Eckpunkt, und mich erinnert er sehr an einen Brunnen. Meine Herren, ich behaupte, dass Lundy der Standort des vierten Eckpunkts ist.«

Während Julius referierte, starrte Pooh Bear aus dem Fenster des rasenden Zugs und hörte nur mit einem Ohr zu.

Eine innere Unruhe plagte ihn. Irgendetwas fühlte sich nicht richtig an. Fast so, als liefe es in letzter Zeit *zu* gut.

Sein Blick folgte zwei Paaren blinkender roter Lichter, die am östlichen Nachthimmel schwebten und sich schnell parallel zu ihrem Zug bewegten.

Sie sahen wie von Flugzeugen aus, allerdings flogen sie dafür zu tief.

Mittlerweile hatte der Zug das nördliche Hochland hinter sich gelassen und raste durch die sanft hügeligen

Felder des Tieflands. Es ging auf Mitternacht zu, als der Zug auf eine lange, hohe Brücke über eine besonders breite Talschlucht fuhr.

Die Ansammlung blinkender roter Lichter folgte ihnen weiter.

»Pooh Bear, entspann dich.« Lachlan setzte sich grinsend neben ihn. »Zum ersten Mal haben wir etwas als Erste gefunden und sind sauber davongekommen. Das ist echt selten. Und viel angenehmer als das übliche Rennen, Schießen und Schreien.«

»Man soll den Tag nicht vor dem …«, begann Pooh Bear.

In dem Moment ertönte ein leiser, dröhnender Alarm, und die Bremsen des Zugs fingen zu quietschen an.

In der Mitte der langen Hochbrücke wurden sie langsamer.

Pooh Bear starrte hinaus zu den blinkenden roten Lichtern, und als sie sich näherten, fluchte er wüst.

Es handelte sich um Helikopter. Um vier Militärhubschrauber: AW-101 Merlins, die je 30 Royal Marines befördern konnten.

Zwei der riesigen Fluggeräte gingen in identischen Schwebeflug zu beiden Seiten des angehaltenen Zugs. Sie schalteten die Scheinwerfer ein und tauchten den stehenden Zug in blendendes weißes Licht.

Die beiden anderen Maschinen schwebten außerhalb von Poohs Sichtfeld direkt über dem Zug – aber durch die dumpfen Laute von oben wusste Pooh, dass sie Royal Marines auf dem Dach aussteigen ließen.

Pooh Bear schüttelte den Kopf. »Wir sind doch nicht so sauber davongekommen. Die haben uns die ganze Zeit verfolgt.«

Als eine angenehme schottische Stimme alle Passagiere aufforderte, ruhig und geordnet hinten auszusteigen, sicherten schwarz gekleidete Royal Marines mit MP-5S den Erste-Klasse-Waggon und kamen den beiden Abteilen des Teams näher und näher.

Pooh Bear wandte sich an die Zwillinge: »Habt ihr irgendetwas Schriftliches, in dem die Lage des vierten Eckpunkts auf Lundy erwähnt wird?«

Julius antwortete: »Nein, das ist bloß 'ne Schlussfolgerung, die ich aus verschiedenen Bildern und Recherchen gezogen hab. Niedergeschrieben ist es nirgends …«

»Gut. Denn in etwa 15 Sekunden haben wir hier drin einen Haufen bewaffneter Kerle, und das Einzige, was uns dann noch am Leben erhält, ist das Wissen um die Lage des Eckpunkts …«

»*Keine Bewegung! Hände dorthin, wo wir sie sehen können!*«

Sechs Royal Marines erschienen mit gezückten Waffen an der Tür. Die Mitglieder des Teams streckten im Einklang die Hände hoch.

Gleich darauf schob sich eine lächelnde weibliche Gestalt ungezwungen an den bewaffneten Royal Marines vorbei in das Abteil.

Iolanthe Compton-Jones.

»Hallo, Jungs«, grüßte sie vergnügt. »Vom British Museum in die Wildnis von Loch Ness. Meine Güte, wart ihr fleißig.«

»Wir haben die Schale, das Quellwasser, und wir wissen, wo der vierte Eckpunkt ist«, sagte Pooh Bear.

Iolanthe verengte die Augen zu Schlitzen. »Wie clever von Ihnen, Sergeant Abbas. Ich kann Ihnen die Schale abnehmen und habe vielleicht sogar schon einen eigenen Vorrat von dem heiligen Quellwasser. Aber ich könnte mir vorstellen, es wird nicht ganz so einfach, die Lage des Eckpunkts aus Ihnen herauszubekommen.« Sie zuckte mit den Schultern. »Alles zu seiner Zeit. Jedenfalls bin ich vorläufig nicht hier, um Ihnen etwas wegzunehmen. Oder Sie gar umzubringen.«

Mit einem lauten Pochen stellte sie einen robusten, für militärische Zwecke ausgelegten Kommunikationslaptop auf den Klapptisch im Abteil. Merkwürdigerweise waren sämtliche Schriftzeichen der Tastatur kyrillisch.

Ein russisches Fabrikat …

»Nein«, sagte Iolanthe. »Heute Nacht bin ich als Botin hier, weil jemand mit Ihnen reden möchte.«

VIERTES GEFECHT

CARNIVORES
SCHLUPFWINKEL

Der ferne Osten
Russlands

FERNÖSTLICHES RUSSLAND
16. MÄRZ 2008
**ZWEI TAGE VOR DER VIERTEN
UND FÜNFTEN FRIST**

IRGENDWO IM FERNÖSTLICHEN RUSSLAND
16. MÄRZ 2008
ZWEI TAGE VOR DER VIERTEN UND FÜNFTEN FRIST

Eine Eimerladung eiskaltes Wasser spritzte Jack ins Gesicht und ließ ihn abrupt erwachen.

Er setzte sich auf. Wie er feststellte, befand er sich in einer feuchten Zelle mit scheußlich weißen Keramikwänden und einem Abflussgitter im Boden. Kein gutes Zeichen. Die Sowjets hatten Zellen so gebaut, weil sie sich leichter reinigen ließen. Man spritzte einfach das Blut von den Keramikwänden, und es floss durch das Gitter ab.

»Aufstehen!«, blaffte der Speznas-Soldat, der den Eimer hielt. »Der General will mit dir reden.«

»Wo sind meine Freunde?«

»Bewegung!«

Mit gefesselten Händen wurde Jack aus der Zelle und durch ein Labyrinth von Betontreppen und Tunneln nach oben eskortiert. Auffällig fand er Dutzende Rohre entlang der Decke jedes Gangs.

An einer Stelle durchquerten sie auf einem erhöhten Steg aus Stahl eine riesige Betonhalle. Den weitläufigen grauen Raum säumten 16 riesige Turbinen, verbunden mit Rohren der Größe eines Busses. Es sah aus wie in einem …

Ein weiteres fensterloses Betontreppenhaus führte viele Stockwerke nach oben, bis sie zu einer Tür gelangten, die der Speznas-Soldat aufstieß.

Blendender Wintersonnenschein bestürmte Jacks Augen, als er hinaustrat und feststellte, dass er sich auf einem gewaltigen Gebirgsdamm zwischen zwei verschneiten Gipfeln befand. Auf einer Seite staute der Damm einen überschaubaren See. Auf der anderen ging es 150 Meter tief in eine felsige Schlucht hinab. Die Landschaft um sie herum war kahl und trostlos. Der Wind heulte. Er befand sich mitten im tiefsten Nirgendwo.

Sein Aufpasser scheuchte ihn die Dammkrone entlang um eine lang gezogene Kurve. Wie Jack feststellte, bewegten sie sich auf ein kuppelförmiges Gebäude zu, das den Damm überblickte. Stolz thronte es auf einem der Berge, die den gewaltigen Betondamm zu beiden Seiten begrenzten.

Als sich Jack dem Gebäude näherte, runzelte er die Stirn und erkannte, worum es sich in Wirklichkeit handelte.

Um ein Observatorium.

Jack betrat einen riesigen halbkugelförmigen Raum.

Alt, verdreckt und überwiegend aus Beton errichtet. Ein weiteres klassisches Produkt der Sowjetära. Und es roch wie in einem verlassenen Krankenhaus, abgestanden und steril zugleich. Ein gigantisches silbriges Teleskop beherrschte den Raum und wies durch einen Spalt in der Kuppel nach oben und draußen. Im Gegensatz zu allem anderen weit und breit war es modern, schien dem neuesten Stand der Technik zu entsprechen.

»Ah, da ist er ja! West der Jüngere«, ertönte eine in dem Kuppelraum widerhallende Stimme. Sie sprach Englisch, allerdings mit unverkennbar russischem Akzent.

Ein älterer Mann um die 60 trat hinter dem Teleskop hervor und vor Jack hin, als wäre er der Veranstalter einer Dinnerparty und wollte einen Gast begrüßen.

Jack erkannte ihn auf Anhieb. Was nicht schwer war.

Die freiliegende, silbrig schimmernde Stahlmasse, die den linken Unterkiefer des Mannes bildete, war ebenso grauenerregend wie einzigartig. Die Augen glichen grauen Kugeln, die sich ständig bewegten: Sie musterten Jack vollständig, als bewerteten sie das Potenzial jedes einzelnen Muskels.

Dann sah der Mann mit dem Stahlkiefer Jack tief in die Augen, und es fühlte sich an, als wöge er Jacks inneres Potenzial ab – seinen Verstand, seine Entschlossenheit, seinen Mut.

Erst dann blinzelte der Mann.

»Willkommen in meiner bescheidenen Einrichtung, jüngerer West«, sagte er. »Ich bin General Wladimir Karnow vom Federalnaja sluschba besopasnosti Rossijskoi Federazii, dem FSB. Aber Sie kennen mich wahrscheinlich unter einem anderen Namen: Carnivore.«

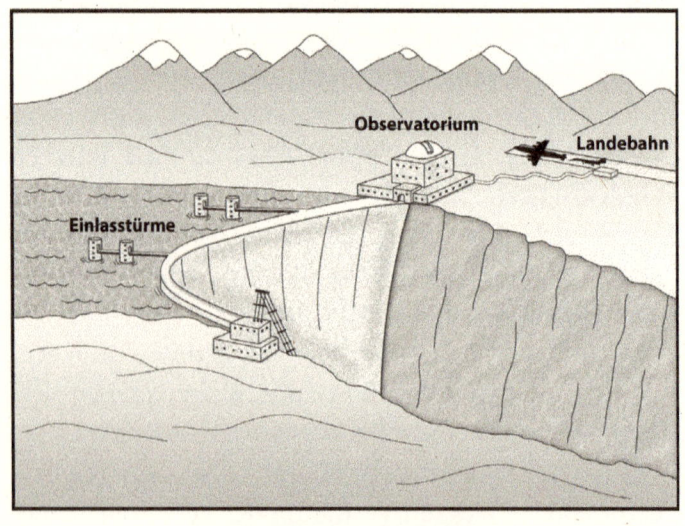

DER RUSSISCHE DAMM

»Wo sind Lily und Zoe?«, verlangte Jack zu erfahren.

»Geduld, jüngerer West. Sie werden zu gegebener Zeit wieder mit ihnen vereint. Bitte, kommen Sie hier entlang.« Carnivore führte Jack um das mächtige Teleskop herum.

»Sie müssen wissen, dass ich Sie schon seit geraumer Zeit beobachte. Sie sind mutig. Und klug, genau wie Ihr Vater. Aber im Gegensatz zu ihm haben Sie einen seltsamen Hang zu Loyalität, der Sie zu unbesonnenen und unnötigen Handlungen verleitet. Wie Ihrem Angriff auf das Versteck meines Freundes Mordechai Muniz in Israel vor einem Monat.«

Jack bedachte Carnivore mit einem scharfen Blick. »Wie können Sie davon wissen?«

»Oh, was haben Sie den alten Mordechai verärgert.« Carnivore schmunzelte. »Hat Ihnen Ihr Vater nicht gesagt, dass man nie einen Mann gegen sich aufbringen sollte, der zum Vergnügen Menschen sammelt?«

Jack stockte der Atem. Nach Stretchs Rettung vor Mordechai Muniz hatte Pooh Bear erzählt, dass Muniz erwähnt hatte, er habe seine Technik der »Lebensgefangenschaft« von einem ehemaligen sowjetischen General gelernt. Einem Mann, mit dem Muniz einen »freundschaftlichen Wettbewerb« beim Sammeln von Menschen am Laufen hatte.

Jack stieß hervor: »Sie sind …«

»Ja. Bin ich.« Carnivore lächelte wie ein Krokodil, als sie weiter um das Teleskop herumgingen. »Ich habe dem Altmeister seine Technik beigebracht, Menschen zu sammeln. Ich nenne diese Tanks gern ›Lebendgräber‹. Aber das ist nicht mein einziges Interesse. Ich habe in den letzten Jahren aufmerksam verfolgt, was Sie vollbracht haben – von der Wiedererrichtung des Schlusssteins der großen Pyramide bis hin zu Ihren Bemühungen der letzten Monate, die mythische Maschine wieder zusammenzusetzen. Wie gesagt, ich beobachte Sie schon lange.«

Damit führte der Mann Jack das letzte Stück um das riesige Teleskop herum …

… und Jack blieb wie angewurzelt stehen.

An der langen gekrümmten Wand des alten Observatoriums standen nicht weniger als *15* Tanks aus verstärktem Glas, gefüllt mit einer trüben grünen Flüssigkeit, in denen sich schemenhaft die Umrisse angeketteter Menschen abzeichneten.

»Heilige Muttergottes«, entfuhr es Jack.

Aber das war noch nicht alles.

Ebenfalls entlang der gekrümmten Wand erblickte Jack eine Ansammlung weiterer Gefangener, die alle müde an der Keramikwand standen, angekettet an stabile Ringbolzen.

Zoe.

Astro.

Wolf, Rapier, der Hexenmeister der Neetha.

Lily stand ohne Ketten auf einer Seite, rührte sich aber nicht vom Fleck.

Alle in Hokkaido geschnappt, genau wie Jack selbst.

Und auch das war noch nicht alles.

Carnivore war in der Tat umtriebig gewesen. Er hatte nicht nur die Veteranen des Eckpunkts auf Hokkaido als Gefangene hier versammelt. Es gab noch mehr, ebenfalls an die Wand gekettet:

Mao Gongli aus China – zuletzt in der Mongolei gesehen.

Agent Paul Robertson von der CIA, der bei dem Treffen in Dubai anwesend gewesen war und Astro in Jacks Team eingeschleust hatte. Robertson hatte man zuletzt auf Mortimer Island gesehen.

Sky Monster und Tank Tanaka – Carnivore musste sie an Bord der *Halicarnassus* bei Wladiwostok gefunden haben.

Vulture, der saudische Spion.

Und Scimitar, Pooh Bears verräterischer älterer Bruder, der mit Vulture unter einer Decke steckte.

Jack wusste noch genau, wann er die beiden zuletzt gesehen hatte. Sie hatten in einem Videoanruf behauptet, sie hätten …

Carnivore schien den verdatterten Ausdruck in Jacks Gesicht richtiggehend zu genießen. Der Mann schlenderte zu einer Werkbank in der Nähe der Gefangenen.

Darauf befand sich der Stein der Weisen, den er Wolf abgenommen haben musste. Der Feuerstein, der sich ebenfalls in Wolfs Besitz befunden hatte, war jedoch nicht dabei.

Carnivore wandte sich an einen seiner Männer, der an einer Kommunikationskonsole saß. »Haben wir Kontakt zu den Mitstreitern des jungen West in Großbritannien?«

»Ja, General.« Der Mann schaltete einen größeren Bildschirm ein. Jack sah darauf Pooh Bear, Stretch und die Zwillinge, alle der Kamera zugewandt und von bewaffneten Royal Marines in Schach gehalten. Iolanthe saß bei ihnen.

»Iolanthe.« Carnivore verbeugte sich. »Wie geht es dir?«

»Es geht mir sehr gut, danke, Cousin«, antwortete Iolanthe.

Cousin?, ging es Jack durch den Kopf.

»Ist der Feuerstein schon am Ziel angekommen?«, wollte Carnivore von Iolanthe wissen.

»Mir wurde gesagt, dass er gerade in Stansted gelandet ist. Ich hole ihn in Kürze ab«, erwiderte Iolanthe.

»Sehr gut.« Carnivore wandte sich wieder an Jack. »Ich weiß schon lange von der Mission, die Maschine wieder in Gang zu bringen. Lange habe ich im Verborgenen gelebt, für ein schäbiges Regime gearbeitet, meine königliche Herkunft verheimlicht und auf genau diesen Moment gewartet. Meine Familie ist alt und edel. Älter als diese kommunistischen Barbaren, die Russland meinem Groß-vater geraubt haben, dem letzten Zaren. Mein Name ist nicht Karnow, sondern Romanow. Und wie Iolanthe stamme ich von der edelsten Quelle ab – Deus Rex.«

Mit einem Blick zu Jack zog Carnivore etwas aus seiner Jacke hervor.

Eine Säule.

Jack sah fünf waagrechte Linien darauf: die fünfte. Und sie erwies sich als klar, nicht trüb. Carnivore musste sie bereits mit dem Stein der Weisen und dem Feuerstein gereinigt haben, bevor er den Feuerstein zu Iolanthe geschickt hatte. Der Mann mit dem Stahlkiefer legte sie auf die Werkbank neben den Stein der Weisen.

Jacks Gedanken überschlugen sich, während sie versuchten, mit dem Geschehen Schritt zu halten. Er erinnerte sich an die Informationen, die Lily und er in Pine Gap über Carnivore erhalten hatten.

Wladimir Karnow – nein, Romanow – war ein hochrangiges Mitglied des KGB gewesen. Im Westen war er bekannt geworden, als er 1991 die Verschwörung des KGB zum Sturz Gorbatschows in den letzten Tagen der UdSSR aufgedeckt hatte. Ein Schachzug, der seine Zukunft beim FSB gesichert hatte, der Nachfolgeorganisation des KGB nach dem Ende der Sowjetunion.

Jack vermutete, dass die ganze Zeit über niemand in Russland etwas von Carnivores Abstammung von den Romanows gewusst hatte. Den KGB zu überlisten – der unter dem Namen Tscheka einst Jagd auf seine königlichen Vorfahren gemacht hatte –, musste ihm großes Vergnügen bereitet haben.

Carnivore fuhr fort: »Aber jetzt, meine Damen und Herren, hat dieses große Unterfangen einen kritischen Punkt erreicht, an dem ich eingreifen muss.«

Der Mann mit dem Stahlkiefer ließ den Blick über sie alle wandern: Jack und seine Truppe, Wolf, Rapier und Robertson, Mao, Vulture und Scimitar.

»Sie alle arbeiten ab sofort für mich«, verkündete er. »Und glauben Sie mir, Sie werden mir liefern, was ich will.«

Jack wurde bei den anderen an die Wand gekettet.

Carnivore schlenderte gemächlich vor ihnen auf und ab.

»Hier sind sie also, die großen Nationen der Welt, die Teilnehmer an diesem bedeutenden Spiel.«

Er blieb vor Mao Gongli stehen. »Die machthungrigen Chinesen.«

Dann vor Vulture. »Die reichen, aber wertlosen Saudis.«

Scimitar. »Die Räuberbarone von Dubai.«

Wolf, Rapier und Robertson. »Die Freimaurer Amerikas und ihre Anführer, die illustre Caldwell Group.«

Tank. »Die in ihrem Stolz verletzten Japaner, die mit dem zweiten Schlussstein die Gegenzeremonie durchgeführt und dadurch Tartarus aufgehoben haben. So erfüllt von Hass. Aber ich fürchte, da Sie die Welt zerstört sehen wollen, habe ich keine Verwendung für Sie.«

Der Schuss ließ alle zusammenzucken. Carnivore hatte blitzschnell eine Pistole gezückt und ein grausiges Blutmuster an die Wand hinter Tanks Kopf gezaubert. Der alte japanische Professor sackte zusammen und hing tot an seinen Ketten.

Carnivore steckte die Waffe zurück ins Holster und schlenderte weiter, ohne mit der Wimper zu zucken.

Sein Tonfall klang völlig unbekümmert, als er sich an Jack und Zoe wandte. »Und vergessen wir nicht die hartnäckige Koalition kleiner Nationen, die dafür kämpft, die Welt vor der Unterjochung durch einen einzigen tyrannischen Oberherrn zu bewahren.«

Und zu guter Letzt haben wir da noch meine Blutlinie, die königlichen Familien Europas, Deus Rex. Unsere

Herrschaft hat uns der Herrgott persönlich verliehen, unsere Verbindung zu diesen Säulen ist die vermutlich älteste von allen.«

Carnivore ging zu seiner Sammlung von Tanks hinüber.

Jack ertappte sich dabei, dass er einige der Gestalten in den Tanks betrachtete – Männer und Frauen unterschiedlichen Alters, die Köpfe gesenkt, das Haar in Zeitlupe treibend. Alle noch am Leben.

Die meisten erkannte Jack nicht. Einige jedoch schon.

Eine russische Journalistin, die sich kritisch über Putins Regime geäußert hatte und 2001 verschwunden war. Ihr feuerrotes Haar war unverkennbar.

Der tschetschenische Separatistenführer Nikolai Golgow: Auf seiner Brust prangte seine berühmte schwarze Drachentätowierung.

Jack verzog beim Anblick der grausigen Schaukästen vor Abscheu das Gesicht.

Carnivore blieb am Ende der Reihe von Tanks neben zwei großen Schiebetüren stehen. Er drehte sich um. »Wissen Sie, jüngerer West, eigentlich sollte ich Ihnen danken.«

»Wofür?«

»Unsere königlichen Aufzeichnungen über die Maschine sind begrenzt. Aber unsere Tentakel reichen weit und tief. Unter dem Deckmantel von Universitätsstiftungen und Stipendien hat meine Familie im Lauf der Jahre zahlreiche Akademiker und Historiker beschäftigt, um Informationen und Beweise hinsichtlich der Maschine zu finden. Unsere beste Forscherin ist vor ein paar Jahren in Afrika verschwunden, und wir haben sie für tot gehalten. Aber dann haben Ende letzten Jahres Ihre Leute sie vor dem sagenumwobenen Stamm der Neetha gerettet.«

»Das kann nicht sein«, entfuhr es Jack.

Carnivore grinste, als er eine der Schiebetüren öffnete und Diane Cassidy das Observatorium betrat.

Sie nickte Jack zu. »Hallo, Jack.«

»Hol mich der Teufel …«

»Sie haben im vergangenen Monat nichts getan, wovon ich nichts erfahren habe«, sagte Carnivore. »Dr. Cassidy hat mich über alles informiert, was Sie seit dem zweiten Eckpunkt gesehen, gehört und entdeckt haben.

Als sie uns mitgeteilt hat, dass sie bei Ihnen ist, habe ich sie aufgefordert, Ihnen zu helfen. Ich wusste, dass es für mich noch nicht an der Zeit war, in die Sache einzugreifen. Ich meine, warum sollte ich selbst Energie verschwenden, wenn Sie es für mich tun konnten?«

Jack starrte Diane Cassidy an. Ihm war nie der Gedanke gekommen, seine Leute könnten eine Rivalin von den Neetha gerettet haben.

»Wir arbeiten alle für irgendjemanden«, meinte Diane zu ihm.

»Vielleicht hat Lily recht. Wir sollten wohl vorsichtiger sein, wen wir retten«, gab er zurück.

Diane deutete mit dem Kinn auf den Hexenmeister der Neetha und wandte sich an Carnivore. »Der da ist wie die Japaner: Er wünscht sich das Ende der Welt. Er sollte eliminiert werden.«

Carnivore nickte. »Ich weiß. Und ich weiß auch, was sein Volk mit Ihnen angestellt hat. Aber er wäre eine exotische Ergänzung für meine Sammlung. Ich denke, ich stecke ihn in einen Tank.«

Diane starrte den Hexenmeister finster an. »Auch gut.«

Carnivore stellte sich neben die andere Schiebetür.

»Wahrscheinlich fragen sich gerade alle, wie ich Sie dazu zwingen will, für mich zu handeln. Rätseln Sie nicht länger.«

Mit einem schmalen Lächeln öffnete er die große Tür. Zum Vorschein kamen weitere Gefängnistanks, halb mit Formaldehyd gefüllt, und der Pegel stieg schnell weiter.

In ihnen befanden sich mit gespreizten Gliedmaßen angekettete Gefangene.

Jack stockte der Atem. »Lieber Herr Jesus …«

Im ersten Tank befand sich hüfttief in der stinkenden grünen Flüssigkeit, nackt, gefesselt und mit einem Atemregler, der Mund und Nase verdeckte, die rundliche Gestalt von Scheich Anzar al Abbas, Pooh Bears und Scimitars Vater, die Augen vor Angst geweitet.

Die nächsten beiden Tanks enthielten ein kleines chinesisches Kind und vermutlich dessen Mutter. Bei dem Anblick schnappte Mao Gongli hörbar nach Luft.

Und in den letzten beiden halb gefüllten Tanks …

Alby Calvin und seine Mutter Lois.

»Nein …«, stieß Jack hervor. »Nein, nein, nein, nein, nein …«

Jack starrte nur auf Alby und Lois.

Beide sahen ihn über die Atemregler hinweg an, die ihre unteren Gesichtshälften verdeckten, und flehten ihn stumm an, sie zu retten.

Jack schleuderte Carnivore einen Blick zu. »Sie verdammter Drecksack …«

»Geben Sie nicht mir die Schuld, junger West.« Carnivore deutete mit dem Kopf auf Vulture und Scimitar. »Die da haben den Jungen und seine Mutter entführt, vermutlich um Sie zu erpressen. Bei mir sind sie erst später gelandet, als ich mir die Araber geschnappt habe.«

Jack richtete einen vernichtenden Blick auf Vulture und Scimitar.

»Wenn das hier vorbei ist«, versprach er ihnen, »werden wir uns unterhalten.«

»*Hinten anstellen, Jack*«, sagte Pooh Bear vom Bildschirm. »*Hallo, Bruder*«, wandte er sich an Scimitar. »*Ist eine Weile her, dass du unseren Vater und unsere Mission verraten und mich zum Sterben in dieser Mine zurückgelassen hast.*«

Scimitar schaute zu ihrem in dem Tank eingesperrten Vater hinüber. Zuerst wirkte er schockiert, dann jedoch zeigte er sich hochmütig. »Ich weiß es besser als ihr beide.«

Carnivore schmunzelte. »Ah, ein Familienzwist. Wie schön! So etwas liebe ich.«

Dann kam er wieder zur Sache und wandte sich an die Gruppe der an die Wand geketteten Gefangenen: Jack, Zoe, Wolf, Robertson, Rapier, Mao, Scimitar und Vulture.

»Mein Vorschlag lautet wie folgt: Sie geben mir *alle* Säulen, die Sie bereits besitzen: die Säule des Wissens vom ersten Eckpunkt, die der Wärme vom zweiten …«

Der CIA-Agent namens Robertson schnaubte. »Auf keinen Fall.«

Carnivore seufzte.

Dann zog er wieder seine Pistole und schoss Robertson aus nächster Nähe in die Stirn. Der Schädel des Mannes wurde gegen die Wand zurückgeschleudert und explodierte förmlich. Blut und Hirnmasse spritzten auf Rapier.

Carnivore steckte die Waffe wieder ins Holster und fuhr fort, als hätte er nicht gerade einen kaltblütigen Mord begangen.

»Wie gesagt, Sie geben mir die beiden ersten Säulen …«
Wolf nickte. Vulture auch.

»Gut. »Die Säule der Sicht habe ich dem älteren West bereits abgenommen, als er mit ihr aus dem dritten Eckpunkt in Japan gekommen ist. Ihre Belohnung ist ungemein interessant für jemanden, der ihr volles Potenzial auszuschöpfen weiß.

Außerdem platzieren Sie für mich die nächsten beiden Säulen, die vierte und die fünfte.«

»Aber die haben Sie schon«, warf Jack ein. »Iolanthe hat die vierte Säule, Sie haben die fünfte.«

»Richtig«, bestätigte Carnivore. »Aber ich kenne nicht die genaue Lage ihrer entsprechenden Eckpunkte.«

Carnivore wandte sich an Wolf: »Die USA kontrollieren den fünften Eckpunkt, nicht wahr? Sie haben ihn seit 1973 auf der Insel Diego Garcia im Indischen Ozean besetzt.«

Zähneknirschend antwortete Wolf. »Das stimmt.«

»Sie brauchen also nur die Säule.«

»Richtig.«

Carnivore drehte sich dem Bildschirm zu und sprach mit den Zwillingen, Pooh Bear und Stretch. »Und Sie, treue Fußsoldaten des jüngeren West. Sie haben die Schale im British Museum gefunden und auch die Quelle der Schwarzpappel entdeckt, nicht wahr? Haben Sie auch den vierten Eckpunkt aufgespürt, der längst im Verlauf der Geschichte verloren gegangen ist, sogar in unseren umfassenden königlichen Aufzeichnungen?«

Lachlan antwortete ruhig: »Wir wissen, wo er ist, ja.«

»Dann werden Sie Folgendes tun«, fuhr Carnivore fort. »Sie werden Iolanthes vierte Säule im heiligen Quellwasser in der Schale reinigen und zum vierten Eckpunkt bringen, wo Sie die tödlichen Schutzvorrichtungen überwinden und die Säule platzieren werden. Danach bringen Sie die aufgeladene Säule zu meinen königlichen Verwandten in Großbritannien zurück. Wenn das erledigt ist, und erst dann, wird Scheich Abbas aus der Gefangenschaft entlassen. Wenn nicht, verbringt er den Rest seiner Tage eingeweicht in meiner Gegenwart.«

Auf dem Bildschirm schluckte Pooh Bear.

Carnivore fügte hinzu: »Nach dem Reinigen der vierten Säule in der Schale sind die Schale und etwas Quellwasser zu meiner fünften Säule nach Diego Garcia zu schicken. Dort wird der ältere West seinen Einfluss beim US-Militär geltend machen, um sie sicher durch den amerikanischen Stützpunkt auf der Insel zu schleusen.«

Wolf schnaubte. »Wie kommen Sie darauf, dass ich Ihnen helfen werde? Sie haben nichts von Wert für mich.«

Carnivore lächelte ihn an. »Oh, werde ich aber bald haben. Für Sie habe ich einen besonderen Handel auf Lager, älterer West.«

»Was ist mit der sechsten Säule?«, fragte Jack. »Der letzten. Wir wissen nicht mal, wo sie ist und wo ihr Eckpunkt liegt.«

Carnivore deutete auf Alby und Lois Calvin in ihren Tanks. »Das Schicksal der beiden hängt davon ab, dass Sie die letzte Säule finden, jüngerer West. Sobald Sie das geschafft und sie mir übergeben haben, werden die beiden aus ihren Lebendgräbern gelassen. Wenn nicht, dann nicht.«

Jack bemerkte, wie entsetzt Lily bei den Worten des alten Mannes mit dem Stahlkiefer dreinschaute. Ihre Augen flehten: *Lass das nicht zu. Nicht mit Alby.*

»Also bin ich Ihr Lakai«, sagte Jack zu Carnivore. »Ich muss das alles für Sie erledigen.«

Wieder setzte Carnivore mit seinem silbrigen Kiefer dieses fiese Krokodilslächeln auf. »Aber, aber, jüngerer West, das habe ich nie gesagt. Wissen Sie, wie Ihr Vater angemerkt hat, fehlt mir derzeit ein Druckmittel gegen ihn. Natürlich können Sie losziehen und all das für mich übernehmen … Andererseits könnte er es genauso gut. Ich fürchte, Sie werden um das Privileg kämpfen müssen.«

Damit zog Carnivore die große Schiebetür ein Stück weiter auf. Zum Vorschein kam ein letzter Gefangenentank. Wie die anderen war er halb mit grüner Formaldehydlösung gefüllt. Im Gegensatz zu den anderen jedoch hing niemand in den Ketten.

Er enthielt noch keinen Gefangenen.

Carnivore drehte sich wieder Jack zu. »Nur ein West wird dieses Abenteuer fortsetzen. Sie beide frei herumlaufen zu lassen ist selbst für mich zu gefährlich. Nein. Sie, jüngerer West, kämpfen zu meiner Belustigung gegen Ihren Halbbruder hier.« Er deutete mit dem Kopf auf

Rapier. »Ein Kampf auf Leben und Tod zwischen verfeindeten Geschwistern.

Wenn Sie gewinnen, Huntsman, ist Ihr Halbbruder tot und Ihr Vater landet in diesem Tank. Sie bleiben in Freiheit und können die Mission für mich fortsetzen.«

Er wandte sich an Rapier. »Und wenn Sie gewinnen, zweiter Sohn des älteren West, haben Sie nicht nur das Vergnügen, den von Ihnen so verabscheuten Bruder zu töten, Sie erringen für Ihren Vater auch das Recht, die Mission fortzusetzen. Sie bleiben als meine Geisel hier, damit Ihr Vater seinen Teil auch einhält – aber ich belohne Sie mit der Unterbringung in einer Zelle statt einem Tank. Immerhin verdient ein solcher Sieg gewisse Privilegien. Bestimmt verstehen Sie, dass ich weiterhin ein Druckmittel brauchen werde. Jedenfalls wird nur ein West mit der Mission fortfahren. Ist das zufriedenstellend?«

»Aber so was von«, erwiderte Rapier sofort und feuerte einen vernichtenden Blick auf Jack ab.

Wolf nickte.

Jack schluckte und musterte seinen riesigen Halbbruder. Er schaute zu Zoe und Lily hinüber. Beide wirkten entsetzt.

Ein Kampf auf Leben und Tod.

Gegen Rapier.

»Habe ich denn eine Wahl?«, fragte er.

Carnivore ging voraus, als Jack und Rapier mit vorgehaltener Waffe aus dem Observatorium auf die gekrümmt verlaufende Plattform des riesigen Staudamms getrieben wurden.

Von dort wurden sie über eine lange, gerade Betonbrücke, die sich über den Stausee erstreckte, zu zwei zylindrischen Einlauftürmen gelenkt, die ebenfalls aus Beton bestanden.

Die beiden Türme ragten zwar nur etwa 15 Meter aus der Oberfläche des künstlichen Speichersees, erstreckten sich darunter jedoch bis zum Grund in etwa 150 Metern Tiefe hinab.

Sie hatten zwei Funktionen: Wasser aus dem Stausee in die Turbinen des Staudamms zu leiten, die tief im Inneren des Bauwerks Strom erzeugten, und den Pegel des Sees zu regulieren.

Durch Ventile an den Seiten konnte Wasser in die zylindrischen Türme gelassen werden, das entweder durch die riesigen Turbinen floss oder in einen Überlauf, der es unten am Damm in die Schlucht ableitete.

Als Jack den zweiten Turm betrat, öffnete einer von Carnivores Männern den Deckel des Brunnens in der Mitte. Jack blickte in den Schacht: Er hatte einen Durchmesser von etwa neun Metern. Die glatten Betonwände erstreckten sich in die Dunkelheit. An den Seiten zeichneten sich in regelmäßigen Abständen rostige Einlassventile ab.

Ungefähr 18 Meter unter Jack spannte sich eine große gitterartige Korbkonstruktion aus ineinander verflochtenen Stahlstreben über die gesamte Breite wie ein riesiges Sieb.

»Ein Auffangbehälter«, erklärte Carnivore. »Für Treibgut, damit es nicht in die Turbinen gelangt. Äste von Bäumen, Wurzeln, Tierkadaver, die in den See fallen. Für Sie beide dient er heute als Arena.« Seinen Männern befahl er: »Schickt sie runter.«

Jack und Rapier wurden gezwungen, sich in den Schacht hinabzulassen und an Sprossen in der Betonwand hinunterzuklettern.

Bald standen sie 18 Meter unter Carnivore und balancierten auf den dünnen Stahlstreben des Auffangbehälters. Die Streben kreuzten sich rechtwinklig und bildeten ein Gitter. Die quadratischen Lücken dazwischen maßen etwa einen halben Meter – breit genug, um hindurchzufallen, wenn man nicht aufpasste. Außerdem bemerkte Jack eine kleine, auf Scharnieren montierte Klappe in der Mitte des Bodens, ebenfalls aus Stahlstreben.

Es wäre nicht so schlimm, wenn man durch eine Lücke fiele, dachte Jack, man würde ja wahrscheinlich im Wasser landen …

»Lasst die Turbinen an!«, rief Carnivore. Gleich darauf hallte ein gewaltiges mechanisches Dröhnen aus dem Schacht unter Jack – es klang, als wäre dort unten ein Düsentriebwerk gestartet worden.

Das ist übel, schoss es ihm durch den Kopf. Wenn Rapier oder er durch das Gitter des Auffangkorbs fielen, würden sie in die Turbinen des Staudamms gesaugt und in winzige Stücke gehäckselt.

»Wasser marsch!«, brüllte Carnivore, um den Lärm zu übertönen. Prompt spritzten zwei verblüffend starke Wasserstrahlen aus gegenüberliegenden Einlassventilen in den Auffangbehälter. Die Strahlen erfassten Jack und Rapier, durchnässten sie und rissen sie beinahe von den Beinen.

Tückischer Untergrund. Das ohrenbetäubende Dröhnen der Turbinen. Die brutalen Wasserstrahlen. Es war eine Arena aus der Hölle, und Carnivore wusste es.

Er lächelte. »Also, meine Herren. Wenn Sie so nett wären: Kämpfen Sie.«

Durch den unerwarteten Wasserschwall hatte Jack vorübergehend Rapier aus den Augen verloren. Deshalb wurde er überrascht, als sein Halbbruder mit geballten Fäusten aus dem Sprühnebel heranstürmte.

Jack duckte sich und entging dem ersten Schlag nur um Millimeter. Er bewegte sich seitwärts durch den wilden Wasserstrahl und verlor kurz den Halt, als einer seiner Stiefel durch das Gitter rutschte.

Jack dachte an Rapier im Eckpunkt in Japan zurück. In der Halle von Orochi hatte er den letzten japanischen Soldaten mit einer verheerenden Zweierkombination getötet: Der erste Schlag hatte ihn betäubt, der zweite umgebracht.

Lass ihn bloß nicht als Ersten einen soliden Treffer landen, brüllte Jacks Verstand. *Wenn er dich betäubt, ist es vorbei.*

Nachdem Rapier die Initiative bei dem Kampf ergriffen hatte, ließ er nicht mehr locker – er verfolgte Jack mit sicheren Schritten über den Gitterboden, während sich Jack rutschend und stolpernd rückwärts über die nassen Streben bewegte.

Dann wankte Jack durch den kraftvollen Wasserstrahl und verlor erneut beinahe das Gleichgewicht. Als er aufschaute, stürzte Rapier auf ihn zu und verpasste ihm zwei schnelle Schläge ins Gesicht. Jack fiel auf das Gitter.

Es waren kräftige Treffer gewesen, aber sie hatten ihn nicht betäubt. Jack rollte sich weg, als Rapier ihm auf das Rückgrat stampfen wollte. Der Stiefel verfehlte ihn und fuhr durch eine Lücke des Gitters, was Jack genug Zeit verschaffte, um auf die Beine zu springen, Rapier am Kragen zu packen und sein Gesicht in einen der hereinschießenden Wasserstrahlen zu drücken.

Aber Rapier riss sich los und verpasste Jack in rasanter Abfolge einen harten Ellbogenstoß ins Gesicht und – *knirsch* – einen verheerenden Schlag auf die Nase, der sie brach. Abrupt verschwamm Jacks Sicht, und er wusste sofort, dass Rapier einen seiner Betäubungstreffer gelandet hatte.

Jack schwankte auf den Beinen und wollte sich in Bewegung setzen, die Faust schwingen, wegrennen, irgendetwas. Aber er konnte nicht. Seine Gehirnfunktionen verlangsamten sich, seine Sicht wurde trübe.

Er sah nur Rapier, der über ihm aufragte, auf ihn zukam, mit der rechten Faust zum Todesstoß ausholte …

Jack fiel kerzengerade durch die Luft, und Rapiers verheerender Schlag zischte über seinen Kopf hinweg.

Da Jack nicht schnell genug zurückweichen oder den Arm abwehrend hochreißen konnte, hatte er das Einzige getan, was ihm eingefallen war, um dem sicheren Tod zu entgehen: Er stieg von den Stahlstreben und ließ sich durch den etwa einen halben Meter breiten Spalt fallen.

Auf dem Weg durch die quadratische Öffnung schwang Jack den rechten Arm über eine der Streben, was seinen Fall abrupt – und schmerzhaft – bremste.

Aber zumindest funktionierte sein Verstand wieder – halb durch das Gitter hängend versetzte er Rapiers linkem Stiefel einen so heftigen Stoß, dass der Fuß von der glitschigen Strebe abrutschte. Und plötzlich fiel auch Rapier linkisch durch den gitterartigen Boden und fand sich neben Jack hängend wieder. Das Dröhnen der Turbinen war ohrenbetäubend. Das Wasser von den Einlassventilen prasselte nach wie vor heftig auf sie herab.

Rapier brüllte Jack an: »Ich war immer besser als du! Ich war immer loyal zu unserem Vater! Und trotzdem hält er dich für den Besseren!«

An einem Arm hängend holte Rapier zu einem wilden Schlag aus, der Jack in seiner ungünstigen Position zurückschwingen ließ. Sein Arm rutschte von der Strebe, bis Jack nur noch an den Fingerspitzen hing, die Arme über sich ausgestreckt, das Gesicht blutig, völlig Rapiers Gnade ausgeliefert.

»Leb wohl, Bruder!«, brüllte Rapier und holte mit der riesigen Pranke zu einem Schlag aus, der Jack vom Gitter in den Schacht und in die mahlenden Turbinen irgendwo tief unten in der Dunkelheit stürzen lassen würde.

»Ja, leb wohl«, gab Jack zurück.

Mit wütendem Gebrüll schwang Rapier die Faust …

Und Jack entriegelte etwas in der Nähe seiner Fingerspitzen.

Mit erschreckender Plötzlichkeit schwang die kleine, aber schwere Stahlklappe im Boden des Auffanggitters an den Angeln nach unten und knallte mit voller Wucht direkt in Rapiers Gesicht. Die Vorderkante krachte gegen seine Nase – und brach sie nicht nur, sondern ließ sie regelrecht explodieren. Schlagartig war Rapiers Gesicht über und über mit seinem eigenen Blut bespritzt, die Augen mit dem vielleicht letzten bewussten Gedanken seines Lebens weit aufgerissen.

Vielleicht war er schon tot, Jack vermochte es nicht zu sagen. Jedenfalls dauerte es nach dem verheerenden Treffer der Klappe keine zwei Sekunden, bis sich Rapiers Griff um den Gitterboden löste und er abstürzte.

Jack beobachtete, wie der Körper seines Halbbruders zusammen mit dem Wasser von oben in den Schacht fiel, dem Dröhnen der Turbinen entgegen.

Es folgte ein kurzes Knirschen, als die Turbinen Rapiers Körper zerkauten, bevor sich das gewöhnliche Dröhnen fortsetzte. Jack hing erschöpft, blutend und bis auf die Knochen durchnässt am Gitter, schaute nach oben und sah, wie Carnivore in den Schacht spähte. Jack konnte es zwar nicht hören, aber er konnte beobachten, wie der Drecksack applaudierte.

»Daddy!« Lily rannte in Jacks Arme, als er ins Observatorium zurückkehrte. Durchnässt, humpelnd, die gebrochene Nase blutig. Trotzdem gelang es ihm, seine Tochter festzuhalten.

Die Freude währte nur kurz. Während Jack in dem Turm gegen Rapier gekämpft hatte, waren Carnivores Männer nicht untätig gewesen.

Alby und Lois befanden sich mittlerweile vollständig in den Formaldehydtanks, trieben mit vor Grauen geweiteten Augen in der grünen Brühe. Scheich Anzar al Abbas war ebenfalls vollständig in sein Lebendgrab getaucht. Dasselbe galt für den Hexenmeister der Neetha, dessen Gewänder in der Flüssigkeit träge wallten.

Auch Astro und Zoe hatte man in Tanks verfrachtet.

Astro hing völlig untergetaucht schlaff darin. Seine Wunden schienen ihm alle Energie geraubt zu haben.

Zoe hing mit gespreizt angeketteten Gliedmaßen in ihrem Tank, der sich gerade mit der grünen Lösung füllte, die etwa die halbe Höhe erreicht hatte und stetig weiter anstieg. Als sie sah, dass Jack das Observatorium wieder betrat, wollte sie ihm etwas zurufen, aber ihren Mund und ihre Nase bedeckte bereits ein eng anliegender Atemregler.

Und als Wolf sah, wie Jack an Carnivores Seite in den weitläufigen Raum zurückkehrte, wurde er vor Entsetzen knochenbleich.

»Ich weiß!«, rief Carnivore. »Das war unerwartet, nicht wahr? Ich dachte auch, der Muskelprotz würde gewinnen! Aber dieser West hier hat den Kampf fair für sich entschieden. Ihren anderen Jungen haben die Turbinen in Konfetti geschreddert.« Carnivore gab seinen Männern ein Zeichen. »Ins Lebendgrab mit dem älteren West.«

Vor Jacks Augen wurde Wolf in einem Tank angekettet, der sich sogleich mit der grünen Konservierungsflüssigkeit zu füllen begann.

Nach allem, was Wolf getan hatte, verdiente er dieses Schicksal vielleicht, dachte Jack – den Rest seines Lebens in einem Zustand völliger Machtlosigkeit zu treiben.

In der Nähe beobachteten Vulture und Scimitar schweigend das Geschehen.

Als die grüne Flüssigkeit in Zoes Tank um ihren Hals schwappte, rief Jack ihr zu: »Bleib stark, Zoe. Ich komme dich holen. Das verspreche ich dir.«

Carnivore warf Jack einen Seitenblick zu.

Er schlenderte zu Zoes Tank hinüber und wandte sich an sie. »Was für heldenhafte Worte. Ein Gelübde, zu Ihnen zurückzukehren. Wenn er nur wüsste, wie Sie ihn vor zwei Jahren in Dublin betrogen haben, Miss Kissane …«

Zoes Augen wurden riesig und hefteten den Blick auf Jack.

Der verständnislos die Stirn runzelte.

Auch Lily schaute verwirrt von Zoe zu Jack und weiter zu Carnivore.

Der Mann mit dem Stahlkiefer wandte sich mit zusammengekniffenen Augen an Jack. »Tut mir so leid, Sie Held. Im Verlauf der Jahre ist Ihre Liebe zu Miss Kissane gewachsen. Aber in den Monaten nach der Schlusssteinmission hat Ihre Geliebte bei einem ihrer Aufenthalte in Dublin ihren Körper einem anderen hingegeben.«

Jack spürte, wie sein Gesicht rot anlief. »Was?«

Jäh heftete er den Blick auf Zoe …

… und sah, wie sie die Augen schloss und den Kopf hängen ließ.

Also stimmt es.

Jack war am Boden zerstört. Zoe mit einem anderen Mann. Er konnte es kaum glauben. *Das … Das würde sie nicht tun … Oder doch?*

Dann schoss ihm durch den Kopf: *Mit wem?*

Carnivore schien einen Heidenspaß zu haben. »Wollen Sie immer noch zu ihr zurückgeeilt kommen, jüngerer West?«

Zunächst erwiderte Jack nichts. Dann drehte er sich dem Russen zu. »Ich hole mir alle meine Leute zurück, nachdem ich die Drecksarbeit für Sie erledigt und Ihnen die letzte Säule gebracht habe. Und wenn ich zurückkomme, reiße ich Ihnen das Herz durch den Hals heraus.«

Carnivore lächelte wieder. »Und endlich bekommen wir sie zu sehen, die ungefilterte Wut des ach so edlen Huntsman. Fühlt sich das nicht gut an, jüngerer West? Ich freue mich schon auf Ihre Rückkehr.«

30 Minuten später standen Jack, Lily und Sky Monster auf einer exponierten Landebahn etwa einen Kilometer vom Damm entfernt und stemmten sich gegen den Wind. Die *Halicarnassus,* die Carnivores Leute aus Wladiwostok hergeflogen hatten, stand stolz auf dem Rollfeld. 20 Meter weiter startete ein riesiger russischer Chinook seine zwei Rotoren.

Auch Vulture, Scimitar und Mao Gongli sowie Carnivore selbst und einige seiner Speznas-Männer waren anwesend.

»Captain West!«, übertönte Carnivore den Lärm. »Sie begeben sich in Begleitung einiger meiner Leute mit der fünften Säule zum Eckpunkt auf Diego Garcia. Ihre

Tochter können Sie mitnehmen. Sie werden ihre Fähigkeiten zweifellos brauchen. Ich sorge dafür, dass bei Ihrer Ankunft auf dem Stützpunkt der Amerikaner die Schale bereits auf Sie wartet. Ihr Vater hat die amerikanischen Streitkräfte vor Ort bereits über Ihr baldiges Eintreffen informiert. Sie platzieren dort rechtzeitig die Säule und bringen sie anschließend mit der Belohnung aufgeladen zu mir zurück. Die Zwillingstafeln des Thutmosis habe ich bereits aus Ihrem Flugzeug geholt, da ich sie beim letzten Eckpunkt brauchen werde.«

Er wandte sich an Vulture, Scimitar und Mao. »Sie da, Saudi. Sie wissen, wo sich das Grab Christi befindet, nicht wahr?«

Vulture blinzelte überrascht. Dann nickte er langsam. »Dem Ruf nach, ja. Mein Volk munkelt seit über 1000 Jahren darüber, wo es liegt.«

»Mein Hubschrauber wird Sie drei zu einem chinesischen Luftwaffenstützpunkt 650 Kilometer von hier entfernt bringen. Von dort reisen Sie – ebenfalls unter den wachsamen Augen meiner Leute – zur Grabstätte und bergen daraus die sechste und letzte Säule. Sie bringen die Säule zur Reinigung zu mir. Bis dahin habe ich nämlich alle drei Reinigungssteine: den Stein der Weisen, den Feuerstein und die Schale des Ramses.«

Damit entfernte sich Carnivore und überließ es den beiden Gruppen, ihre jeweiligen Fluggeräte zu besteigen.

»Viel Erfolg bei Ihren Missionen«, rief er. »Ich freue mich schon darauf, Sie wiederzusehen.«

Vulture, Scimitar und Mao traten den Weg zum Chinook an, Jack hingegen zögerte. Carnivores Worte hatten etwas in seinem Gehirn ausgelöst.

Er ging zu Carnivore hinüber. »Warum lassen Sie mich Lily mitnehmen? Sie ist viel zu wertvoll, um sie einer Gefahr auszusetzen. Sie brauchen sie, um am letzten Eckpunkt von den Zwillingstafeln zu lesen und die letzte Thot-Beschwörung aufzusagen, die darauf geschrieben steht.«

Ein schmales Lächeln erschien in Carnivores entstelltem Gesicht.

»Ich brauche sie nicht, jüngerer West. Das Mädchen ist zwar wertvoll, aber nicht unbezahlbar. Auch nicht einzigartig. Ich habe schon jemanden, der die Zwillingstafeln beim letzten Eckpunkt lesen kann.«

»Sie haben schon …«, begann Jack verwirrt.

Carnivore deutete mit dem Kopf zum Observatorium. Jack folgte seinem Blick zu einem Balkon, auf dem eine kleine Gestalt stand und das Geschehen auf dem Rollfeld gelassen beobachtete.

Es handelte sich um einen elfjährigen Jungen.

Jacks Augen weiteten sich vor Überraschung. Natürlich kannte er den Jungen, aber er hatte ihn lange nicht mehr gesehen.

Es war Alexander, Lilys Zwillingsbruder – und der einzige andere Mensch auf der Welt mit der angeborenen Fähigkeit, das Wort des Thot zu lesen.

Vor zwei Jahren war Alexander, ein stolzer, überheblicher Junge, in ein streng geheimes Safehouse in der irischen Grafschaft Kerry geschickt worden. Aber im Dezember des vergangenen Jahres wurde der Junge am selben Tag, an dem Jacks Farm von Maos chinesischen Truppen angegriffen wurde, bei einem blutigen Überfall durch eine Truppe bestens ausgebildeter Unbekannter von dort weggeholt.

»Sie also haben ihn sich geschnappt«, stieß Jack hervor.

»Wie gesagt, jüngerer West, ich beobachte Sie schon seit Langem«, erwiderte Carnivore. »Wenn Sie jetzt so freundlich wären …« Er deutete zur wartenden *Halicarnassus*.

Jack und Lily stiegen in das Flugzeug. Dabei schauten sie zu Alexander zurück.

Minuten später hob der große Chinook mit Vulture, Scimitar und Mao an Bord ab, drehte sich in der Luft und flog nach Süden in Richtung China, während die *Halicarnassus* die Landebahn entlangbretterte, aufstieg und nach Südwesten zum Indischen Ozean schwenkte.

Carnivore beobachtete ihren Aufbruch mit kalten, zusammengekniffenen Augen.

FÜNFTES GEFECHT

ZWEI ECKPUNKTE

ENGLAND – DIEGO GARCIA
18. MÄRZ 2008
TAG DER VIERTEN UND FÜNFTEN FRIST

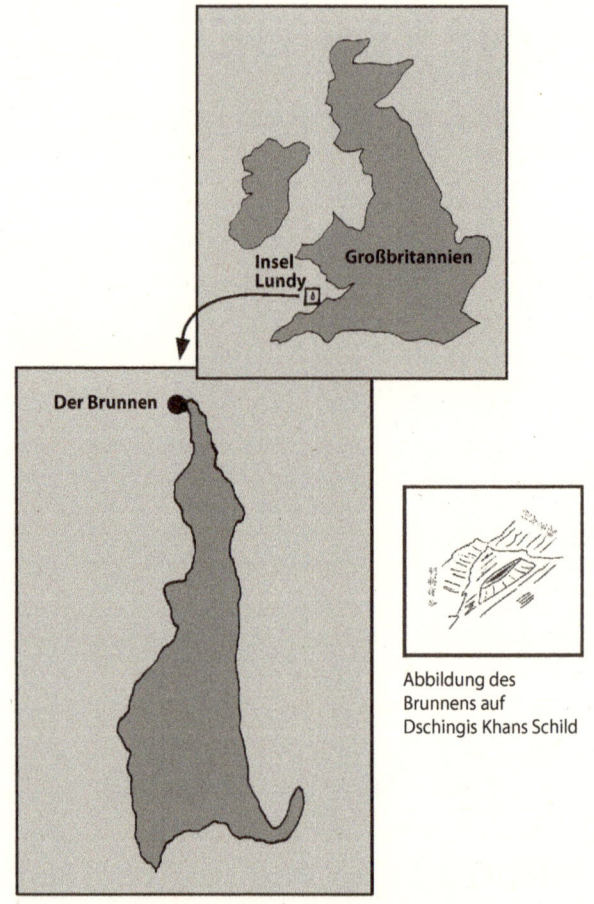

Großbritannien

Insel Lundy

Der Brunnen

Abbildung des
Brunnens auf
Dschingis Khans Schild

INSEL LUNDY, BRISTOLKANAL

BRISTOLKANAL
VOR DER WESTKÜSTE ENGLANDS
18. MÄRZ 2008, 0:10 UHR
ZWEI STUNDEN VOR DER VIERTEN UND FÜNFTEN FRIST

Das Wasser des Bristolkanals tobte und brodelte, als ob eine widernatürliche Kraft darauf einwirkte. Mächtige, zwölf Meter hohe Wellen krachten gegen die felsige Küste der Insel Lundy. Wolken verhüllten den Mond, und es regnete heftig.

Ein einsamer Lynx Hubschrauber flog tief über die Wellen. Der Strahl eines nach unten auf die Küste gerichteten Scheinwerfers stach durch den Regen.

Im Hubschrauber saßen die Zwillinge, Pooh Bear und Stretch mit vier von Iolanthes Royal Marines und betrachteten eingehend das Ufer unten.

In einem Beutel an Pooh Bears Brust befand sich die vierte Säule, die seit Langem im Besitz der britischen Königsfamilie war. Im vergangenen Jahr war sie auf Mortimer Island mit dem Stein der Weisen und dem Feuerstein gereinigt worden.

In einem Hangar am Flughafen Stansted war sie spät am Vortag einer zweiten rituellen Reinigung unterzogen worden: Zuerst wurde die Schale des Ramses mit dem allmächtigen Feuerstein verbunden – wie bei Stonehenge und dem Stein der Weisen brauchte auch die Schale die Kraft des Feuersteins, um ihre besonderen Eigenschaften zu aktivieren. Der pyramidenförmige Feuerstein passte perfekt in eine entsprechende Öffnung im klobigen

Ständer der Schale. Die Schale wurde mit Wasser aus der Quelle der Schwarzpappel gefüllt. Danach wurde die Säule in die Schale getaucht …

… und die zweite Säuberung vollzog sich.

Das Wasser blitzte kurz auf, als reflektierte es einen vorbeiziehenden Lichtstrahl, und plötzlich nahm die vierte Säule einen glänzenden, glasigen Schimmer an. So unmöglich es zu sein schien, sie sah danach noch kristalliner und schöner aus als zuvor.

Und war bereit, an ihrem Eckpunkt platziert zu werden.

Nach der zweiten Reinigung war Iolanthe sofort in einen wartenden Privatjet gestiegen und abgereist. Die Schale, etwas Quellwasser und den Feuerstein nahm sie mit. Pooh Bear und sein Team wurden indes in diesen Militärhubschrauber gescheucht und hatten den Befehl erhalten, den vierten Eckpunkt zu finden und die Säule dort zu platzieren.

Und so waren sie hier angekommen, mitten in einem nächtlichen Sturm über dem tosenden Bristolkanal.

Nach einer Weile gelangten sie zu dem Teil der Küste, an dem sich die als »Brunnen« bekannte Felsformation befand. Da Ebbe herrschte, konnte man die Formation sehen, und sie glich der Darstellung auf Dschingis Khans Schild.

Der Hubschrauber schwenkte darüber in den Schwebeflug. Pooh Bear wurde mit einer Seilwinde hinuntergelassen.

Eindeutig merkwürdig, befand Pooh, während er im strömenden Regen vom Hubschrauber baumelte. Ein einziger Felsen bildete die Formation. Ein Zufall der Natur oder eine uralte Kultur hatte ihn so gestaltet, dass er an einen gemauerten Brunnen erinnerte. Die Wellen des Ärmelkanals schwappten darüber und flossen durch die Fugen zwischen den »Ziegeln« ab.

Nach wie vor am Hubschrauber hängend erreichte Pooh Bear mit der gereinigten vierten Säule in seinem Brustbeutel den Brunnen und spähte hinein.

Er erwies sich als nicht besonders tief. Der Schacht endete bereits nach einem kurzen Stück mit solidem Gestein. Was die Annahme stützte, dass es sich bei der Formation lediglich um eine Laune der Natur handelte.

Doch als sich Pooh tiefer beugte und die Säule der Felsformation näher kam, geschah etwas Merkwürdiges.

Der solide Felsboden des Brunnens drehte sich plötzlich und zog sich zurück, bis eine schwarze Leere verblieb, die sich in ungeahnte Tiefe erstreckte.

Pooh Bears Augen wurden groß.

»Sesam, öffne dich«, murmelte er. »Die Zwillinge hatten recht. Wir haben den Eckpunkt gefunden …«

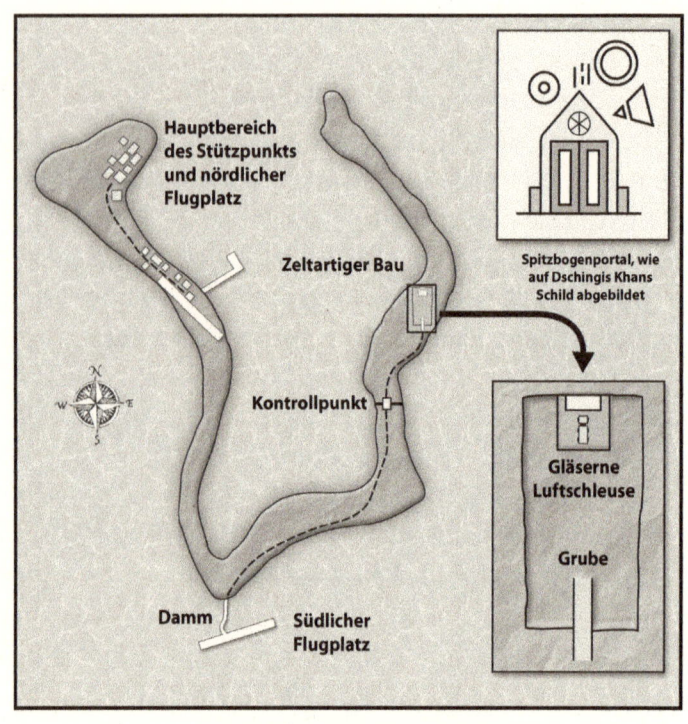

Hauptbereich des Stützpunkts und nördlicher Flugplatz

Zeltartiger Bau

Spitzbogenportal, wie auf Dschingis Khans Schild abgebildet

Kontrollpunkt

Gläserne Luftschleuse

Grube

Damm

Südlicher Flugplatz

DIE INSEL DIEGO GARCIA

DIEGO GARCIA, INDISCHER OZEAN
18. MÄRZ 2008, 5 UHR
ZWEI STUNDEN VOR DER VIERTEN UND FÜNFTEN FRIST

Zur gleichen Zeit trafen Jack und Lily auf der abgelegenen Insel Diego Garcia im Indischen Ozean ein.

Während es in Großbritannien kurz nach Mitternacht war, hatten sie fünf Uhr morgens. Der östliche Himmel schimmerte violett und kündigte die bevorstehende Morgendämmerung an.

Als sie mit dem Sinkflug begannen, saß Jack an seinem Laptop und betrachtete eines der digitalen Bilder aus Stonehenge vom Lichtspektakel dort. Insbesondere achtete er auf den mit »5« gekennzeichneten Punkt.

Mittlerweile ergab alles einen Sinn. Wie bei Hokkaido hatte sich die Küstenlinie im Verlauf der Jahrtausende stark verändert – Sri Lanka hatte sich vollständig vom indischen Festland gelöst. Deshalb konnte Jacks Team den fünften Eckpunkt nicht aufspüren. Wolf jedoch schon, sei es durch gute Recherche, gute Kontakte oder vorheriges geheimes Wissen.

Und da lag die Insel, mitten im Indischen Ozean: Diego Garcia.

Auf dem Weg zu dem abgelegenen Atoll hatte sich Jack mit dessen Geschichte beschäftigt.

Die er faszinierend fand.

Die Insel lag 1000 Kilometer südlich von Indien und gehörte offiziell zu Großbritannien – obwohl sie wie der Stein von Rosette und die Schale des Ramses im Besitz von Napoleons Frankreich gewesen war, bevor die Briten sie 1814 den Franzosen abgeknöpft hatten.

1971 erlaubte ein übereifriger britischer Minister – vermutlich in Unkenntnis der Bedeutung der Insel – den USA, das Atoll als Militärstützpunkt zu nutzen. Diego Garcia diente nach wie vor als Ausgangspunkt für sämtliche militärischen Aktivitäten der USA im nahen Persischen Golf.

Andere Aktivitäten hingegen galten als streng geheim.

Bekannt war lediglich, dass Diego Garcia ein ständiges Geschwader von B-2 Tarnkappenbombern beherbergte und offiziell zum United States Space Command gehörte. Am vielleicht kuriosesten war, dass keine Angehörigen von Militärpersonal auf der Insel leben durften. Was äußerst ungewöhnlich für einen US-Stützpunkt fernab des Festlands war.

In den letzten 37 Jahren – und vielleicht auch in den 200 Jahren davor – hatten Aktivitäten auf Diego Garcia unter strengsten Sicherheitsvorkehrungen und unbeobachtet vom Rest der Welt stattgefunden.

Jack schüttelte den Kopf. Napoleon, die Briten und jetzt Amerika. Alle hatten lange von Diego Garcias Bedeutung gewusst.

»Warum erfahre ich immer als Letzter von so was?«, sagte er laut, als die *Halicarnassus* auf einer langen Landebahn an der Südspitze von Diego Garcia aufsetzte.

Die große schwarze 747 rollte zum Ende der Piste und kam zwischen zwei sattelschleppergroßen MIM-104 Patriot Raketenstartgeräten zum Stehen.

Eine Fahrzeugkolonne aus Humvees, Jeeps und Motorrädern sowie etwa 30 Army Rangers erwartete sie.

Und an der Spitze des Empfangskomitees lehnte gemächlich Iolanthe Compton-Jones vom britischen Königshaus in ihren Wanderstiefeln und einer Cargohose an der Motorhaube des vordersten Humvees.

Jack stieg dicht gefolgt von Lily und mit zwei Speznas-Aufpassern aus der *Halicarnassus*. Vorsichtig gingen sie die Passagiertreppen hinunter aufs Rollfeld, wo ihnen Iolanthe entgegenkam.

»Ist es nicht wunderbar, am Flughafen abgeholt zu werden?«, fragte die Frau vergnügt. »Es ist so schön, Sie zu sehen, Jack. Ich habe gehört, dass Sie vielleicht wieder Single sind.« Dazu zwinkerte sie anzüglich.

Jack warf nur einen Blick auf die Army Rangers bei den Humvees. Sie sahen verdammt sauer aus. Natürlich waren Jack und Iolanthe keine willkommenen Gäste, aber Wolf hatte – zweifellos widerwillig – angerufen und ihnen vollen Zugang verschafft, bevor er in seinen Tank gesperrt worden war. Iolanthe führte Jack zum ranghöchsten Amerikaner, einem grauhaarigen Dreisternegeneral. »Captain Jack West jr., das ist Lieutenant-General Jackson T. Dyer, Kommandant des Stützpunkts auf Diego Garcia.«

»Das also ist Wolfs verlorener Sohn«, brummte Dyer und musterte Jack. »Ich kenne Ihren Vater schon sehr lange. Er ist ein großer Patriot.«

»Seid ihr Typen von der Caldwell Group alle ›große Patrioten‹?«, fragte Jack sarkastisch.

»Ja.« Dyer schnaubte. »Ja, das sind wir. Willkommen auf Garcia.«

Neben dem General stand ein krummer Mann mit Brille, den Jack seit Dschingis Khans Arsenal nicht mehr gesehen hatte: Felix Bonaventura, Wolfs Archäologieexperte vom MIT. Bonaventuras kleine schwarze Augen sahen Jack durch eine John-Lennon-Brille an.

»Das ist Dr. Bonaventura«, stellte Iolanthe vor. »Er ist mittlerweile seit vielen Jahren auf Diego Garcia stationiert. Er bringt uns zu Amerikas hier verstecktem Juwel.«

»Der Standort ist bemerkenswert. Er übertrifft alles, was Sie bisher gesehen haben«, behauptete Bonaventura vollmundig.

»Sie würden staunen, was ich schon alles gesehen habe«, gab Jack unbeeindruckt zurück.

General Dyer meldete sich wieder zu Wort: »Ich habe die Anweisung, West, das Mädchen und die Frau reinzulassen. Aber die zwei russischen Arschlöcher müssen hier draußen warten.«

»Von mir aus gern«, erwiderte Jack. »Ich hab sie nicht freiwillig dabei.«

»Das ist in Ordnung«, sagte Iolanthe ruhig. Rasch sagte sie zu den Speznas-Männern etwas auf Russisch. Sie nickten gehorsam, obwohl es ihnen sichtlich nicht behagte, auf einem US-Militärflugplatz zu warten.

»Also sind Sie bereit?«, fragte General Dyer.

Iolanthe wandte sich an Jack: »Ich habe den Feuerstein, die Schale und das Quellwasser. Haben Sie die fünfte Säule dabei?«

»Ja.«

Iolanthe lächelte. »Dann ja, wir sind bereit. Nach Ihnen, General.«

Sky Monster und die Speznas-Männer blieben bei der *Halicarnassus* zurück, als Jack, Lily und Iolanthe vom Rollfeld über eine gekrümmt verlaufende, etwa einen Kilometer lange Dammstraße, die an Südflorida erinnerte, auf das eigentliche Atoll gefahren wurden. Die Form von Diego Garcia ähnelte einem verzerrten V. In der Mitte lag eine

geschützte Lagune. Die meisten der wichtigsten Militär-
einrichtungen befanden sich auf dem westlichen Arm.
Der Fahrzeugkonvoi mit Jack steuerte das V entlang nach
unten und dann den östlichen Arm hinauf.

Nachdem sie mehrere Kontrollpunkte passiert hatten,
erreichten sie einen dreieinhalb Meter hohen Maschen-
drahtzaun, den ein blickdichtes schwarzes Material bedeckte. Dort blieb die Eskorte der Army Ranger zurück.
Nur Jack, Lily, Iolanthe, Bonaventura und der General setzten den Weg fort. Es war 5:31 Uhr.

Ihnen blieben noch zwei Stunden, bis die vierte und die
fünfte Säule gleichzeitig platziert werden mussten.

Jack drückte die Sprechtaste seines Funkgeräts. »Pooh
Bear? Hörst du mich?«

Gleich darauf knisterte es in seinem Ohrstöpsel. *»Klar
und deutlich, Huntsman.«*

»Seid ihr in Position?«

*»Wir sind am Eingang zum vierten Eckpunkt! Ich gehe
jetzt mit Stretch und den Zwillingen rein!«* Pooh Bear musste
brüllen, um das Dröhnen des Helikopters zu übertönen.

»Wir sind gerade beim fünften Eckpunkt angekommen
und gehen auch gleich rein«, berichtete Jack. »Wir bleiben
in Funkkontakt, denn wir müssen die Säulen in zwei Stunden genau gleichzeitig platzieren.«

»Viel Glück, Huntsman.«

»Dir auch.«

Kaum hatte Jack die Worte ausgesprochen, verließ sein
Humvee den letzten Kontrollpunkt, und Jack sah, was sich
hinter dem hohen schwarzen Zaun verbarg.

Vor ihm erstreckte sich ein unheimlich langes, hangar-
ähnliches Gebäude. Abgesehen von der Größe handelte es
sich um eine denkbar schlichte Konstruktion. Eigentlich

nur um ein spitzes, zeltartiges Dach, montiert auf Stahl-
trägern, an allen Seiten offen.

»Daddy?«, fragte Lily verwirrt.

»Das ist ein Sichtschutz«, erklärte Jack. »Um das darunter vor Satellitenüberwachung zu verbergen.«

Ihr Wagen raste unter das hangarartige Zelt, und Jack
und Lily sahen, was sich darunter befand.

»Wow …« Lily schnappte nach Luft.

Vor ihnen klaffte eine riesige rechteckige Grube, vollständig von dem provisorischen Dach bedeckt. Sie glich
einem Tagebaubetrieb, mindestens sieben Stockwerke tief.
Eine breite Rampe aus Erdreich führte hinab.

Um die große Grube herum parkten etliche achträdrige
HEMTT – Heavy Expanded Mobility Tactical Trucks, die
Arbeitspferde des US-Militärs. Ein HEMTT hatte die
Größe eines Sattelzugs. Es handelte sich um ein vielseitiges
Fahrzeug mit acht Rädern, einsetzbar für verschiedenste
Zwecke. Die meisten HEMTT hier hatte man als Mulden-
kipper zum Abtransportieren von Erde konfiguriert.
Andere wiederum zogen mobile Patriot Raketenabschuss-
systeme. Sie bewachten den Rand der Grube.

Am anderen Ende befand sich ein funkelnder moderner
Bau, der einen Kontrast zu dem zeltartigen Dach und den
Erdwänden bildete: ein vollständig aus Glas bestehender
Kubus an der Nordwand der Grube.

Eine Luftschleuse, erkannte Jack.

Als ihr Humvee über die Rampe aus Erde hinunter in
die Grube holperte, konnte Jack etwas in dem funkelnden
Glaswürfel ausmachen.

In die braune Wand aus Erde war ein wunderschönes
bogenförmiges Tor aus Stein eingelassen, das an die
berühmten Felsbauten in Petra in Jordanien erinnerte.

Lundy

Pooh Bear, Stretch und die Zwillinge ließen sich an Seilen in den Schacht des Brunnens hinab. Zwei von Iolanthes Royal Marines begleiteten sie, um sicherzustellen, dass sie ihre Aufgabe erfüllten.

Regen prasselte auf sie herab, während sie sich abseilten. Über ihnen tänzelte das grellweiße Scheinwerferlicht des Hubschraubers. Nach etwa 30 Metern gelangten sie zu einem breiten Tunnel, der in leichtem Winkel abwärtsführte. Leuchtstäbe wurden geknickt, Fackeln entzündet. Die vier und die beiden Royal Marines gingen vorsichtig den Tunnel entlang, bis sie zu einem verzierten Torbogen gelangten, der zu einem größeren Raum führte.

»Wow«, entfuhr es Julius.

Diego Garcia

Jack, Lily und Iolanthe wurden in den großen Glaswürfel am Ende der riesigen Grube gefahren.

Der Kubus ragte drei Stockwerke hoch auf, eine Luftschleuse, in deren transparenten Wänden ein ganzer Sattelschlepper Platz fände.

Ihr Humvee hielt kurz vor dem antiken Portal an. Es musste um die neun Meter hoch sein. Hieroglyphen übersäten es. Darüber prangte das runde Symbol der Maschine.

Jack holte einen Ausdruck von Dschingis Khans Schild hervor und achtete auf die Darstellung links oben:

Es handelte sich um dasselbe Portal, perfekt auf dem Schild abgebildet.

Nur wirkte es in der Realität deutlich beeindruckender: riesig und unvorstellbar alt. Der unbefestigte Weg, der hindurchführte, war breit genug für einen HEMTT und erst recht für ihren Humvee.

Tatsächlich wirkte das Fahrzeug geradezu winzig, als es hindurchrollte und einen langen, abschüssigen Gang hinunterfuhr, bevor es einen größeren Raum erreichte und anhielt.

Jack, Lily und Iolanthe stiegen aus. Ihnen allen fielen die Kinnladen runter.

»Wow«, stieß Lily hervor, genau wie Julius auf der anderen Seite der Welt.

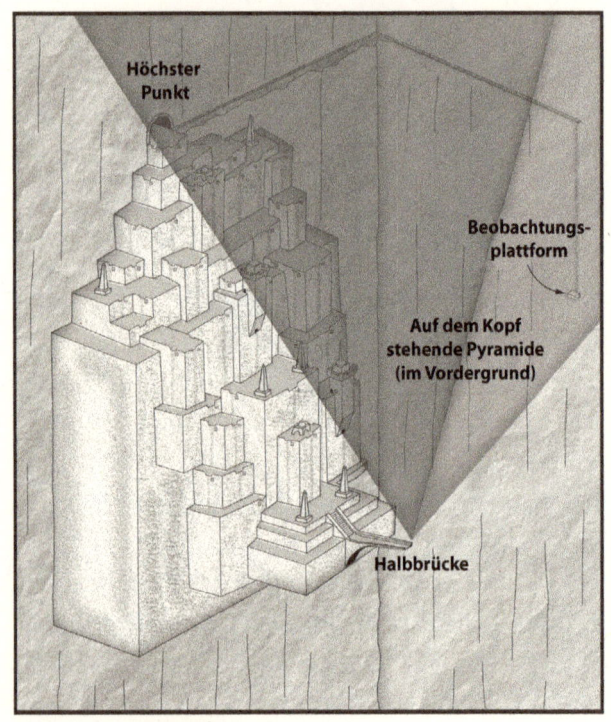

Höchster Punkt

Beobachtungs-plattform

Auf dem Kopf stehende Pyramide (im Vordergrund)

Halbbrücke

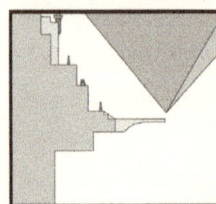

Seitenansicht

DER VIERTE ECKPUNKT
LUNDY, BRISTOLKANAL

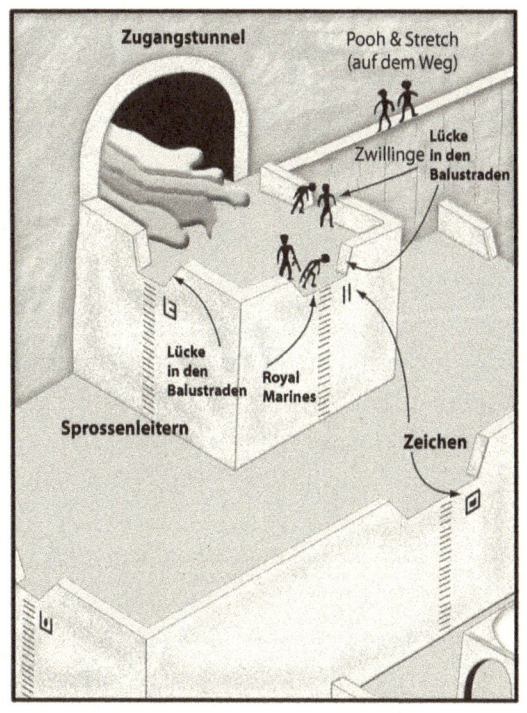

DER HÖCHSTE PUNKT

LUNDY (VIERTER ECKPUNKT)

Pooh Bear, Stretch und die Zwillinge standen auf dem Gipfel eines riesigen, komplexen, stufenartigen Bauwerks an der Wand eines gewaltigen Abgrunds.

Direkt davor befand sich die auf dem Kopf hängende, um ein Vielfaches größere Bronzepyramide, die den vierten Eckpunkt darstellte.

Bei den bisherigen Eckpunkten hatte stets eine Pyramide über einem kleineren Abgrund geschwebt, oder den Abgrund hatte eine Aussichtshalle, eine kleine Stadt oder ein Lavasee umgeben. Bei diesem Eckpunkt bestand die gesamte Höhle aus einem Abgrund, einem riesigen vierseitigen Schacht.

»Das ist mehr als schwindelerregend«, meinte Lachlan, während er in die bodenlose Dunkelheit spähte.

Das abgestufte Bauwerk setzte sich aus einem komplizierten Gewirr von miteinander verbundenen Türmen zusammen, die übereinander angeordnet ein absteigendes Muster bildeten, wie eine Miniaturstadt an einer lotrechten Wand. Erst ganz unten erstreckte sich davon weg eine lange Halbbrücke aus Stein zur Spitze der auf den Kopf gedrehten Pyramide.

»Was sind das für Lücken?« Stretch deutete mit dem Kopf auf merkwürdige Aussparungen in den hüfthohen Steinmauern entlang der Ränder aller Turmdächer. Sie muteten wie offene Tore an. Auf jedem Dach gab es mindestens eine solche Lücke, auf manchen wie jenem, auf dem sie sich gerade befanden, sogar drei.

Julius betrachtete die drei Lücken eingehend. »Da sind Sprossen in der Wand unter jeder Lücke. Das ist ein Weg das Gebäude runter, aber man muss die richtige Leiter wählen. Die Frage ist nur: Wie?«

»Laut Lily heißt der Ort hier auf der goldenen Tafel vom ersten Eckpunkt die ›Stadt der Wasserfälle‹«, sagte Lachlan. »Ich seh keine Wasserfälle.«

»Die Tafel!«, stieß Julius hervor. »Dort liegt die Antwort. Jack hat gesagt, dass der Rahmen der Tafel Hinweise darauf enthält, wie man es sicher durch die letzten vier Eckpunkte schafft.«

Während die drei anderen hastig auf Julius' Laptop nach einem Bild der goldenen Tafel suchten, stand Pooh Bear allein da, schaute weit nach links und betrachtete eine weitere Eigenartigkeit des ohnehin äußerst eigenartigen Orts.

Ein sehr schmaler Pfad führte zwei Wände des viereckigen Abgrunds entlang, ein Viertel des Wegs um die Pyramide herum. Er endete an einer furchterregend steilen Wandleiter, die zu einer winzigen Plattform aus Stein hinabführte.

»Was ist das?«, fragte er.

Die Zwillinge schauten vom Computer auf.

»Sieht wie eine Art Beobachtungsplattform aus«, meinte Julius zerstreut.

»Aber um was zu beobachten?«, murmelte Pooh Bear.

»Hier ist die Tafel.« Julius rief sie auf dem Bildschirm auf.

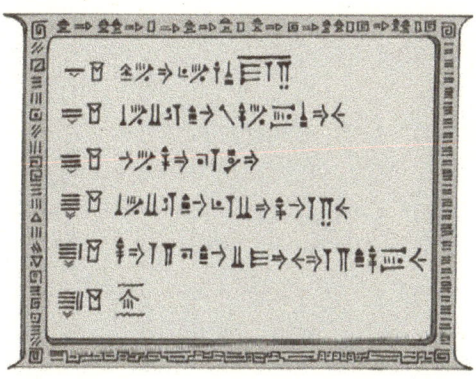

»Laut Jack war der untere Rand des Rahmens die Lösung für das Labyrinth zum Schutz des dritten Eckpunkts«, sagte Julius.

»Welcher Rand löst also dieses hier?«, fragte Lachlan.

»Keine Ahnung«, erwiderte Julius.

»Die linke Seite«, kam von Stretch. Er nahm Julius den Laptop ab, ging ein kurzes Stück den schmalen Pfad hinaus und zeigte auf die Wand ihres Turms unmittelbar unter der Lücke im gemauerten Geländer.

»Unter der Lücke ist ein Symbol an der Wand«, sagte er.

»Drei diagonale Linien. Genau wie das Symbol hier oben links am Rahmen der Tafel.«

Pooh Bear schloss sich ihm auf dem Pfad an und erblickte das Symbol. »Du hast völlig recht, das muss …«

Ein tiefes Grollen unterbrach ihn.

Alle wirbelten herum.

Es stammte aus dem Tunnel, durch den sie den Eckpunkt betreten hatten.

Ein plötzlicher Windstoß erfasste sie und brachte ihre Kleidung zum Rascheln. Gleich darauf folgte ein schnelles Rinnsal Meerwasser, das um die letzte Kurve des Tunnels schwappte und gegen die Außenwand prallte.

»Irgendwas kommt durch den Tunnel«, sagte Julius leise.

»Lauft!«, rief Pooh Bear. »Sofort!«

Allerdings stand die Gruppe zu dem Zeitpunkt in drei klar definierte Untergruppen aufgeteilt: Pooh Bear und Stretch auf dem schmalen Pfad, die Zwillinge auf dem Dach nahe der Lücke im Geländer und die beiden Royal Marines ein Stück von ihnen entfernt.

»Wohin sollen …«, begann Lachlan, doch dann sah er etwas.

Eine gewaltige, schäumende Masse aus Meerwasser wälzte sich um die Biegung des Tunnels. Tosend, spritzend, aggressiv rollte sie an und würde sie in wenigen Sekunden erreichen. Zu wenig Zeit für die Zwillinge, um sich auf dem schmalen Pfad in Sicherheit zu bringen.

Lachlan erstarrte.

»Lachie! Hier lang!« Julius zerrte seinen Bruder nach links und schob ihn durch die Lücke, hinter der sich in der Seite des Turms eine weitere Wandleiter befand.

Julius folgte dicht hinter Lachlan und duckte sich in dem Moment unter den Rand der Lücke, als die Flutwelle das Dach erreichte, die beiden Royal Marines mit ihrer brandenden Masse erfasste und die Soldaten wie Lumpenpuppen gegen das Steingeländer am Rand schleuderte.

Die gewaltige Wassermenge wirbelte auf dem Dach wie ein lebendiges, denkendes Wesen, das einen Weg nach unten suchte.

Sie fand ihn in Form der beiden anderen Lücken im Geländer, die geringfügig tiefer lagen als jene links. Gleich darauf wurden die beiden Royal Marines durch eine dieser Lücken gefegt wie winzige Essensreste, die im Abfluss einer Küchenspüle verschwanden. Mit entsetzten Gesichtern fielen sie, dazu verdammt, irgendwo dort unten zu sterben.

Pooh Bear konnte von seiner Position auf dem schmalen Pfad alles beobachten. Rasch wurde ihm klar, dass er den rasenden Strom des Meerwassers, der sich auf das Dach ergoss, niemals überqueren könnte.

Unter ihm kletterten die Zwillinge ihre Wandleiter hinunter. In wenigen Augenblicken würde das Wasser auch durch den Spalt über ihnen fließen … und mit voller Wucht auf sie niedergehen.

Pooh Bears Augen suchten den Raum nach einer Lösung ab – und er fand sie in Gestalt der kleinen Plattform an der Seite.

»Es ist eine Beobachtungsplattform …«, murmelte er. »Um was zu beobachten? Den richtigen Weg durch das Labyrinth.«

Abrupt schaute er auf.

»Jungs!«, rief er ins Funkgerät. »Wartet auf dem nächsten Dach unter euch! Ich verstehe jetzt, wie das hier funktioniert! Wir müssen euch von dort drüben durch das Labyrinth lotsen!« Er zeigte zu der entfernten Plattform.

»*Was?*« Julius schaute von dem Dach 15 Meter tiefer zu ihm hoch.

Pooh Bear warf ihm gezielt die Säule zu.

Julius fing den unbezahlbaren Diamantstein reflexartig auf, überrascht und verdattert. Er schaute wieder auf. *Du willst, dass wir es tun?*«

»Ihr *müsst* es tun! Los jetzt!«

Während Stretch und Pooh Bear den schmalen Pfad entlangeilten, rief der Israeli zu Pooh zurück: »Das kann nicht dein Ernst sein. Das Schicksal der Welt hängt davon ab, ob es unseren beiden Schlauköpfen gelingt, sich den Weg durch ein geflutetes Labyrinth zu bahnen und die Säule zu platzieren? Lachlan kommt schon außer Atem, wenn er zum Schrank geht, um sich 'nen Donut zu holen.«

»Ist nun mal nicht zu ändern«, erwiderte Pooh Bear grimmig. »Und das Schicksal der Welt hängt auch davon ab, dass wir ihnen dabei helfen!«

Eine Minute später befanden sich Pooh Bear und Stretch auf dem Abschnitt des Pfads entlang der angrenzenden Wand des großen Abgrunds.

Von dort erkannten sie weitere Symbole in den Wänden der Türme, jedes knapp unter den Lücken in den hüfthohen Steingeländern der Dächer. Überall befanden sich Wandleitern und boten jedem mit genug Mumm für die Herausforderung eine schwindelerregende Auswahl an Möglichkeiten durch das Labyrinth.

Pooh Bear hob sich ein Nachtsichtfernglas an die Augen. »Stretch! Was ist das zweite Symbol auf der Tafel?«

»Drei horizontale Linien, wenn man sie von unten nach oben liest. Ein Kästchen mit einer diagonalen Linie darin, wenn man sie von oben nach unten liest.«

»Ich sehe zwei Leitern für die Jungs, und zur Auswahl stehen drei horizontale und drei vertikale Linien. Also muss man sie aufwärts lesen.« Ins Funkgerät rief er: »Jungs! Nehmt die Lücke nach links, das ist die sichere!«

Auf dem ungeschützten Dach unter dem Gipfel warteten die Zwillinge auf Anweisungen, als ein dicker Wasserschwall durch die Lücke über ihnen brandete und mit ungeheurer Gewalt auf sie niederprasselte.

Beide wurden von den Füßen gerissen, und das Wasser ergoss sich als dicker, durchgängiger Strom über den Rand des Gipfels. Völlig durchnässt mühten sich die Zwillinge auf die Beine und wateten durch das knöcheltiefe Wasser. Auch ihr Dach füllte sich rasant.

Pooh Bears Stimme drang aus ihren Ohrstöpseln: »*Nehmt die Lücke nach links, das ist die sichere!*«

Julius kämpfte sich durch das aufgewühlte Wasser darauf zu.

Ein kurzer Blick zurück offenbarte, dass sich mittlerweile mindestens zwei spektakuläre Wasserfälle vom Gipfel der vertikalen Stadt ergossen. Vermutlich floss ein dritter die andere Seite hinab, allerdings außerhalb seines Blickfelds.

»Siehst du jetzt irgendwelche Wasserfälle?«, rief er zu Lachlan.

»Heilige Muttergottes!«, gab sein Zwillingsbruder zurück. »Das entspricht nicht der Art von Studien, an die ich gewöhnt bin!«

»Bewegung!«

Sie schafften es durch die nächste Lücke und kletterten die Leiter darunter hinab, während das einströmende Meerwasser hinter ihnen stieg und stieg … bis es durch die anderen Lücken im Steingeländer floss und in Form von herrlichen Wasserfällen in die Tiefe stürzte.

Nach einer hastigen Kletterpartie erreichten Pooh Bear und Stretch die Beobachtungsplattform.

Von dort hatten sie einen klaren Überblick über die gesamte Ansammlung von Türmen. Es war ein atemberaubender Anblick – eine Miniaturstadt, die an der lotrechten Wand über dem Abgrund hing und nun auch noch mit funkelnden Wasserfällen aufwartete, die von der obersten Ebene stürzten.

Vor allem aber konnten sie die Reihe der Symbole an den Seiten der Türme sehen, die den sicheren Weg durch das Labyrinth wiesen.

Zwar konnten Pooh und Stretch aus diesem Winkel nur zwei der drei Seiten jedes Turms erkennen, was jedoch genügte. Wenn sie das gesuchte Symbol nicht sehen konnten, musste es sich auf der uneinsehbaren Seite befinden, und sie würden die Zwillinge dorthin schicken.

Es war 1:50 Uhr.

Ihnen blieben 41 Minuten, um es zum unteren Ende des Labyrinths zu schaffen.

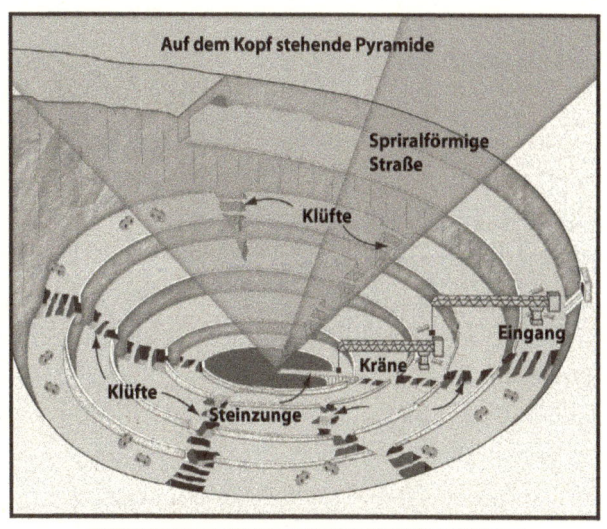

Auf dem Kopf stehende Pyramide

Spriralförmige Straße

Klüfte

Klüfte

Steinzunge

Kräne

Eingang

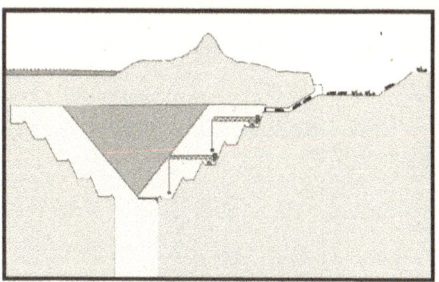

Seitenansicht

DER FÜNFTE ECKPUNKT
DIEGO GARCIA, INDISCHER OZEAN

DIEGO GARCIA
(FÜNFTER ECKPUNKT)

Es war, als stünde man in der letzten Reihe eines Fußball-
stadions, fand Jack.

Vor ihm breitete sich der fünfte Eckpunkt aus, der völlig
anders aussah als alle anderen, die er kannte. Als vertraut
empfand er nur die riesige Bronzepyramide, die auf dem
Kopf über dem gigantischen unterirdischen Raum hing.

Eine gewaltige, schüsselförmige Höhle fiel von dem Portal
ab, an dem Jack und die anderen standen. Die annähernd
runde Höhle maß vielleicht 300 Meter im Durchmesser.
Eine breite, gekrümmte Fahrbahn, innen durch eine zwei
Meter hohe Absperrung aus Stein geschützt, schraubte sich
sanft abfallend um die Höhle herum in Richtung der Spitze
der Pyramide.

»Die Form sieht aus wie eine große Muschel«, meinte
Lily atemlos.

Sie hat recht, dachte Jack. Die große spiralförmige Straße
begann mit einem langen geraden Abschnitt, der an das
Horn einer Muschel erinnerte. Dann schlängelte sie sich
von außen nach innen, wobei sich die Fahrbahn allmählich verjüngte, bis sie als schmaler Pfad das Epizentrum
der Höhle erreichte, die Spitze der Pyramide.

Was Jacks Aufmerksamkeit außerdem erregte, gehörte
nicht zum Eckpunkt selbst. Im Verlauf der Jahre waren die
verschiedenen Besitzer der Insel fleißig gewesen.

Fahrzeuge und merkwürdige Konstruktionen übersäten
die Fahrbahn.

Zurückgelassene Jeeps und Motorräder rosteten vor sich hin. Mehrere große Brückenfahrzeuge mit Raupenantrieb waren in der Nähe des Portals umgekippt. Und seltsamerweise lagen einst von Pferden gezogene Kanonen weiter unten umgestürzt auf der gekrümmten Straße.

Die auffälligsten künstlichen Ergänzungen in der Höhle jedoch bildeten zwei topmoderne Baukräne, riesige T-förmige Konstruktionen an strategischen Punkten entlang der Fahrbahn: einer in der Nähe des Eingangs, ein weiterer auf halber Strecke hinunter zur Pyramidenspitze.

Beide Kräne wiesen Stahlkörbe auf, die mehrere Personen aufnehmen konnten. Die Körbe konnten am Kranarm entlang nach vorn gefahren und vertikal auf eine niedrigere Ebene der Spirale abgesenkt werden.

Beide Kräne standen auf massiven Betonsockeln, die auf der höheren Seite der Straße von soliden, A-förmigen Betonbarrieren geschützt wurden.

Die Kräne und die seltsam angeordneten Schutzbarrieren verrieten Jack eine Menge.

»Lassen Sie mich raten«, sagte er. »Jedes Mal wenn Sie sich auf diese Straße wagen, lösen Sie einen unsichtbaren Mechanismus aus. Dann flutet ein Schwall … was weiß ich, vielleicht Meerwasser die Fahrbahn und reißt alle Menschen und Fahrzeuge auf seinem Weg in den Abgrund hinunter mit.«

Bonaventura zeigte sich überrascht. »Wie können Sie das wissen?«

»Die umgekippten Brückenfahrzeuge sind ein Hinweis – nur eine mächtige Welle könnte solche Ungetüme umwerfen. Noch deutlicher sind die Betonbarrieren zum Schutz der Kräne. Durch die A-Form wird heranbrandende Flüssigkeit um die Kräne herumgeleitet. Meerwasser hab ich nur vermutet, weil wir uns auf einem Atoll mitten in einem Scheißmeer befinden, Sie Fachidiot.«

»Fluchglas«, flüsterte Lily.

Bonaventura ging über die Beleidigung hinweg. »Die Kräne haben uns detaillierte Beobachtungen der Anlage ermöglicht. Scans der Pyramide, der antiken Glyphen an ihren Seiten und der Straße. Ich habe persönlich etliche Stunden im Korb des unteren Krans verbracht, um die Pyramide aus der Nähe zu studieren. Sie hat uns wichtige Informationen über die Standorte der anderen Eckpunkte und die Art einiger der Belohnungen geliefert.«

»Nur zählt das alles ohne die Säule nichts«, sagte Jack. »Wie schon die Franzosen und Briten vor Ihnen festgestellt haben.«

»Das hier offenbarte Wissen hat es uns ermöglicht, das eine oder andere vor Ihnen zu finden«, schoss Bonaventura zurück.

Jack sah auf die Armbanduhr.

06:50 Uhr.

Ihnen blieben noch 41 Minuten.

Er drückte die Sprechtaste seines Funkmikrofons. »Pooh Bear? Wie läuft's bei euch?« In seinem Ohrstöpsel knackte es, bevor ein rauschendes Tosen daraus hervordrang, gefolgt von Pooh Bears lauter Stimme.

»Hier geht's drunter und drüber, Huntsman! Tut mir leid! Kann jetzt nicht reden! Muss die Zwillinge durch das Labyrinth lotsen! Ich melde mich später!«

Damit war die Leitung tot.

Jack sah erst Lily an, dann wandte er sich an General Dyer.

»Ich werde ein Motorrad brauchen.«

Ein Militärmotorrad wurde durch den Eingangstunnel gebracht und Jack übergeben. Jack schwang sich auf den Sattel. Lily sprang auf den Soziussitz hinter ihm und umklammerte die doppelt gereinigte Säule.

Bonaventura zeigte sich verdutzt. »Sie wollen nicht die Kräne benutzen?« Hilfe suchend schaute er zu Iolanthe. »Aber sie sind der sicherste Weg nach unten …«

Der erste Kran befand sich tatsächlich auf gleicher Höhe mit ihnen, der Korb nur wenige Meter entfernt.

Jack schüttelte den Kopf. »Sie kapieren es einfach nicht, oder? An einem Ort wie diesem kann man nicht schummeln. Man kann die Fallen nicht umgehen. Ist Ihnen je in den Sinn gekommen, dass der Eckpunkt nur die Person belohnen könnte, die das Fallensystem durchschaut?«

»Na ja, ich …«

Jack schnitt ihm das Wort ab. »Diese Fallensysteme sind genau wie die der Ägypter, der Chinesen und der Maya. Sie wurden entwickelt, um Uneingeweihte fernzuhalten. Das bedeutet, sie sollen nur die richtigen Leute reinlassen. Hat man die Säule dabei, lässt dieses System einen wohlbehalten durch sich hindurch. Aber versucht man, es zu überlisten, greift es einen an.«

Bonaventura und General Dyer sahen Iolanthe an, als wäre sie die höchste Instanz.

Sie zuckte nur mit den Schultern. »Lassen Sie es ihn auf seine Weise machen. Er weiß schon, was er tut.«

»Danke«, sagte Jack nüchtern.

»Sie werden tot sein, bevor Sie den zweiten Ring erreichen«, behauptete Bonaventura schnaubend. »Dann müssen wir wegräumen, was von Ihnen noch übrig ist, und die Säule selbst platzieren.«

»In dem Fall hat's mich gefreut, Sie kennengelernt zu haben.« Damit startete Jack das Motorrad und holperte die kurze Treppe zur Straße hinunter.

Am Fuß der Treppe in der Nähe des Kransockels schwenkte er nach links und brauste den äußersten Ring der tödlichen Spirale hinunter los.

Nach etwa 100 Metern gelangten Jack und Lily zu einer scharfkantigen Kluft, die sich quer über die Fahrbahn erstreckte.

Drei Steinbrücken überspannten sie.

Jemand hatte zwei rote Kreuze auf die beiden äußeren Brücken gesprüht, während ein grüner Pfeil anzeigte, dass die mittlere die sichere war.

Jack jedoch ignorierte die Markierungen. Stattdessen achtete er auf eine kleinere, viel ältere Kennzeichnung, die unter dem grün aufgesprühten Pfeil in der Steinbrücke prangte.

»Tafel?«, fragte er Lily.

»Tafel.« Lily holte ihre Digitalkamera hervor und rief das Foto der goldenen Tafel vom ersten Eckpunkt auf.

Beide sahen, dass am oberen Rand dasselbe Symbol wie auf der Brücke als erstes einer Abfolge aufschien.

Jack ließ den Blick über den stadionähnlichen Raum wandern und zählte weitere Klüfte quer über die muschelförmige Straße. Über jede verliefen zwei oder manchmal drei Brücken. Wie auf Hokkaido musste man die richtige Brücke wählen, sonst löste man den Fallenmechanismus aus.

Er wandte sich an Lily. »Was sagst du, Kleines?«

»Lass es uns rocken.«

»Besser hätte ich's auch nicht ausdrücken können.«

Und so traten sie mithilfe der Symbolabfolge auf dem Foto den Weg die breite Fahrbahn hinunter zum Mittelpunkt des fünften Eckpunkts an.

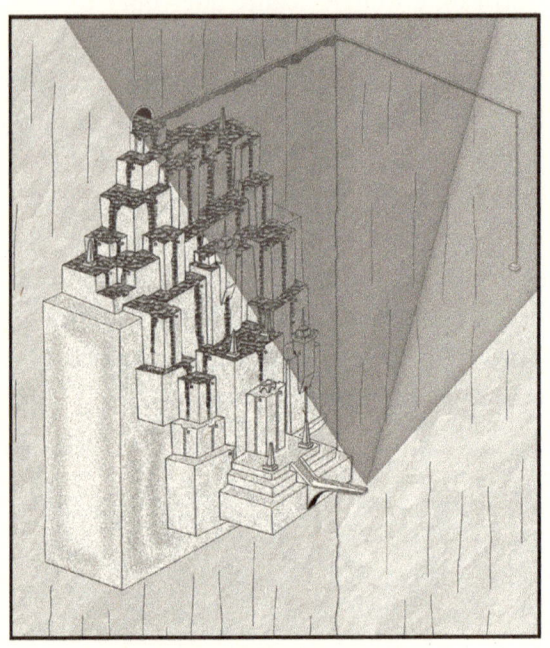

DIE STADT DER WASSERFÄLLE

LUNDY (VIERTER ECKPUNKT)

Die Stille im fünften Eckpunkt stand in krassem Gegensatz zum Chaos im vierten.

Pooh Bear behielt von der Beobachtungsplattform aus die Miniaturstadt an der Wand des Abgrunds im Auge.

Inzwischen fluteten Wasserfälle über die gesamte obere Hälfte der Stadt – Dutzende, die sich in prächtigen Strömen über die zahlreichen Ebenen des Gesamtbauwerks ergossen. Auf jedem Dach teilten sie sich nach links, rechts oder geradeaus auf, je nachdem, wo die Schwerkraft den Weg des geringsten Widerstands bot.

Pooh Bear staunte. Der Gesamteindruck war der des größten Wasserspiels der Welt.

Und mittendrin kletterten die winzigen Gestalten von Lachlan und Julius Adamson die Leitern in den Turmwänden hinab, rannten über Dächer, wateten durch knietiefes Wasser, lieferten sich einen verzweifelten Wettstreit um ihr Leben mit den gierigen Wasserströmen, die über und hinter ihnen die Anlage entlang in die Tiefe stürzten.

Die Zwillinge hatten etwa die halbe Höhe des riesigen Bauwerks bewältigt, und es war bereits 2:11 Uhr morgens.

Sie hatten 20 Minuten gebraucht, um es so weit zu schaffen, und ihnen blieben nur noch weitere 20 Minuten für die untere Hälfte. Es würde knapp werden.

»Nach links!«, brüllte Stretch in sein Funkgerät. »Nein! Links! Links!«

Drüben auf den Dächern drehten sich die Zwillinge orientierungslos im Kreis.

Ohne Pooh Bear und Stretch als Lotsen hätten sie sich längst hoffnungslos verirrt und wären von den hinter ihnen herabstürzenden Wassermassen in den Tod gerissen worden.

So jedoch waren sie nach wie vor im Spiel, wenngleich durchnässt und bibbernd. Das rote Haar klebte an den Köpfen, während beiden Brüdern Rinnsale über das Gesicht liefen und vom Kinn tropften.

Julius eilte zur linken Lücke im Geländer auf dem Dach, auf dem sie sich gerade befanden.

»*Ja! Genau da!*«, dröhnte Stretchs Stimme über die Funk-
verbindung.

Julius blieb am Rand stehen und drehte sich um.

Hinter ihm hatte Lachlan schwer zu kämpfen. Obwohl
sie gleich aussahen – und viele Vorlieben, Hobbys und
andere Dinge teilten –, waren sie nicht im gleichen Maße
fit. In der Hinsicht schlug Julius seinen Bruder um Längen.
Er ernährte sich besser, und manchmal begleitete er sogar
Jack und Zoe bei ihren morgendlichen Läufen. Lachlan
stopfte viel Junkfood in sich hinein und trieb kaum Sport.

Was sich bemerkbar machte.

Lachlan hinkte schwer atmend hinterher.

»*Jungs! Passt auf!*«, hörten sie Pooh Bear schreien.

Mit erschreckender Plötzlichkeit stürzte ein reißender
Wasserfall auf die Zwillinge herab und umhüllte sie vollständig.

Beide wurden gegen das Geländer geschleudert, und
Lachlan wäre beinahe vom neu entstandenen Wasserfall
daneben mitgerissen worden, doch Julius streckte sich im
letzten Moment und packte ihn am Handgelenk. Er zog
ihn zurück in Sicherheit, und zusammen schleppten sie
sich zur richtigen Lücke.

»Danke, Bruder!«, brüllte Lachlan.

Julius erwiderte nichts.

»Weißt du, es ist vielleicht nicht der richtige Zeitpunkt,
aber das mit Stacy Baker tut mir ehrlich leid!«

Julius sagte nur: »Komm, wir müssen weiter!«

Und so stiegen sie über die Wandleiter an der Seite des
Turms hinunter zur nächsten Ebene.

DIEGO GARCIA (FÜNFTER ECKPUNKT)

Jack und Lily bretterten auf ihrem Motorrad über die mächtige spiralförmige Straße des fünften Eckpunkts.

Unterwegs kamen sie an den Überresten verschiedener verstreuter Fahrzeuge vorbei – Beweise für die Gewalt, die dieses Fallensystem entfesseln konnte.

Mithilfe der Symbole am oberen Rand der goldenen Tafel hatten sie fünf der querenden Klüfte erfolgreich überwunden, ohne die Hauptfalle auszulösen.

Es war 7:11 Uhr. Ihnen blieben nur 20 Minuten, und sie hatten noch kaum einen vollständigen Kreis der riesigen absteigenden Spirale geschafft. Es ging langsam voran. *Zu langsam*, dachte Jack. *Wir müssen einen Zahn zulegen.*

Bisher waren die auf die Brücken gesprühten grünen Pfeile und roten X korrekt gewesen. Wohl das Ergebnis etlicher tödlicher Versuche und Fehlschläge seiner französischen, britischen und amerikanischen Vorgänger im Verlauf der Jahre, vermutete Jack. Aber ihm fiel auf, dass die aufgesprühten Hinweise an der nächsten Kluft endeten.

Lily und er gelangten hin. Jack hielt das Motorrad an. Über diese Kluft spannten sich zwei Brücken.

Wenngleich Jack in der Kluft mehrere Wracks erspähte, stellte er plötzlich fest, dass es auf der Straße dahinter keine mehr gab. »An der Stelle sind alle unsere Vorgänger ausgestiegen. Bis die Amerikaner angefangen haben, Kräne zu benutzen, hat es niemand je hier vorbei geschafft.«

Merkwürdigerweise stimmte keines der beiden Symbole im Boden vor den Brücken dieser Kluft mit dem nächsten Symbol auf der goldenen Tafel überein. Die Tafel zeigte als Nächstes:

Die beiden Symbole auf dem Boden:

Plötzlich ertönte irgendwo über ihnen ein Unheil verkündendes Grollen.

»Oh-oh …« Jäh schaute Jack auf.

Es kam aus dem obersten Teil der Spirale. Aus dem großen Tunnel dort.

»O verdammt«, fluchte Jack.

Bonaventuras Stimme dröhnte aus dem Funkgerät. »*Sie Idiot! Sie haben es vermasselt! Die Hauptfalle wird gleich ausgelöst!*«

»Wir haben gar nichts ausgelöst«, entgegnete Jack. »Wir haben nichts gemacht.«

»Dieses Symbol sieht wie eine Säule aus«, meinte Lily.

Mittlerweile war Jack ernsthaft besorgt.

»Wir haben irgendwas übersehen«, meinte er leise.

Das Grollen von oben wurde lauter.

»*Ich habe ja gesagt, Sie sollen die Kräne benutzen!*«

Bonaventura verfiel in Panik.

Jack nicht.

Er drehte sich um, schaute suchend die gewundene Straße hinter ihnen zurück …

… und entdeckte etwas auf dem Boden unter einem umgestürzten britischen Jeep aus den 1930ern.

Er wendete das Motorrad, raste zurück zu dem Jeep, sprang ab, ließ sich zu Boden und betrachtete eingehend die Fahrbahn.

In den Stein war das vertraute Symbol der Maschine eingeritzt:

Die rechteckigen Darstellungen der Säulen entsprachen exakt der Größe der Säule in seinem Rucksack. Während fünf davon lediglich in den Stein geritzt waren, war eine vollständig in die Straße eingedrückt.

So etwas hatte Jack schon einmal gesehen – beim ersten Eckpunkt in Abu Simbel. Rasch holte er die Säule aus dem Rucksack und steckte sie in die rechteckige Vertiefung des Symbols.

Das Grollen von oben verstummte augenblicklich.

In der Höhle herrschte wieder Stille.

»*Sie haben es geschafft*« kam staunend von Bonaventura. »*Über diese Stelle ist bisher noch niemand hinausgekommen.*«

»Was soll ich sagen? Wir sind eben Spezialisten«, gab Jack zurück. Durch den Kopf jedoch ging ihm, wie fortschrittlich die an diesem Ort eingesetzte Technologie sein musste – eine Technologie, die mit der Säule zusammenwirkte.

»Jetzt ergeben auch die Symbole auf der goldenen Tafel viel mehr Sinn«, sagte Lily.

»Siehst du? Es taucht immer wieder mal ein Säulensymbol auf. An den Stellen müssen wir die Säule in eine Vertiefung wie die hier einsetzen. Sonst wird die Hauptfalle der Anlage ausgelöst. Kein Wunder, dass es niemand an dieser Brücke vorbei geschafft hat. Wer es versucht hat, muss immer die große Falle ausgelöst haben.«

»Wie ich gesagt hab«, meinte Jack zu ihr. »An einem solchen Ort darf man nicht schummeln. Wenn man schlau genug ist, lässt einen die Anlage vorbei. Dafür hat man sie gebaut: um Eingeweihte hereinzulassen und Schwindler draußen zu halten.«

Mit diesem Wissen gerüstet kamen Jack und Lily auf der unteren Hälfte der Spirale rasant voran.

So stießen sie auf keine weiteren Schwierigkeiten, und zehn Minuten später erreichten sie den untersten und innersten Ring.

Dort sahen sie eine lange Steinzunge, die sich bis zur Spitze der auf dem Kopf hängenden Pyramide erstreckte. Am Beginn der Halbbrücke prangte ein letztes Mal die Darstellung der Maschine im Boden.

Nach Lilys Zählung hatten sie bis auf zwei alle Symbole von der Tafel verwendet. Wenn sie die Säule in die Aussparung der Maschinendarstellung eingesetzt hätten, musste noch eine zu treffende Entscheidung folgen.

Als Jack den letzten Ring hinunterfuhr, noch 20 Meter von der Steinzunge entfernt, sank der Korb des zweiten Krans langsam in Sicht.

Felix Bonaventura und Iolanthe befanden sich zusammen mit General Dyer darin.

Bonaventura wirkte geradezu ekstatisch. Als der Korb den Boden erreichte, stieg der Mann auf den letzten Metern der Fahrbahn aus und lächelte breit. »Gut gemacht! Noch niemand hat es geschafft, diesen Ort so zu zähmen wie Sie!« Er trat einen Schritt auf die lange Steinzunge, die zur Spitze der Pyramide führte. »Jetzt müssen wir nur noch …«

»Nein!« Jack bremste schlitternd und sprang vom Motorrad. »Warten Sie! Noch nicht! Halt!«

Doch es war zu spät.

Dank seiner fortschrittlichen Sensorik bemerkte der Eckpunkt, dass jemand das letzte Symbol der Maschine ohne die Säule in seinem Besitz überquert hatte.

Aus den oberen Regionen der Höhle ertönte erneut das Unheil verkündende Grollen.

Es klang wie Donner.

Abrupt schaute Jack auf. Lily und Iolanthe taten es ihm gleich.

Sowohl Bonaventura als auch General Dyer starrten entsetzt nach oben, da sie wussten, wie dieser Ort aussah, wenn die Hauptfalle ausgelöst wurde.

»Großer Gott, nein …«, flüsterte Bonaventura einen Moment, bevor der Eckpunkt in heilloses Chaos gestürzt wurde.

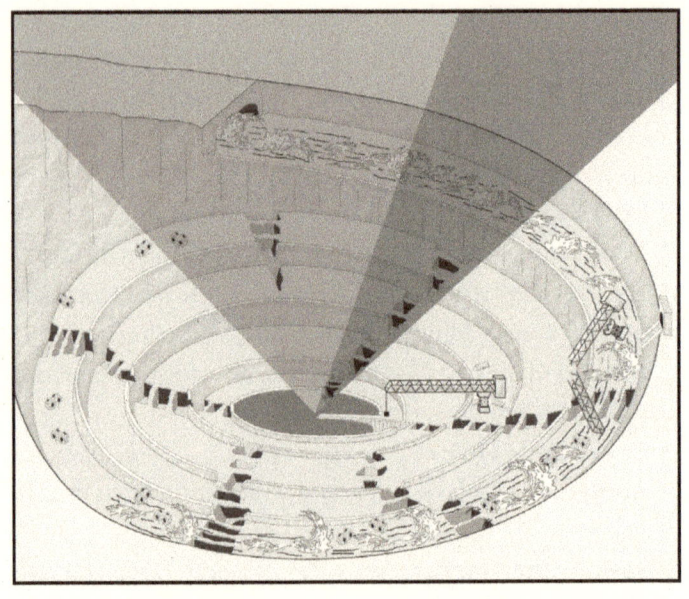

AUSGELÖSTE HAUPTFALLE DES FÜNFTEN ECKPUNKTS

Sie explodierte regelrecht aus dem breiten Tunnel im obersten Teil der Spirale hervor: eine riesige Wildwasserwelle, die mit einer Höhe von über zwei Metern und etwa 20 Metern Breite die gesamte Fahrbahn einnahm.

Die Wassermassen donnerten die abschüssige Straße herab, fegten um die Kurve, schwappten gegen die Innenseite einer Art Leitplanke aus Stein und pflügten vorwärts wie eine Stampede wilder Büffel.

Die tobende Welle schoss am Eingangsportal vorbei, bevor sie gegen die Betonbarriere prallte, die den oberen Kran schützen sollte. Unerwarteterweise hoben die Wassermassen die Barriere vollständig an und schleuderten sie gegen den Kran, der dadurch kippte!

Während Jack beobachtete, wie der Kran fiel, fragte er sich, ob die mächtige Welle bei früheren Gelegenheiten schwächer gewesen war. Vielleicht war sie diesmal größer, stärker, tödlicher, weil sie direkt aus dem Epizentrum des Eckpunkts ausgelöst wurde.

Jedenfalls hatte sie Bonaventuras dicke Betonbarriere mitgerissen, als wöge sie gar nichts, und der obere Kran strudelte mittlerweile in den zornigen Wassermassen.

Was als Nächstes folgte, war so spektakulär wie entsetzlich.

Jack drehte sich, während er beobachtete, wie die gewaltige Welle tosend um einen Kreis nach dem anderen raste. Die Wassermassen pflügten als reißender, schäumender Fluss herab, der mühelos über die Klüfte schwappte, als wären sie kaum nennenswerte Ärgernisse auf dem wutentbrannten Weg zu den Eindringlingen im Zentrum der Anlage.

»Sie dämlicher, dämlicher Schwachkopf!«, schrie er Bonaventura an.

Sie waren alle geliefert.

Wenn die Welle den innersten Ring der Spirale erreichte, würde sie von der letzten Wand über die schmale Steinzunge geleitet und jeden mitreißen, der sich gerade darauf befand.

Der zweite Kran stellte eine Möglichkeit dar, wenn auch keine grandiose, da schon der obere Kran dem reißenden Wasser nicht standgehalten hatte.

Bonaventura und General Dyer fanden, er wäre besser als nichts. Bevor Jack oder Iolanthe sie davon abhalten konnte, hasteten sie zurück in den Korb und begannen, das Kabel des Krans hochzuklettern.

»He!«, rief Iolanthe.

Aber das rettete sie nicht.

Wenige Augenblicke später prallte die rasende Welle gegen den Sockel des zweiten Krans und riss ihn aus seiner Verankerung. Die gesamte, noch über den innersten Ring geschwenkte Konstruktion geriet Übelkeit erregend ins Wanken und kippte schließlich – in den Abgrund! Bonaventura und der General stürzten schreiend in die Dunkelheit, begleitet vom gesamten Kran.

»So was sieht niemand gern«, merkte Jack trocken an.

Dann sah er auf die Armbanduhr: 7:28 Uhr.

Sie mussten die Säule um genau 7:31 Uhr platzieren. Ihnen blieben nur noch drei Minuten. Aber die reißende Strömung würde sie in weniger als einer überrollen.

Er drückte die Sprechtaste seines Funkmikrofons. »Pooh Bear! Wie läuft's bei euch?«

»Die Zwillinge sind fast am Eckpunkt! Sie werden wohl etwa 30 Sekunden vor der Frist ankommen! Bei dir?«

»Hier ist es gerade ziemlich unschön geworden.« Die rasende Welle hatte mittlerweile mehr als die Hälfte zurückgelegt. »Wir sind zwar am Eckpunkt, aber an der Spitze der Pyramide zu warten ist gerade problematisch! Gib mir Bescheid, wenn die Zwillinge in Position sind! Wir haben nur diesen einen Versuch!«

Jack wandte sich an Lily und Iolanthe. »Hier lang.«

Mit der Säule in der Hand führte er seine beiden Begleiterinnen auf die Steinzunge hinaus in Richtung der Spitze der großen Bronzepyramide.

Die Wassermassen hatten drei Viertel des Wegs zu ihnen zurückgelegt und pflügten mit beängstigender Geschwindigkeit näher.

Am äußersten Ende der Steinzunge hielt Jack nach etwas Ausschau, das er nicht finden konnte. Dabei blendete er die kolossale Pyramide einen halben Meter vor ihm und das Chaos um ihn herum völlig aus.

»Was zum Teufel suchen Sie?«, brüllte Iolanthe.

»Lily, auf der Tafel ist ein Symbol, das wir noch nicht benutzt haben, richtig?«, fragte er.

»Ja.«

»Bist du dir sicher?«

»Ich hab's dreimal überprüft.«

Iolanthe sah, wie die nahende Flut in den untersten Ring der Spirale schwappte. Die Wassermassen sahen unglaublich mächtig aus und hatten sie fast erreicht.

Zu ihrem völligen Unverständnis schaute Jack nicht mal in die Richtung. Stattdessen legte er sich auf den Bauch und spähte über den Rand der Steinzunge zu deren Unterseite.

»Da ist es!«, rief er triumphierend. Er sprang wieder auf. »Lily, Iolanthe, über den Rand. Sofort. An der Unterseite der Halbbrücke hier sind Handgriffe, die zu zwei Tunneln in der Wand des Abgrunds führen: der letzte Ausweg. Los!«

Als das anstürmende Wildwasser um die letzte Kurve der Spirale raste, ließen sich die drei winzigen Gestalten von Lily, Iolanthe und Jack über das Ende der langen Steinzunge hinab.

Dann prallte die tödliche Welle gegen die Wand am unteren Ende der Spirale und schwappte über die Steinzunge, fegte über deren gesamte Länge und ergoss sich als spektakulärer dreiseitiger Wasserfall in die Tiefe.

Und darunter hingen Jack, Iolanthe und Lily an den Handgriffen in der Unterseite des schmalen Stegs aus Stein. So baumelten sie über dem bodenlosen Abgrund, während um sie herum glitzernde Vorhänge aus Wasser fielen.

LUNDY (VIERTER ECKPUNKT)

Julius Adamsons Armbanduhr zeigte 2:30 Uhr an, als er und Lachlan auf einen offenen Vorplatz am Fuß der Miniaturstadt des vierten Eckpunkts rannten. Zwischen zwei Obelisken hindurch, dann eine Treppe hinab, die den Zugang zur Halbbrücke und zur Pyramide ermöglichte.

Die abgestufte, vertikale Stadt über und hinter ihnen strotzte mittlerweile vor Wasserfällen: ein komplexes Geflecht von Sturzbächen, die sich hin und her schlängelten, bald auftrennten, bald zusammenflossen, während sie unaufhaltsam in Richtung des Vorplatzes steuerten, den die Zwillinge gerade überquert hatten. Sobald das Wasser ihn erreichte, würde es für die Zwillinge keinen Weg zurück mehr geben.

Von der Beobachtungsplattform aus hatten Pooh Bear und Stretch die Zwillinge gekonnt durch das Labyrinth geführt, immer einen Schritt vor dem Wasser, das sie verfolgte. Angespannt beobachteten sie, wie die beiden winzigen Gestalten der Brüder über die Halbbrücke am Fuß der hängenden Stadt zur Spitze der auf dem Kopf hängenden Pyramide eilten.

Julius erreichte sie mit der Säule fest in der Hand als Erster. Keuchend und schnaufend schaute Lachlan zu den sie verfolgenden Wasserfällen zurück.

»Wir sind da!«, rief Julius ins Funkgerät. »Was ist mit dir, Jack?«

Seine Armbanduhr zeigte 2:31 Uhr an.

DIEGO GARCIA (FÜNFTER ECKPUNKT)

Jacks Uhr piepte, als es 7:31 Uhr wurde.

Transparente Vorhänge aus Wasser strömten von der Steinzunge, an der er hing. Neben ihm hatte Iolanthe ihren Gürtel über eine Sprosse geschlungen und um ihr rechtes Handgelenk geschnallt, damit sie sich leichter festhalten konnte. Ein kluger Einfall, den sich Lily abgeschaut hatte.

Jack schürzte nachdenklich die Lippen.

Es gab nur eine Möglichkeit, seine Aufgabe zu erfüllen. Und dafür musste er etwas tun, das ihm zutiefst widerstrebte: Iolanthe vertrauen.

»Ich brauche Ihre Hilfe!«, rief er. »Ich muss mich durch den Wasservorhang schwingen, um die Säule zu platzieren – aber sobald ich das gemacht hab, wird das Wasser mich in den Abgrund reißen. Sie müssen meinen Gürtel festhalten und mich auffangen!«

Sein Blick begegnete dem ihren. Die wunderschöne britische Adelige starrte ihn mit ihren faszinierenden grünen Augen an, während ihr Wasser übers Gesicht lief. Unergründlich. Ihre Miene verriet nichts. Jack vermochte nicht zu sagen, ob sie ihm helfen würde oder nicht.

»Okay!«, rief sie zurück.

»Gut …« Jack war nach wie vor unsicher, doch er hatte keine andere Wahl. Er brauchte einen Erwachsenen, der ihn festhielt. Lily war dafür nicht stark genug.

Er hangelte sich zum Ende der Steinzunge, direkt unter die Spitze der Pyramide.

Dann sagte er ins Funkgerät: »Okay, Julius! Auf mein Zeichen! In drei …«

Er warf einen Blick zu Lily und fragte sich, ob er sie gerade zum letzten Mal sah.

»Zwei …«

LUNDY (VIERTER ECKPUNKT)

Julius hob seine Säule bis auf wenige Zentimeter an die Spitze seiner Pyramide. Hinter ihm tosten ohrenbetäubend die zahlreichen Wasserfälle.

»… *eins. Jetzt!*«

Julius rammte die Säule in den vorgesehenen Schlitz an der Pyramide.

DIEGO GARCIA (FÜNFTER ECKPUNKT)

Mit einem Kraftakt schwang sich Jack durch den Wasservorhang, der über die Steinzunge strömte.

414

Wasser klatschte ihm ins Gesicht. Als er die Augen öffnete, sah er die Spitze der Pyramide direkt über sich. Mit einer fließenden Bewegung streckte er die Hand aus und stieß die Säule nach oben in die Pyramide.

Die Säule rastete ein, und Jack löste den Griff daran. Wie erwartet wurde er augenblicklich vom flutenden Wasser über den Rand in den Abgrund geschleudert ...

… wo Iolanthe ihn auffing!

Sie hing nach wie vor mit einer Hand an ihrem um eine Sprosse geschlungenen Gürtel, während sie mit der anderen seinen Hosenbund umklammerte.

Die Frau hätte ihn ohne Weiteres fallen lassen können, was angesichts ihrer Rivalität bei der Mission kein Wunder gewesen wäre. Zu Jacks Überraschung tat sie es nicht.

Sie hatte ihm das Leben gerettet.

Er kletterte an ihrem Körper hoch und packte einen Haltegriff, als der Eckpunkt zum Leben erwachte.

Ein gleißender weißer Lichtstrahl schoss wie ein Laser von der Spitze der Pyramide in den dunklen Abgrund, erhellte die Tiefen des gewaltigen Schachts und verschwand in der Unendlichkeit.

LUNDY (VIERTER ECKPUNKT)

Ein ähnliches Ereignis fand am vierten Eckpunkt statt.

Julius und Lachlan Adamson standen fassungslos da, als die auf dem Kopf hängende Pyramide ihres Eckpunkts einen eigenen blendend weißen Strahl in den Abgrund unter ihrer Halbbrücke entfesselte. Die große Pyramide dröhnte laut, während die gesamte Höhle von dem grellen Licht erhellt wurde.

»Großer Gott!«, entfuhr es Julius.

Dann verschwand der mächtige Lichtstrahl abrupt. Zurück blieben nur die fahlen Schimmer ihrer Leuchtstäbe und Fackeln.

Die Säule pulsierte kristallklar an der Spitze der Pyramide. Weiß schillernde Glyphen in der Sprache des Thot erschienen an ihren Seiten, Glyphen, die ihre Belohnung – Leben – detailliert beschrieben.

Julius streckte sich danach und ergriff sie. Die glasartige Säule löste sich von der Spitze. Ein kleiner pyramidenförmiger Teil von ihr blieb daran zurück.

»Julius! Wir müssen weg!«, rief Lachlan, den Blick auf die Wasserfälle gerichtet, die immer noch auf sie zukamen.

»In Ordnung!« Julius rannte los.

Pooh Bear und Stretch lotsten sie erneut, als sie sich zurück hinauf durch die Miniaturstadt kämpften und einem gewundenen, vertikalen Pfad durch das Wasserlabyrinth folgten.

Wie Jack hatten auch Pooh und Stretch die bis dahin verwendeten Symbole der Tafel gezählt. Für den Weg zur Pyramide hatten sie exakt die Hälfte aufgebraucht. Es war Stretch, der erkannte, dass die verbleibenden Symbole den sicheren Weg zurück durch die hängende Stadt darstellten.

Es strömte immer noch Wasser von jedem Dach, aber an einigen wenigen Stellen hatte es seichte, harmlos wirbelnde Becken gebildet – das war der sichere Weg nach oben.

Einmal rutschte der erschöpfte Lachlan beim Waten gegen die knietiefe Strömung aus und wurde rückwärts in Richtung eines großen Wasserfalls gerissen. Julius hechtete zurück, packte ihn am Arm und zog ihn wieder auf die Beine.

Aber Lachlan hatte die Willenskraft verloren. »Geh, Julius! Verschwinde von hier! Ich halte dich nur auf!«

»Halt die Klappe, Lachie ...«

»Tut mir leid, Julius«, rief Lachlan. »Tut mir leid, dass ich nicht mithalten kann! Es geht einfach nicht! Und wegen Stacy Baker tut's mir auch leid!«

In der endlosen Gischt der Wasserfälle standen sich die beiden Brüder gegenüber und überlegten, was sie tun sollten.

Einige Zeit später befanden sich Pooh Bear und Stretch wieder auf dem Gipfel der Miniaturstadt und warteten angespannt.

Schließlich tauchte Julius' Hand über dem Rand ihres Turms auf, und er zog sich hoch, durchnässt und atemlos.

Zuerst fehlte von Lachlan jede Spur, und Pooh Bear schnappte entsetzt nach Luft.

Dann sah er ihn. Auf Julius' Rücken, wo er sich huckepack festklammerte.

Julius hatte Lachlan das letzte Stück des Wegs getragen.

Die beiden jungen Männer rollten auf den Boden und sogen tief die Luft ein. Pooh und Stretch eilten zu ihnen.

Stretch bückte sich, um Julius zu helfen, indem er Lachlans anderen Arm ergriff. »Lass mich dir helfen. Er muss schwer sein.«

Julius lächelte verkniffen, während Wasser von seinem Gesicht tropfte. »Schwer vielleicht, aber keine Last. Er ist mein Bruder.«

DIEGO GARCIA (FÜNFTER ECKPUNKT)

Im fünften Eckpunkt floss das Wasser weiter die spiralförmige Straße herab, aber nach einigen Minuten ließ die
Intensität nach und es versiegte zu einem Rinnsal.

Als die Strömung schwach genug war, hievte sich Jack
wieder durch den Wasservorhang nach oben und schnappte
sich die Säule von der Spitze der Pyramide. Danach schwang
er sich zurück hinunter zu seinem Handgriff an der Unterseite der Steinzunge. Wie bei der Säule auf der Insel Lundy
schillerten auch auf dieser weiße Textzeilen in antiker
Schrift. Ein Text, der die Belohnung beschrieb, *Tod*.

»Was jetzt?«, fragte Iolanthe.

»Na ja …«, begann Jack.

»*Captain West!*«, ertönte eine Stimme aus einem Megafon
von irgendwo über ihnen. »*Wir haben soeben neue Befehle
erhalten … von Ihrem Vater. Er hat die Streitkraft hier auf
Diego Garcia darüber informiert, dass Sie und die Adelige
nach erfolgreicher Platzierung der Säule die Insel nicht lebend
verlassen dürfen. Die gesamte amerikanische Garnison auf
Diego Garcia hat den Befehl, Sie beide zu töten.*«

Auf dem südlichen Rollfeld von Diego Garcia erkannte Sky
Monster den Sinneswandel seiner Gastgeber fast sofort.

Sechs furchterregende Humvees der Avenger-Klasse
kamen über die Dammstraße auf den Flugplatz der Insel
zugerast.

Jeder Avenger war mit zwei nach oben gerichteten Hal-
terungen ausgestattet, die vier Stinger Boden-Luft-Raketen

enthielten. Das bedeutete acht Raketen pro Fahrzeug, insgesamt 48.

Ein Dutzend Army Rangers rannte zu Fuß vom Tower des Rollfelds auf die 747 zu, während fünf Piloten in voller Montur zu F-15 Eagle Kampfjets eilten.

Das Timing entging Sky Monster nicht. Der Zeitpunkt zum Platzieren der Säule war soeben verstrichen. Jack musste es geschafft haben. Nun taten die Bösen, was Böse eben taten: Sie fielen einem in den Rücken, nachdem man ihnen den Arsch gerettet hatte.

Diego Garcia hatte Jack und seinem Team gerade den Krieg erklärt.

Sky Monster schloss die Außentür, rannte zum Cockpit – ohne Protest seiner beiden Speznas-Aufpasser – und beschloss, die Kriegserklärung zu erwidern.

Am Eckpunkt hingen Jack, Lily und Iolanthe immer noch von der Steinzunge.

»Wir können nicht auf dem Weg raus, auf dem wir reingekommen sind«, sagte Jack. Er deutete mit dem Kinn zu den beiden quadratischen Öffnungen in der Felswand am Ende der Reihe von Handgriffen. »Wir treffen die letzte Wahl und sehen, wohin es uns führt.«

Die linke Öffnung war die richtige und mündete in einen langen, ansteigenden Tunnel, der höher und höher verlief, bis er abrupt in einer Sackgasse an einem Sandsteinblock endete.

Als sie dort ankamen, drang Sky Monsters Stimme aus Jacks Ohrstöpsel: »Huntsman! *Lebst du da unten noch? Ich bin gerade auf der Startbahn angegriffen worden, musste abheben und um die tausend Gegenmaßnahmen einleiten! Hier oben ist die Hölle los!*«

Im Hintergrund dröhnten Explosionen.

»Kannst du überhaupt landen, um uns abzuholen?«

»*Äh, negativ.*«

»Wie sieht's mit einer Möglichkeit aus der Luft aus? Ist das machbar?«

»*Das kriege ich hin. Beim Hangar des Rollfelds. Beeilung, Jack. Ich kann sie mir noch zehn, vielleicht 15 Minuten vom Leib halten. Danach bin ich hier oben leichte Beute.*«

»Wir kommen hin, so schnell wir können. Danke, Monster.«

Draußen dröhnten Explosionen, und Rauchsäulen stiegen auf, während die *Halicarnassus* über dem Flugplatz der Insel kreiste, Leuchtspurgeschosse entfesselte und Brandbomben auf das Rollfeld abwarf.

Sky Monsters erste Angriffswelle hatte die beiden Patriot Raketenabschussfahrzeuge am Ende der Piste ausgeschaltet. Mit der zweiten hatte er tiefe Krater im Rollfeld hinterlassen, die den Start der F-15 verhinderten.

Von den Avengers am Boden schossen Stinger Raketen in den Himmel, aber die elektromagnetischen Gegenmaßnahmen der *Hali* waren zu gut für sie – die Raketen schwenkten wild von der 747 weg, bevor sie ins Meer stürzten.

Die F-15 Kampfjets stellten Sky Monsters nächstes Ziel dar. Auch wenn sie im Augenblick nicht abheben konnten, später vielleicht schon. Außerdem war Sky Monster stinksauer. Also nahm er die ersten drei auf der kurzen Rollbahn vor ihrem Hangar unter Beschuss und zerfetzte ihre Vorderräder. Die Kampfjets sackten mit den Nasen nach unten und blockierten mit ihren beschädigten Rümpfen den Weg für die beiden nicht getroffenen Jets.

Sky Monster schwenkte in einem weiten Bogen über das v-förmige Atoll und feuerte zwei weitere Raketen auf den Hauptflugplatz am westlichen Arm von Diego Garcia ab. Asphalt und Erde spritzten hoch in die Luft. Auch von dieser Piste würde so bald nichts mehr starten.

»Ihr wollt Krieg?«, brüllte Sky Monster. »Ich geb euch einen Scheißkrieg!«

Puff!

Die kurze, präzise Explosion von Jacks C2-Plastiksprengstoffladung zwang den dicken Sandsteinblock in die Knie, der ihnen den Weg versperrte.

Der Stein bröckelte, und Jack schaufelte die Trümmer hinter sich, schuf ein kleines Loch …

… und sah, wie die Räder eines riesigen HEMTT direkt vor seiner Nase vorbeirollten.

Als Jack den Spalt vergrößerte, stellte er fest, dass sie wieder am Eingangstunnel zur Spiralhöhle angekommen waren. Der Steinblock, den er gerade gesprengt hatte, gehörte zur Sandsteinwand des Tunnels.

Der Tunnel wurde schwach beleuchtet, und als Jack die nachgebenden Brocken entfernte, damit der Spalt groß genug wurde, um hindurchzupassen, sah er mehrere Humvees vorbeirasen. Ihre Scheinwerfer holperten ruckartig durch die Dunkelheit, während sie auf das Zentrum des Eckpunkts zuhielten.

In die andere Richtung fuhren einige der mit Erde gefüllten HEMTT Muldenkipper, die Jack auf dem Weg herein gesehen hatte. Man brachte sie weg, um Platz für die anrückenden Truppen zu schaffen.

»Schnell!«, flüsterte Jack zu Lily und Iolanthe. »Hier lang!«

Wenig später gelangte einer der evakuierten HEMTT Muldenkipper aus der mit dem Zeltdach getarnten Grube ins helle Tageslicht und wich einer Kolonne von Humvees aus, die in die Anlage rasten.

Niemand bemerkte die drei Gestalten, die sich an der Unterseite des riesigen Fahrzeugs festklammerten. Ebenso wenig wurden sie dabei gesehen, wie sie ins Führerhaus eines HEMTT sprangen, der einen Patriot Raketen-abschusswagen zog, den Fahrer außer Gefecht setzten und in Richtung des chaotischen südlichen Rollfelds losfuhren.

Jacks HEMTT raste über die lange Dammstraße zum Flug-platz der Insel. Kleinere Jeeps mit bewaffneten Truppen überholten ihn auf dem Weg zum dort tobenden Gefecht.

Jack wusste genau, wohin er wollte: zum Hangar mit den F-15 Kampfjets des Stützpunkts. Nur fuhr er nicht von vorn hinein.

Stattdessen krachte sein riesiges Gefährt durch die dünne Rückwand des Hangars, brauste hindurch und stieß ein paar F/A-18 Kampfflugzeuge weg, als wären sie Spielzeuge, bevor Jack schlitternd neben einer der halb zerstörten F-15 Eagle auf dem Rollfeld vor dem Hangar anhielt.

Natürlich hatte der Pilot längst den kaputten Jet ver-lassen, dessen Nase über das zerstörte vordere Fahrwerk hing.

»Ins Cockpit!« Jack zog Lily mit, während Iolanthe hinter ihnen herrannte. Unterwegs rief er ins Funkgerät: »Sky Monster! Luftabholung! Beim nächsten Überflug! Gib uns 30 Sekunden!«

»*Geht klar!*« Die *Halicarnassus* beschrieb einen weiten Bogen, bis sie direkt auf das Rollfeld zuflog.

Jack kletterte ins Cockpit des beschädigten Kampfjets.

Iolanthe zögerte. »Was haben Sie vor? Das Ding wird nicht fliegen!«

Jack hob sich Lily auf den Schoß und begann, das Cockpit zu überprüfen. »Die Maschine nicht, aber wir schon. Sie können mitkommen oder bleiben.«

Iolanthe biss sich auf die Unterlippe und entschied, was immer Jack West jr. plante, wäre besser, als auf Diego Garcia zurückgelassen zu werden.

»Wo soll ich sitzen?«

»Auf meinem Schoß, mit Lily zwischen uns und dem Sicherheitsgurt um uns alle drei.«

Iolanthe tat, wie ihr geheißen. Sie setzte sich Jack zugewandt mit Lily zwischen ihnen eingepfercht auf seinen Schoß. Jack legte den Sicherheitsgurt um sie alle an.

»Ist dieser Plan so verrückt, wie ich denke?«, fragte Lily ihn leise.

»So ziemlich.« Jack schaute zum Himmel.

Iolanthe bemerkte es, und plötzlich begriff sie. »Das kann nicht Ihr Ernst sein …«

»Festhalten, Prinzessin.«

Und damit löste Jack den Schleudersitz des Kampfjets aus.

Wusch!

Der Schleudersitz der F-15 schoss mit Jack, Lily und Iolanthe hoch in den Himmel über dem Flugplatz der Insel.

Er katapultierte sie ganze 60 Meter in die Luft, bevor ein Fallschirm über ihnen aufging und der Sitz selbst von ihnen abfiel, wodurch die drei ungelenk vom Fallschirm baumelten.

Durch das zusätzliche Gewicht würde er sie nicht lange halten können – was er aber auch nicht musste.

Denn eine Sekunde später sauste die *Halicarnassus* vorbei. Aus dem offenen Laderaum zog sie einen Haken an einem langen Seil hinter sich her. Wizard hatte die eigentlich zum Einholen von Wetterballons gedachte Vorrichtung mit dem Fanghaken einer alten F-14 Tomcat umgebaut. Und zwar für genau solche Gelegenheiten – für eine Extraktion unter erschwerten Umständen, wenn keine Landung möglich war.

Der Haken erfasste den Fallschirm perfekt und zog ihn hinter der tieffliegenden 747 her. Den Großteil des heftigen Rucks dabei fing das elastische Seil des Fanghakens ab.

Dann entfernte sich die *Halicarnassus,* wurde mit dem hinter ihr hergezogenen Fallschirm zu einem winzigen Fleck am aufhellenden Himmel und raste vom amerikanischen Stützpunkt auf Diego Garcia und dem uralten, darunter verborgenen Eckpunkt weg.

LUNDY (VIERTER ECKPUNKT)

Letztlich verließen Pooh Bear, Stretch und die Zwillinge den vierten Eckpunkt und mussten sich damit abfinden, dass sie draußen von ihrem Hubschrauber mit Royal Marines abgeholt werden würden.

Die vier kletterten aus dem Brunnen und stiegen in den Regen hinaus. Überall um sie herum brandeten Wellen heran.

Sie gaben dem Helikopter ein Zeichen, hielten die aufgeladene Säule hoch und beobachteten, wie der Co-Pilot etwas in sein Funkgerät sprach.

Dann explodierte der Hubschrauber. Plötzlich. Unerwartet. Er ging einfach in einem Flammenball auf.

Der Nachthimmel flackerte orangefarben auf, und der Helikopter samt den Royal Marines an Bord stürzte als loderndes, qualmendes Wrack ins Meer – weit dahinter kam ein anderer Hubschrauber zum Vorschein.

»Was zum Teufel ist hier los?«, brüllte Stretch.

Der neue Helikopter näherte sich, und als sich Pooh Bear sicher sein konnte, seufzte er erleichtert: Die Maschine wies eine Kennzeichnung der irischen Armee auf. Freundlich gesinnt.

Auf dem Sitz des Co-Piloten lächelte ihnen ihr irischer Verbindungsoffizier Captain Cieran Kincaid entgegen.

CARNIVORES VERSTECK
FERNÖSTLICHES RUSSLAND
18. MÄRZ 2008, 11:33 UHR ORTSZEIT (2:33 UHR MGZ)
WENIGE MINUTEN NACH DER VIERTEN UND
FÜNFTEN FRIST

Sobald er sicher sein konnte, dass die vierte und die fünfte Säule an ihren jeweiligen Eckpunkten platziert worden waren, erteilte Carnivore den Befehl.

Seine kleine persönliche Truppe von Speznas-Soldaten war in den letzten 36 Stunden fleißig gewesen.

Die wichtigste Ausrüstung war bereits zusammengetragen und an Bord von Carnivores Privatjet gebracht worden, einer schnittigen schwarzen Tupolew Tu-144. Mit ihrer Deltaform, dem langen, schlanken Rumpf und der markanten, nach unten geneigten Nase erinnerte die Tu-144 an die berühmte Aérospatiale-BAC Concorde. Tatsächlich konnte sie wie die Concorde mit Überschallgeschwindigkeit fliegen.

Unter der Leitung von Diane Cassidy waren alle möglichen Dokumente, Computer und astronomischen Karten – Carnivores gesamte Forschung über die Maschine – an Bord der Tupolew gebracht worden.

Dann kamen die Meldungen: von den Royal Marines aus ihrem Hubschrauber über Lundy und von Diego Garcia.

Die Säulen waren erfolgreich platziert worden.

Es war an der Zeit aufzubrechen.

Carnivore gab sein Versteck auf.

Während seine Männer abrückten, stellte sich der gerissene alte russische Adelige ein letztes Mal vor seine grausige Sammlung menschlicher Trophäen in ihren flüssigen Grüften. Diane Cassidy trat an seine Seite.

Carnivore betrachtete den imposanten Wolf, die jüngeren Soldaten Zoe und Astro, den stolzen Scheich Anzar al Abbas aus Dubai, den Hexenmeister der Neetha und schließlich am Ende der Reihe die kleine Gestalt von Alby Calvin, dem Freund des Orakelmädchens, neben seiner Mutter.

Carnivore lächelte philosophisch.

Jammerschade, dass er eine so erlesene Sammlung zurücklassen musste.

Er drückte einen Knopf für die mit den Lautsprechern in allen Tanks verbundene Gegensprechanlage.

»Werte Gäste. Leider ist für mich die Zeit zum Aufbruch gekommen. Ich danke Ihnen allen für die Freude, die Sie mir bereitet haben – einige von Ihnen über viele Jahre hinweg. Dieser Stützpunkt wird aufgegeben. Die Folgen für Sie alle sind leider etwas unerfreulich. Da der Stützpunkt unbemannt zurückbleibt, kann auch niemand die an Ihre Atemregler angeschlossenen Sauerstoffflaschen wechseln. Wenn ich schätzen müsste, würde ich sagen, Sie haben noch Luft für etwa 72 Stunden. Länger, wenn Sie flach atmen. Leben Sie wohl.«

Die Gefangenen reagierten unterschiedlich: Abbas brüllte lautlos, Zoe schaute abrupt auf, Astro ließ nur müde den Kopf hängen und Alby traten die Augen aus den Höhlen. Wolf starrte Carnivore nur ruhig an.

»Darf ich?«, fragte Diane.

»Wenn Sie sich dann besser fühlen …«, erwiderte Carnivore.

»Oh, das werde ich.« Diane trat vor und stellte sich vor den Tank des Hexenmeisters der Neetha. Als sie an die Scheibe klopfte, schaute der alte Mann auf. »He! Mein Gegengeschenk für die Jahre der Sklaverei bei deinem Stamm.«

Damit drehte Diane entschlossen ein Ventil und stellte seine Sauerstoffzufuhr ab. Der alte Mann hustete, bevor er heftig zu zucken und zu würgen anfing, weil er nicht mehr atmen konnte. Nach wenigen Augenblicken erschlaffte er und trieb tot in der trüben Konservierungsflüssigkeit.

»Viel besser.« Damit schritt Diane an Carnivore vorbei und ging nach draußen.

Wenige Sekunden später folgte ihr der Mann mit dem Stahlkiefer. Er marschierte aus dem Observatorium, hob mit seinem Flugzeug ab und ließ auf dem abgeschiedenen, nur wenigen Privilegierten bekannten Stützpunkt dessen lebendes Dekor zum Sterben zurück.

Neun Minuten nach Carnivores Abflug herrschte Stille im Observatorium.

Das riesige Teleskop ruhte gen Himmel gerichtet auf seiner Halterung. Bewegung ging nur von den aufsteigenden Blasen in den Tanks an den Wänden aus.

Plötzlich zerbarst einer der Tanks. Stinkende grüne Flüssigkeit schwappte heraus und ergoss sich über den Porzellanboden.

Wolfs Tank.

Im Inneren hing Wolf an seinen Ketten, von Kopf bis Fuß mit einer Schicht grüner Flüssigkeit bedeckt. Nur die linke Hand baumelte frei herab. Sofort hob er sie, riss sich den Atemregler vom Gesicht und saugte sich frische, saubere Luft in die Lunge.

Es hatte unglaubliche Anstrengung, Geduld und Konzentration erfordert, so weit zu kommen.

Hätte man genau hingesehen, man hätte bemerkt, dass die getarnte Abdeckung von Wolfs Abschlussring aus Annapolis offen stand – ein Ring, der eine winzige Menge C2-Plastiksprengstoff beherbergt hatte. Nicht nur Jack West jr. und Pooh Bear trugen stets Notausrüstung für eine Flucht bei sich. Zuerst hatte Wolf behutsam mit den Fingern der gefesselten linken Hand den Ring geöffnet und etwas von dem Sprengstoff darin benutzt, um die linke Metallschelle zu sprengen. Kaum hatte er diese Hand befreit, klebte er etwas von dem C2 an die vordere Scheibe seines Tanks und sprengte auch sie.

Von grünem Nass bedeckt löste Wolf langsam die Schnallen der drei anderen Schellen an seinen Gliedmaßen und ließ sich auf den Boden des leeren Tanks fallen, wo er zum Stehen kam.

Es folgte der schmerzhafte Teil: das Entfernen des Katheters aus seinem Körper. Wolf griff sich den Atemregler, biss auf die Gummiränder und machte sich an die grausige Aufgabe. Dreimal musste er kraftvoll und schockierend schmerzhaft daran reißen – beim letzten Mal hätte er beinahe das Bewusstsein verloren –, aber er bekam den Katheter heraus.

Gleich darauf bewegte sich Jack West sr. leicht schwankend, aber wohlauf aus dem halb zerstörten Tank.

Frei.

Einen Moment lang betrachtete Wolf nachdenklich die anderen Tanks – die Insassen starrten ihn ungläubig an. Zoe schrie, zerrte an ihren Ketten und flehte ihn offenbar an, sie zu befreien. Auch Astro schaute auf, um zu sehen, ob Wolf ihm helfen würde.

Aber Wolf befreite niemanden.

Stattdessen ging er zur Funkkonsole an der Wand und arrangierte die Abholung durch seine Leute. Außerdem funkte er nach Diego Garcia und wies die Truppen dort an, Jack und Iolanthe nicht lebend von der Insel zu lassen. Danach fand er in einem nahen Gebäude einen Duschraum und Kleidung und säuberte sich.

Schließlich kehrte Wolf ins Observatorium zurück, setzte sich auf einen Stuhl und betrachtete die grünen Tanks samt ihren Gefangenen, während er auf sein Rettungsteam wartete.

Einige Stunden später traf es in Form von zwei F-15 ein. Da verließ Wolf wortlos wie vor ihm Carnivore das abgelegene Observatorium. Die anderen Gefangenen, denen langsam die Luft ausging, blieben zurück.

SECHSTES GEFECHT

DAS GRAB CHRISTI

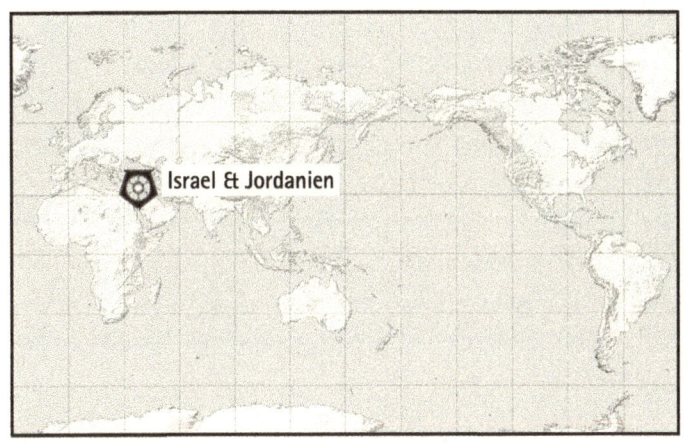

Israel & Jordanien

TOTES MEER
ISRAELISCH-JORDANISCHE GRENZE
18. MÄRZ 2008
ZWEI TAGE VOR DER LETZTEN FRIST

Die *Halicarnassus* parkte auf einem Rollfeld in einem abgelegenen Winkel der Vereinigten Arabischen Emirate, ein schwarzer Schemen vor dem nächtlichen Horizont.

Jack saß in seinem von einer einzigen Lampe erhellten Büro im hinteren Teil des Flugzeugs über seinen Schreibtisch gebeugt. Eine Ansammlung von Büchern, Notizen und Karten lag darauf verstreut. Horus hockte treu auf der Stuhllehne, allzeit aufmerksam, während Lily hinter ihm auf dem Boden schlief. Einer seiner beiden Speznas-Aufpasser wachte an der Tür, während der andere in einer Koje döste. Iolanthe duschte gerade im Mannschaftsquartier.

Jack betrachtete den Jakobusbrief, den die Zwillinge gefunden hatten und der angeblich die letzte Ruhestätte von Jesus Christus offenbarte:

Er ruht in Frieden,
an einem Ort, den zu betreten sich
selbst die mächtigen Römer scheuen.
In einem Königreich aus Weiß
wird er nicht altern.
Seine Weisheit ruht bei ihm,
beschützt von einem Zwilling,
dem alle Diebe zuerst begegnen.

Jack grübelte gerade darüber, was das bedeuten mochte, als sich Pooh Bear und die anderen über eine Videoverbindung meldeten.

Jack schilderte ihnen, was sich auf Diego Garcia ereignet hatte, und Pooh berichtete ihm von ihrem Einsatz auf Lundy und ihrer Rettung durch Cieran Kincaid auf dem Weg nach draußen. Pooh, Stretch, die Zwillinge und Cieran befanden sich derzeit in Dublin auf einem freundlich gesinnten Armeestützpunkt und hatten die aufgeladene vierte Säule in ihrem Besitz.

»Was machen wir jetzt?«, fragte Pooh Bear.

Jack warf einen Blick zu seinem Speznas-Bewacher, der sich nicht anmerken ließ, ob er Englisch verstand.

»Ich wüsste nicht, was für eine Wahl wir haben«, sagte er. »Wir müssen die sechste Säule finden. Carnivore hat Vulture, Scimitar und Mao losgeschickt, um sie für ihn zu holen, aber wir dürfen nicht zulassen, dass einer von ihnen sie findet und platziert. Wir müssen sie zuerst bekommen.«

»Wofür wir erst mal rausfinden müssen, wo das verschollene Grab von Jesus Christus liegt«, merkte Julius an.

»Das ist mir klar.« Jack deutete auf das Chaos der Bücher und Notizen um sich herum.

Cieran Kincaid erschien auf dem Bildschirm neben Pooh Bear.

»Jack ...«

»Ja, Cieran.« Jack wusste, was kommen würde.

»Jack, Jesus Christus ist von den Toten auferstanden und leibhaftig in den Himmel aufgefahren. Das ist keine bloße Frage des Glaubens. Es ist eine anerkannte Tatsache. Also gibt es kein Grab.«

»Cieran, ich bin dir dankbar, dass du meine Jungs

gerettet hast, aber so leid es mir tut, da kann ich dir nicht zustimmen. Ich hab auf meinen Reisen genug verrückten Kram erlebt, um sagen zu können, dass es in Sachen Religion keine Fakten gibt, nur Überzeugungen. Du kannst glauben, was immer du willst. In der Zwischenzeit mache ich mich auf die Suche nach diesem Grab.«

»Wir steuern rasant auf den Höhepunkt zu und liegen weiter als sonst hinter unseren Gegnern zurück, Jack«, sagte Stretch in ernstem Ton. »Uns bleiben nur zwei Tage, um die Säule im letzten Eckpunkt zu platzieren, und wir wissen weder von der Säule noch vom Eckpunkt, wo sie sich befinden.«

»Ich weiß, ich weiß«, erwiderte Jack. »Aber wo's Leben gibt, da gibt's auch Hoffnung.«

»Das also ist unser Plan?«, warf Lachlan ein. »Das ist alles?«

»Mehr hab ich nicht auf Lager«, gab Jack müde zurück. »Steckt einfach die Nasen in Bücher und helft mir. Ich melde mich, sobald ich was finde.«

Damit beendete er den Videochat und kehrte seufzend zurück an die Arbeit.

Wenige Minuten später erschien Iolanthe frisch geduscht an der Tür. Mittlerweile trug sie Shorts und ein eng anliegendes, ärmelloses weißes Oberteil, das ihre schlanke Figur betonte. Das normalerweise zurückgebundene Haar hing offen um ihre nackten Schultern.

»Glauben Sie wirklich, dass Sie die Jesus-Säule finden können?«, fragte sie.

Jack schaute zu ihr auf. »Ich darf nicht zulassen, dass Ihr russischer Cousin die Säule bekommt und sie am letzten Eckpunkt platziert. Ich muss sie vor ihm finden.«

Iolanthe lehnte sich an die Tür und musterte ihn aufmerksam. »Wenn Sie die Säule finden, muss ich Carnivore darüber informieren. Genau wie die da.« Sie deutete mit dem Kopf auf den Wachmann neben sich. »Immerhin sind wir hier, um Sie im Auge zu behalten.«

»Sie müssen es ihm nicht sagen«, entgegnete Jack leise.

Iolanthe lächelte und schüttelte den Kopf. Dann betrat sie den Raum, schloss die Tür hinter sich und ließ den Wachmann draußen. »Sie sind schon was Besonderes, wissen Sie das?«

»Ich tue, was ich für richtig halte.«

»Aber Sie machen damit immer weiter. Sie geben nie auf. Sie sind der entschlossenste Mann, der mir je begegnet ist.«

»Das ist eine Gabe.«

»Es ist der Grund, warum Ihre Leute Ihnen folgen. Und« – flüsternd trat sie näher – »es könnte der Grund werden, warum vielleicht auch ich mich Ihnen anschließe. Ich könnte mich wohl dazu überreden lassen, Carnivore nichts zu sagen …«

Jack unterbrach seine Recherchen.

»Sie würden die königlichen Familien verraten?«, fragte er.

»Wie alle Familien haben auch unsere Mitglieder ihre Differenzen und kleinkarierten eigenen Pläne. Carnivore ist der ranghöchste Vertreter der europäischen Königshäuser, aber manch einer in Großbritannien hält ihn für zu skrupellos, zu … unschicklich. Sein Blut mag blau sein, aber seine Methoden sind barbarisch.«

»Und was denken Sie?«

»Ich denke, dass sich Carnivore in erster Linie um Carnivore kümmert. Und ich denke, ich habe meinen königlichen Verwandten weit mehr gegeben als sie je mir.« Sie leckte sich die Lippen. »Ich finde, ich verdiene eine Belohnung für meine Bemühungen. Meine Familie erwartet meine Loyalität, während Sie die Loyalität von Menschen erringen. Sie beeindrucken mich immer wieder aufs Neue. So was kann eine Frau schon ins Wanken bringen …«

Damit trat sie hinter Jack, bewegte sich geschmeidig und leise, beugte sich über ihn und warf einen Blick auf seine Notizen. Er spürte, wie ihre Brüste zart gegen seine Schulter drückten. Ihr langes Haar roch feucht, ihre herrlich weiche Haut feminin.

»Im Eckpunkt haben Sie mir das Leben gerettet«, sagte er, ohne sie anzusehen. »Ich war mir nicht sicher, ob Sie's tun würden.«

»Wie gesagt, Sie inspirieren mich, wie ich noch nie zuvor inspiriert worden bin.«

Jack schwieg.

Iolanthe sah ihn an. »Hat mir sehr leidgetan zu hören, wie Miss Kissane Sie betrogen hat. Davon wusste ich nichts.«

»Ich auch nicht.« Jack sah ihr immer noch nicht in die Augen.

Als Iolanthe wieder das Wort ergriff, ertönte ihre Stimme im Flüsterton direkt in Jacks linkem Ohr, nur Millimeter entfernt.

»Eine Frau muss schon verrückt sein, um sich hinter Ihrem Rücken mit einem anderen Mann zu treffen, Jack West. Für mich wären Sie alles, was ich brauche.«

Jack schluckte. Er schaute stur geradeaus, während Gedanken und Bilder durch seinen Kopf wirbelten: Zoe staubbedeckt auf seiner Farm; Iolanthe hier bei ihm, wunderschön, duftend, das enge Oberteil an seine Schulter gepresst, während sie sich ihm praktisch anbot; Carnivore, wie er Jack mitteilte, dass Zoe mit einem anderen geschlafen hatte; und Zoe, die bestätigend in ihrem Tank den Kopf hängen ließ.

Er drehte sich um, wollte der britischen Adeligen antworten …

… und spürte unverhofft Iolanthes Lippen auf seinen. Sie küsste ihn sanft, sinnlich, mit echter Leidenschaft.

Jack rührte sich nicht. Er schloss die Augen und ließ sich von ihr küssen. Die Berührung ihrer Lippen fühlte sich elektrisierend an.

Großer Gott …

Langsam zog sich Iolanthe zurück und sah ihm in die Augen.

»Wir müssen bei der Sache nicht auf gegnerischen Seiten stehen, Jack. Aber selbst wenn, heißt das nicht, dass wir uns nicht miteinander vergnügen können. Ich gehe jetzt in mein Quartier, wo ich aus diesen Sachen schlüpfe und zum ersten Mal seit Tagen wieder nackt schlafen werde. Würde mich sehr freuen, wenn du dich zu mir gesellst …«

Damit küsste sie ihn aufs Ohr und verließ das Büro.

Jack saß wie erstarrt da.

Dann schüttelte er blinzelnd seine Benommenheit ab, atmete gedehnt aus und sah Horus an. Die Falkendame krächzte.

»Kannst du laut sagen«, murmelte er, bevor er sich wieder der Arbeit zuwandte.

In Iolanthes Quartier ging er nicht.

Ein paar Stunden später wachte Lily auf. Jack saß immer noch am Schreibtisch und brachte Markierungen auf einer Karte an.

»Hey«, sagte sie schläfrig.

»Hey, Kleines.«

»Was machst du gerade?«

»Ich versuche, an einem einzigen Tag etwas zu finden, wonach die Menschen seit Jahrhunderten suchen: das Grab von Jesus Christus.«

»Schon Glück damit gehabt?«

Jack zuckte mit den Schultern. »Vielleicht ein bisschen.«

Er zeigte ihr die uralte Karte vor sich. Sie bildete Kleinasien ab: Israel, Palästina, Jordanien, Syrien und die Türkei.

»Die Zwillinge haben viel über Jesus recherchiert«, sagte er. »Sie sind sämtlichen Mythen darüber nachgegangen, was nach der Kreuzigung mit ihm passiert ist. Die hartnäckigste Theorie besagt, dass Jesus den Rest seiner Tage in Masada verbracht hat, während andere vermuten, dass er nach Osten gereist und in der Region von Kaschmir in Indien gelandet ist.«

»Ich spüre ein Aber kommen«, sagte Lily.

»Aber das sind nur Theorien. Für beides gibt es keine handfesten Beweise. Ich brauche einen neuen Ansatz«, erwiderte Jack. »Noch jeder, der nach dem Grab gesucht hat, ist Jesus' Spur gefolgt, die sich letztlich in Mythen und Legenden verliert. Ich denke, wir müssen der Spur von jemand anderem folgen, der Jesus gekannt hat. Und ich glaube, ich habe gerade einen Kandidaten gefunden.«

»Wer ist es?«

Jack zeigte auf dem Schreibtisch auf ein anderes Blatt Papier, das Lily schon einmal gesehen hatte. »Sein Bruder Jakobus.«

Lily betrachtete das Blatt:

Jerusalem	*Dibon*
Ephraim	*Medeba*
Jericho	*Rabbath Ammon*
Gilgal	*Damaskus*
Masada	*Aleppo*
En Gedi	*Diyarbakir*
En Bokek	*Erzurum*
Berg Sodom	*Berg Ararat*
En Aradhim	*Jerewan*
Kir Moab	*Van*
Aroer	

»Das ist die detaillierte Beschreibung von Jakobus' epischer Reise von Judäa zur Festung Van, die unsere Zwillinge zuvor gefunden haben«, erklärte Jack. »Das ist die Reise, die Jakobus mit zwei der Säulen in seinem Besitz unternommen hat.«

»Okay …«

»Und irgendetwas an der Aufstellung hat mich immer gestört. Irgendetwas daran war nicht richtig. Jetzt weiß ich es.«

»Was?«

»Ich hab die alte Karte hier von Kleinasien gefunden und Jakobus' Route darauf eingezeichnet. Wirf mal einen Blick darauf.«

Jack drehte die Karte so, dass Lily sie betrachten konnte.

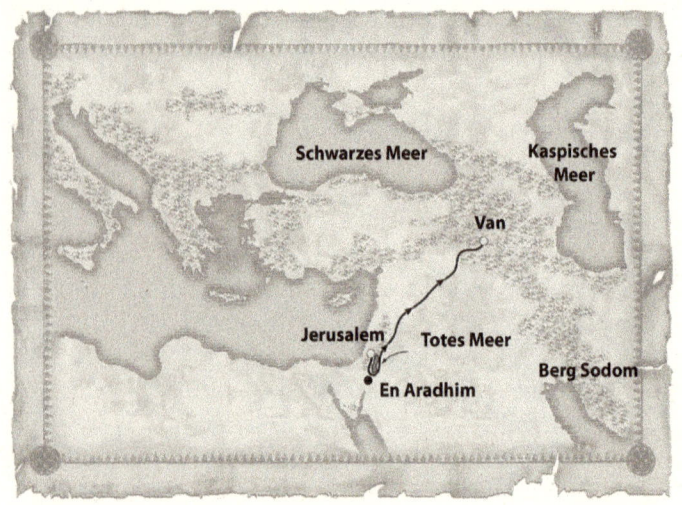

»Siehst du es?«, fragte Jack.

Und Lily sah es tatsächlich.

Jakobus hatte nicht den direktesten Weg von Jerusalem nach Van genommen. Er hatte einen mächtigen Umweg nach Süden eingeschlagen, bevor er nach Nordosten ging. Dabei hatte er das Tote Meer fast vollständig umrundet. In einer Liste von Ortsnamen fiel der Umweg nicht ohne Weiteres auf, sehr wohl jedoch, wenn man sie auf einer Karte einzeichnete.

»Jakobus ist nicht direkt von Jerusalem zur Festung in Van gegangen«, bestätigte Jack. »Er hat einen großen Umweg nach Süden durch Masada eingeschlagen, vorbei an Wüstenquellen namens En Gedi und En Bokek, bevor er beim Berg Sodom und einer Quelle in dessen Nähe war, En Aradhim. Erst danach hat er die Reise nach Nordosten fortgesetzt, schnell und direkt nach Van.«

»Was denkst du also?«, fragte Lily.

»Ich denke, dass Jakobus zuerst das Grab seines Bruders

besucht hat, bevor er für den Rest seines Lebens ins Exil gegangen ist. Aber nicht in Masada. Jakobus ist viel weiter als bis dorthin marschiert.« Jack zeigte auf die südlichste Stelle von Jakobus' Reise. »Lily, ich glaube, Jesus' Grab ist irgendwo hier unten an der Südspitze des Toten Meers in der Nähe der Quelle En Aradhim am Fuß der Salzberge von Sodom.«

TOTES MEER
ISRAELISCH-JORDANISCHES GRENZGEBIET
19. MÄRZ 2008, 7 UHR
TAG VOR DER LETZTEN FRIST

Das Tote Meer ist der tiefste Punkt der Erde. Es liegt volle 400 Meter unter dem Meeresspiegel. Bekannt ist es vor allem für seinen extrem hohen Salzgehalt – an den Rändern kristallisiert eine weiße Salzkruste. Außerdem schrumpft es aufgrund der ständigen Verdunstung und verliert jedes Jahr etwa 50 Meter an Breite. Ganz dem Namen entsprechend liegt das Tote Meer tatsächlich im Sterben.

Im äußersten Süden des Sees liegt der Berg Sodom, eine Ansammlung schartiger, schneeweißer Gipfel, die aus reinem Natriumchlorid bestehen – Salz. Viele uralte, längst aufgelassene Bergwerke erstrecken sich in ihm.

»Salz war in der Antike von enormer Bedeutung«, erklärte Jack seiner Tochter, als die *Halicarnassus* auf einer verwaisten Wüstenstraße auf der jordanischen Seite der Salzberge zum Stehen kam. »Römische Soldaten wurden oft mit Salz bezahlt. Bevor es Kühlsysteme gab, wurde es zum Konservieren von Fleisch benutzt. Die Römer haben es überall in ihrem Reich abgebaut, von Germanien bis Judäa.«

Sie fuhren mit einem Jeep, den sie sich in den Emiraten geholt hatten, aus dem Laderaum der *Hali*. Iolanthe begleitete sie, anscheinend nicht verärgert darüber, dass

444

Jack ihr Angebot vom Vorabend in den Wind geschlagen hatte. Ihre beiden Speznas-Aufpasser – von Lily in Ding und Dong getauft – blieben mit Sky Monster in der *Halicarnassus*, da sie die Maschine richtigerweise als Jacks einzige Möglichkeit betrachteten, von diesem Ort wegzukommen.

Vor ihnen ragten bizarre weiße Erhebungen auf, die eher wie hohe Schneewechten als wie Wüstenhügel aussahen. Das Tote Meer erstreckte sich in der Morgendämmerung glitzernd nach Norden.

»Salzbergwerke eignen sich hervorragend als Grabstätten«, erklärte Jack weiter, »weil Salzkristalle Durchgänge versiegeln, Sauerstoff fernhalten und so alles darin konservieren.«

Als sie von der *Halicarnassus* weg den Hügel hinauffuhren, gelangten sie zu einer kleinen Süßwasserquelle, En Aradhim, dem scheinbar unnötigen Zwischenstopp, den Jakobus auf dem Weg nach Van eingelegt hatte.

Es handelte sich um kaum mehr als eine kleine, blubbernde Lache, die als jämmerliches Rinnsal in Richtung des Sees sickerte, so dünn, dass es verdunstete, bevor es das Tote Meer erreichte.

In der Nähe der Quelle jedoch befand sich der Eingang zu einem längst stillgelegten Bergwerk.

Ausgetrocknete Holzbretter und von einem halben Jahrhundert verwehter Sand versiegelten es. Gleise mit ein paar verrosteten Grubenwagen aus Eisen verliefen unter den Brettern hindurch. Zerbrochene Kerosinlampen lagen auf dem Boden verstreut.

Verwitterte Schilder auf Englisch, Hebräisch und Arabisch warnten: »GEFAHR: INSTABIL/STEINSCHLAG«,

»BETRETEN VERBOTEN« und »GEFAHR: ENTZÜND-
LICHES GAS IM BERGWERK (METHAN): KEINE
OFFENEN FLAMMEN«.

»Ein Bergwerk aus den 1930ern. Britisch«, kommentierte Iolanthe, während sie die Typenschilder der Grubenwagen betrachtete. »Diese Wagen wurden 1922 in Sheffield
gebaut.«

»Aber wahrscheinlich befindet sich darunter eine viel
ältere Mine aus der Zeit der Römer«, sagte Jack. »Ich
vermute, dass erst die modernen Bergleute auf Methan
gestoßen sind, denn die Römer haben mit Sicherheit
offene Flammen benutzt.«

»Ist ungemütlich, wenn sich brennbares Gas in Berg-
werken entzündet«, meinte Iolanthe warnend.

Jack deutete mit dem Kopf auf eine klobige blaue Segeltuchtasche hinten auf dem Jeep. »Ich hab Atemmasken
dabei und einen aufblasbaren Luftabschluss, falls wir einen
gefährlichen Abschnitt der Mine abdichten müssen.«

»Ist das der einzige Eingang?«, fragte Lily.

»Das bezweifle ich«, erwiderte Jack. »Dadrin könnte es
kilometerlange Wege geben. Wahrscheinlich verteilen sich
etliche Eingänge um den Berg herum.«

»Und was genau machen wir jetzt?«, fragte Iolanthe.

»Wir gehen rein«, antwortete Jack. »Und sehen mal, was
wir finden.«

Mit einem Brecheisen entfernte Jack die alten Holzbretter
über dem Eingang. Dann fuhren sie zu dritt im Licht der
Scheinwerfer des kleinen Jeeps in die Mine.

Das Innere glich einer Fantasiewelt: die Wände und
Decken vollkommen weiß, gänzlich aus Salz, so kristallin
und durchscheinend, dass es sich wie in einem Schloss aus

Eis anfühlte. Die verkrusteten weißen Wege erwiesen sich als höllisch rutschig.

Eine weiße Welt, und trotz der nummerierten Tunnel zutiefst verwirrend. Der einzige Trick, der Jack einfiel, um ihre Route zu markieren, war der, den Theseus im Labyrinth des Minotaurus benutzt hatte: Er ließ unterwegs Leuchtstäbe zurück, damit sie zumindest wieder nach draußen finden würden.

Vorsichtig fuhr Jack durch das Netzwerk der weißen auf- und absteigenden, kurvenreichen Tunnel.

Als sie tief in das Bergwerk hinabfuhren, bemerkten sie Veränderungen. Oben waren die Stollen breiter und präziser gegraben. Die größeren wiesen Schienen für Grubenwagen und Kabel für elektrische Beleuchtung auf. Doch je tiefer sie kamen, desto mehr verschwanden die Anzeichen für modernen Bergbau.

Die Tunnel wurden rauer, runder, schmaler, die Holzbalken zum Stützen der Decke dicker und primitiver. Und mittlerweile sahen sie längst verblasste römische Ziffern über den einzelnen Tunneln eingemeißelt.

Jack brachte den Jeep zum Stehen.

»Wir sind jetzt im ursprünglichen römischen Salzbergwerk.« Skeptisch beäugte er die alten Holzstützen. »Ich hoffe, die Balken halten noch ein bisschen länger. Aber für den Jeep ist es zu eng. Wir gehen zu Fuß weiter.«

Er schnappte sich die Segeltuchtasche von der Ladefläche des Jeeps und warf sie sich über die Schulter.

Sie marschierten 30 Minuten lang.

»Captain«, sagte Iolanthe müde, »haben Sie einen Plan? Suchen wir eigentlich nach irgendwas?«

»Ja, tun wir …«

Sie stießen auf eine Verzweigung dreier Tunnel, alle lose mit Brettern zugenagelt.

Auf das Holz hatte man die üblichen modernen Warnungen gemalt, doch an den salzverkrusteten Öffnungen selbst prangten wesentlich ältere Warnungen, kaum noch lesbar.

NOLI INTRARE. CANALIS INSTABILIS.

»Das ist Latein«, sagte Lily. »Nicht betreten. Minenstollen instabil.«

»Sogar die Römer hatten ihre Grenzen«, sagte Jack. »Danach haben wir gesucht.«

»Und was ist das?«, fragte Iolanthe.

Jack drehte sich um. »Denken Sie zurück an den Brief, den Jakobus an Maria Magdalena nach Frankreich geschickt hat:

Er ruht in Frieden,
an einem Ort, den zu betreten sich
selbst die mächtigen Römer scheuen.
In einem Königreich aus Weiß …

Die Gelehrten dachten immer, Jakobus würde damit einen den Römern *feindlich gesinnten* Ort beschreiben. Persien oder Nordeuropa. Aber niemand hat je an einen Ort gedacht, den die Römer selbst abgesperrt haben. Danach habe ich gesucht – nach der Stelle, ab der die Römer das Bergwerk für zu gefährlich gehalten haben. Nach dem Bereich, den selbst sie sich zu betreten gescheut haben.«

Jack stellte sich vor die Verzweigung und untersuchte jeden möglichen Weg. Regungslos stand er da.

»Wonach halten Sie Ausschau?«

»Pst«, machte er. »Ich halte nicht Ausschau … ich lausche.«

Er ging zum linken Tunnel, spähte zwischen den Brettern hindurch und horchte aufmerksam.

»Scheiße«, fluchte er.

»Was ist?«, fragte Iolanthe.

»Hören Sie selbst …«

Iolanthe tat es. Und hörte dasselbe wie Jack.

Stimmen. Entfernte, widerhallende Stimmen. Irgendwo im abgesperrten Bereich des Bergwerks.

Schnell, leise und entschlossen begann Jack, die Bretter zu entfernen.

»Es ist schon jemand hier«, flüsterte er.

Mit äußerster Vorsicht rückte Jack einen steilen, rutschigen Gang hinunter vor, gefolgt von Lily und Iolanthe. Der Tunnel schien an einem dunklen Abgrund vor ihnen zu enden.

»Wir kommen aus Norden rein. Also muss es einen anderen Zugang aus Süden geben …«

Plötzlich schwenkte künstliches Licht über das Ende ihres Gangs.

»Taschenlampen«, stieß Jack hervor. »Unten bleiben.«

Tief geduckt schlichen sie zu dritt zum Ende des Tunnels.

Dort hielt Jack inne und spähte hinab. Ihr Gang endete nahe der Decke eines Stollens unter ihnen.

Und unten auf dem Boden sichtete Jack neben einer großen, flachen, radförmigen Vorrichtung mehrere Gestalten mit Taschenlampen, die in eine breite Salzgrube hinabblickten.

Scimitar und Mao Gongli in Begleitung von vier russischen Speznas-Soldaten von Carnivore.

»Verfluchter Mist«, flüsterte Jack. »Wir haben es gefunden.«

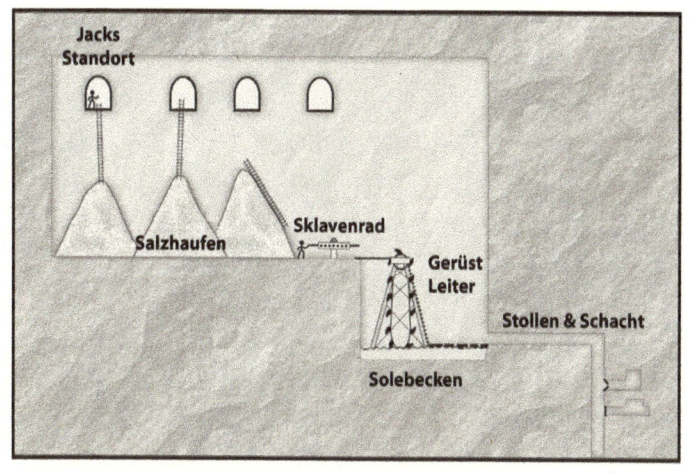

DAS RÖMISCHE SALZBERGWERK

Während Jack von seiner erhöhten Position hinabblickte, erkannte er den Zweck des Stollens.

Es handelte sich um eine Sammelstelle: Sechs etwa fünf Meter hohe Salzhügel bildeten zwei Dreierreihen direkt unter weiteren, höhergelegenen Durchgängen wie seinem. Offenbar war das von Sklaven in den Tiefen des Bergwerks gesammelte Salz für die koordinierte Beförderung an die Oberfläche hierhergebracht worden.

Bei dem waagerechten, radähnlichen Gegenstand in der Nähe von Scimitar und Mao handelte es sich um ein Sklavenrad, das ein aus der breiten Grube aufsteigendes Förderband antrieb, wie Jack erkannte. Das Förderband war an einem hohen Gerüst in der Grube befestigt. An das Rad gekettete Sklaven würden es einst gedreht haben, um das Salz in an dem Förderband angebrachten Eimern nach oben zu transportieren.

Dann jedoch kam Jack ein anderer Gedanke.

Wo steckt Vulture?

Carnivore hatte Mao, Scimitar und Vulture damit betraut, die sechste Säule zu finden.

Dann sichtete Jack den Mann.

Er kletterte gerade über das Gerüst in der Grube nach oben …

… und hielt in der Hand ein in Stoff gewickeltes Bündel der Größe eines Footballs.

Jack schnappte nach Luft.

Vulture stieg aus der Grube und wickelte das Bündel aus. Zum Vorschein kam ein durchscheinender Diamantblock.

Die sechste und letzte Säule.

Die Jesus-Säule.

Der Schall wurde in der Höhle gut übertragen. Sie konnten Vulture klar und deutlich hören, als er sich an seine russischen Aufpasser wandte.

»Die Beute eures Meisters«, spie der Saudi ihnen entgegen und übergab die Säule an die Soldaten.

Deren Anführer wirkte zufrieden. »Wir kehren nach oben zurück und informieren den General über den Fund.«

Bewacht von ihren russischen Aufpassern verließen Vulture, Scimitar und Mao die Kammer durch einen Ausgang auf der Südseite.

Lily richtete sich auf. »Daddy, wir müssen was unternehmen. Die entkommen …«

Aber Jack rührte sich nicht.

Er starrte nur auf das uralte Gerüst, das aus der Grube ragte.

Iolanthe beobachtete ihn aufmerksam. »Was ist?«

Jack zitierte:

»Seine Weisheit ruht bei ihm,
beschützt von einem Zwilling,
dem alle Diebe zuerst begegnen.«

»Ein Zwilling.« Immer noch starrte er wie gebannt nach unten. »Ein Zwilling, dem alle Diebe zuerst begegnen …«

Dann begriff er.

»Es ist eine Fälschung«, sagte er leise.

»Eine was?«, Iolanthe wirbelte herum.

»Was ist eine Fälschung?«, hakte Lily nach.

Jack schluckte. »Die Säule, die sie gerade mitgenommen haben. Sie soll jeden, der herkommt, zu dem Glauben verleiten, er hätte die echte Säule gefunden. Mao, Vulture und Scimitar haben gerade die falsche Säule zu Carnivore mitgenommen.«

Eine Leiter aus der Zeit der Römer führte von Jacks erhöhter Position hinunter zu einem der Salzhaufen auf dem Boden des verlassenen Stollens.

Unten angekommen bewegte sich Jack im Licht einiger Leuchtstäbe und gefolgt von Lily und Iolanthe langsam und leise zwischen den hohen Salzhaufen hindurch, bis er den Rand der großen rechteckigen Grube am anderen Ende erreichte. Aus der Nähe erwies sich das Sklavenrad als deutlich größer. Es hatte ungefähr die Ausmaße eines Kleinwagens. Rostige Schellen baumelten daran.

Die Grube selbst war etwa 15 Meter tief. Den Boden bedeckte eine trübe, milchige Flüssigkeit.

»Sole«, sagte Jack. »Man muss hier auf Grundwasser gestoßen sein, das sich mit dem Salz vermischt hat.«

Zusammengebundene Holzbretter bildeten eine lose Brücke über die Sole und ermöglichten den Zugang zu vier leicht erhöhten quadratischen Tunneln auf der anderen Seite. Vulture hatte Leuchtstäbe in dem ganz rechts zurückgelassen.

»Sie bleiben hier«, sagte Jack zu Iolanthe. »Du kommst mit«, wandte er sich an Lily.

»Warum kann ich nicht mitkommen?«, protestierte Iolanthe.

»Weil ich immer noch nicht schlau aus Ihnen geworden bin. Ich kann nicht abschätzen, wann Sie mich eher umbringen oder retten würden. Also finde ich es besser, Sie einfach aus der Gleichung herauszuhalten. Sie halten hier oben Wache.«

Iolanthe verdrehte zwar die Augen, nahm jedoch keinen Anstoß an seinen Worten. »Na schön.«

Jack kletterte die Leiter hinunter in die Grube. Lily folgte ihm.

Dann bewegten sie sich langsam, geradezu ehrfürchtig auf den lose zusammengebundenen Brettern über die Sole hinweg, bevor sie im rechten Tunnel verschwanden.

Der weiße Gang war nicht lang, nur etwa zwölf Meter. Er endete an einem Schacht, der weiter nach unten führte. Von einem Gestell baumelte ein Seil in den Schacht hinab, vermutlich von Vulture zurückgelassen.

Jack leuchtete mit der Taschenlampe in die Tiefe.

Drei Meter weiter unten zweigte ein Quergang in die Wand. Die Öffnung war stark von Salz verkrustet, als wäre eine Art Siegel aufgebrochen worden. Weitere Leuchtstäbe von Vulture führten hinein.

»Vulture war zu voreilig«, sagte Jack. »Er hat die erste Möglichkeit gewählt und den Zwilling gefunden, dem alle Diebe zuerst begegnen.«

Jack leuchtete mit dem Strahl seiner Taschenlampe weiter den Schacht hinunter. Und unter dem von Vulture aufgebrochenen Quergang …

… kam ein durchscheinender Abschnitt in der Wand zum Vorschein.

Lily stockte der Atem.

Die scheinbar solide Seitenwand des Schachts war nicht durchgängig. Dort unten befand sich ein zweiter Quergang. Den Eingang bedeckte eine Schicht aus …

»Salz«, sagte Jack. »Und das erklärt den mittleren Teil des Briefs.

Er ruht in Frieden,
an einem Ort, den zu betreten sich
selbst die mächtigen Römer scheuen.
In einem Königreich aus Weiß
wird er nicht altern.

Er altert deshalb nicht, weil die Salzversiegelung seinen Körper vor der zersetzenden Wirkung des Sauerstoffs in der Luft schützt. In Salzbergwerken in Rumänien und im Iran haben Archäologen schon Leichen aus einer Zeit über 1000 Jahre vor Christus gefunden, und sie hatten noch Haut, Haare und Bärte. Sogar die Kleidung hat die Farbe beibehalten, weil durch das Salz keine Luft zu ihnen gelangen konnte.«

Jack warf sich seine Segeltuchtasche über die Schulter, griff nach dem Seil, das von dem Gestell hing, und begann, sich in den Schacht hinabzulassen.

Lily verarbeitete noch, was er gesagt hatte.

»Daddy, warte. Soll das heißen, dass dort unten in einer versiegelten Kammer zusammen mit der letzten Säule der perfekt erhaltene Leichnam von Jesus Christus liegt?«

Jack reagierte, indem er Lily in die Augen sah und stumm nickte.

Dann setzte er den Abstieg fort.

Wenige Augenblicke später hing Jack vor der Wand des Salz-schachts und starrte auf den durchscheinenden Abschnitt drei Meter unter dem von Vulture aufgebrochenen Quergang.

Jack West jr. holte mit einer kleinen Kreuzhacke aus, bevor er aus irgendeinem Grund abrupt innehielt.

Er hatte schon so manches aus der Antike entdeckt: die Schriftrollen aus der Bibliothek von Alexandria, die meisten der sieben Weltwunder der Antike, die Gräber von Alexander dem Großen und Dschingis Khan.

Aber das war etwas anderes.

Etwas Größeres.

Immerhin ging es um die berühmteste Person, die je auf Erden gewandelt war. Um einen Mann, der ganze Religionen inspiriert hatte. Dessen Taten und Worte noch 2000 Jahre nach seinem Tod wiederholt wurden. Und vor allem um einen Mann, von dem viele glaubten, er sei nach seiner Kreuzigung leibhaftig in den Himmel aufgestiegen.

»Daddy?«, sagte Lily sechs Meter über ihm. »Alles in Ordnung?«

Jack blinzelte. »Ja … Ja, es geht mir gut.«

Dann holte er tief Luft und hieb mit der kleinen Kreuz-hacke auf die falsche Wand aus Salz.

Sie war nicht dick, kaum einen Zentimeter, und sie ließ sich mühelos beseitigen.

Bald hatte Jack eine runde Öffnung der Größe eines Kanaldeckels geschaffen und kletterte im Licht eines neuen Leuchtstabs hindurch.

Nach kurzem Kriechen durch einen schmalen Tunnel gelangte er zu einer kleinen Tür aus Holz, um die Ränder von Salzkristallen verkrustet.

Wieder hielt er inne. Falls die Kammer hinter der Tür tatsächlich luftdicht war und enthielt, was er vermutete … dann wollte nicht er derjenige sein, der sie mit frischem Sauerstoff kontaminierte.

Jack holte die aufblasbare Luftabdichtung aus seiner Segeltuchtasche. Sie bestand aus transparentem Kunststoff und war dafür gedacht, sich quer über einen größeren Durchgang so aufzublasen, dass sie ihn abdichtete. Aber sie würde auch in diesen beengten Verhältnissen funktionieren. Zwei Reißverschlussklappen in der Mitte fungierten als Luftschleuse.

Jack blies die Luftabdichtung hinter sich auf. Rasch weitete sie sich und füllte den schmalen Tunnel aus. Als sie alles sicher versiegelt hatte, wandte er die Aufmerksamkeit wieder der kleinen salzverkrusteten Holztür zu.

Sie öffnete sich mit einem scharfen Knirschen, als sich das Salz löste.

Jack schob sich hindurch.

Er gelangte in eine beengte Kammer mit Wänden aus Salz, in der er knapp stehen konnte. Die Wände waren reinweiß, die Luft muffig und abgestanden.

In der Wand am anderen Ende klaffte eine sarggroße Vertiefung. Darüber hatte jemand ein quadratisches Stück Holz mit vier grob eingeritzten Buchstaben genagelt:

»INRI«.

Jack schluckte bei dem Anblick. *Das ist das Zeichen.* Das *echte* Zeichen …

Es stand für: IESVS NAZARENVS REX IVDAEORVM.

Jesus, der Nazarener, König der Juden.

Jack senkte den Blick auf die Nische.

Darin lag eine mannsgroße Gestalt, lose in ein weißes Tuch gehüllt, die Arme in ewiger Ruhe auf der Brust verschränkt.

Wo die Arme aufeinandertrafen, konnte Jack eine rechteckige Ausbuchtung erkennen.

Die Säule.

Mit einer Langsamkeit, die seine Ehrfurcht verriet, näherte sich Jack West jr. der in Stoff gehüllten Gestalt.

Er stellte sich davor und konnte das heftige Pochen seines Herzens im Kopf hören.

Um an die Säule zu gelangen, würde er das Tuch über dem Gesicht der Gestalt entfernen müssen.

Langsam zog Jack es zurück.

Aus irgendeinem Grund, den er sich nicht recht erklären konnte, brachte Jack es nicht über sich, der Gestalt direkt ins Gesicht zu blicken – tief in seinem Innersten fühlte er sich wohl unwürdig, das Antlitz eines so großen Menschen zu betrachten.

Alexander der Große, Dschingis Khan – sie waren eine Sache. Das hier eine völlig andere.

Dieser Mann war ein anderes Kaliber.

Kein Krieger im herkömmlichen militärischen Sinn. Er hatte einen Krieg der Ideen geführt – Ideen, die über die gesamte Welt geschwappt waren.

Seine Siege waren wesentlich dauerhafter als alles, was Dschingis Khan, Alexander der Große oder Napoleon je erreicht hatten. Ihre Siege hatten kaum sie selbst überlebt. Die Siege dieses Mannes hingegen wirkten noch immer nach.

Jack schluckte.

Die Säule Jesu Christi an sich zu nehmen, war Sakrileg genug. Er würde nicht auch noch dem Mann selbst ins Gesicht sehen.

Also richtete Jack den Blick fest auf die Brust der Gestalt – und auf die Säule in perfekt erhaltenen Händen.

Aus dem Augenwinkel nahm Jack ein bärtiges Antlitz wahr – brauner Bart, geschlossene Augen, gelassene Züge.

Aber direkt sah er nicht hin.

Langsam, behutsam, andächtig hob Jack den Diamantblock aus den Händen und streifte dabei flüchtig mit den Fingern die des einstigen Besitzers der Säule.

Elektrizität durchströmte ihn – ein Knistern, wie er es noch nie zuvor im Leben gespürt hatte, ein schier unglaubliches Gefühl von Klarheit und Leichtigkeit. Es schoss durch seinen Körper wie ein Blitz aus reinem …

Jack zog das Tuch zurück über den Kopf der bärtigen Gestalt, und sofort verpuffte das Gefühl. Und immer noch schaute er nicht direkt auf das Gesicht.

Er stieß den angehaltenen Atem aus. In der zitternden Hand hielt er die Säule.

Schweigend zog er sich aus der Salzkammer zurück und schloss die kleine Holztür hinter sich. Er wusste, die Salzkristalle würden die Ränder mit der Zeit wieder versiegeln.

Dann verschwand er durch seine Plastikluftschleuse und konnte noch nicht so recht glauben, was er gerade gesehen und getan hatte.

Jack kehrte zu Lily am oberen Ende des Schachts zurück.

»Hast du sie?«, wollte sie wissen.

»Hab sie.«

»Ist … er dadrin?«

»Ja, und es lässt sich mit nichts vergleichen, was ich je zuvor erlebt habe«, sagte Jack leise. »Komm, lass uns gehen.«

Sie überquerten den See aus Sole und kletterten das Gerüst hinauf zurück zum Stollen. Iolanthe wartete nach wie vor oben auf sie beide.

Lily kletterte voraus, Jack dahinter, falls sie ausrutschte oder stürzte. Deshalb kam sie zuerst oben an.

Jack hörte sie schreien, bevor er sah, warum.

Die kurze Plankenbrücke zwischen dem Gerüst und dem Rand der Grube fiel an Jacks ungläubigen Augen vorbei. Zurück blieb eine drei Meter breite Kluft zwischen ihnen und dem Stollen.

Sie waren auf dem Gerüst gestrandet.

Jack schloss zu Lily und Iolanthe auf und schaute über die Kluft.

Auf der anderen Seite standen zwei Männer mit gezückten Armbrüsten.

Vulture und Scimitar.

Sie waren zurückgekommen.

»Ihr habt gewusst, dass die andere Säule eine Fälschung ist«, sagte Jack vom Gerüst aus.

Vulture lächelte. »Natürlich. Dieser Ort ist unserem Volk schon lange bekannt, und seine Geheimnisse auch.

Unser chinesischer Kollege bringt die falsche Säule gerade zu dem Russen, völlig ahnungslos, dass sie wertlos ist. Da unsere Aufpasser dachten, wir wären somit nutzlos geworden, haben sie uns zurückgelassen, was uns gut in den Kram passt.«

»Ich dachte, die Chinesen wären eure Verbündeten«, sagte Jack.

»Da das Ende naht, lösen sich die Zweckpartnerschaften nach und nach auf«, erwiderte Scimitar.

»Ich denke, man könnte eher sagen, unter Dieben gibt es keine Ehre«, gab Jack zurück.

»Wirf die Säule rüber, dann verschone ich vielleicht das Mädchen. Dich und das königliche Miststück mit Sicherheit nicht, das kann ich dir versichern.«

Jack umklammerte die Säule und biss sich auf die Unterlippe.

Er war am Ende. In dieser methanhaltigen Umgebung konnte er keine Schusswaffe abfeuern. Und Lily, Iolanthe und er konnten unmöglich über die Kluft springen. Sie saßen in der Falle und hatten keine Möglichkeiten mehr zur Verfügung.

Grinsend hob Vulture die Armbrust höher. »Hast gut gespielt, Huntsman, sehr gut sogar. Aber hier endet dein Abenteuer.«

Jack schloss die Augen …

… und von irgendwo anders in der Höhle ertönte eine neue Stimme.

»*Noch nicht!*«

Vulture wirbelte herum. Scimitar, Iolanthe und Lily taten es ihm gleich.

Jack ersparte es sich.

Er würde diese Stimme überall erkennen. Tief und rau. Sie gehörte dem einzigen Mann auf der Welt, der Vulture und Scimitar noch inbrünstiger aufhalten wollte als Jack selbst.

Pooh Bear.

Pooh Bear stand mit Stretch am Nordende des Stollens zwischen den Salzhaufen. Jack vermutete, dass sie durch dieselben Tunnel wie er in die Mine gelangt und seiner Spur aus Leuchtstäben gefolgt waren.

Pooh und Stretch standen Vulture und Scimitar gegenüber wie Revolverhelden auf einer Straße im Wilden Westen.

Vulture grinste. »Na so was, na so was. Der dicke Zahir ist wieder da.«

Pooh Bear ignorierte den Saudi und deutete mit dem Kinn auf Scimitar. »Bruder. Eine einfache Frage. Bist du immer noch auf der Seite dieser Schlange?«

Scimitar zögerte eine Sekunde lang, dann reckte er das Kinn höher. »Mein Weg ist der richtige Weg, Zahir. Für unser Land und für unseren Glauben.«

»Was ist mit unserem Vater in seinem nassen Sarg in Russland?«, fragte Pooh Bear.

»Sein Tod ist ein Opfer, das ich bereit bin zu ertragen«, antwortete Scimitar ungerührt.

»Dann bist du wirklich verloren …«

»Du musst hier nicht sterben, Zahir. Aber wenn du dich mir in den Weg stellst, wirst du es.«

»Ich will nicht mit dir kämpfen, Bruder«, sagte Pooh Bear. »Aber ich werde, wenn es sein muss. Ich kann dich nicht vorbeilassen. Tut mir leid, dass es so weit kommen musste.«

Pooh Bear zog ein Messer mit langer Klinge aus seinem Waffengürtel. Stretch tat es ihm gleich.

Ein ungläubiges Grinsen breitete sich in Scimitars Gesicht aus. »Du willst gegen mich kämpfen, Zahir?

Gegen mich? Nicht mal bei Ringkämpfen in unserer Kindheit konntest du mich je besiegen. Und dein dürrer jüdischer Freund ist kein Gegner für einen Meister der Klinge wie Vulture.«

Pooh Bear blieb ungerührt. »Mag schon sein, Bruder. Aber ihr habt unsere Freunde in eurer Gewalt, also kämpfen wir trotzdem. Nur einer von uns kann diesen Ort lebend verlassen.«

»So sei es«, erwiderte Scimitar. »Wir kämpfen.«

Blitzschnell hob er die Armbrust an und feuerte sie ab. Der Bolzen schlug direkt in Pooh Bears Brust ein. Gleichzeitig schoss Vulture auf Stretch, doch der Israeli war dafür gewappnet, wich aus, und der Pfeil zischte an ihm vorbei.

Pooh Bear erzitterte, als Scimitars Armbrustbolzen ihn traf, aber er blieb stehen, während das Geschoss aus seiner Brust ragte.

Ungläubig schaute er zu seinem Bruder auf.

Scimitar sagte: »Ich habe nie gesagt, dass ich fair kämpfen würde.«

Pooh Bear rührte sich nicht. Vielleicht stand er unter Schock, vielleicht war er …

Dann griff er seelenruhig nach unten und riss den Bolzen aus seiner Brust. Eine Kevlar-Weste kam zum Vorschein. Er warf den Pfeil zu Boden.

»Ich auch nicht«, erwiderte er.

Da die Armbrüste damit verbraucht waren, warfen Scimitar und Vulture sie weg und zogen stattdessen ihre gekrümmten Klingen. Pooh bemerkte, dass Scimitars Messer ein wunderschöner Dolch mit juwelenbesetztem Goldgriff war, den ihr Vater seinem Bruder zu dessen 13. Geburtstag geschenkt hatte – ein wertvolles Geschenk eines Vaters an seinen erstgeborenen Sohn.

Pooh und Stretch zückten ihre bescheideneren Kampf-messer.

Scimitar und Vulture hielten ihre Klingen im Unter-handgriff nach Art von Sondereinsatzspezialisten, und plötzlich ging es los.

In der Dunkelheit des uralten römischen Salzbergwerks stürmten die beiden Paare aufeinander zu.

Jack beobachtete entsetzt, wie Pooh Bear und Stretch im Nahkampf gegen Vulture und Scimitar antraten – einem Kampf nicht nur um ihr eigenes Leben, sondern auch um seines.

Wenn Pooh und Stretch verlören, würden ihre Gegner Jack umbringen und Lily gefangen nehmen.

Ihr Schicksal lag voll und ganz in Poohs und Stretchs Händen.

Klingen blitzten auf und klirrten, als zwei getrennte Messer-kämpfe in der Nähe des Grubenrandes entbrannten: Pooh Bear gegen Scimitar und Stretch gegen Vulture.

Scimitar brüllte, während er mit mächtigen Hieben auf seinen jüngeren Bruder eindrosch. Anfangs konnte Pooh Bear noch jeden Schlag parieren und sich behaupten, wäh-rend bei jedem Aufprall von Metall auf Metall Funken sprühten.

Allmählich jedoch drängte Scimitar ihn zurück und lan-dete blutige Treffer – schmerzhafte Schnitte an der Hand, verhöhnende Kratzer im Gesicht. Trotzdem kämpfte Pooh Bear wild entschlossen weiter.

Stretch hatte vom ersten Moment an in Schwierigkeiten gesteckt, als Vulture den Säbel gezückt hatte. Vulture erwies sich in der Tat als äußerst geschickt im Umgang mit der Klinge. Er bewegte die Waffe mit blendender Geschwindigkeit. Stretch konnte sich nur mit Müh und Not verteidigen.

Bald wurde deutlich, dass Stretch mit aller Konzentration und Energie kämpfte, während Vulture lediglich mit ihm spielte und kaum ins Schwitzen kam.

Der Saudi drängte ihn an den Rand der Grube zurück. Stretch geriet aus dem Gleichgewicht, stolperte und hob das Messer wieder an. Vulture versetzte ihm einen Schlag, und er fiel gegen das große Sklavenrad aus Holz. Dabei kehrte er seinem Gegner kurz den Rücken zu – und spürte zu seinem Grauen, wie sich Vultures kalte Klinge in sein Kreuz bohrte.

Stretch erstarrte. Schweißperlen traten ihm auf die Stirn.

Vulture drängte sich dicht zu ihm und zischte ihm ins Ohr: »Spürst du das, Jude? Spürst du meine Klinge in dir?«

Vulture drehte den Stahl mit einem Ruck. Feuriger Schmerz schoss durch Stretchs Körper. Er biss gequält die Zähne zusammen und sackte zu Boden. Sein eigenes Messer fiel ihm aus der Hand.

»Nein!«, schrie Lily auf dem Gerüst.

Stretch drehte den Kopf und sah sie eindringlich an, doch er war am Ende. Trotz seiner Erschöpfung streckte er matt die blutige, zittrige Hand nach dem Messer aus.

Klink!

Er runzelte die Stirn, sah sich um.

Und stellte fest, dass Vulture eine der Schellen des Sklavenrads an seinem linken Handgelenk befestigt hatte.

Entsetzt schaute der nunmehr ans Sklavenrad gefesselte Israeli auf.

»Sieh dir in aller Ruhe an, wie dein Freund stirbt«, verhöhnte Vulture ihn. »Danach komme ich zurück und hacke dir vor den Augen des Mädchens den verdammten Kopf ab.«

Vulture richtete sich auf und setzte sich zum Kampf zwischen Scimitar und Pooh Bear in Bewegung.

Stretch zerrte an der Schelle, doch es war sinnlos. Er hatte keine Kraft mehr und das Metall war zu robust.

Im selben Moment geriet Pooh Bear gegen Scimitar in Schwierigkeiten – mittlerweile befand er sich mit dem Rücken an einem Salzhaufen und wehrte Scimitars wilde Hiebe nur noch mit der Kraft der Verzweiflung ab.

Dann sah er, dass sich Vulture näherte, erhaschte einen flüchtigen Blick auf den zusammengesackten besiegten, ans Sklavenrad gefesselten Stretch und erkannte, dass sie rasant auf eine Katastrophe zusteuerten …

Und plötzlich durchbrach Scimitar seine Verteidigung mit einem verheerenden Treffer quer über die linke Gesichtshälfte.

Pooh brüllte auf, als Blut spritzte. Sein gesamtes linkes Auge war zerschnitten.

Pooh brach zusammen und umklammerte mit der freien Hand die Augenhöhle, während ihm Blut übers Gesicht strömte.

Scimitar stand triumphierend über ihm, als Vulture an seiner Seite eintraf.

Jack und Lily beobachteten das Geschehen voll Grauen vom nur 15 Meter entfernten Gerüst, konnten jedoch nicht das Geringste unternehmen.

Pooh Bear stand vor dem Ende. Jack drückte Lily an seine Brust und hielt ihr die Augen zu. Er wollte nicht, dass sie es mitansehen musste.

Pooh saß benommen mit hängendem Kopf und ausgestreckten Beinen an den Salzhaufen gelehnt. Blut quoll aus dem grässlichen braunen Loch seiner Augenhöhle, lief durch seinen Bart und tropfte auf seinen Schoß. Matt umklammerte er den Bart, als wollte er den roten Strom eindämmen. In der anderen Hand hielt er immer noch sein Messer.

Scimitar ging vor ihm in die Hocke und schüttelte traurig den Kopf.

»Ich werde dich nie verstehen, Zahir. Aber hoffentlich verstehst du mich, wenn ich dir sage, dass du dir das selbst zuzuschreiben hast. Du hast mich dazu gezwungen …«

Scimitar holte mit dem Messer aus – und Pooh Bear unternahm einen letzten Verzweiflungsangriff auf seine Kehle!

Nur riss Scimitar den Kopf geschickt so weit zurück, dass die Spitze von Poohs vorschnellender Klinge seinen Adamsapfel um wenige Zentimeter verfehlte.

Scimitar lächelte. »Ein beeindruckender letzter Versuch, Bruder. Aber wie gesagt, du kannst mich nicht besiegen. Konntest du nie. Und jetzt kann dich nichts mehr retten.«

Klaffende Schnitte, Salz und Schweiß bedeckten Poohs Gesicht. Die linke Augenhöhle glich nur noch einem dunklen Loch aus blutumrandetem Schwarz. So starrte Pooh seinen hinterhältigen Bruder mit dem verbliebenen Auge an. Den Messerarm hielt er nach wie vor voll ausgestreckt. Die Spitze der Klinge schwebte unmittelbar unter dem Kinn seines Bruders.

Als er das Wort ergriff, ertönte seine Stimme als heiseres Flüstern.

»Nur eine Sache noch …«

»O Scheiße!«, entfuhr es Vulture, der es sah.

Scimitar nicht. »Was …«

Die kompakte Detonation des kleinen Pfropfens C2-Plastiksprengstoff, den Pooh aus seinem Bartring geholt und an der Spitze seiner Messerklinge befestigt hatte, erfasste Scimitars untere Gesichtshälfte vollständig. Eine Blase aus abgestandenem Methan in der Umgebungsluft ließ die Explosion grell aufleuchten und versengte Pooh Bears ausgestreckte Hand.

Ein grässliches, unmenschliches Kreischen schnitt durch die Luft, ein an- und abschwellender Urschrei. Und als sich der Rauch der kurzen, aber heftigen Detonation verflüchtigte, offenbarte sich eine grausige Version des einst so attraktiven Scimitar. Er hatte nur noch ein halbes Gesicht und brüllte trotz des fehlenden Unterkiefers.

Die gesamte untere Gesichtshälfte war weggesprengt worden. Der Rest bildete einen abscheulichen Anblick, eine widerwärtige Mischung aus Knochen, Blut, freiliegenden Zähnen und baumelnden Fleischfetzen. In seinem Schrei schwangen Grauen, Ungläubigkeit und unvorstellbare Qualen mit.

Scimitar wankte, ließ das Messer mit dem Goldgriff fallen und streckte sich nach Vulture, der angewidert zurückwich.

Dann erlangte Vulture die Fassung wieder und wandte sich Pooh Bear zu.

Er sah gerade noch, wie sich Pooh Bears Arm verschwommen bewegte …

… und spürte, dass plötzlich etwas tief in seiner Kehle steckte.

Die Wucht des Treffers ließ ihn taumeln. Er griff sich an den Hals und ertastete Scimitars Messer, das sich bis zum goldenen Griff hineingebohrt hatte. Pooh Bear hatte es an der Klinge aufgefangen, als sein Bruder es fallen gelassen hatte. Mit einer blitzschnellen Bewegung hatte er es direkt in Vultures Kehle geschleudert, wo es die Luftröhre durchtrennt hatte.

Vulture schnappte nach Luft, aber die Luftröhre ermöglichte kein Atmen mehr. Seine Augen quollen aus den Höhlen. Er wankte rückwärts, während er bläulich anlief, bevor er auf die Knie fiel und mit dem Gesicht voraus auf den harten Salzboden klatschte. Das Messer wurde dadurch so tief in den Hals gerammt, dass die Spitze durch den Nacken austrat. Sein Körper erschlaffte und rührte sich nicht mehr.

Scimitar stieß immer noch seinen schrillen, mundlosen Schrei aus, als er über den Rand der Grube stolperte und in die Tiefe fiel. Er landete in der milchigen Sole. Etwa eine Minute lang zappelte und strampelte er darin, bevor das direkt in seine Lungenflügel strömende Wasser zu viel wurde. Danach trieb sein Körper schlaff, regungslos und tot an der Oberfläche.

Und plötzlich herrschte Stille in der Salzgrotte.

Pooh Bear sackte mit dem Rücken gegen den Salzhaufen hinter sich, blutüberströmt, gebrochen, halb blind und ausgelaugt.

»Stretch!«, rief er. »Lebst du noch?«

»Ja … gerade so …« Stretch stöhnte, nach wie vor an das Sklavenrad gefesselt.

»Jack?«, rief Pooh Bear mit geschlossenen Augen.

Jack starrte sprachlos auf Pooh Bear – der Mann hatte gerade ganz allein Scimitar und Vulture im vielleicht blutigsten Kampf erledigt, den Jack je gesehen hatte. Jack lockerte den Griff um Lily, und sie quiekte, als sie hinüberspähte und feststellte, dass Pooh Bear noch lebte und die Bösen tot waren.

»Jack!«, rief Pooh Bear erneut und öffnete das unversehrte Auge.

»Ich bin hier«, antwortete Jack leise. »Wir sind hier.«

»Ich bin hier drüben … leicht verwundet, Jack«, stieß Pooh japsend hervor. »Lass mich nur … eine Minute verschnaufen.«

»Kumpel, nach dem, was du gerade vollbracht hast, nimmst du dir so viel Zeit, wie du brauchst.«

Während Jack knapp eine Stunde für den Abstieg durch das Salzbergwerk gebraucht hatte, kostete ihn der Rückweg drei Stunden.

Zuerst musste er Pooh Bears und Stretchs Verletzungen versorgen, und sie waren schwer. Abgesehen von den Schnitt- und Platzwunden glich Poohs Auge einem blutigen Chaos, und der Stich in Stretchs Kreuz war lebensbedrohlich.

Pooh Bear schaffte es, zum Jeep zurückzulaufen, auch wenn er sich dabei schwer auf Jacks Schulter stützte, aber bei Stretch sah die Sache anders aus. Um ihn herauszuholen, musste Jack aus ein paar alten Holzleitern eine Trage bauen. Lily und Iolanthe packten an je einer Ecke mit an. So schleppten sie Stretch langsam und vorsichtig zurück zum geparkten Jeep.

Erst dann konnte Jack sie wieder an die Oberfläche fahren, ebenfalls langsam, um Stretch unnötige Erschütterungen zu ersparen.

Während des langen Rückwegs nach oben erfuhr Jack von Pooh Bear, wie sie nach ihrem Gespräch direkt hergekommen waren und sich das letzte Stück am Transponder der *Halicarnassus* orientiert hatten. Cieran und die Zwillinge befanden sich oben. Sie hatten die russischen Aufpasser Ding und Dong überwältigt. Die geladene vierte Säule befand sich ebenso in ihrem Besitz wie ein vom Flughafen Amman gecharterter Helikopter.

»Ich bin froh, dass ihr gerade rechtzeitig aufgetaucht seid«, sagte Jack. »Ihr habt uns das Leben gerettet.«

Sie bogen um eine letzte Ecke und erblickten weiter vorn

ein kleines Rechteck, in dem sich Tageslicht abzeichnete – die Außenwelt.

Der Jeep rumpelte aus dem Bergwerk in die strahlende Sonne der Wüste.

Jack brachte den Wagen zum Stehen und schaute erleichtert lächelnd den Hang hinunter zur *Halicarnassus*. Er rechnete damit, die Zwillinge und Sky Monster mit Ding und Dong als Gefangenen zu sehen …

Seine Züge fielen in sich zusammen.

Zwar entdeckte er unten bei der *Hali* sowohl Sky Monster als auch die Zwillinge, allerdings in schlaffer Haltung auf dem Boden und an die Streben der Laderampe gefesselt. Alle drei mit hängenden Köpfen. Regungslos.

Ein Bell Hubschrauber stand neben der 747 – Pooh Bears Maschine aus Amman. Allerdings parkte ein weiteres Fluggerät auf der Wüstenstraße.

Ein schnittiger schwarzer, der Concorde ähnlicher Düsenjet mit scharfer, schnabelartiger Nase und Raketen an den Tragflächen.

Eine Tupolew Tu-144.

Und dort auf dem staubigen Platz vor der Mine stand Carnivore flankiert von vier seiner Speznas-Soldaten sowie Ding und Dong und wartete auf Jack.

»Jüngerer West.« Carnivore grinste. Sein abstoßender Stahlkiefer funkelte in der Sonne. »Meine Güte, als was für ein nützliches Werkzeug Sie sich doch erwiesen haben. Das ist für mich.«

Er nahm Jack die Jesus-Säule ab. »Die passt gut zu der, die Ihre Freunde im Bristolkanal platziert haben.«

Während Jack und die anderen entwaffnet und von den Speznas-Soldaten in Schach gehalten wurden, stieg Iolanthe aus dem Jeep und ging zu Carnivore hinüber. »Der chinesische Oberst hat eine gefälschte Säule, und der saudische Spion ist tot«, berichtete sie.

»Blood Vulture gibt es nicht mehr?« Carnivore wirkte aufrichtig überrascht. »Erledigt vom jüngeren West?«

»Nein, von Anzar Abbas' Zweitgeborenem. Er hat auch seinen älteren Bruder im Einzelkampf besiegt. Es war beeindruckend.«

»In der Tat.« Carnivore beäugte den entsetzlich verwundeten Pooh Bear. »Blood Vulture war ein sehr gefährlicher Mann.«

»Hat Mao wegen der Säule angerufen, die er hat?«, fragte Iolanthe.

»Ja. Er hat gesagt, er sei damit unterwegs nach Ostrussland. Aber der in seine Haut eingenähte Peilsender zeigt an, dass er mit seinen Truppen direkt zum sechsten Eckpunkt reist. Der Narr dachte wohl, er könnte als Erster dort eintreffen und mich dann zwingen, mit ihm zu kooperieren.«

Während sie sprachen, schaute Jack zu den an die Heckrampe der *Hali* gefesselten Zwillingen und Sky Monster.

Was ist hier passiert? Und wo ist …

»Hallo, Jack.« Cieran Kincaid trat hinter Carnivore hervor. Nicht gefesselt. Er konnte sich frei bewegen.

Jack starrte den jungen irischen Captain zunächst verständnislos an. Dann jedoch fügte sich alles zusammen: der Überfall auf Alexanders Versteck in Kerry im vergangenen Jahr; Cierans »Rettung« der Zwillinge, Stretchs und Poohs Rettung am vierten Eckpunkt vor seinen eigenen Leuten … und nun die Szene hier. Cieran hatte Pooh Bear und Stretch geholfen, Ding und Dong zu »überwältigen«. Danach waren die beiden in das Bergwerk gegangen, um Jack zu helfen, während Cieran die beiden Speznas-Soldaten befreit und sich gegen Sky Monster und die Zwillinge gewandt hatte.

Carnivore ergriff wieder das Wort: »Ich habe Ihnen ja gesagt, jüngerer West, dass unsere Tentakel weit und tief reichen.«

Jack jedoch löste den Blick nicht von Cieran. »Du gottverdammter Drecksack. Du hast ihnen den Standort des Unterschlupfs mit Alexander verraten. Nur Leute aus Colin O'Haras engstem Kreis in Irland wussten, wo das Versteck war, und dazu hast du gehört …«

Cieran stellte das überhebliche Lächeln eines wahren Gläubigen zur Schau. »Meine Loyalität zu Gott ist größer als meine Loyalität zu einer bloßen Nation, Jack.«

»Wie bitte?«

»Deus Rex, Jack. Die Gottkönige. Sie wurden von unserem Herrn auserwählt. Sie herrschen durch sein Dekret. Nationen sind eine Schöpfung von Menschen. Deus Rex sind die von Gott höchstpersönlich auserwählten Gefäße. Sie sind ihm näher, als du und ich ihm je kommen können.«

»Sprich mal nur für dich selbst«, konterte Jack eingedenk seiner Erfahrung in der Gruft.

»Es ist mir eine Ehre, ihnen zu dienen. Du verstehst das nicht. Deshalb bist du verloren«, sagte Cieran.

»Tatsächlich?«, gab Jack zurück.

Iolanthe und Carnivore hatten ihr Gespräch beendet und beobachteten mittlerweile belustigt den Wortwechsel.

Carnivore sah zwar Jack an, wandte sich jedoch an Iolanthe: »Gedanken?«

»Er ist wirklich bemerkenswert, Cousin«, sagte Iolanthe. »Es wäre jammerschade. Mir wäre es lieber, wenn wir es nicht tun.«

Carnivore schien darüber nachzudenken. »Wenn wir das Mädchen mitnehmen, wird er die Kleine zurückholen wollen, und das wäre viel zu gefährlich. Er müsste bis zur Platzierung der letzten Säule ruhiggestellt werden. Ich kann ihn nicht frei herumlaufen lassen …«

»Ich töte ihn«, bot Cieran entschlossen an und drehte sich ihnen zu.

Carnivore sah ihn an, während er sich den Vorschlag durch den Kopf gehen ließ.

Jack drehte sich mit dem Wissen, dass gerade über sein Leben geurteilt wurde, leicht von Cieran zu Carnivore und weiter zu Iolanthe. Schließlich verharrte sein Blick auf Carnivore, dem obersten Richter, der tief in Gedanken versunken wirkte.

Während Carnivore grübelte, trat Cieran dicht hinter Jack.

»Weißt du, Jack, wir haben mehr gemeinsam, als du denkst«, flüsterte er. »Zum Beispiel Zoe Kissane.«

Jack legte den Kopf schief.

»O ja, sie hat in jener Nacht in Dublin vor ein paar Jahren wunderbar geschmeckt.« Cieran grinste.

Jack starrte geradeaus.

Cieran fügte hinzu: »Sicher, ich hab sie mit mehr Alkohol abgefüllt, als sie gewohnt war. Und vielleicht hab ich sogar zusätzlich ein paar Kurze in ihre Drinks gemischt. Aber es liegt nie nur am Alkohol, oder? Sie wollte, dass etwas passiert. Und du hättest sie sehen sollen, als sie am nächsten Morgen neben mir im Bett aufgewacht ist. Sie war total aufgelöst und hat gezetert: ›O Gott, was hab ich getan? Was habe ich getan?‹«

Cieran lachte leise.

Jack erwiderte nichts, knirschte nur mit den Zähnen.

»Du doppelzüngiges, verräterisches Schwein!«, stieß Pooh Bear hinter ihm hervor. »Ich dachte, unehelicher Sex wäre für religiöse Fanatiker wie dich tabu.«

Cieran erwiderte unbekümmert: »Das ist meine bedauerliche Schwäche. Aber ich habe bei jener Gelegenheit wie bei ähnlichen davor meine Sünden in der Kirche gebeichtet, und der Herr hat mir in seiner unendlichen Barmherzigkeit die Absolution erteilt.«

Jack schwieg nach wie vor. Aber sein Gesichtsausdruck wirkte tödlich.

Dann traf Carnivore seine Entscheidung.

Zu Iolanthe sagte er: »Nimm das Mädchen. Es ist besser, sie bei uns zu haben, falls dem Jungen irgendwas zustößt.«

Flankiert von den sechs Speznas-Soldaten trat Iolanthe vor und zog Lily von Jack weg.

»Daddy …« Lily hatte eindeutig mehr Angst um Jack als um sich selbst.

Carnivore wandte sich an ihn.

»Jüngerer West. Sie sind ein tapferer Mann und haben

wacker gekämpft« – er schnappte sich eine Skorpion Maschinenpistole von einem seiner Leibwächter und warf sie Cieran zu – »aber leider ist Ihre Zeit abgelaufen. Ich kann nicht riskieren, Sie noch länger am Leben zu lassen.«

Cieran befahl er: »Erschießen Sie ihn und die anderen. Dann kommen Sie nach zum Flugzeug. Und Captain Kincaid – keine Spielchen, keine geschwollenen Reden, keine Häme. Tun Sie es einfach. Erledigen Sie es. Endgültig.«

Damit trat Carnivore mit seinen Männern, Iolanthe und Lily im Schlepptau den Weg zu seinem Flugzeug an.

»Leb wohl, Jack West jr.«, sagte Iolanthe und schaute zurück. »Es tut mir leid. Ich hätte nicht gedacht, dass es so für dich enden würde.«

Lily spähte unterwegs bange zurück zu Jack, zu Pooh Bear und zum liegenden Stretch, bis sie den felsigen Abhang hinunter außer Sichtweite gescheucht wurde.

Jack beobachtete, wie sie den Hügel hinunter verschwand. Gleich darauf wurde der Anblick von Cieran abgelöst, der die Skorpion Maschinenpistole direkt auf Jacks Augen richtete.

Unbewaffnet und ohne die Möglichkeit, irgendwohin zu fliehen, stand Jack aufrecht da und schloss die Lider.

»Nicht so …«

Dann drückte Cieran Kincaid den Abzug, ohne mit der Wimper zu zucken.

20 Meter den Hang hinunter hörten Lily und Iolanthe das rasante Rattern der Skorpion.

Lily wirbelte herum und sah in der Ferne die Gestalt von Cieran, der mit der Maschinenpistole schoss. Jack befand sich außerhalb ihres Blickfelds, verborgen vom Hang des Hügels.

Lily brach in Tränen aus und brüllte: »Daddy! Nein!«

Iolanthe schüttelte nur den Kopf und zog Lily weiter in Richtung der Tupolew.

Lily war nur wenige Schritte weitergegangen, als sie Cieran rufen hörte: »Was zum Teufel ist hier los?«

Wieder wirbelte sie herum. Iolanthe folgte ihrem Beispiel …

… und sah, wie Jack aus vollem Lauf Cieran entgegenhechtete, heftig mit ihm zusammenprallte und ihn mit sich vom Rand der Hügelkuppe riss. Beide kullerten in einer Wolke aus Staub und Sand den anderen Hang hinunter außer Sicht.

Carnivore sah es auch.

»Weiter zum Flugzeug! Lass ihn!«, rief er. Dann befahl er seinen Männern: »Raketen! Setzt ihr Flugzeug außer Gefecht und zerstört den Helikopter!«

Flankiert von seinen sechs Speznas-Leibwächtern eilten Carnivore, Iolanthe und Lily an Bord der Tupolew.

Als Lily in das schnittige schwarze Flugzeug geschoben wurde, schaute sie zurück und sagte: »Zeig's ihm, Daddy …«

Nur Augenblicke später rasten zwei Raketen von den Tragflächen der Tupolew los. Die erste durchschlug die

Windschutzscheibe von Pooh Bears gechartertem Helikopter und sprengte diesen in Stücke. Die zweite traf das vordere Fahrwerk der *Halicarnassus*.

Die mit Stickstoff gefüllten Vorderräder der großen 747 explodierten mit lautem Knall, und die Nase des mächtigen schwarzen Flugzeugs sackte nach unten. Das vordere, nunmehr räderlose Fahrwerk verbog sich knirschend auf dem Asphalt der Wüstenstraße.

Die *Halicarnassus* würde so bald nicht mehr fliegen.

Dann wendete die schnittige schwarze Tupolew, rollte die abgelegene Straße entlang los, beschleunigte rasant und erhob sich in den Himmel.

Jack rollte mit Cieran Kincaid in einer Staubwolke den Hang hinunter.

Im Moment, bevor Cieran das Feuer auf ihn eröffnet hatte, war ihm die simple rettende Idee gekommen:

Er hatte durch den Stoff seiner Jacke den Schalter zur Aktivierung des granatengroßen Warbler in seiner Tasche gedrückt.

Zu Cierans Verblüffung waren all seine Projektile v-förmig zu beiden Seiten an Jack vorbeigerast, bis die Skorpion nur noch klickte, weil das Magazin leer war.

An der Stelle griff Jack an.

Er stürmte vorwärts, und als er sich Cieran entgegenwarf, krachte er mit der Schulter voraus gegen den Solarplexus des Mannes, bevor sie beide den felsigen Abhang hinunterstürzten.

Als sie am Fuß des Hügels ankamen, sprangen beide auf die Beine.

Rasch zog Cieran ein Bowiemesser. Doch was dann geschah, lief schneller ab, als Cieran Kincaid es begreifen konnte.

Kaum hatte er die Waffe gezückt, hatte Jack ihn erreicht und die Hand mit dem Messer gepackt. Ihre Gesichter befanden sich nur Zentimeter voneinander entfernt, und das von Jack verzerrte sich mit einer Wut, die Cieran bis ins Mark erschütterte.

Dann brach Jack mit brutaler Gewalt und einem Übelkeit erregenden Knacken Cierans Handgelenk. Cieran schrie gellend auf, die Hand mit dem Messer grotesk verbogen. Sein Schrei verstummte abrupt, als Jack das Messer, das immer noch Cieran umklammerte, kraftvoll zum Einsatz brachte.

Cieran erstarrte. Er schwankte heftig, hielt sich aber auf den Beinen, während ihm die Augen aus den Höhlen traten. Dann ergoss sich Blut aus dem tiefen, waagerechten Schnitt in seiner Kehle – literweise.

Sein entsetzter Blick schnellte zu Jack, aber sprechen konnte er nicht mehr.

Jack schon.

»Wir sehen uns in der Hölle«, presste er zwischen zusammengebissenen Zähnen hervor. »Denn genau dort wirst du landen, du durchgeknallter Fanatiker.«

Dann brach Cieran auf dem staubigen Boden zusammen. Seine toten Augen starrten blicklos in den Himmel.

Nachdem Cieran tot war und sich Carnivore mit seiner Tupolew aus dem Staub gemacht hatte, ging Jack zurück, um nach seinem angeschlagenen Team zu sehen.

Zuerst begab er sich zu Sky Monster und den Zwillingen an der hinteren Laderampe der *Halicarnassus* und zerschnitt ihre Fesseln.

Wie sich herausstellte, war Sky Monster mit irgendeinem Nervengift betäubt worden, das Cieran ihm unerwartet ins Gesicht gesprüht hatte, kurz nachdem Pooh Bear und Stretch in das Bergwerk aufgebrochen waren. Als er zu sich kam, übergab er sich heftig.

Auch die Zwillinge hatte Cieran kurz nach der Ankunft bei der Mine betäubt – in ihrem Fall mit irgendeinem Barbiturat, das er ihnen in die Wasserflaschen gemischt hatte. Als sie schließlich erwachten, sahen sie unheimlich blass aus und hatten genauso schlimme Kopfschmerzen wie Sky Monster.

Als Nächstes machte sich Jack daran, Pooh Bear und Stretch in die Krankenstation an Bord der *Hali* zu bringen.

Durch das zerstörte vordere Fahrwerk neigten sich sämtliche Kabinen im Inneren in einem extremen Winkel. Aber es funktionierte noch alles, und die nächsten zwei Stunden lang verarztete Jack West methodisch sein schwer in Mitleidenschaft gezogenes Team, während Horus hinter ihm hockte.

Spät am Mittwochnachmittag des 19. März kam Jack aus der Krankenstation, nachdem er Stretch und Pooh Bear gesäubert und ihnen starke Beruhigungsmittel verabreicht hatte. Sky Monster befand sich in seiner Koje und übergab sich immer noch alle 15 Minuten in einen Eimer.

Die Zwillinge begrüßten Jack, als er in die Hauptkabine zurückkehrte und sich auf seinen Sitz plumpsen ließ. Sie waren noch ziemlich blass und nippten an Elektrolytgetränken.

»Also, wo stehen wir jetzt?«, fragte Lachlan. »Endet unsere Mission hier? Einen Schritt vor der Ziellinie?«

Jack erwiderte zunächst nichts.

Eine lange Weile starrte er schweigend auf den Boden.

Schließlich sagte er: »Carnivore hat alle Teile, die er braucht. Er hat die drei Reinigungssteine – den Stein der Weisen, den Feuerstein und die Schale des Ramses –, Wasser aus der Quelle bei Loch Ness, die letzte Säule, die Zwillingstafeln des Thutmosis für die Beschwörung und sowohl Lily als auch Alexander, um sie zu lesen …«

»… und ich vermute, er kennt auch die Lage des sechsten und letzten Eckpunkts«, ergänzte Lachlan.

»Die wir nie herausgefunden haben«, fügte Julius hinzu.

Jack meinte leise: »Ich muss zu dem Eckpunkt. Ich muss Lily zurückholen und Carnivore aufhalten, bevor er die letzte Zeremonie durchführt.«

»Jack! Hast du uns zugehört?«, stieß Julius hervor. »Wir haben den letzten Eckpunkt nie gefunden!«

Ruhig und konzentriert drehte sich Jack den Zwillingen zu.

»Oh, ich weiß, wo der letzte Eckpunkt ist.«

»Was?«, entfuhr es Julius. Horus schaute jäh auf.

»Du weißt, wo der letzte Eckpunkt ist?«, hakte Lachlan nach.

»Das weiß ich schon seit einer Weile«, bestätigte Jack. »Ich glaube, Wizard hatte auch einen begründeten

Verdacht. Euer Lichtspektakel in Stonehenge allein war nicht schlüssig. Aber in Verbindung mit einigen anderen Faktoren, die ans Licht gekommen sind, hat sich die Frage für mich geklärt.«

»Was soll das heißen?«, fragte Lachlan. »Welche anderen Faktoren?«

Jack erklärte: »Die chinesischen Hilfszahlungen an die chilenische Regierung vor zwei Monaten. Die Inschrift in Ägypten: ›Ein einsamer Bekhen wacht über den Eingang zum größten Schrein.‹ Ausschlaggebend war natürlich das Bild auf Dschingis Khans Schild: ein Hügel an einer Küste, auf dem eine einzelne Gestalt steht.«

Julius konnte sich nicht beherrschen. »Jetzt rück schon damit raus, Jack! Wo zum Teufel ist er?«

Jack zuckte traurig mit den Schultern. »Tatsächlich bist du schon dort gewesen, Julius. Du auch, Lachlan. Der sechste Eckpunkt ist im Pazifischen Ozean unter der Osterinsel.«

»Entschuldige, wenn ich nicht folgen kann«, sagte Lachlan, »aber inwiefern weist all das auf die Osterinsel hin?«

Jack schaltete einen nahen Computer ein und rief eines der Fotos der Zwillinge aus Stonehenge auf.

»Achtet auf den linken Trilithen. Er zeigt fast nur Meer. Also dachte ich mir, es könnte der Pazifik sein, und die Landmasse rechts ist die Westküste von Südamerika. Aber das ist eine ziemlich gewagte Vermutung. Doch dann ist mir ein Bild auf Wizards Übersichtsblatt aufgefallen …«

Jack zog eine Fotokopie davon hervor.

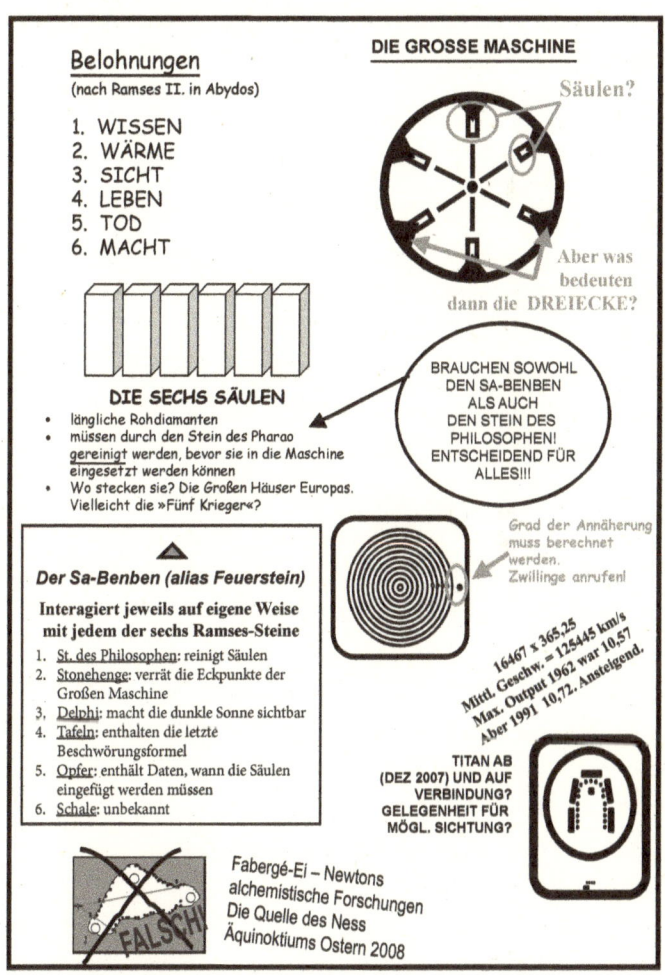

DIE GROSSE MASCHINE

Säulen?

Aber was bedeuten dann die DREIECKE?

Belohnungen
(nach Ramses II. in Abydos)

1. WISSEN
2. WÄRME
3. SICHT
4. LEBEN
5. TOD
6. MACHT

DIE SECHS SÄULEN

- längliche Rohdiamanten
- müssen durch den Stein des Pharao gereinigt werden, bevor sie in die Maschine eingesetzt werden können
- Wo stecken sie? Die Großen Häuser Europas. Vielleicht die »Fünf Krieger«?

BRAUCHEN SOWOHL DEN SA-BENBEN ALS AUCH DEN STEIN DES PHILOSOPHEN! ENTSCHEIDEND FÜR ALLES!!!

Der Sa-Benben (alias Feuerstein)

Interagiert jeweils auf eigene Weise mit jedem der sechs Ramses-Steine

1. St. des Philosophen: reinigt Säulen
2. Stonehenge: verrät die Eckpunkte der Großen Maschine
3. Delphi: macht die dunkle Sonne sichtbar
4. Tafeln: enthalten die letzte Beschwörungsformel
5. Opfer: enthält Daten, wann die Säulen eingefügt werden müssen
6. Schale: unbekannt

Grad der Annäherung muss berechnet werden. Zwillinge anrufen!

16467 x 365,25
Mittl. Geschw. = 125445 km/s
Max. Output 1962 war 10,57
Aber 1991 10,72. Ansteigend.

TITAN AB (DEZ 2007) UND AUF VERBINDUNG? GELEGENHEIT FÜR MÖGL. SICHTUNG?

FALSCH!

Fabergé-Ei – Newtons alchemistische Forschungen
Die Quelle des Ness
Äquinoktiums Ostern 2008

»Achtet auf das Bild unten links, über das Wizard ›FALSCH!‹ gekritzelt hat. Zuerst hab ich es nicht erkannt, aber es ist eine Karte der Osterinsel. Die Punkte um die Ränder sind die Positionen der Moai an der Küste.

Und seht ihr, wo Wizard ›Tagundnachtgleiche/Ostern 2008‹ hingeschrieben hat? Wir dachten alle, es wäre ein Verweis auf das besondere Ostern, das dieses Jahr mit der Tagundnachtgleiche zusammenfällt. Ist es aber nicht. Es ist ein Hinweis darauf, dass die Osterinsel der Ort ist, an dem die Zeremonie während der morgigen doppelten Tagund-nachtgleiche durchgeführt werden muss.

Und dann sind die anderen Faktoren dazugekommen«, fuhr Jack fort. »Die Osterinsel gehört politisch zu Chile. Die ›Hilfszahlungen‹ der Chinesen an Chile waren höchst-wahrscheinlich Bestechungsgeld, um die Insel für ein paar Tage exklusiv nutzen zu können. Ich vermute, dass inzwischen chinesische Streitkräfte dort sind.

Und der ›Bekhen‹, der den letzten Schrein bewacht, ist kein ägyptisches Basaltmonument, wie Napoleon dachte …«

»Es ist einer der vier Moai aus Basalt, die man auf der Osterinsel gefunden hat«, sagte Julius, als er begriff. »Im 19. Jahrhundert haben die Briten die zwei größten mit-genommen …«

»Aber es waren die falschen«, fügte Jack hinzu. »Sie hätten den ältesten mitnehmen sollen. Ich war auch auf der Osterinsel. Daher weiß ich, dass alle 1200 neueren Sta-tuen aus vulkanischem Tuffstein bestehen. Und obwohl sie zweifellos ein beeindruckender Anblick sind – für unsere Mission sind sie wertlos.

Die ältesten Moai, die womöglich Tausende Jahre alt sind und nach Ansicht mancher schon vor den Poly-nesiern auf der Insel waren, sehen nicht annähernd wie die berühmten neueren Statuen aus. Sie sind kleiner und haben rundere Köpfe, erinnern eher an E. T. als an Menschen. Und die älteste Basaltstatue – der Bekhen – ist noch auf der Insel, steht allein an der nordwestlichen Ecke auf einer Plattform namens Ahu Vai Mata. Das ist der ›einsame Bekhen‹, den Napoleon nie gefunden hat.

Was mich zu dem Bild auf Dschingis Khans Schild führt.« Er zeigte den Zwillingen eine JPEG-Datei davon.

»Seht ihr die Darstellung links? Damit hat es für mich festgestanden. Das ist ein Landstreifen, der mich stark an die nordwestliche Ecke der Osterinsel erinnert. Ein abgelegener Winkel, weit weg von den Haupttouristenzentren. Und nur jemand, der schon mal dort war, würde die Gegend erkennen, wenn er eine Darstellung davon sieht. Die kleine Figur darauf ist die einsame Basaltstatue von Ahu Vai Mata …«

Abrupt verstummte er.

Die Zwillinge starrten ihn mit offenen Mündern an.

»Entschuldige meine Ausdrucksweise«, sagte Lachlan, »aber heilige verfickte Scheiße noch mal, Jack. Das hast du alles selbst herausgefunden?«

»Ich habe bloß die Teile zusammengesetzt«, erwiderte Jack. »Oh, und eine Sache noch: Albys Berechnungen für das Platzieren der Säule ergeben für die doppelte Tagundnachtgleiche 18 Uhr mexikanischer Zeit. Die Osterinsel liegt in der gleichen Zeitzone wie Mexiko. Und diese Uhrzeit, 18 Uhr, bedeutet: Sonnenuntergang. Am Tag der doppelten Tagundnachtgleiche ist der Moment, in dem unsere Sonne untergeht, derselbe, in dem die dunkle Sonne aufgeht. Um exakt 18 Uhr am 20. März ist der letzte Eckpunkt beiden Sonnen gleichzeitig ausgesetzt und somit vom Licht beider erfasst.«

Jack verzog das Gesicht zu einer Grimasse. »Leider reicht das ganze Wissen nicht. Ich muss erst mal dorthin, damit ich die Sache ein für alle Mal beenden kann.«

»Und wie willst du das anstellen?«, fragte Julius ungläubig. »Sieh dir das Flugzeug doch an. Sieh dir uns an.«

Genau das tat Jack. Er dachte an sein Team, und dabei wurde ihm regelrecht schlecht.

Sie waren gebrochen, verwundet, blutverschmiert. Diese schier übermenschliche Mission hatte ihnen alles abverlangt und sie in Stücke gerissen.

Wizard war tot.

Pooh Bear und Stretch waren durch schreckliche Verletzungen außer Gefecht gesetzt. Hinzu kam, dass sich Stretch nie vollständig von seiner Zeit in Mordechai Muniz' Verlies erholt hatte.

Sky Monster übergab sich ununterbrochen wegen Cierans Nervengift.

Die Zwillinge wiesen Kratzer und Schürfwunden von ihrem mutigen Lauf durch den vierten Eckpunkt auf, zudem waren beide beängstigend blass von dem Betäubungsmittel, das Cieran ihnen untergejubelt hatte.

Lily befand sich in Carnivores Händen auf dem Weg zum sechsten Eckpunkt.

Ganz zu schweigen von Zoe, Alby und Lois, die in Carnivores Versteck in Ostrussland in ihren Formaldehydtanks schmachteten.

Und dann noch Jack selbst. Übersät von blauen Flecken, verwundet, die Nase gebrochen.

Dieses Team, dieses wunderbare Team internationaler Krieger, war völlig aufgerieben worden.

Und Jack konnte nur denken: *Das ist meine Schuld. Ich habe ihnen das angetan. Ich habe sie nicht gut genug angeführt, und jetzt sieh sie sich einer an. Jetzt muss ich es in Ordnung bringen.*

Er biss die Zähne zusammen und stand auf.

»Julius, Lachlan«, sagte er. »Ihr müsst mir ein letztes Mal helfen.«

Sie brauchten vier Versuche, aber letztlich brachten sie den Jeep in Position.

Da die *Halicarnassus* nicht mehr senkrecht abheben konnte, mussten sie eine andere Möglichkeit finden, sie in die Luft zu bringen.

Jack saß auf dem Pilotensitz. Er hatte mit dem nach vorn gekippten Flugzeug zurückgesetzt und das vordere, räderlose Fahrwerk über die Fahrbahn geschleift. Dann hatte er das Flugzeug so schnell vorwärts in Bewegung gesetzt, dass sich die Nase mit einem Satz leicht aufgerichtet und das defekte vordere Fahrwerk ein Stück in die Luft gehoben hatte.

In dem Moment hatten die Zwillinge flink mit dem Jeep unter das Fahrwerk zurückgesetzt, als es sich wieder senkte …

Wumm!

Die dicke senkrechte Strebe krachte auf die Ladefläche des Jeeps. Sie landete genau auf einem Haufen aus Sandsäcken, den die Zwillinge unmittelbar hinter den Vordersitzen platziert hatten. Außerdem hatten sie den Druck der Reifen des Jeeps halbiert, damit sich die Luft darin hinlänglich ausdehnen konnte, wenn sie sich später erwärmte.

Der Großteil des Gewichts einer 747 befand sich in der Mitte – primär wegen der Triebwerke und des Treibstoffs in den Tragflächen. Daher musste der Jeep nur der geringeren Last des vorderen Teils der *Halicarnassus* standhalten.

Außerdem war die *Hali* grundsätzlich wesentlich leichter als die meisten Jumbojets. Wenn es ihnen also gelänge, den Jeep in Bewegung zu halten, würde sich das Gewicht vielleicht ausreichend verteilen, dass sie die Maschine in die Luft bekommen könnten, hoffte Jack.

Während die Zwillinge mit den Vorbereitungen am Jeep beschäftigt gewesen waren, hatte Jack die *Hali* von jeglichem unnötigen Ballast befreit und sämtliche Passagiere ausgeladen: Pooh Bear, Stretch und Sky Monster.

Er saß allein im Flugzeug. Nicht mal Horus würde ihn auf dieser letzten Mission begleiten.

Pooh, Stretch und Sky Monster mit Horus, der unglücklich an seinem Handgelenk angebunden war, saßen auf dem Salzhügel und beobachteten das Flugzeug-Jeep-Gespann wie Zuschauer ein Fußballspiel. Um sie herum verteilten sich Wasserflaschen, Schusswaffen und so viel medizinische Ausrüstung, wie sie befördern konnten.

Wenn Jack die *Halicarnassus* in die Luft bekäme und davonfliegen könnte, würden die Zwillinge versuchen, sie alle irgendwie nach Amman zu bringen.

Mit der vorderen Strebe des Fahrwerks auf dem Jeep rollte die mächtige *Halicarnassus* über die Wüstenstraße.

Sky Monster sah vom Hügel aus traurig zu. »Dieses Flugzeug war ein gottverdammtes Schlachtross und genauso sehr ein Mitglied dieses Teams wie wir alle. Wenn Jack die Maschine in die Luft kriegt, kann er sie nicht anständig landen. Ich werd sie nie wiedersehen. Bis dann, *Halicarnassus*.«

Mittlerweile war die große schwarze 747 die Straße entlang ausgerichtet, die sich bis zum Horizont erstreckte.

»Okay, Jungs«, sagte Jack ins Funkgerät. »Die Startgeschwindigkeit beträgt ungefähr 200 Stundenkilometer.

Zieht so lang wie möglich mit, dann schaltet ihr den Jeep in den Leerlauf, und was immer ihr tut, haltet ihn auf jeden Fall gerade.«

»Wir tun unser Bestes«, antwortete Lachlan aus dem Jeep.

Jack ließ die Triebwerke der *Hali* aufheulen, Lachlan den Motor des Jeeps.

Dann setzte sich die große schwarze 747 in Bewegung, und der Jeep bewegte sich mit ihr, fungierte als Fahrwerkersatz.

So beschleunigten die beiden Fahrzeuge synchron die Straße entlang, wurden schneller und schneller, und solange es ging, ließ Lachlan das Gaspedal durchgedrückt und hielt das Lenkrad fest umklammert.

Die Straße raste vorbei, die Nase der *Hali* schwebte über ihm und Julius, und plötzlich spürten die Zwillinge, wie die Beschleunigung des Flugzeugs sie kraftvoll vorwärtsschob.

»*Leerlauf!*«, brüllte Julius, um den Lärm zu übertönen. »*Leg den Leerlauf ein!*«

Lachlan kam der Aufforderung nach, und ein Schub katapultierte den Jeep förmlich vorwärts. Mit rasender Geschwindigkeit schoss er über die Straße. Der Asphalt fegte links und rechts vorbei, während Lachlans Knöchel am Lenkrad weiß hervortraten und er verzweifelt versuchte, den Jeep in einer geraden Linie zu halten.

»*Ich verliere allmählich die Kontrolle!*«, rief er. »*Lange kann ich ihn nicht mehr gerade halten …*«

Dann explodierte der linke Vorderreifen. Im selben Moment ertönte von hinten ein tosendes Gebrüll. Der Jeep geriet ins Schleudern, schlitterte seitwärts von der Straße, drehte und drehte sich dabei und wirbelte eine riesige

Staubwolke auf, bevor er im Sand neben der Fahrbahn zum Stehen kam. Lachlan und Julius wirbelten auf ihren Sitzen herum …

… und sahen, wie sich die *Halicarnassus* in den Himmel erhob!

Die Nase hatte sich exakt in dem Moment vom Jeep gehoben, als der Reifen geplatzt war.

Jack war weg.

Und so trat Jack nach all den vorherigen Missionen mit seinen treuen Teamkameraden den Weg zur letzten bevorstehenden Konfrontation allein an.

Er flog in die Nacht hinein, die letzte Nacht vor dem Tag der doppelten Tagundnachtgleiche, und hielt auf den sechsten und letzten Eckpunkt zu.

SIEBTES GEFECHT

DIE ANKUNFT DER ZWEITEN SONNE

Osterinsel

OSTERINSEL
20. MÄRZ 2008
TAG DER LETZTEN FRIST

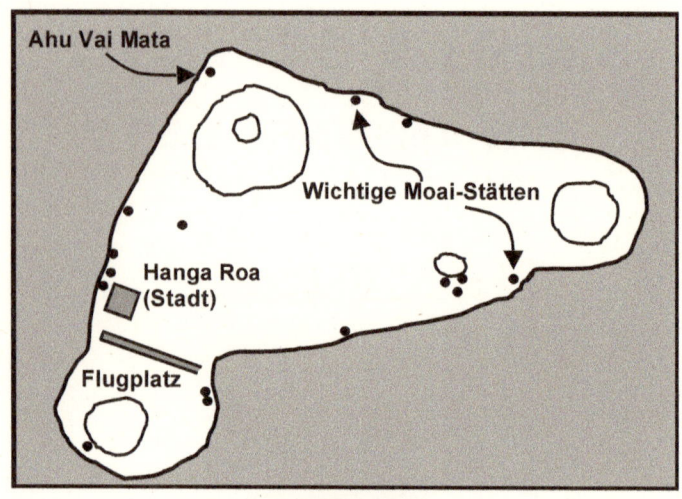

OSTERINSEL

**BASALTSTATUE BEI AHU VAI MATA
HEUTIGE POSITION**

DIE WELT
20. MÄRZ 2008 (GRÜNDONNERSTAG)
TAG DER LETZTEN FRIST

Als Donnerstag, der 20. März anbrach, spielte das Wetter überall auf der Welt verrückt.

Berghohe Wellen rasten über den Südatlantik und krachten gegen die Küste Afrikas. Im Indischen Ozean wurden Supertanker herumgeschleudert wie Badespielzeug. Im Pazifik gaben neun Länder Tsunamiwarnungen aus.

Tornados wüteten über den Mittleren Westen der USA hinweg. Wirbelstürme suchten Asien heim. Aktive Vulkane vom Ätna in Italien bis zum Cerro Azul auf den Galapagosinseln spien Lavafontänen aus, während ruhende Vulkane zu rumpeln und zu qualmen begannen, was erahnen ließ, dass sie nicht mehr lange ruhen würden.

Fotos von der internationalen Raumstation zeigten mehrere Dutzend dramatische Wolkenformationen rund um den Globus, darunter die wirbelförmigen Signaturen von Hurrikans und Zyklonen.

Die Welt spielte verrückt.

Es war, als würde der Planet von Krämpfen durchgeschüttelt.

Gleichzeitig berichteten Astronomen aus Observatorien auf der ganzen Welt, dass sich im gesamten Sonnensystem Ähnliches ereignete: Die Gasatmosphären von Jupiter, Neptun und Saturn brodelten und tobten. Vulkane auf dem geologisch aktiven Jupitermond Io brachen mit solcher Wucht aus, dass ihr Auswurf aus seiner Atmosphäre entwich.

Es betraf also nicht nur die Erde, sagten die Astronomen. Eine stille, unsichtbare Kraft wirkte auf das gesamte Sonnensystem ein.

Die Wissenschaftler hatten keine Antworten, die Regierungen riefen zur Ruhe auf, und Menschen in aller Welt strömten in Kirchen, Moscheen und Synagogen. Evangelisten und Anhänger von New-Age-Bewegungen riefen das Ende der Welt aus, und ausnahmsweise schienen sie recht zu haben.

Die dunkle Sonne war am Rand des Sonnensystems eingetroffen.

Inmitten dieses beispiellosen Wetters kreuzten zwei Meereskolosse über den sturmgepeitschten Pazifik nach Süden.

Es handelte sich um die beiden neuesten Ergänzungen der chinesischen Flotte, die mächtigen Flugzeugträger *Mao Tse-tung* und *China*.

Normalerweise beherrschten die beiden grauen Ungetüme – und ihre Begleitung von Fregatten und Zerstörern – den Ozean. An diesem Tag jedoch kamen sie wegen des starken Regens und der gewaltigen Wellen nur entsetzlich langsam voran. Aufgrund des Wetters hatte man die Flugzeuge an Bord entweder in ihren Hangars unter Deck verwahrt oder auf dem Flugdeck festgezurrt.

Auf der Brücke der *China* stand Oberst Mao Gongli neben Wolf – der am Vortag nach nur einem Blick Maos sechste Säule zu Boden geworfen und für eine plumpe Fälschung erklärt hatte. Eine Spektralanalyse bestätigte seine Einschätzung. Maos Säule war eine beeindruckende, aus Selenit angefertigte Nachbildung. Vulture und Scimitar hatten ihn hinters Licht geführt.

Wolf starrte zähneknirschend zum Horizont.

Sie hatten bereits anderthalb Tage Verspätung, und er verfluchte sich dafür, dass er Mao und dessen Flugzeugträgern vertraut hatte. Nachdem er aus Carnivores Versteck entkommen war, hätte er direkt über die Stürme hinweg herfliegen sollen. Stattdessen hatte er den Weg nach Peking angetreten und war zu den chinesischen Flugzeugträgern gebracht worden, die bereits unterwegs zum letzten Eckpunkt waren.

Endlich geriet ihr Ziel in Sicht.

Eine winzige, kahle Insel inmitten des größten Ozeans der Erde. Gerade mal 15 Kilometer lang, bedeckt von trockenem Gras und niedrigen Hügeln. Weltberühmt für den Kult der Riesenstatuen, von dem die Bewohner fast 1000 Jahre lang besessen gewesen waren.

Die Osterinsel.

Wolf dachte über das Eiland nach.

Die geheimnisvollen Moai gaben der Welt seit Langem Rätsel auf. Mit einer Höhe von über elf Metern waren sie im wahrsten Sinne des Wortes kolossal. Jede Statue – mit Ausnahme einer Siebenergruppe, die aus irgendeinem Grund nach Südwesten starrte – wies ins Landesinnere, das Kinn erhoben, den Blick auf ewig in den Himmel gerichtet.

Durch ihre Größe, die eigenartigen länglichen Gesichter und die Abgeschiedenheit der Insel selbst rankten sich um die Statuen Geheimnisse und Spekulationen, seit Europäer sie am Ostersonntag 1722 entdeckt hatten.

Die meisten Experten vertraten einhellig die Meinung, dass die Moai tote Häuptlinge darstellten. Allerdings behaupteten im Verlauf der Zeit immer wieder einige Autoren, dass sie außerirdische Besucher abbildeten – Glaubwürdigkeit erhielt das Argument dadurch, dass die frühesten Statuen nicht länglich waren. Tatsächlich sahen die ältesten Moai überhaupt nicht menschlich aus.

Hinzu kam, dass die ersten Bewohner der Osterinseln Polynesier waren, es aber nirgendwo in Polynesien eine Vorgeschichte mit riesigen Statuen gab.

Einige Wissenschaftler hatten aufgrund dieser Information die Theorie aufgestellt, dass die frühesten Statuen auf der Insel bereits vorhanden waren, als die ersten Polynesier dort ankamen.

Was die wesentlich größere Frage aufwarf: Wer hatte die ersten Statuen dann erschaffen?

Leider riss die historische Spur mit der Ankunft des weißen Mannes ab. Im 19. Jahrhundert erfolgte durch spanische Sklavenschiffe eine Massenentführung der letzten Bewohner der Osterinsel. Sie wurden zum Schuften und Sterben in die Guano-Minen von Peru geschickt. Und so ging jegliches überliefertes Wissen über die Statuen – insbesondere die frühesten – für immer verloren.

Wolf starrte auf die von tief hängenden Gewitterwolken und heftigem Regen verschleierte Insel vor ihm.

Sein Zorn steigerte sich zu ausgewachsener Rage, als er 30 Minuten später auf der Insel ankam.

Eine schwarze Tupolew Tu-144 parkte dort bereits auf der Landebahn.

Im Verlauf des Nachmittags machte sich die chinesische Flotte mit ihren beiden Flugzeugträgern bei strömendem Regen und heftiger See daran, die Osterinsel zu umzingeln. Die *Mao Tse-tung* ankerte vor der nordwestlichen Ecke, die *China* im Süden in der Nähe des einzigen Flugplatzes auf dem Eiland.

Die *China* ragte vor der Kleinstadt Hanga Roa auf, der einzigen Ortschaft auf der Osterinsel, die sich neben dem Flugzeugträger winzig ausnahm. Chinesische Soldaten strömten an Land und befahlen den 3000 Einwohnern der Insel, in ihren Häusern zu bleiben – was sich nicht schwierig gestaltete. Durch den heftigen Regen befanden sich die meisten ohnehin bereits dort.

Auf Wolfs Anweisung wurde die *Mao Tse-tung* mehrere Kilometer von der nordwestlichen Ecke zurückgezogen – ein Tsunami mit vier Wellen näherte sich aus Norden, und wenn er einträfe, würde sich das küstennahe Wasser zurückziehen und den Meeresboden freilegen. Der Flugzeugträger musste sich weit genug entfernt befinden, um nicht auf Grund zu laufen.

Vier MiG-26 Abfangjäger und ein Frühwarnflugzeug wurden vom Flugzeugträger aus gestartet, um am Himmel auf Eindringlinge zu achten.

Schließlich führte Wolf einen Voraustrupp an Land – an der Nordwestecke der Insel auf einer steilen Erdklippe.

Sonarscans hatten einen großen Unterwassereingang am Fuß der Klippe offenbart, ähnlich den Eingängen des zweiten und dritten Eckpunkts. Auf dem Hügel darüber sah Wolf die Ruinen einer abgelegenen Moai-Plattform, bekannt als Ahu Vai Mata.

Die Statue, die vor der bühnenartigen Plattform auf der Seite lag, gehörte zu den nur vier Moai aus Basalt und damit zu den ältesten auf der Insel, von denen man annahm, dass sie bereits vor der Ankunft der Polynesier existiert hatten.

Hätte sie aufrecht gestanden, hätte der Anblick perfekt der Darstellung des Eingangs zum Eckpunkt auf dem Drachen-Ei entsprochen, wie Wolf erkannte.

»Die erste Tsunamiwelle kommt!«, rief Mao zu Wolf, als sie auf der regennassen Klippe standen.

»Darauf baue ich!«, brüllte Wolf durch den tosenden Wind zurück. »Carnivore ist schon drin. Ich nehme an, er hat Tauchausrüstung benutzt, um reinzukommen. Aber dafür herrscht inzwischen zu raue See! Wir werden keine Tauchausrüstung brauchen. Sobald die Welle eintrifft, zieht sich das Meer zurück. Dann gehen wir rein. Sagen Sie Ihren Männern, sie sollen ihre Seile bereithalten!«

Wie von Wolf vorausgesagt zog sich das Wasser im Norden der Osterinsel wenige Minuten später plötzlich und dramatisch in einem weiten, schäumenden Halbkreis volle 500 Meter zurück und gab den sandigen Meeresboden frei.

Direkt unter seiner Position auf der Klippe erblickte Wolf den imposanten Eingang zum sechsten Eckpunkt. Wie auf Hokkaido klaffte er rechteckig und groß wie ein Hangar in der Steilwand.

»Großer Gott …«, entfuhr es Mao.

Wolf rief nur: »Okay! Los! Die Seile runter!«

Ohne einen Moment zu vergeuden, seilten sich Wolf, Mao und fünf chinesische Fallschirmjäger die freigelegte Steilwand hinunter ab, bis sie auf nassem Sand direkt vor dem riesigen Steinportal des Eingangs landeten.

Als Wolf hineinspähte, sah er eine Halle mit etlichen Säulen, die sich in Dunkelheit erstreckte und an einem Hang mit Stufen endete, genau wie auf Hokkaido.

»Rein! Bevor die Welle kommt!«, brüllte er.

Als er hineinrennen wollte, drang eine panisch klingende Stimme auf Chinesisch aus ihren Funkgeräten und meldete etwas, das Wolf zunächst nicht glauben konnte.

»Sir! Feindliches Flugzeug entdeckt! Eine 747 mit Tarnkappensignatur! Nähert sich mit beträchtlicher Geschwindigkeit auf schnurgeradem Kurs! Sie kommt direkt auf uns zu!«

Die *Halicarnassus* sank in flachem Winkel aus der Wolken-
schicht.

Die Maschine drehte nicht ein, sie schwenkte nicht.
Stattdessen flog sie stur geradeaus.

Kaum war sie auf den Monitoren der chinesischen
Radarbeobachter auf der *Mao Tse-tung* und an Bord ihres
Luftraumaufklärungs- und -überwachungsflugzeugs aufgetaucht, entdeckten sie eine kleinere Signatur, die sich
von der 747 entfernte.

Davor hatte Wolf gewarnt: Sein Sohn besaß als Gullwings bezeichnete Flügel aus Kohlefasermaterial, die er
manchmal für heimliche Lufteinsätze benutzte. Natürlich
würde er sie auch diesmal verwenden.

Die MiGs wurden mit dem Befehl entsandt, die *Halicarnassus* abzuschießen und die Gullwings aufzuspüren und
zu vernichten.

Aber als sie auf die stetig sinkende *Halicarnassus* feuerten, stellten sie fest, dass von ihr ein wahrer Sturm elektro-
magnetischer Interferenzen ausging und ihre Raketen von
ihr wegschwenkten. Mit den Bordgeschützen hatten sie
noch weniger Glück. Sie konnten nicht wissen, dass sich in
der Maschine manipulierte, auf höchste Leistung geregelte
Warbler befanden, wodurch die *Hali* zumindest für kurze
Zeit über einen eigenen, flugzeuggroßen Warbler verfügte.

Merkwürdigerweise wich der Jumbojet trotz Beschuss
kein einziges Mal vom Kurs ab.

Immer noch drehte er nicht ein oder schwenkte weg.

Er flog nur weiter durch den strömenden Regen geradeaus und abwärts.

Entweder war der Pilot verrückt oder besaß Nerven aus Drahtseilen. Oder, wie schließlich jemand erkannte, es befand sich gar keiner am Steuer …

Während zwei MiGs die winzige Signatur verfolgten, die sich zuvor von der *Halicarnassus* entfernt hatte, manövrierten sich die verbleibenden zwei links und rechts neben die schwarze 747, um Sichtkontakt zum Cockpit herzustellen.

Sie passten die Geschwindigkeit an die des Jumbojets an und flogen daneben einher. Die *Halicarnassus* feuerte nicht auf sie, schien ihre Gegenwart in keiner Weise zu bemerken.

»Mao Tse-tung, *hier Abfangjäger 1*«, meldete einer der Piloten. »*Habe Sichtkontakt zum Cockpit des Flugzeugs. Ich sehe keinen Piloten. Die Maschine muss per Autopilot fliegen …*«

»Mao Tse-tung, *hier Abfangjäger 3. Wir haben das kleinere Signal aufgespürt. Es schwenkt in weitem Bogen nach Süden und versucht, sich der Insel von der anderen Seite zu nähern!*«

»*Das Flugzeug ist eine Ablenkung*«, ertönte Mao Gonglis Stimme über Funk. »*Nehmen Sie das kleinere Signal unter Beschuss und vernichten Sie es!*«

Als die erste Tsunamiwelle auf die Osterinsel zurollte und über den freigelegten Teil des Meeresbodens fegte, raste die *Halicarnassus* tief über deren Vorderkante hinweg.

Sie würde vor der nahenden Welle direkt vor dem antiken, riesigen Portal zum Eckpunkt aufsetzen. Nur ließ sie keinerlei Landevorbereitungen erkennen. Weder änderte sie den Anflugwinkel noch fuhr sie ihr Fahrwerk aus.

Das Geisterflugzeug prallte nur unsanft auf dem freiliegenden Teil des Meeresbodens auf und schlitterte wild über den nassen Sand, bevor eine der Tragflächen gegen das uralte Portal in der Felswand krachte. Die Tragfläche wurde vollkommen abgeschert, während der Rest der Maschine durch das riesige Tor rutschte.

Die Tsunamiwelle folgte zehn Sekunden später und prallte als gigantische, schäumende Wasserwand donnernd gegen die Steilwände der nordwestlichen Ecke der Osterinsel. Gischt spritzte hoch in den Himmel, während die Wassermassen in der mehrstöckigen Eingangshalle des Eckpunkts die *Halicarnassus* erfassten und vorwärtsschleuderten, als wäre die große 747 ein Kinderspielzeug. Das Flugzeug endete auf dem Treppenhang am anderen Ende des Raums, den erst vor wenigen Minuten Wolfs Mannschaft erklommen hatte.

Etwas später, als die erste Welle des Tsunamis ihren Schwung verlor und sich um die Nordseite der Insel schlängelte, holten die chinesischen Abfangjäger das winzige Signal von Jacks Gullwings ein …

… und fanden nur die Flügel, die ferngesteuert flogen. An ihnen hing eine lächelnde Sandsackpuppe namens George.

Im selben Moment schwankte im Inneren des Eckpunkts das bedauernswerte Wrack der *Halicarnassus* auf dem Gipfel des Stufenhügels, da eine schwappende Wassermasse die Eingangshalle dahinter ausfüllte.

Die Maschine war völlig hinüber: eine Tragfläche abgerissen; die Unterseite des Rumpfs durch die Rutschpartie über den Meeresgrund irreparabel aufgerissen; sämtliche Cockpitfenster zerbrochen; die Geschütztürme verklumpt von nassem Sand.

Eine Weile verharrte die vormals so prächtige 747 still und regungslos auf dem Gipfel des Stufenhügels. Bis plötzlich einer der Einstiege über den Tragflächen von innen aufgestoßen wurde …

… und Jack West jr. aus dem zerstörten Flugzeug stieg.

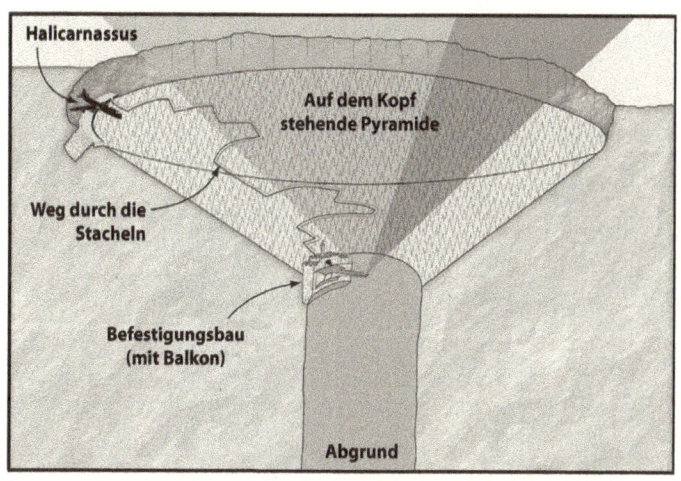

DER SECHSTE ECKPUNKT AUF DER OSTERINSEL

Jack betrachtete den sechsten Eckpunkt.

Im Vergleich zu den anderen, die er gesehen hatte, wirkte er recht simpel aufgebaut. Aber der Schein konnte trügen.

Der sechste Eckpunkt wies die Form eines riesigen Trichters mit steil abfallenden Seiten auf, die unten in einen runden Abgrund mündeten. Oben mochte der Durchmesser vielleicht 300 Meter betragen, unten hingegen nur noch 60 Meter.

Natürlich schwebte darüber die mittlerweile vertraute, auf dem Kopf hängende Bronzepyramide. An zwei ihrer Seiten pulsierte das bernsteinfarbene Licht von Leuchtfackeln, die zweifellos Carnivore bei seiner Ankunft abgefeuert hatte, um die gewaltige Höhle zu erhellen.

In der spärlichen Helligkeit begutachtete Jack die Oberfläche des riesigen Trichters. Auf den ersten Blick wirkte sie solide. Bei näherer Betrachtung stellte er fest, dass sie es nicht war.

Überhaupt nicht.

Die Oberfläche des Trichters bestand aus Tausenden, vielleicht Millionen verheerend scharfen, anderthalb Meter hohen Spitzen aus irgendeinem schieferfarbenen Stein. Jede Spitze befand sich nur etwa 30 Zentimeter von der nächsten entfernt. So entstand ein dermaßen dichter Wald davon, dass die Oberfläche durchgehend zu sein schien.

Jack betastete eine der grauen Spitzen. Obwohl er sie nur leicht berührte, zog er den Finger blutig zurück.

Zu seiner Linken verlief eine Art Graben durch den brusthohen Wald superscharfer Stacheln. Es schien sich um einen Pfad zu handeln. Jack stellte fest, dass er sich in willkürlichen Kurven den Hang des Trichters hinuntermäanderte und einen sicheren Weg durch den Stachelwald bot, bevor er an einem festungsähnlichen Bauwerk am Rand des Abgrunds endete. Von dem Bauwerk erstreckte sich ein langer, verzierter Balkon zur Spitze der Pyramide.

Jack vermutete, dass der Weg auch die Fallen des Eckpunkts enthielt. Die Anleitung, um sie zu überwinden, würde der Rahmen der goldenen Tafel bieten. Und tatsächlich sichtete er Wolf und Mao, die mit ihrem Team den Weg entlangeilten. Sie hatten etwa ein Drittel der Strecke zurückgelegt. Ihre Köpfe zeichneten sich über den Stacheln ab.

Es war 17:51 Uhr.

Die letzte Säule musste um 18 Uhr platziert werden, zum Zeitpunkt der doppelten Tagundnachtgleiche.

Dann sichtete Jack auch Carnivore.

Er war Wolf weit voraus, befand sich bereits unten an dem Balkon, der sich über den Abgrund zur Pyramide erstreckte. Iolanthe, Diane Cassidy, Lily und Alexander waren ebenso bei ihm wie vier seiner Speznas-Leibwächter.

Auf einer Reihe von Steinsockeln in seiner Nähe befanden sich die vier Ramses-Steine, die er brauchte: der Feuerstein, der Stein der Weisen, die Schale des Ramses und die Zwillingstafeln des Thutmosis.

Auf einem eigenen Sockel standen alle fünf zuvor aufgeladenen Säulen, nach ihrem Platzieren erbeutet von den anderen Mitwirkenden an diesem Abenteuer.

Und in der Hand hielt Carnivore die sechste Säule, die Jesus-Säule, die Jack aus dem römischen Salzbergwerk geborgen hatte. Sie war triefnass.

Als die *Halicarnassus* ihren spektakulären Auftritt hingelegt hatte, war Carnivore gerade mit der doppelten Reinigung der sechsten Säule in der mit Quellwasser gefüllten Schale fertig geworden. Er wirbelte herum, als er den lauten Knall der oben am Rand des Trichters ankommenden 747 hörte, und er lächelte, als er das Flugzeug sah. Der jüngere West gab wirklich nie auf, auch wenn er hoffnungslos zurücklag.

Aber wie Carnivore wusste und Jack gerade erkannte, sah die Realität so aus: Carnivore war zu weit voraus, hatte zu viel Vorsprung.

Niemand würde ihn rechtzeitig erreichen. Nicht Wolf, und schon gar nicht Jack. Carnivore würde die sechste Säule platzieren, die Welt vor dem dunklen Stern retten – und damit die sechste und letzte Belohnung erhalten: *Macht.*

Jack wog seine Situation ab. Er war als Letzter zu diesem Dreierrennen eingetroffen. Es gab keine Möglichkeit, Wolf auf dem Pfad zu überholen, außer er bewegte sich geradewegs über den Stachelwald hinweg …

Jack drehte sich um.

Die verbeulte, ramponierte *Halicarnassus,* die nur noch die rechte Tragfläche besaß, lag wackelig am Rand des Trichters. Gehalten wurde sie vom äußeren Steuerbordtriebwerk, das sich an der Kante verhakt hatte.

»Das wäre geschummelt«, sprach Jack laut aus, während er das Flugzeug betrachtete. »Aber scheiß drauf.« Jack eilte in die *Hali.*

30 Sekunden später erreichte er das Cockpit und ließ sich auf dem Pilotensitz nieder. Er öffnete eine Sicherheitsabdeckung. Vier Schalter kamen zum Vorschein: Sie lösten in einem Notfall die vier an den Tragflächen montierten Triebwerke und warfen sie ab. Eine Sicherheitsfunktion aller Düsenflugzeuge.

Jack tätschelte die Maschine ein letztes Mal. »Danke für die Erinnerungen, Schätzchen. Entschuldige, dass ich dir das antun muss.«

Dann betätigte er den Schalter zum Abwerfen des äußeren Steuerbordmotors.

An der Tragfläche detonierte mit scharfem Knall ein Sprengbolzen, und das riesige zylindrische Triebwerk löste sich. Es fiel nicht weit, da es sich bereits ganz oben am Rand des Trichters verkeilt hatte.

Aber die *Halicarnassus* geriet in Bewegung.

Von ihrer Verankerung befreit rutschte sie erst langsam, dann zunehmend schneller in den gigantischen Trichter hinab.

Der Anblick der in den Trichter des sechsten Eckpunkts hinabschlitternden *Halicarnassus* war schlichtweg verblüffend.

Das ramponierte schwarze Flugzeug mit nur noch einer Tragfläche sauste den stacheligen Abhang hinunter. Der Aluminiumbauch schrammte dabei mit einem ohrenbetäubenden Kreischen wie von Fingernägeln an einer Schultafel über die dicht gedrängten Spitzen aus Stein.

Und die Maschine beschleunigte.

Funken sprühten, während sie schneller und schneller in die Tiefe raste. Das Kreischen von Metall auf Stein zerfetzte förmlich die Luft und ging durch Mark und Bein.

Auf dem grabenartigen Weg schaute Wolf auf – und erblickte das große schwarze Flugzeug, das den verschlungenen Pfad umging und den direkten Weg in den Abgrund nahm, schnurgerade nach unten.

»Scheiße!«, brüllte er.

Die Maschine pflügte weiter. Trotz ihrer beachtlichen Größe nahm sie sich neben der auf dem Kopf hängenden Pyramide und dem Trichter geradezu winzig aus. Im Vergleich zu dem gigantischen, uralten Ort wirkte sie wie ein Spielzeug.

Unten auf dem Balkon drehte sich auch Carnivore um, und die Stahlkinnlade fiel ihm vor lauter Überraschung runter.

Zum ersten Mal in seinem Berufsleben bekam sein unerschütterliches Flair tiefe Risse. Zum ersten Mal hatte jemand etwas getan, womit Carnivore nicht ansatzweise gerechnet hatte.

Vor Entsetzen erstarrt beobachtete er, wie die große

schwarze *Halicarnassus* Funken sprühend den Hang herunter auf ihn zuraste.

Dann durchschlug die mächtige Nase der 747 die Festungsmauer am Rand des Abgrunds. Uralte Ziegelsteine flogen in alle Richtungen, über den gesamten Balkon und in die Tiefe. Carnivores Männer hechteten in Deckung. Diane Cassidy kauerte sich hinter einen Steinsockel auf dem Balkon. Iolanthe und die beiden Kinder taten es ihr gleich.

Während sich der Staub legte, ragte die gesamte vordere Hälfte des riesigen Flugzeugs durch die zertrümmerte Festungsmauer. Die schwarze 747 neigte sich bedenklich nach unten, bis die Nase beinahe den Balkon berührte, und einen Moment lang dachte Carnivore, dieser würde abbrechen.

Tat er aber nicht.

Mit einem Ächzen von überlastetem Metall kam der Jumbojet zur Ruhe, die Nase in steilem Winkel zum Beginn des Balkons geneigt, die Mitte von der halb zerstörten alten Mauer umschlossen.

Es war 17:55 Uhr.

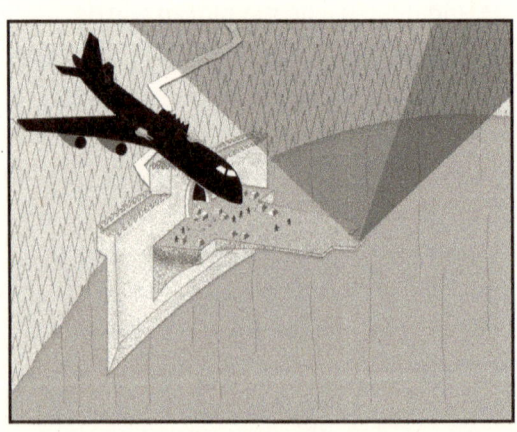

Carnivore stand ungeschützt auf dem Balkon vor der *Halicarnassus*. Das riesige schwarze Flugzeug starrte auf ihn herab wie ein zorniger Gott, und die zerbrochenen Cockpitfenster erinnerten bemerkenswert an Augen.

Carnivore achtete auf ein Anzeichen von Bewegung darin, auf ein Anzeichen von Jack West.

»Gefechtsbereitschaft!«, befahl er seinen Männern. »Schaltet jeden aus, der aus dieser Maschine kommt!« Dann rief er in Richtung des Flugzeugs: »Jüngerer West! Ich vermute, dass Sie dadrin sind! Ein beachtlich kühner Verzweiflungsakt, das räume ich ein, aber Sie können hier nicht gewinnen! Sie sind sowohl zahlenmäßig als auch waffentechnisch hoffnungslos unterlegen!«

Carnivore bemerkte nicht, dass sich Iolanthe ebenso von ihm entfernt hatte wie Lily und Alexander.

Plötzlich rührte sich etwas im Cockpit. Prompt eröffneten die vier Speznas-Leibwächter das Feuer und überzogen das nach unten gekippte Cockpit mit Hunderten Projektilen.

Nach einer Weile stellten sie den Beschuss mit qualmenden Gewehren ein.

Im Cockpit rührte sich nichts mehr.

Carnivore beobachtete es dennoch weiter, hielt Ausschau …

Dann ertönte Jack Wests Stimme aus einem Lautsprecher. »*Zahlenmäßig ja. Waffentechnisch nein …*«

Carnivore nahm verdattert eine Bewegung wahr – nicht im Cockpit, sondern drüben an der verbliebenen Tragfläche der *Halicarnassus*: Die dort in ihrem Geschützturm montierte 50-Millimeter-Kanone drehte sich …

… und richtete ihre beiden Läufe direkt auf Carnivore.

»O Gott …«, entfuhr es dem russischen Adeligen, als er Jack an der Bedienung des Geschützturms sitzen sah. »Sie gewinnen, jüngerer West.«

Jack eröffnete das Feuer.

Die doppelläufige 50-Millimeter-Kanone erwachte explosiv zum Leben und entfesselte zwei lange Feuerzungen mit vernichtenden Geschossen, die einen Kampfjet zerfetzt hätten.

Bei einem Menschen erwiesen sich die Folgen als umso verheerender.

Carnivores Körper wurde augenblicklich zu Brei geschreddert, als ihn Dutzende fast faustgroße 50-Millimeter-Projektile in einer brutalen, rasanten Abfolge erfassten. Bei jedem Einschlag zuckte er wie eine Marionette, und die schiere Wucht hielt ihn auf den Beinen, bis Jack den Beschuss einstellte. Erst dann platschte Carnivore zu Boden, rührte sich nicht mehr und erinnerte kaum noch an einen Menschen.

Den Speznas-Männern neben ihm erging es genauso. Auch sie wurden zerfetzt, bis von ihren Körpern nur ein blutiger Matsch verblieb. Ein Mann wurde von der heftigen Salve vom Balkon geschleudert und segelte gellend schreiend in den bodenlosen Abgrund.

Als es vorbei war, kletterte Jack aus dem Geschützturm auf die Tragfläche und sprang mit einer Desert Eagle in jeder Hand auf den Balkon.

Lily stürmte auf ihn zu und warf die Arme um ihn. Er ließ es zu, erwiderte die Umarmung jedoch nicht, sondern ließ die Waffen auf Iolanthe, Alexander und Diane Cassidy gerichtet. Seine Augen wirkten wie blanker Stahl.

Zu Iolanthe sagte er: »Sie sind eine eigenartige Frau.

Aber Sie haben mir das Leben gerettet, also habe ich nicht vor, Sie jetzt umzubringen … außer Sie liefern mir einen Grund. Jetzt halten Sie den Jungen fest und gehen Sie mir aus dem Weg.«

Iolanthe trat mit Alexander an der Hand einen Schritt zurück und erwies sich als schlau genug zu schweigen. Diane Cassidy tat es ihr gleich.

Jack hob die noch feuchte sechste Säule vom Boden neben Carnivores Überresten auf und schaute zurück, um zu sehen, wie weit Wolf und Mao vorangekommen waren – sie befanden sich zwar noch in dem Graben, aber deutlich näher und hatten die Festung beinahe erreicht.

Er wirbelte wieder herum und betrachtete die auf dem Kopf hängende Pyramide am anderen Ende des Balkons. Es blieb gerade noch genug Zeit.

Er wandte sich an Lily. »Weißt du, Kleines, irgendwie habe ich immer geahnt, dass es am Ende auf dich und mich hinauslaufen würde. Wir machen das zusammen.«

17:59 Uhr.

Lily schnappte sich die Zwillingstafeln und eilte neben Jack her, als er über den verzierten Balkon hoch über dem dunklen Abgrund zur Pyramide des sechsten Eckpunkts schritt.

Als sie die Spitze erreichten, übergab Jack die Säule an Lily.

Verständnislos runzelte sie die Stirn.

»Man muss beim Platzieren der letzten Säule die Inschrift von einer der Tafeln lesen«, erklärte Jack. »Ich kann die Sprache des Thot nicht lesen. Du schon.«

Lily nickte nervös. »Was ist mit der Belohnung? *Macht.* Was, wenn ich allmächtig oder so werde?«

Jack sah sie eindringlich und aufrichtig an. »Kleines. Es gibt keinen anderen Menschen auf diesem Planeten, dem ich eine solche Macht lieber anvertrauen würde.«

Lily lächelte verhalten.

»Okay …«

Dann wurde es 18 Uhr. Der Moment des Sonnenuntergangs.

Als die doppelte Tagundnachtgleiche einsetzte und die Osterinsel in einzigartiger Weise den Strahlen der beiden Sonnen ausgesetzt wurde, las Lily von Jack beschützt von einer der Zwillingstafeln in einer Sprache, die nur wenige Menschen je gehört hatten.

Und mit dem letzten Satz platzierte sie die Säule im entsprechenden Schlitz an der Spitze der Pyramide.

Mit einem Klicken rastete sie ein, und wie bei jedem der fünf Eckpunkte zuvor schoss ein blendend weißes Licht aus der uralten, auf dem Kopf hängenden Pyramide in den Abgrund und in die Eingeweide der Erde.

Obwohl sie es nicht sehen konnten, geriet in dem Moment ein spektakulärer Mechanismus im Erdinneren in Gang.

An allen fünf anderen Eckpunkten – von Abu Simbel über England bis hin zu Kapstadt, Japan und Diego Garcia – flammten ebenfalls gleißende Lichtstrahlen auf, die von den diamantbesetzten Spitzen ihrer auf dem Kopf hängenden Pyramiden ins Zentrum der Erde hinabstachen.

Die sechs Lichtstrahlen trafen zusammen auf den Eisenkern der Erde, und eine tiefe planetarische Resonanz setzte ein – ein vibrierendes Brummen. Es entsandte eine unsichtbare harmonische Kraft in den Weltraum, eine

Kraft, die der nahenden Gewalt des dunklen Sterns entgegenwirkte, als der dunkle Stern die erdnächste Position seiner Umlaufbahn erreichte.

Das brutale Wettergeschehen auf der Erdoberfläche endete fast augenblicklich – grollende Vulkane verstummten, und ihre Lavaströme beruhigten sich zu Tümpeln brodelnden, geschmolzenen Gesteins; Zyklone und Hurrikans verpufften so abrupt, dass darin gefangene Autos und Wohnwagen buchstäblich zu Boden fielen; sturmgepeitschte Meere hörten auf, Küstenstraßen und Klippen zu überschwemmen, abgelöst von den harmlosen Geräuschen gewöhnlicher Wellen, die an Küsten brandeten.

Menschen weltweit, die sich zuvor in ihren Häusern verschanzt oder tapfer gegen die Elemente angekämpft hatten, von den Küsten Amerikas bis zu den Dschungeln Afrikas, von den verschneiten Ebenen Norwegens bis zu den trockenen Ebenen Indiens, standen perplex inmitten der Zerstörung, als sich eine unheimliche Ruhe über die Welt ausbreitete und die Normalität zurückkehrte.

Die tödliche Nullpunktkraft des dunklen Sterns war abgewehrt worden.

Im sechsten Eckpunkt wurde die trichterförmige Höhle immer noch in den grellen Schein des widernatürlichen weißen Lichts getaucht, das sich in den Abgrund erstreckte. Dann zog sich der laserähnliche Strahl abrupt aus dem Schacht zurück, und all die unvorstellbar mächtige Energie schien sich in der Säule an der Spitze der Pyramide zu sammeln.

Sie leuchtete gleißend auf und pulsierte in reinem Weiß. Wie zuvor löste sich auch diese Säule mit einem Klicken von der Pyramide, und Lily fing sie mit beiden Händen auf.

Das pulsierende weiße Licht, das von der glasartigen Säule ausging, schien auf ihr Gesicht. Und während Jack sie beobachtete, wurde Lilys Blick glasig, als würde sie hypnotisiert. Das Weiß in ihren Augen wurde pechschwarz – dann weiteten sich die Pupillen, als würden sie von etwas erfüllt ... von irgendeiner Kraft ... Energie ... oder Macht ...

Für einen flüchtigen Moment erhielt Jack einen Eindruck davon, was diese letzte Belohnung, *Macht,* tatsächlich sein könnte. Prompt fragte er sich, ob er den größten Fehler seines Lebens begangen hatte, indem er Lily die Säule anvertraut hatte.

Als in der Höhle wieder relative Dunkelheit und Stille herrschte, kamen Wolf und Mao aus dem Graben hervor. Flankiert von ihren fünf chinesischen Sondereinsatzspezialisten schritten sie an der ramponierten *Halicarnassus* vorbei auf den Balkon.

Jack und Lily hatten sich zur Mitte des Balkons bewegt und saßen nun darauf fest.

Wolf erblickte die Säule in Lilys Händen und sah den tödlichen Ausdruck in ihren schwarzen Augen.

»O nein, *nein …*«, stieß er atemlos hervor.

Seine chinesischen Soldaten waren so dumm, die Waffen auf Jack und Lily zu richten.

Zorn blitzte in Lilys schwarzen Augen auf. Sie starrte die Männer vernichtend an … und schlagartig fassten sich alle fünf chinesischen Soldaten gequält an die Kehlen, konnten nicht mehr atmen. Sie sackten auf die Knie und erstickten, bevor sie alle tot zu Boden klatschten.

Wolf stand verdattert da. Mao auch.

Jack verharrte fassungslos neben Lily.

Das also war die Belohnung namens Macht, erkannte er. *Die Macht, Gedanken zu verwirklichen, anderen seinen Willen uneingeschränkt aufzuzwingen. Die ultimative Macht.*

Jack sah Lily an und musterte ihren wütenden, unnatürlichen Blick.

Sie starrte Diane Cassidy an, die nach wie vor hinter einem Sockel kauerte. »Sie. Sie haben uns verraten, unserem Feind alles darüber erzählt, was wir getan haben. Ich finde, Sie sollten sterben.«

Sofort fiel Diane auf die Knie. Ihr Blick war starr auf Lily gerichtet, als sie zu röcheln begann. Dann floss Blut aus ihren vorquellenden Augen, bevor beide zu kleinen, grausigen Sprühnebeln zerplatzten und die Frau tot zu Boden sackte.

Nach dem Anblick der brutalen Tode seiner Männer und der Verräterin Diane Cassidy ergriff Mao die Flucht.

Mit teilnahmslosem Gesicht beobachtete Lily, wie er rannte.

»Ich könnte mir vorstellen, dass Sie nicht so ängstlich waren, als Sie Wizard gefoltert haben, Oberst Gongli«, sagte sie mit seltsam tiefer Stimme.

Mao atmete in kurzen, abgehackten Stößen, als er vom Balkon eilte und unter einem Teil der halb zerstörten Festung hindurchlief.

In dem Moment schwenkte Lily beiläufig die Hand. Sofort löste sich ein mächtiger Haufen Ziegel von dem Bauwerk und landete mit vollem Gewicht direkt auf Mao.

Der Körper des chinesischen Offiziers wurde schlagartig zermalmt und bildete nur noch einen blutigen Klecks auf dem Balkon. Die Steine, die ihn erschlagen hatten, kamen neben den kauernden Gestalten von Iolanthe und Alexander zum Liegen, beide sichtlich von Todesangst davor erfüllt, was Lily ihnen antun könnte.

Jack war entsetzt.

Er drehte sich Lily zu. Rasende Wut verzerrte ihr dunkles Gesicht. Mit einer Faust umklammerte sie die leuchtende Säule.

Die Säule verleiht ihr diese Kräfte, dachte er. *Sie schürt ihre Wut …*

»Lily, Schatz …«, begann er.

Ihre schwarzen Augen blitzten, als sie auf ihn zutrat …

und einen flüchtigen Moment lang blinzelte sie, als sie ihn erkannte.

Und diese Sekunde des Erkennens, in der Liebe auf all den in ihr brodelnden Hass prallte, erwies sich als zu viel für das Gehirn des kleinen Mädchens.

Lily verlor das Bewusstsein und brach auf dem Balkon zusammen. Die Säule fiel ihr aus der Hand und kam nahe am Rand zum Liegen.

Und so stand Jack neben ihr auf dem Balkon: die leuchtende Säule zu seinen Füßen, die riesige Pyramide über ihm, der bodenlose Abgrund unter ihm. Und ein letzter Gegner versperrte ihm den Ausgang: sein Vater.

Wolfs Blick war starr auf die Säule geheftet.

»Jack«, sagte er, »denk nach. Wer immer dieses Ding besitzt, kann tun, was immer er will. Er kann jeden seinem Willen unterwerfen, kann mit einem einzigen Gedanken töten, kann uneingeschränkt herrschen, ohne Grenzen oder …«

»Gewissen«, fiel Jack ihm ins Wort.

Ein leises Rumpeln ertönte. Als Lily die Steine aus der Festung gelöst hatte, um Mao zu töten, hatte sie die Mauer geschwächt, in der die *Halicarnassus* steckte. Die riesige 747, die bedrohlich über dem Balkon hing, würde demnächst darauf herabstürzen.

»Ich könnte der Welt Frieden auferlegen«, sagte Wolf. »Frieden durch Androhung ultimativer Gewalt.«

»So was wie einen gütigen Diktator gibt es nicht, Vater …«

»Wie wär's dann mit dir? Na los, heb sie auf«, drängte Wolf. »Spür die Macht. Spür, wie sie durch dich fließt. Du weißt, dass du es willst.«

Jack blickte auf die leuchtende Säule hinab. Sie lag einfach so vor ihm, alle Macht der Welt …

Jack betrachtete sie, betrachtete Lily, die mit geschlossenen Augen flach atmete, und dabei wurde ihm tief im Herzen etwas klar.

Er wollte es nicht.

Er wollte die Säule nicht aufheben, wollte über niemanden herrschen.

Und in dem Moment erkannte Jack zweifelsfrei, dass er nicht wie sein Vater war, überhaupt nicht …

Das Projektil schlug in Jacks Brustpanzer ein, überraschte ihn völlig, wirbelte ihn herum und schleuderte ihn beinahe vom Balkon hinunter.

Jack landete etwa auf halber Länge des Balkons auf dem Bauch. Seine Beine baumelten über dem unermesslich tiefen Abgrund.

Als er aufschaute, sah er, wie Wolf auf die Säule zustürmte.

Sein Gerede von Macht und Frieden war nur ein Trick gewesen, damit Jack den Blick einen Moment lang von ihm löste. Mehr hatte Wolf nicht gebraucht, um die Waffe zu ziehen und zu feuern. Die List hatte funktioniert.

Die Säule befand sich 30 Zentimeter von Jacks Fingerspitzen entfernt. Neben ihm lag Lily, nach wie vor bewusstlos.

Jacks Finger tasteten über den polierten Steinboden des Balkons und versuchten, die Säule zu erreichen.

Wieder hörte er die *Halicarnassus* ächzen. Aus dem Augenwinkel nahm er wahr, wie einige Steinblöcke und Mörtel unter ihr bröckelten. Die letzten Momente, bevor das Flugzeug kippen würde …

Als der anstürmende Wolf die leuchtende Säule schon beinahe erreicht hatte, hievte sich Jack mit der Kraft der Verzweiflung vorwärts und streckte die Hand aus, so weit er konnte. Allerdings ergriff er die Säule nicht – das wollte er nicht. Stattdessen stieß er kräftig mit dem Handrücken dagegen und ließ sie den Balkon hinunter auf das entfernte Ende zuschlittern.

Wolf rannte aus vollem Lauf hinterher.

Aber Jack wusste, dass er genug getan hatte. Er hatte die Säule so kraftvoll getroffen, dass sie den ganzen Balkon entlangrutschte und …

… von dessen Ende in den Abgrund.

Die leuchtende Säule stürzte mit all ihrer tödlichen Macht in den bodenlosen Abgrund und verschwand für immer.

Wolf folgte ihr bis zum Ende, hechtete vergeblich hinter ihr her, kam zu spät. Jack beobachtete, wie sein Vater am äußersten Ende des Balkons auf die Knie fiel und frustriert aufbrüllte – bis ihn ein weiteres Rumpeln in die harte Realität zurückriss.

Jack drehte den Kopf zur *Halicarnassus* und sah, wie das Flugzeug letztlich den Halt an der Festung verlor und aus seiner wackeligen Position kippte.

In einer dunklen Ecke seines Verstands wurde Jack klar, dass er all das schon einmal gesehen hatte.

Beim dritten Eckpunkt in Hokkaido, kurz nachdem Wolf und er die dritte Säule platziert und sie beide den Diamantblock mit blutverschmierten Händen gehalten hatten.

Damals hatte Jack die seltsame Vision, wie er unter einem Eckpunkt zusammen mit einer dunklen 747 mit nur einer Tragfläche in einen Abgrund stürzte.

Die Belohnung für das Platzieren der dritten Säule, dachte er schaudernd. *Sicht.*

Er erinnerte sich an Wizards Äußerungen über ein Ritual im alten Ägypten, bei dem ein Priester einen Gegenstand mit blutigen Händen umklammerte und Visionen erlebte. Und an Laotses Aussage, *Sicht* könne die Fähigkeit sein, den eigenen Tod zu sehen.

Das also war er: sein Tod.

Was jedoch nicht hieß, dass er nicht versuchen sollte, ihn zu vermeiden.

Mit pochender Brust und schmerzendem Körper nahm Jack alle verbliebene Kraft zusammen, hob Lily auf und schleppte sie halb hopsend, halb stolpernd zum sicheren Ende des Balkons, als das volle Gewicht der *Hali* mit einem gewaltigen Knall darauf herabkrachte.

Die *Halicarnassus* rutschte ab, stürzte etwa drei Meter von der Festungsmauer entfernt auf den langen Balkon und durchschlug ihn wie eine gewaltige Axt. Fast der gesamte Balkon brach ab und stürzte in dem Moment in den Abgrund, als Jack und Lily auf den kleinen verbliebenen Rest am Beginn der Plattform sprangen.

Jack landete auf festem Boden, wirbelte herum und schaute zu seinem Vater.

Wolf befand sich noch auf dem Bauch am Ende des Balkons und hatte die Hände frustriert zu Fäusten geballt, als er den Kopf drehte und die *Halicarnassus* fallen sah. Jäh riss er die Augen weit auf.

Und in jenem flüchtigen Moment erkannte Jack entsetztes Begreifen im Gesicht seines Vaters. Wolfs zügelloses Streben nach der Macht der letzten Säule wurde ihm zum Verhängnis. Nur dadurch hatte er sich in diese fatale Lage gebracht. Sein Verlangen nach absoluter Macht sollte sein Tod werden.

Durch die Masse der *Halicarnassus* wurde der prächtige Balkon von der Festung abgerissen und stürzte mit Wolf darauf in den Abgrund.

Wolf fiel.

Dabei schaute er nach oben und sah, wie die auf dem Kopf hängende Pyramide des sechsten Eckpunkts rasant kleiner und kleiner wurde. Dann versperrte ihm der dunkle Schemen der einflügeligen *Halicarnassus* über ihm die Sicht.

Auch er hatte dieses Bild schon gesehen – im selben

Moment wie Jack, als sie gleichzeitig mit blutigen Händen die dritte Säule umklammert hatten. Nur klebte damals Wolfs Blut an der Säule, nicht das von Jack, daher hatten sie beide Wolfs Tod gesehen.

Und so stürzte Jack West sr., bekannt als Wolf, in unergründliche Dunkelheit und sollte wie die allmächtige Säule, die vor ihm in den tiefen Abgrund geschlittert war, nie wieder gesehen werden.

Der Weg aus dem Eckpunkt dauerte eine Weile, und nach dem monatelangen Kampf gegen die kosmische Uhr hatte es Jack diesmal nicht eilig.

Lily wachte benommen auf und hatte keinerlei Erinnerung an ihre mörderische Demonstration von Macht.

Jack hielt ihr eine Feldflasche an den Mund, aus der sie vorsichtig trank.

Dann trugen sie in Alexanders Begleitung Carnivores Sammlung von Säulen und Ramses-Steinen aus dem Eckpunkt.

Iolanthe unternahm keinen Versuch, sie zu stehlen oder auch nur an sich zu nehmen. Sie schien eine unausgesprochene Vereinbarung mit Jack getroffen zu haben – wenn sie keinen weiteren Ärger verursachte, würde sie diesen Ort lebend verlassen dürfen.

Alle schnallten sich die Tauchausrüstung an, die Carnivore zuvor benutzt hatte, um durch das unter Wasser liegende Portal in den Eckpunkt zu gelangen.

»Weißt du noch, wie man damit umgeht?«, fragte Lily bei Alexander nach.

Der Junge erwiderte nichts.

Nach Lilys Machtdemonstration schien er eine Heidenangst vor ihr zu haben.

»Schau, ich zeig dir, was du tun musst«, bot sie an.

»Wie wollt ihr an den chinesischen Kriegsschiffen vorbei?«, wandte sich Iolanthe ein wenig zögerlich an Jack.

Er ignorierte sie und drückte nur die Sprechtaste seines Funkgeräts. »Bist du da draußen, J. J.?«

Es knisterte statisch.

»*Bin ich, Jack*«, ertönte Sea Rangers Stimme. »*Warte schon seit ein paar Tagen auf euch. Ich war mir nicht sicher, ob ihr hier auftauchen würdet.*«

»Und ob wir aufgetaucht sind«, erwiderte Jack müde. »Wir sind bereit zur Extraktion auf dem Tauchweg. Nordwestliche Ecke der Insel.«

»*Schwimmt raus und lasst euch von der Strömung nach Osten an der Nordküste der Insel vorbeitreiben. Dort warte ich auf euch.*«

Und so schwammen sie zu viert durch das wieder geflutete Portal hinaus, die beiden Kinder zur Sicherheit an Jack gebunden. Kaum hatten sie es passiert, spürten sie den Sog einer starken Meeresströmung, die sie nach Osten beförderte, weg von den Schiffen der chinesischen Marine.

Sie kämpften nicht dagegen an. Stattdessen ließen sie sich einfach treiben, an der Nordküste der Osterinsel vorbei und mehrere Kilometer nach Osten, wo sie J. J. Wickhams U-Boot namens *Indian Raider* erwartete.

Nachdem sie durch eine Luke an Bord geholt worden waren, kreuzte das alte Unterseeboot der Kilo-Klasse nach Süden los, weg von den verwirrten chinesischen Flugzeugträgern, die nach wie vor die Osterinsel bewachten.

FERNÖSTLICHES RUSSLAND
24. MÄRZ 2008
VIER TAGE NACH DER LETZTEN FRIST

Jack und Lily eilten in die provisorische Krankenstation, die man in Carnivores ehemaligem Versteck eingerichtet hatte.

Zoe, Alby und Lois lagen gesäubert und wach auf Feldbetten. Auf weiteren daneben befanden sich Astro und Scheich Anzar al Abbas, flankiert von Pooh Bear, Stretch, den Zwillingen, Sky Monster und einer Gruppe bewaffneter Soldaten aus Pooh Bears Regiment.

Jack und Lily waren hergeflogen, sobald Sea Ranger sie in einem befreundeten Land aussteigen lassen konnte, in diesem Fall Neuseeland.

Lily eilte an Albys Seite.

Jack ging direkt zu Zoe.

»Geht's dir gut?« Lily umarmte Alby innig.

»Alles in Ordnung mit uns«, erwiderte er. »Pooh und Stretch sind gerade noch rechtzeitig angekommen, bevor uns die Luft ausgehen konnte.«

Lily schaute entschuldigend zu Lois auf, Albys Mutter. »Tut mir leid, Mrs. Calvin. Es tut mir so leid, dass Sie in das alles hineingeraten sind.«

Lois Calvin bedachte sie mit einem herzlichen Lächeln. »In den letzten Tagen hat Alby mir alles erzählt, Lily. Ich bin sehr stolz auf meinen kleinen Jungen. Und genauso stolz bin ich darauf, dass er in dir eine so wunderbare Freundin hat.«

Jack stand ein Stück entfernt an Zoes Bett. Eine lange Weile sahen sie sich nur gegenseitig schweigend an.

»Hallo«, sagte Jack schließlich.

»Jack«, begann Zoe, »es tut mir so leid, was ich in Dublin gemacht hab, und …«

»Muss es nicht.«

»Ich war so dumm. Ich hatte zu viel …«

»Schon gut. Du musst dich nie wieder entschuldigen.«

Lily kam herüber und ergriff Zoes Hand. »Hi.«

Jack verriet: »Ich hab Lily mal einen Rat über Freundschaft gegeben. Ich hab zu ihr gesagt, dass die Loyalität bei Freunden länger währt als ihr Gedächtnis. Zoe, mir ist egal, was passiert ist, und damals war ich ja auch zögerlich wegen uns. Meine Loyalität gehört dir ewig. Soweit es mich angeht, ist längst vergessen, was damals war.«

Und Zoe lächelte. Freudentränen liefen ihr über die Wangen. Dann warf sie Jack die Arme um den Hals, und als Lily begeistert klatschte, küsste sie ihn leidenschaftlich.

So kam das Team wieder zusammen, und für den Rest des Tags feierten sie ihre Triumphe, tauschten Geschichten aus und verglichen Wunden.

Pooh Bear erzählte seinem Vater vom Verrat und vom Tod seines Bruders und von seiner Befreiungsaktion, um Stretch vor Mordechai Muniz zu retten. Der alte Scheich zeigte sich entsetzt und bekümmert darüber, was Scimitar getan hatte. Am Ende jedoch legte er Pooh Bear eine Hand auf das verbundene linke Auge und meinte: »Es freut mich zu wissen, dass ich wenigstens einen edlen Sohn habe.«

Jack berichtete von der spektakulären Ankunft der *Halicarnassus* am letzten Eckpunkt und beschrieb, wie er dort mit dem Flugzeug den Hang hinuntergerutscht war.

Lily ergriff das Wort: »Hast du nicht immer gesagt, bei Fallensystemen darf man nicht schummeln?«

Leicht verlegen zuckte Jack mit den Schultern. »Ich hatte es eilig. Und immerhin hat das Schicksal des gesamten Lebens auf der Erde auf dem Spiel gestanden.«

Jemand erkundigte sich nach Iolanthe und Alexander.

Jack erklärte, dass er die britische Adelige in Neuseeland zurückgelassen hatte. Nach Hause musste sie sich allein durchschlagen.

Ihre Verstrickung in die Mission war komplex gewesen, manchmal feindselig, manchmal hilfreich. Und im fünften Eckpunkt auf Diego Garcia hatte sie Jack das Leben gerettet, obwohl sie ihn ohne Weiteres hätte sterben lassen können. Jack war überzeugt davon, dass sie und die Welt Iolanthe Compton-Jones nicht zum letzten Mal gesehen hatten.

Was Alexander anging: Ihn hatte Jack bei vertrauenswürdigen Leuten in Neuseeland gelassen, einem Paar, das niemand aus der Welt des Militärs kannte. Und Jack wusste, dass sich die beiden um ihn kümmern würden wie um ein leibliches Kind: die bezaubernden, nach einem Enkelkind gierenden Eltern von Sky Monster.

»Wenigstens werden sie jetzt aufhören, mir wegen einem Enkel in den Ohren zu liegen«, meinte Sky Monster dazu.

Irgendwann während der Feier nahm er Jack beiseite und bat ihn, ihm genauer zu schildern, was aus seiner geliebten *Halicarnassus* geworden war.

Als Jack ihm die ganze Geschichte erzählte, fielen Sky Monsters Züge in sich zusammen. »Sie war ein gutes Flugzeug …«

»Das war sie auf jeden Fall«, pflichtete Jack ihm bei.

»Aber weißt du, falls du in ein paar Wochen Lust auf einen kleinen Einbruch hast, hab ich so eine Ahnung, wo wir dir ein neues besorgen können.«

DIE SIMPSONWÜSTE
SÜDAUSTRALIEN
1. MAI 2008, 17:30 UHR
SECHS WOCHEN NACH DER LETZTEN FRIST

Die untergehende Sonne tauchte die neue Farm von Jack West jr. in ein prächtiges orangefarbenes Licht.

Jacks neues Zuhause befand sich auf einem weitläufigen, abgelegenen Grundstück mitten im riesigen australischen Outback am Rand eines ausgetrockneten Salzsees. Die australische Regierung hatte es ihm als Lohn für gut erledigte Arbeit überschrieben – und als Ersatz für sein vorheriges Zuhause, das überfallen worden war.

Der alte Armeestützpunkt verfügte über einige Merkmale seiner früheren Farm: Hügel, eine kleine Salzmine, eine Start- und Landebahn mit angeschlossenem Hangar und jede Menge freie Flächen; dazu noch über einige neue: Satelliten-, Laser- und Videoüberwachungssysteme.

Jack saß auf der umlaufenden Veranda seines Farmhauses und trank mit Zoe einen Becher Kaffee. Auf dem staubigen Hof vor ihnen spielten vergnügt Lily und Alby. Sie warfen eine Mausattrappe für Horus.

Die Falkendame schnappte sie aus der Luft und brachte sie zu ihnen zurück.

Jack schaute hinüber zum Hangar, wo er Sky Monster an der schwarzen Tupolew Tu-144 arbeiten sah, die sie vor einigen Wochen aus einem Verwahrungshangar des Flugplatzes auf der Osterinsel befreit hatten. Sie war zwar kleiner, als es die *Hali* gewesen war, dafür jedoch schneller.

Sky Monster liebte sein neues Flugzeug. Er hatte es *Sky Warrior* getauft.

Als Bonus hatten sie in der Tupolew sämtliche Aufzeichnungen von Carnivore über die Säulen, die Maschine und den dunklen Stern gefunden, einschließlich Kartenmaterial und Digitalfotos der weißen Inschriften der Säulen in der Sprache des Thot.

Die fünf verbliebenen Säulen selbst befanden sich mittlerweile in der kleinen Salzmine der Farm am See in einer Kammer mit weißen Wänden. Salzkristalle versiegelten eine Holztür, in die Lily Symbole der Sprache des Thot geritzt hatte.

Die flüssigen Kerne der Säulen leuchteten strahlend vor sich hin, ohne dass es jemand sah.

Solange sie dort verblieben, verborgen vor der Welt, der Menschheit und der menschlichen Machtgier, würden ihre Belohnungen ungenutzt bleiben, so mächtig, tödlich, lebensrettend oder weitreichend sie auch sein mochten.

Seinen Vorgesetzten hatte Jack erzählt, alle Säulen seien bei der Konfrontation im letzten Eckpunkt verloren gegangen, weil sie mit Wolf und der sechsten Säule auf Nimmerwiedersehen in den bodenlosen Abgrund gestürzt seien.

Die Neuigkeit wurde zwar leicht mürrisch aufgenommen, aber da Jack die Welt sowohl vor der Zerstörung als auch vor der Schreckensherrschaft eines Tyrannen bewahrt hatte, akzeptierte man die Schilderung ohne großes Hinterfragen.

Jack hatte beschlossen, dass die Menschheit ohne das Wissen und die Kräfte der sagenumwobenen Säulen würde auskommen müssen.

Während Zoe und er zusammen auf der Veranda saßen, streckte sie die Hand aus und ergriff die von Jack. Seit einer standesamtlichen Trauung in der vergangenen Woche trugen beide die gleichen Eheringe.

»Endlich ist die Welt wieder ruhig«, meinte sie.

»Ich muss sagen, irgendwie gefällt's mir so«, erwiderte Jack.

»Gut, dass irgendjemand diese Maschine gebaut hat«, sagte Zoe. »Sie hat uns allen den Hintern gerettet. Aber etwas lässt mir keine Ruhe: Die Erbauer selbst haben am Ende nicht überlebt. Irgendwann ist ihre Zivilisation trotz ihrer offensichtlichen technologischen Fortschrittlichkeit verschwunden.«

Jack zuckte mit den Schultern. »Die Erde ist über zwei Milliarden Jahre alt, Zoe. Und in nur 5000 Jahren hat sich unsere Version der Menschheit von Jägern und Sammlern hin zur Raumfahrt entwickelt. Die Erbauer der Maschine waren bloß eine Zivilisation, die in lichte Höhen aufgestiegen ist. Und wer weiß schon, was dann passiert ist? Vielleicht hat sich eine Seuche ausgebreitet. Vielleicht haben sie untereinander Krieg geführt. Vielleicht hat sie ein Asteroid ausgelöscht, den sie nicht kommen gesehen haben. Zivilisationen entstehen, steigen auf, sterben aus, und dann geht alles wieder von vorn los. So ist das nun mal. Auch unsere Zivilisation wird eines Tages untergehen. Und ja, gut möglich, dass wir unser Ende selbst herbeiführen. Nur noch ist es nicht so weit. Nicht solange ich dabei ein Wörtchen mitzureden habe.«

Zoe lächelte.

Sie holte ein Notizbuch hervor. »Weißt du, da ist noch etwas, das wir nie herausgefunden haben.«

»Und was?«

»Die Identität des fünften großen Kriegers. Lass mich dir drei Zitate vorlesen.« Zoe hielt das Notizbuch hoch:

»›Ein tödlicher Kampf zwischen Vater und Sohn. Einer kämpft für alle, und der andere für einen.‹

›Der Fünfte, der strahlende Krieger, wird bei der zweiten Ankunft zugegen sein und über das Schicksal aller entscheiden.‹ Und:

›Der Fünfte wird sich der größten Prüfung stellen und über aller Leben oder Tod entscheiden.‹

Wie gesagt, wir haben nie herausgefunden, wer der fünfte Krieger ist«, sagte Zoe.

Sie musterte Jack eingehend. Er starrte mit zusammengekniffenen Augen zum Horizont und war sich ihrer Musterung voll bewusst.

»Du warst während der zweiten Wiederkehr der dunklen Sonne beim letzten Eckpunkt«, sagte sie. »Du hast gegen deinen Vater gekämpft. Und wie du mir erzählt hast, hättest du die Säule ohne Weiteres aufheben und ihre unvorstellbare Macht nutzen können. Du hättest das gesamte Wesen des Lebens auf der Erde verändern können. Du hättest selbst herrschen oder Wolf herrschen lassen können. Aber du hast unser Schicksal bestimmt, indem du die Säule in den Abgrund gestoßen hast. Du hast darüber entschieden, ob die Menschheit weiterlebt oder ausstirbt.«

»Vielleicht«, meinte Jack unschuldig.

»Ach du liebes bisschen …«, entfuhr es Zoe. »Du weißt es, nicht wahr?«

»Der Gedanke ist mir in den Sinn gekommen, ja.«

Zoe schüttelte den Kopf. »Jesus, Maria und Josef, das ist schier nicht zu fassen. »Jack West … du bist der fünfte große Krieger.«

Bei diesen Worten drehte sich Jack ihr zu und lächelte.

DANKSAGUNG

Der größte Dank geht wie immer an meine wunderbare Frau Natalie, die meine kreativen Eigenheiten (ja, die habe ich durchaus) toleriert und mich auf eine unvergessliche Rerchereise auf die Osterinsel begleitet hat.

Mein ganz besonderer Dank gilt auch Ron Cobb, dem berühmten Futuristen, Künstler und Artdirector bei Filmen, der mir großzügig erlaubt hat, sein Konzept des PA-27 Luftangriffs-Pods in diesem Buch zu verwenden. Ron hat sowohl Raumschiffe und DeLoreans für Hollywood-Filme als auch reale militärische Anwendungen wie die Angriffs-Pods entworfen. Es war also ein echtes Privileg für mich, mit ihm über die Zukunft der Bombardierung aus der Luft zu plaudern. Danke, Ron!

Ein herzlicher Dank geht auch an alle Reiseleiter der *Explora Lodge* auf der Osterinsel: Nico, Tito und vor allem Yoyo, der Natalie und mich zu Ahu Vai Mata an der abgelegenen Nordwestküste der Insel gebracht hat. Wer die Osterinsel richtig kennenlernen will, ist in der *Explora Lodge* bestens aufgehoben.

An einer Stelle des Romans erwähne ich die Statue von der Osterinsel im British Museum: Sie ist wirklich eine von nur vier Moai aus Basalt, wurde wirklich 1868 durch die Briten von der Osterinsel gestohlen, und ja, sie war einst *wirklich* in der Cafeteria des British Museum aufgestellt!

Unser junger Führer auf der Osterinsel, Nico, hat sich bei einer Reise durch England bei Mitarbeitern des Museums darüber beschwert. Nico, es wird dich freuen zu hören, dass der Moai aus Basalt bei meinem letzten Besuch an einem prominenten, zentralen Platz ausgestellt war, der seinem historischen Status gerecht wird.

Angehende Autoren fragen mich oft, ob man einen Ort bereist haben muss, um über ihn schreiben zu können. Die Antwort lautet: *Nein, muss man nicht, aber es ist sicher hilfreich.* Ich musste auf die Osterinsel, um wirklich gutes Material für dieses Buch zu finden. Allerdings war ich noch nicht in der Antarktis – für *Ice Station* habe ich in meiner örtlichen Vorstadtbibliothek recherchiert.

Auch allen anderen – der Familie, Freunden und den guten Menschen bei Pan Macmillan – möchte ich wieder mal danken. Die Macht eurer Ermutigung darf man nie unterschätzen.

Matthew Reilly
Sydney, Australien
September 2009

EIN INTERVIEW MIT MATTHEW REILLY

SPOILERWARNUNG!

Das folgende Interview enthält SPOILER zu *Die fünf großen Krieger*. Wer den Roman noch nicht gelesen hat, sollte mit dem Interview warten, da es wichtige Aspekte der Handlung im Buch verrät.

Nachdem du die Leser am Ende von Die sechs heiligen Steine *mit Jack West jr. in den Abgrund gestürzt hast, hat es da gutgetan, die Geschichte in* Die fünf großen Krieger *fortzusetzen?*

Auf jeden Fall! In den letzten zwei Jahren habe ich unzählige E-Mails von Lesern erhalten, die wissen wollten, wann der nächste Roman erscheint. 2008 habe ich eine Vortragsreise durch Bibliotheken gemacht. Und sogar dabei war die erste Frage jedes Mal: »Wann kommt endlich das nächste Buch raus?«

Als ich 2006 *Die sechs heiligen Steine (6HS)* geschrieben habe, wusste ich schon, wie Jack aus seiner misslichen Situation herauskommen würde. Und obwohl ich mit *Die fünf großen Krieger (5GK)* erst einige Monate nach der Fertigstellung von *6HS* beginnen wollte, habe ich beschlossen, die ersten 50 Seiten sofort zu schreiben, damit der Flow zu Beginn des Buchs genau derselbe ist wie am Ende von *6HS*.

Es hat mir diebischen Spaß gemacht, *6HS* mit einem Mega-Cliffhanger zu beenden. Leid tut mir nur, dass meine größten Fans – die wunderbaren Leser, die das Buch gleich in der ersten Woche der Veröffentlichung gekauft haben – am längsten warten mussten, um zu erfahren, was mit Jack passiert. Sie mussten sich zwischen *6HS* und *5GK* volle zwei Jahre gedulden. Dafür entschuldige ich mich bei ihnen.

Was hat dir beim Schreiben von Die fünf großen Krieger *das größte Vergnügen bereitet?*

Das Schreiben von *Die fünf großen Krieger* hat mir vor allem deshalb viel Spaß gemacht, weil es sich größtenteils um Action dreht. Im Wesentlichen ist es die zweite Hälfte der in *6HS* begonnenen Geschichte. Da ich die ganze Vorbereitungsarbeit schon in *6HS* geleistet hatte, war *5GK* von vorn bis hinten eine einzige wilde Achterbahnfahrt.

Es war sehr befriedigend, die vielen Wendungen der Handlung aufzuklären, die ich in *6HS* eingebaut hatte. Zum Beispiel mussten alle Standorte der restlichen Eckpunkte (Hokkaido, Lundy, Diego Garcia und die Osterinsel) bereits feststehen, als ich *6HS* geschrieben habe, weil sie auf den Bildern aus Stonehenge eingezeichnet werden mussten.

Besonders gefreut hat es mich, den Eckpunkt auf der Insel Lundy im Bristolkanal aufzudecken. Als Autor liebt man es, solche Wendungen zu schreiben. Die Antwort liegt klar auf der Hand – der rechte Winkel des Dreiecks. Aber die Leser achten hoffentlich auf etwas anderes, worüber gesprochen wird, wie die Verbindung zwischen Stonehenge und den Pyramiden von Giseh.

Ähnlich hat es mir große Freude bereitet, die Lösungen für die letzten vier Schutzlabyrinthe der Eckpunkte im Rahmen der goldenen Tafel zu platzieren. Wie bei den Bildern von Stonehenge habe ich auch diese Tafel bereits 2006 entworfen. Und erst jetzt, 2009, enthülle ich sie als überraschende Wendung. Wenn man so lange an etwas sitzt, macht es richtig Spaß, es endlich zu enthüllen!

Wie bist du auf die Idee gekommen, vier bedeutende historische Persönlichkeiten in die Geschichte einzubauen?

Mir gefällt der Gedanke, dass »alles mit allem verbunden ist« – dass Geschichten, Informationen oder Schätze durch die Geschichte wandern. Und dass viele der großen Persönlichkeiten der Geschichte von solchen Dingen gewusst haben könnten.

Um das in meine Geschichte einzubauen, musste ich einige der berühmtesten Krieger der Geschichte recherchieren und herausfinden, welche Verbindungen ich zwischen ihnen und der in *Die sieben tödlichen Wunder* begonnenen Geschichte herstellen könnte. Wie immer sind viele der interessantesten und faszinierendsten Punkte wahr. Napoleon hat tatsächlich Artillerie bei Pierre Laplace studiert und ihn als Berater für die Umlaufbahnen von Saturn und Jupiter an seinen Hof geholt. Dschingis Khans Enkel Kublai Khan hat tatsächlich zwei Mal versucht, in Japan einzumarschieren, und er ist beide Male gescheitert. Die Verbindung zwischen Jesus und Moses über die Linie Aarons ist legitim. Was die Lage von Jesus Christus' Grab angeht, tja …

Wie bist du auf die ziemlich grausige Idee der »Lebend-gräber« gekommen, die Mordechai Muniz und Carnivore benutzen?

Meiner Meinung nach ist der Schurke ein entscheidender Aspekt eines guten Thrillers. Ich glaube, dass wir als Leser und Kinobesucher gern von großen Schurken verstört werden: Darth Vader, Hannibal Lecter, Heath Ledger als Joker.

Als ich Muniz und Carnivore erschaffen habe, die beiden Schurken, die in *5GK* ihren ersten Auftritt hatten, wollte ich unbedingt, dass die Leser sie fürchten. Ich wollte den Lesern die mehr als schrecklichen Konsequenzen vor Augen führen, die es nach sich zieht, sich mit diesen Männern anzulegen. Jemanden erschießen kann jeder Schurke. Das ist ausgelutscht. Aber ein Schurke, der seine Opfer jahrelang am Leben erhält? Das fand ich echt furcht-erregend. Und wie Muniz im Buch sagt: Es wäre zu ein-fach, seine Feinde bloß zu töten. Er will, dass sie für ihre Taten leiden.

Wie bei den zuvor erwähnten Wendungen habe ich auch Stretchs Schicksal schon beim Schreiben von *6HS* festgelegt. Die Idee der Lebendgräber hat also ziemlich lange in mir geschlummert. Es war sehr befriedigend, sie jetzt umzusetzen.

Hast du manchmal das Gefühl, dass du dir zu viele histori-sche Freiheiten nimmst?

Oh, das ist eine sehr interessante Frage, denn sie bezieht sich nicht nur auf Autoren historischer Romane, sondern auf das Wesen der »Geschichte« selbst. Nehme ich mir

Freiheiten? Natürlich. Andererseits: Was ist Geschichte eigentlich? Wer schreibt sie? Was ist »echte« Geschichte und was nicht, und wer beurteilt das? Alle paar Jahre sehe ich in den Zeitungen Berichte über japanische Schulbücher, in denen behauptet wird, die USA seien der Aggressor im Zweiten Weltkrieg gewesen. Ist das Geschichte? Ist Wikipedia eine zuverlässige Quelle für Geschichte? Der Eintrag für »Matthew Reilly« auf Wikipedia strotzt vor Ungenauigkeiten – er enthält mehrere grundlegende Fehler über mich, darunter die Behauptung, ich hätte eine High School besucht, von der ich tatsächlich noch nie gehört habe – in einer Stadt, in der ich nie gewesen bin. Wenn man in China nach »Platz des Himmlischen Friedens« googelt, findet man keinen Hinweis auf das Massaker im Jahr 1989. Autoren von Geschichtsbüchern werden oft beschuldigt, Fehler zu begehen. Was ich damit sagen will: Geschichte kann verzerrt, manipuliert und manchmal schlicht abgeändert sein – sie ist häufig verschwommen.

Und wenn man wie ich in den Romanen um Jack West jr. mit antiker Geschichte zu tun hat, wird es sehr schnell noch verschwommener. Da folglich die Spanne für historische Fehler groß ist, habe ich kein Problem damit, mir Freiheiten herauszunehmen oder fundierte Vermutungen anzustellen. (Können wir wirklich wissen, was Cheops durch den Kopf gegangen ist, als er die große Pyramide gebaut hat? Können wir wissen, wo Dschingis Khan begraben liegt? Können wir sicher sein, dass es tatsächlich ein Trojanisches Pferd gegeben hat?)

Letztlich schreibe ich, um zu unterhalten. Ich verfasse keine Lehrbücher. Dennoch würde ich sagen, dass 85 Prozent der historischen Aussagen in meinen Romanen wahr sind. Trotzdem sollten meine Bücher nicht als Quelle für Geschichtsarbeiten in der Schule verwendet werden, denn zum einen könnte ich etwas Fiktion unter die Wahrheit gemischt haben, zum anderen erwähne ich ja nicht explizit, welche 15 Prozent frei erfunden sind! Und wenn ich meine Arbeit als Autor gut gemacht habe, ist man nicht in der Lage, Fakt von Fiktion zu unterscheiden.

Letztendlich geht es mir um die Story – eine gute, rasante, unterhaltsame Story. Zwar verwende ich gern allgemein anerkannte Geschichte als Hintergrund dafür, aber wenn sich in der Geschichte Lücken auftun, dann fülle ich sie mit Vorliebe selbst.

Bisher gibt es Die sieben tödlichen Wunder, Die sechs heiligen Steine *und* Die fünf großen Krieger. *Wird die Buchreihe um Jack West jr. bis* Das eine … *heruntergezählt?*

Ich schreibe unheimlich gern über Jack und sein Team – und vor allem über Jack, Lily und Alby. Von daher: Ja, ich arbeite an einer neuen Idee für Jack, die wohl irgendetwas mit *Vier* im Titel haben wird.

Nur muss ich dafür sorgen, dass es eine große Geschichte wird. Für mich muss jeder neue Roman mit Jack West jr. größer und verwegener sein als die drei, die ich bereits geschrieben habe. Und wenn ich mich entschließe, ihn zu schreiben, dann mit einem Plan für eine Geschichte, die bis zu einem siebten und letzten Roman *(Ein Irgendwas)* weiterlaufen wird. Man kann also davon ausgehen, dass *Vier Irgendwas* mit einem Cliffhanger enden wird.

Was treibst du sonst noch? Gibt es irgendwelche Neuigkeiten aus Hollywood?

Ich habe gerade das Drehbuch für die Verfilmung meines Romans *Operation Elite* fertiggestellt. Das war ein wirklich anspruchsvolles Projekt, denn wenn alles gut läuft, wollen die Produzenten aus *Operation Elite* den ersten einer ganzen Reihe von Filmen mit Shane Schofield machen. Aber wie meine Leser wissen, ist es das dritte Buch der Schofield-Reihe.

Deshalb musste ich im Drehbuch zu *Operation Elite* die Figuren aus dem ersten Roman *Ice Station* vorstellen, aber im Rahmen der Geschichte von *Operation Elite*. Ich bin sehr zufrieden mit dem Ergebnis. Wie ich jedoch nur allzu gut weiß, ist Hollywood ein wankelmütiges Pflaster. Das Schreiben eines Drehbuchs ist lediglich der erste Schritt auf einem langen Weg zu einem Blockbuster. Ich drücke einfach die Daumen.

Die von mir geschriebene Fernsehserie *Literary Superstars* ist ein trauriges Opfer des Streiks der *Writers Guild of America* – der Gewerkschaft der Autoren in der Film- und Fernsehindustrie – von 2007 bis 2008 geworden. Ich konnte es kaum glauben. Wir hatten Jenna Elfman als Hauptdarstellerin unter Vertrag, Darren Star als Produzenten, Sony und ABC USA als Auftraggeber, und ich war bei Castings, wo ich Schauspieler dabei beobachten konnte, wie sie meine Texte aufsagten – ein ziemlich prickelndes Erlebnis, das kann ich versichern. Dann schlug der Streik der *Writers Guild* zu. Der Streik zog sich in die Länge. Am Ende wollte der Sender eine neue Fassung des Drehbuchs und ließ das Projekt schließlich fallen. So ist das nun mal in Hollywood. Man lernt, dass Serien oder Filme so lange nur ein Traum sind, bis sie tatsächlich auf einer Leinwand oder einem Bildschirm vor einem Publikum laufen. Aber ich bleibe dran! Es ist immer aufregend,

Los Angeles zu besuchen und an Meetings teilzunehmen. Und hey, die Rechte an *Auf Crashkurs* liegen immer noch bei Disney …

Und was steht als Nächstes an? Was hält die Zukunft für Matthew Reilly bereit?

Na ja, ich habe vor, im Verlauf des Jahrs 2010 meinen nächsten Roman zu schreiben. Ich bin mir noch nicht sicher, worum es gehen wird und ob Jack West jr., Scarecrow oder vielleicht ein völlig neuer Held im Mittelpunkt stehen wird. Sogar für Aloysius Knight habe ich schon eine Geschichte im Kopf, also wer weiß?

Unter dem Strich schätze ich mich außerordentlich glücklich, mir den Lebensunterhalt damit zu verdienen, dass ich Geschichten erzähle. Ich versuche einfach, mich mit jedem Buch selbst zu übertreffen und mir die rasantesten, aberwitzigsten Action-Abenteuer auszudenken, die man sich vorstellen kann. Und solange sie die Leser unterhalten, werde ich sie weiterhin schreiben.

Wie immer hoffe ich, dass euch das Buch gefallen hat. Bis zum nächsten Mal!

M. R.
Sydney, Australien
August 2009

Foto: Peter Morris

matthewreilly.com

Der Australier Matthew Reilly wurde 1974 in Sydney geboren. Seine Eltern waren Theaterschauspieler. Seinen ersten Roman schrieb er mit 19 Jahren. Da er von den Verlagen nur Absagen erhielt, ließ er 1000 Hardcover drucken und klapperte die Buchläden ab. So wurde der Verlag Pan Macmillan auf den jungen Autor aufmerksam und nahm ihn unter Vertrag. Schon mit seinem nächsten Roman *Ice Station* gelang ihm ein weltweiter Bestseller. Inzwischen sind seine Thriller in 20 Sprachen übersetzt und über 7 Millionen Mal verkauft worden.

Im Dezember 2011 traf Reilly ein schwerer Schicksalsschlag, als seine Frau sich das Leben nahm. Er zog sich für die nächsten Jahre ganz aus der Öffentlichkeit zurück. Heute lebt Reilly in den USA und schreibt wieder, u. a. auch Drehbücher.

Reilly schreibt Action-Thriller mit fantastischen Elementen. Dazu Wikipedia: »Reilly ist bekannt für seinen

Schreibstil, der sich, wie kaum ein anderer zuvor, auf Actionszenen im Stil von Hollywood konzentriert und dadurch Dramatik und die Entwicklung der Charaktere erst als zweite Priorität behandelt. Seine Kritiker verurteilen dies und verweisen darauf, dass er Bücher schreibt, die wie Filme zu lesen sind oder gar an die Beschreibung eines Action-Videospiels erinnern. Seine Fans sind der Meinung, dass dies der Grund ist, der seine Bücher so einzigartig und aufregend macht.«

Matthew Reilly bei FESTA:

Der große Zoo von China
Das Turnier
Die Secret Runners von New York
Die sieben tödlichen Wunder
Die sechs heiligen Steine
Die fünf großen Krieger

Infos, eBooks & Leseproben:
www.Festa-Verlag.de

Die JACK WEST-Serie

Kirkus: »Ein Videospiel in Buchform.«

The Daily Telegraph: »Matthew Reillys Romane sollten mit Gesundheitswarnungen auf dem Umschlag versehen werden … Was für ein wilder Ritt!«

Booklist: »Bei Reilly fühlt man sich wirklich wieder wie ein Kind. Ein Riesenspaß!«

Infos, Leseproben & eBooks: www.Festa-Verlag.de

Festa: If you don't mind sex and violence and lots of action

Niemand veröffentlicht härtere Thriller als Festa. Werke, die keine Chance haben, in großen Verlagen veröffentlicht zu werden, weil sie zu gewagt sind, zu neuartig, zu extrem.

Statt der üblichen Matt- oder Glanzfolie haben die Bücher von Festa eine raue, lederartige Kaschierung. Sie symbolisiert die Härte und sexuelle Gewagtheit unseres Programms. Diese »Bücher im Ledermantel« sind auch sehr widerstandsfähig – die Bücher wirken nach dem Lesen noch wie neu.

Unsere erfolgreichsten Buchreihen:

HORROR & THRILLER – Moderne Meister des Genres

FESTA ACTION – Blockbuster zum Lesen

MUST READ – Große Erzähler. Muss man gelesen haben

FESTA EXTREM – Wenn Lesen zur Mutprobe wird …
Wegen der brutalen und pornografischen Inhalte erscheinen die Titel ohne ISBN und werden nur ab 18 Jahre verkauft. Sie können nur direkt beim Verlag bestellt werden.

Festa steht beim Thema harte Spannung für viele Jahre bewährte Qualität. Darauf geben wir sogar eine Zufriedenheitsgarantie. Dieser Service ist für einen Buchverlag einzigartig.

Warum tun wir das?

Frank Festa: »Wir wollen, dass die Leser unsere Bücher lieben. Das geht nur mit Qualität. Und als Spezialist für Horror und Thriller aus Amerika können wir in dem Bereich diese Qualität garantieren – so einfach ist das.«